梵語初階

釋惠敏・釋齋因　編譯

中華佛學研究所論叢 11

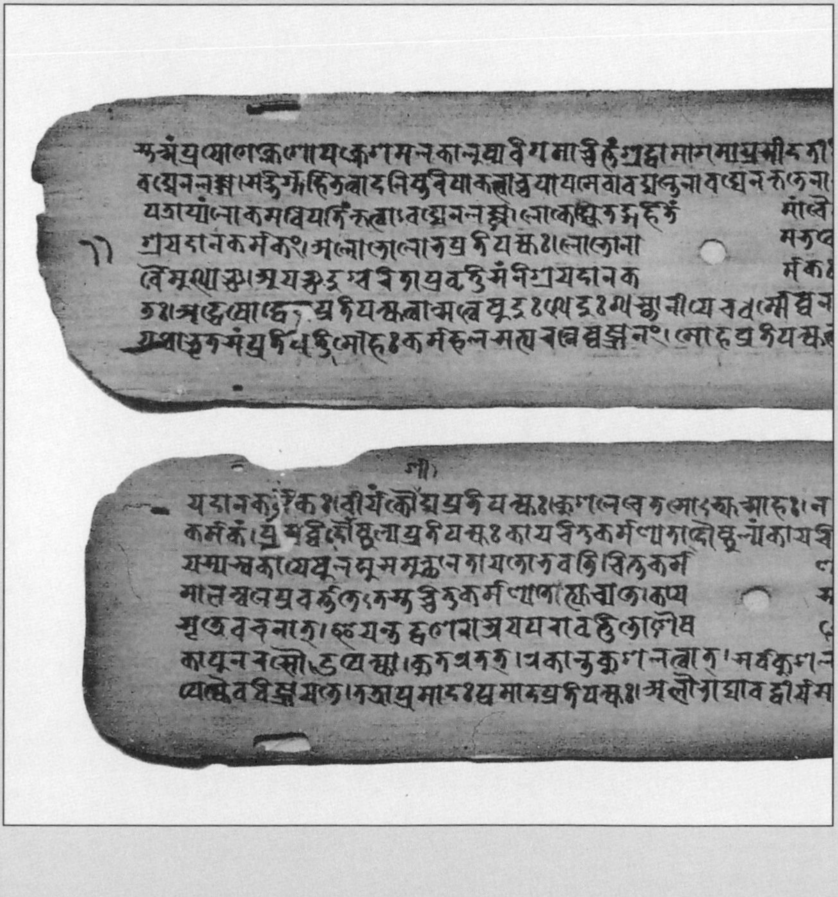

通　序

中華佛學研究所的前身是中國文化學院附設中華學術院的佛學研究所，自一九六八年起，發行《華岡佛學學報》，至一九七三年，先後出版了三期學報。一九七八年十月，本人應聘為該所所長；一九八〇年十月，發行第四期《華岡佛學學報》。至一九八五年十月，發行到第八期之後，即因學院已昇格為中國文化大學，政策改變，著令該所停止招生。於是，我假台北市郊新北投的中華佛教文化館，自創中華佛學研究所；一九八七年三月，以年刊方式，發行《中華佛學學報》，迄一九九四年秋，已出版至第七期。這兩種學報，在現代中國的佛學研究史上，對於學術的貢獻和它所代表的地位，包括中國大陸在內，應該是最有份量的期刊了。

本所自一九八一年秋季開始，招收研究生，同時聘請專職的研究人員。一九八六年三月，便委託東初出版社出版了研究生的第一冊研究論集——惠敏法師的《中觀與瑜伽》；一九八七年三月，出版了研究生的第一冊畢業論文——果祥法師的《紫柏大師研究》；一九八九年五月，出版了研究生的第一冊佳作選《中華佛學研究所論叢》，接著於一九九〇年，出版了研究員的研究論著，曹仕邦博士的《中國佛教譯經史論集》及冉雲華教授的《中國佛教文化研究論集》。到目前為止，本所已出版的佛教學術論著，除了東初老人及我寫的不算之外，已達二十多種。

本所是教育機構，更是學術的研究機構；本所的教師羣也都是研究人員，他們除了擔任授課工作，每年均有研究的撰著成果。本所的研究生中，每年也有幾篇具有相當水準的畢業論文，自從一九八九年以來，本所獎助國內各大學碩士及博士研究生的佛學論文，每年總有數篇很有內容的作品。同時，本所也接受了若干部大陸學者們的著作，給與補助。這四種的佛學著作，在內容的性質上，包括了佛教史、佛教文獻、佛教藝術、佛教語文、佛學思想等各方面的論著。

由於教育、研究以及獎助的結果，便獲得了數量可觀的著作成品，那就必須提供出版的服務。經過多方多次的討論，決定將這些論著，陸續精選出版，總名為「中華佛學研究所論叢」（Series of the Chung-Hwa Institute of Buddhist Studies，簡稱SCIBS）。凡本所研究人員的專題研究、研究生的碩士畢業論文、本所舉辦的博碩士徵文、大陸學者的徵文、特約邀稿，及國際學術會議論文集等，透過中華佛學研究所編審委員會嚴格的審查通過，交由法鼓文化以此論叢名義出版發行。本所希望經由嚴格的審核程序，從各種來源中得到好書、出版好書，俾為佛教學術界提供好書。

出版「中華佛學研究所論叢」的目的，除了出版好的學術作品，更是鼓勵佛教研究風氣，希望由作者、讀者中能培養更多有志於佛教學術研究的人才。此外，更期望藉由本所與法鼓文化合作出版的學術論著，與國際各佛學研究機構的出版品相互交流，進而提高國內佛教研究的國際學術地位。

聖嚴

一九九四年七月三十日　釋聖嚴序於台北北投中華佛學研究所

序（一）

就佛學研究者而言，佛典語言如梵、巴、藏的學習，無非欲以之作爲進一步探究佛教典籍之用。然而國內在此等佛典語言的學習上，似乎尚存頗多困難；除了客觀環境之薄弱外，是否尚有其他因素？筆者赴日留學前，對於同屬漢譯佛典文化圈的彼邦大多數佛教學者之兼具梵、巴、藏三種佛典語言能力，除了歎爲觀止之外，同時也希望在留學期間特別留意：何以他們能夠？

原來，國際上佛典語言的訓練是將梵、巴、藏三者視爲一體；而由此「三位一體」的理念所引導的訓練方針，自有其特殊之處。一般而言，其基礎訓練步驟：第一年，先學習梵語；第二年則加學巴利語或藏文。若是巴利語，除了略述梵、巴文法之間的對應關係外，便直接進入原典導讀。而藏語文字是淵源於梵語文字，在用語方面亦頗多機械性的翻譯對應關係；因此，已具備梵語文法的知識之後，再來學習藏文，便可收事半功倍之效。另外，除了梵、巴、藏之外，加上漢語佛典，而將此四者的關係，區分爲原典與譯典的二重層次；梵、巴爲原典，藏、漢則同屬翻譯之典籍；如此分類，使四者定位清楚，而更能相得益彰。

反觀國內情形，似乎將此等佛典語言各自獨立；如此在學習心態上，若多學一種，也就不免多增加了一重的心理負擔與壓力。也由於「各自獨立」的認知，故不論在學習上或應用上皆難於左右逢源，而失相互發明之效。

再者，就佛學研究而兼具數種佛典語言能力的重要性來看。不論是以印度、中國或西藏佛學爲專攻領域，除了各自領域所須具備之語言訓練外，若能兼備餘者之基本知識，不但能掌握自身之特色，進一步，亦能取用其他領域之相關資料。果能如此，於所研究之範疇，則更具有開展的可能性，同時也具有「全面性的視野」。否則，因自我批判之資糧不足，若遇彼此間的差異或矛盾所產生之激盪，不是排斥對方，固步自封；便是失卻信心，人云亦云，而不知所從了！

「他山之石，可以攻錯」，藉由國際學界研習佛典語言的概況，回顧我們的局限所在，進一步作爲展望未來的借鏡。《梵語初階》正是基於如上的省思，希望能爲國內佛典語言的奠基做初步的舖路工作。（本文曾刊於《人生》雜誌 137 期，84，1，1）

惠敏 謹誌於中華佛研所 85. 6. 30

序（二）

本書的研究動機、對象及採用的方法與步驟，進行狀況，未來計劃如下：

一、研究動機

我們希望從教材的編輯與教學方法的研究中，來嘗試解決中國學生在學習梵語上的二大困難：

甲、梵漢是不同語系：衆所周知，梵語是屬於印歐語系，與歐美的語言較近。因此比較起歐美學者，有學習上的困難。

乙、教材 (教學) 不契機：目前的梵語教材的編者幾乎都是歐、美、印度或日本人士，他們是基於自己的需要而編著。所以，這些學者在編著教材時，對於彼此差異之處會加以詳述，但對於共通部分則略之。

我們可將目前所出版的梵語文法書分成三類：

A：將文法的各部分配合習題，從淺至深，循序漸進的文法書。

B：分爲字母、發音、連音、名詞、動詞、不變化詞等章節，有系統地介紹梵語文法體系的文法書。

C：屬於古典梵語文法的原型——由 *Pāṇini* 集大成的古典梵語文法書 (*Aṣṭādhyāyī*)。

其中，A 類的優點是循序漸進，適合初學者學習；B 類的優點是容易掌握梵語文法的體系，且便於查閱。但是，我們 (以目前所能找到的資料) 尚未發現具有下面特點的梵語教材：(1) 以互相參照等方法，將 A 與 B 類文法書的特點融合；(2) 教師手冊。

二、研究對象

A 類中以 E. D. Perry, *A Sanskrit Primer* (略號 PG) 爲主，B 類中以 A. A. Macdonell, *A Sanskrit Grammar for Students* (略號 MG)，W. D. Whitney, *A Sanskrit Grammar including both the Classical Language and the Older Dialects of Veda*, London, 1879 (Motilal Banarsidass, Reprinted 1989.)（略號 WG）爲副，並參考其餘相關的文法書。

三、研究方法與步驟

甲、對於現有的文法教材之研究方法：

1. 翻譯。2. 比較各文法書的敘述與例句的異同。3. 分析各文法書的優缺點。

乙、對於中國學生學習梵語的實際狀況的掌握方法：

1. 建立學習者投書的管道，以收集學習梵語者的疑難雜症。2. 設計問卷調查表，以了解現況。3. 歸納並分析投書、問卷調查表。

丙、將甲、乙兩類的研究方法互相配合，整理出適合中國學生學習梵語的各種教材。

四、內容大要

上篇——基本教材

1. 略語表：略寫及相對應的梵、英對照。
2. 文法條例集：以 PG 爲主，以 MG, WG 爲副，並參閱其餘相關的文法書，依上述的研究方法編成文法條例集，以適應不同的編排。本教材主要是依照 PG 翻譯而成，所以條目的安排及敘述方式很少變動。但是爲了達到將兩類文法書結合的目的，所以在每一條目後附有其他文法書的條目（除非找不到對應的條目）；一本是 MG，另一本是 WG。因爲 PG 大部分的文法條目是摘錄自 WG，所以有必要溯其源流。

中篇——輔助教材

1. 梵語簡介及其學習之意義：本文譯自菅沼晃所著《サンスクリット基礎と實踐》的序言，簡要地說明梵語的歷史及其學習步驟。
2. 梵語字母排列順序：說明字母的分類及在字典的排列順序。
3. 梵語字母書寫順序：方便初學者練習書寫。
4. 子音結合：採自 MG p. 6-8，因兩個以上的子音結合較特殊，故列出以供參考。
5. 文法術語解說：主要是採用梵語文法書、辭典及語言學的定義。
6. 名詞、形容詞等變格表：根據 PG 或 MG 的文法說明，製成表格。
7. 動詞變位表：根據 PG 或 MG 的文法說明，製成表格。
8. 詞根表：此部分採自 MG 的詞根表，方便學習者查閱詞根的各種時式。
9. 古典梵語韻律略說：譯自 MG p. 232-235，作爲梵語詩學入門之鑰。

下篇——習題與解答等

1. 習題；2. 解答；3. 單詞索引：依照梵語字母順序排列；4. 書目。

五、未來展望

本書只能說作了奠基的工作，以後若有機會希望能作如下的修正與增補：

1. 以互相參照等方法，將A、B、C類文法書的特點融合。2. 在基礎工作上，將文法條目的敘述重編或改寫成順乎中國學生的表達方式。3. 除了採用各種文法書之習題與例句外，再從梵語佛典與外典中採取用例，逐漸編成題庫，以適應學習者不同的需要與程度。具體的作法：將題庫分成七類例句—— a.一般性、b. 經、c. 律、d. 論、e. 印度哲學、f. 印度文學、g. 其它；以適應不同的需求。每一類依照句子的繁簡再分成三項：(1) 簡單句、(2) 複雜句、(3) 特殊句。4. 佛教術語集：從梵語佛典中，收錄佛教專用術語的定義。

六、結 論

國內學習梵語的氣氛尚未形成，所以一般初學者總是心懷恐懼。如果，平常同學在討論功課時，就常常談到梵語，自然就熟悉梵語。熟悉之後，困難的感覺就會消失。整個環境的氣氛很重要，但是另一個更重要的是資源的具備與否。所謂資源是指老師與教材。國內佛學界目前沒有一套專門爲佛教學生而安排的梵語教材，所以我們的學生在學習上就有些困難。這就是我們所謂學習梵語的困難之所在。

爲了解決這兩個問題，我們從兩方面來嘗試解決。1. 編一本適合國內佛教研究的梵語教材。2.教學方式：尋找適合佛研所學生的教學方式。

本書是以我在中華佛研所的畢業論文《梵語教材與教學之基礎研究》爲藍本，進一步擴展而成；編譯計劃是由惠敏法師擬構、支持、輔助。此書之得以完成，有賴於多方善友之助，衷心祈願師友身心安穩，皆得安樂！至於其出版，一者、圓滿師長之宿願，二者、略報數年來佛研所培育及三寶被澤之恩。（本文依曾刊於《人生》雜誌137期，84，1，1而改寫）

齎因 謹誌於中華佛研所85.6.30

略語表

一、略語

略寫	漢譯	梵語（英語; 略寫）
[一]	第一人稱	*uttama* (first person; 1°)
[二]	第二人稱	*madhyama* (second person; 2°)
[三]	第三人稱	*prathama* (third person; 3°)
[不及]	不及物動詞	*akarmaka* (intransitive; intr.)
[不定]	不定詞	*kriyātmakakriyā* (infinitive; inf.)
[不定過]	不定過去時	*adyatanabhūtaḥ* (aorist; aor.)
[中]	中性	*napuṃsakaliṅga* (neuter; n.)
[介]	介詞	*karmapravacanīya* (preposition; prep.)
[介副]	介詞性的副詞	(prepositional adverbs; prep.adv.)
[介絕]	介詞性的絕對分詞	(prepositional gerund; prep.ger.)
[分]	分詞	*kṛdaṃta* (participle; pt.)
[及]	及物動詞	*sakarmaka* (transitive; tr.)
[反代]	反身代名詞	*prativeṣṭita* (reflexive; refl.)
[比]	比較級	*tulanātmaka pratyaya* (comparative; compar.)
[主]	主格	*kartṛ* (nominative; N.)
[他]	為他言	*parasmaipada* (active; P.)
[代]	代名詞	*sarvanāman* (pronoun; pron.)
[未]	未來時	*syat, bhaviṣyantī* (future; fut.)
[未分]	未來分詞	*syatpratyaya* (future participle; fut.pt.)
[未完]	未完成過去時	*laṅ, hyastanī* (imperfect; impf.)
[名]	名詞	*nāman* (nominal; nom.)
[名起]	名詞起源動詞	(denominative; den.)
[有財]	有財釋	*bahuvrīhi* (possessive; Bv.)

[自]	爲自言	*ātmane-pada* (middle voice; Ā.)
[助]	語助詞	*nipāta* (particle; pcl.)
[完]	完成時	*liṭ, parokṣā* (perfect; pf.)
[完分]	完成分詞	*pūrvakālikakriyā* (perfect participle; pf.pt.)
[序]	序數	*pūraṇasaṃkhyā* (ordinal; ord.)
[形]	形容詞	*viśeṣaṇa* (adjective; adj.)
[迂未]	迂迴未來時	*luṭ, śvastanī* (periphrastic future; periph.fut.)
[迂完]	迂迴完成時	(periphrastic perfect; periph.pf.)
[依主]	依主釋	*tatpuruṣa* (dependent determinative; Tp.)
[使]	使役動詞	*preraṇārthaka, kārita* (causative; caus.)
[具]	具格	*karaṇakāraka* (instrumental; I.)
[呼]	呼格	*sambodhana* (vocative; V.)
[命]	命令式	*loṭ, pañcamī* (imperative; ipv.)
[所代]	所屬代名詞	*matvarthayi* (possessive; poss.)
[附]	後附著形式	(enclitic; encl.)
[前綴]	前綴詞	*upasarga* (prefix; pref.)
[後綴]	後綴詞	*pratyaya* (suffix; suff.)
[持業]	持業釋	*karmadhāraya* (Kdh.)
[指]	指示詞	(demonstrative; dem.)
[相違]	相違釋	*dvandva* (coordinative; Dv.)
[祈]	祈願式	*liṅ, saptamī* (optative; opt.)
[衍]	衍生詞	*vyutpannaḥ śabdaḥ* (derivative; der.)
[副]	副詞	*kriyāviśeṣaṇa* (adverb; adv.)
[動]	動詞	*ākhyāta* (verb; vb.)
[動作]	動作名詞	*dhātvarthaphalāśraya* (nomen actioins; nom.act.)
[動作者]	動作者名詞	*dhātvarthavyāpārāśraya* (nomen agentis; nom.ag.)

[基]	基數	(cardinal; card.)
[專]	專有名詞	*saṃjñā* (proper noun; nom.prop.)
[帶數]	帶數釋	*dvigu* (Dg.)
[強]	強意動詞	*kriyāsamabhihāra* (intensive; int.)
[從]	從格	*apādāna-kāraka, pañcamī* (ablative; Ab.)
[條]	條件式	*lṛṅ, kriyātipatti* (conditional; cond.)
[現]	現在時	*vartamāna, bhavantī* (present; pres.)
[現分]	現在分詞	*satpratyaya, sant* (present participle; pres.pt.)
[處]	處格	*adhikaraṇakāraka, saptamī* (locative; L.)
[被]	被動語態	*karmavācya* (passive; pass.)
[連]	連接詞	*saṃyoga* (conjunction; conj.)
[陳]	陳述式	(indicative; ind.)
[陰]	陰性	*srīliṅga, strī* (feminine; f.)
[最]	最高級	(superlative; superl.)
[單]	單數	*ekavacana* (singular; sg.)
[無語]	無語尾變化	*avyaya* (indeclinable; indec.)
[絕分]	絕對分詞	(gerund; ger.)
[陽]	陽性	*pulliṅga* (masculine; m.)
[意]	意欲動詞	(desiderative; des.)
[感]	感嘆詞	*aṃtaḥkṣepaḥ, udrāraḥ* (interjection; interj.)
[業]	業格	*karma-kāraka* (accusative; Ac.)
[義務]	義務分詞	*kṛtya* (future passive participles; fpp.)
[過]	過去時	*bhūta* (past; p.)
[過分]	過去分詞	*niṣṭhāpratyaya* (past participle; p.pt.)
[過被分]	過去被動分詞	(past passive participle; p.p.p)
[實]	實詞	*sattva* (substantive; subst.)

[疑代]	疑問代詞	(interrogative; inter.)
[與]	與格	*sampradānakāraka* (dative; D.)
[增]	增音	*sāgamaka, bhūtakaraṇa* (augment; augm.)
[數]	數詞	*saṃkhyā* (numeral; num.)
[複]	複數	*bahuvacana* (plural; pl.)
[複合]	複合詞	*samāsa* (compound; comp.)
[鄰近]	鄰近釋	*avyayībhāva* (Av.)
[雙]	雙數	*dvivacana* (dual; du.)
[關代]	關係代名詞	(relative; rel.)
[屬]	屬格	*sambandha, ṣaṣṭhī* (genitive; G.)

二、略 符

√	表示 "詞根" (*dhātu*)。
°	表示 "一個詞的其餘部份應該被補足"，如：*karnîdra, °ri-in°* 完整的書寫應該是 *karin-indra*。
*	表示不合語法或不能接受的形式，或者表示擬構或假設的形式。
+	表示詞素的界限，如：man + ly。
<	表示 "從…發展爲"、"從…"。
=	表示 "跟…相等"。
>	表示 "發展爲…"，"變爲…"。
ff.	表連續，如：董同龢 (1987, 27ff.) 表第 27 頁及連續幾頁。

三、書目略號（依出版年代先後）

MWG Monier Williams, *A Practical Grammar of the Sanskrit Language: arranged with reference to the Classical Languages of Europe*, Oxford,

1864. (Chowkhamba Sanskrit studies, Reprinted, 1962.)

MMG F. Max Müller, *A Sanskrit Grammar*, 1870. (Asian Educational Services, Second Edition, 1983.)

WG W. D. Whitney, *A Sanskrit Grammar including both the Classical Language and the Older Dialects of Veda*, London, 1879. (Motilal Banarsidass, Reprinted, 1989.)

AC V. S. Apte, *The Student's Guide to Sanskrit Composition* -- Treatise on Sanskrit Syntax for the Use of School and Colleges, Poona, 1890; Chowkhamba, Reprinted, 1963.

AD V. S. Apte, *The Practical Sanskrit-English Dictionary*, Poona, 1890. (Motilal Banarsidass, Reprinted, 1965.)

KG M. R. Kale, *A Higher Sanskrit Grammar*, Bombay, 1894. (Motilal Banarsidass, 1961.)

MW Monier Williams, *A Sanskrit-English Dictionary*, Oxford University, 1899. (Motilal Banarsidass, Reprinted, 1956.)

MG A. A. Macdonell, *A Sanskrit Grammar for Students*, London, First Edition: 1901. (Third Edition: 1926.)

TC Lalla Rama Tewari, B. A., LL. B., *A manual of Sanskrit Composition for Indian Schools*, 1936., Allahabad National Press

PG E. D. Perry, *A Sanskrit Primer*, Motilal Banarsidass, 1936., 1988.

AGD K. V. Abhyankar, *A Dictionary of Sanskrit Grammar*, First Edition: 1961, Oriental Institute, Baroda; Reprinted: 1986.

TsG 辻直四郎著，サンスクリット文法，岩波書局，1969.

HSD 哈特曼 (R. R. K. Hartmann)，斯托克 (F. C. Stork) 著，黃長著等譯，語言與語言學詞典，上海詞書出版社，1981.

WD 荻原雲來，漢譯對照梵和大辭典，講談社，1986.

梵語初階

目次

上　篇：基本教材

中　篇：輔助教材

下　篇：習題與解答等

梵語文法基本條目表

字母 1-20（條碼，以下類推）

連音

聲音的改變 49-54; 母音結尾 105, 156-161, 164; 子音結尾 *s, r* > *ḥ* 95, 116-123, 129; *-n* 138-140; 無聲、有聲 147; *-t* 148-151; *ch* > *cch, n* > *ṇ* 165-166; *-ṅ, ṇ, n* 184; *k, ṭ, p* 266; 絕對語末子音 239

動詞變位

總論 57-80; 92; 181, 193, 206; 完成時 438-442, 450; 不定過去時 473; 詞根不定過去時 474; *a* 不定過去時 475; *s* 不定過去時 481; *sa* 不定過去時 486; 不定過去時被動 487-488; 未來時 461, 466

動詞性的形容詞與名詞

總論 66-68; 現在分詞 222, 258; 過去被動分詞 289-298; 絕對分詞 301-309; 不定詞 310-317; 義務分詞 318-322

衍生動詞變位

總論 69-71; 被動動詞 168-177, 490; 使役動詞 215-221, 491-492; 意欲動詞 494, 496; 強意動詞 497; 名詞起源動詞 500

變格

總論 83-91; 母音詞幹：*a* 103, 111, 162-163; *ī, ū* 183, 189, 197-198; *tṛ* 201-205, 208; 子音詞幹：齒音 243-244; *in* 251; *ant*（*at*）256-262; *mant*（*mat*), *vant* (*vat*) 263-265; 比較級 332-340; 第一人稱代名詞 223-225; 第二人稱代名詞 226-227; 第三人稱代名詞 228-233

上　篇

〔基本教材〕

簡　介

字 母 (Alphabet)

1. 梵語 (Sanskrit) 通常以天城字母 (Devanāgarī Alphabet) 來書寫。[(1)] 這些文字 (Characters) 與其相對應的羅馬音譯如下：

單母音：	短母音	長母音	雙母音
喉　音	अ *a*	आ *ā*	
顎　音	इ *i*	ई *ī*	ए *e*　ऐ *ai*
唇　音	उ *u*	ऊ *ū*	ओ *o*　औ *au*
反舌音	ऋ *ṛ*	ॠ *ṝ*	
齒　音	ऌ *ḷ*	[ॡ]	

止聲 (*Visarga*) : *ḥ* ("送、往前送、送出")。
隨韻 (*Anusvāra*) : *ṃ*、*ṁ* ("在聲音之後"，將前面的母音鼻音化。此二種羅馬音譯皆爲歐洲學者所採用)。

子　音 默　音	無聲 無氣	無聲 送氣	有聲 無氣	有聲 送氣	有聲 鼻音	有　聲 半母音	無聲 擦音
喉　音	क *k*	ख *kh*	ग *g*	घ *gh*	ङ *ṅ*		
顎　音	च *c*	छ *ch*	ज *j*	झ *jh*	ञ *ñ*	य *y*	श *ś*
反舌音	ट *ṭ*	ठ *ṭh*	ड *ḍ*	ढ *ḍh*	ण *ṇ*	र *r*	ष *ṣ*
齒　音	त *t*	थ *th*	द *d*	ध *dh*	न *n*	ल *l*	स *s*
唇　音	प *p*	फ *ph*	ब *b*	भ *bh*	म *m*	व *v*	

[(1)] 在北印度，梵語通常以天城體書寫；然而，在各自的省市也使用其他現代的印度文字，如：Bengālī、Oriyā (MG 3)。印度人以種種字母來書寫其古代語言；但是，歐洲學者只採用 *Devanāgarī* (WG 1)。

送氣音 ह *h*。

2. 印度文法學家將聲音作如上分類；且為歐洲學者所採用，作為字典、索引等的字母順序。[(1)] 字母順序是從左到右，從上到下〔如母音：單母音 *a, ā, i ... ḷ*，雙母音：*e ... au*；子音默音 *k ... ṅ, c ... ñ ... p ... m*，半母音 *y ... v*，擦音 *ś ... s*，送氣音 *h*；請參考字母順序表，p. 170〕(PG 2, WG 7, MG 4)。

3. 天城體的書寫原理是音節性與輔音性。音節性：書寫時是以一個音節為單位，而不是以一個單音為單位，如：क *ka*，是一個音節，而 *k* 則為一個單音；輔音性：音節的實體部分是母音前的子音，而母音未被直接表示出來。如短音的 अ *a*，除了在詞首之外，書寫時是附於子音之後。 如：क *ka*，其中的 अ *a* 未被直接表示出來 (請參考字母書寫順序，p. 171) (PG 3, WG 8)。

4. 書寫須遵循以下兩個原則：

A. 以上所列母音字母的形式，只有在母音本身就是一個音節或母音不與前面的子音結合時，才可以用；也就是說，詞首是母音或其前是母音時，才用代表母音的文字表示。如果和一個子音結合時，則須使用其他的代表形式 (§7)。

B. 母音前若有一個以上的子音時，母音與這些子音整個形成一個音節，而且必須結合成單一文字 (PG 4, WG 9)。

5. 根據印度分開音節的方式，除了詞尾外，每一個音節必須以母音或 *Vi-*

---

(1) 天城字母〔雖然有四十九個，但 ॡ 幾乎未出現過，所以實際上只有四十八個〕包含十三個母音，三十五個子音〔包括止聲與隨韻〕。這些代表梵語的每一個音。上面的字母排法為古代印度文法家所採用〔如：子音方面，由左到右是發音方法，由上到下是發音部位；且發音部位是由內到外：喉、顎、舌、齒、唇〕，其排列方式很有系統 (MG 4, WG 7)。

sarga 或 *Anusvāra* 結束。但在印度，一般書寫的時候，不會把句子中的詞分開，而將每個詞最後的子音與下一個詞的詞首結合成一個音節；如此，以子音結束的音節僅發生在句末。如這個句子 *kṣetreṣu siktābhir meghānām adbhir dhānyaṃ prarūḍham*，可以視爲如下的音節所組成：*kṣe tre ṣu si ktā bhi rme ghā nā ma dbhi rdhā nyaṃ pra rū ḍham*。每一個音節可以藉由一組符號表示，與拆詞沒有關係；這些音節是各別的寫，但幾乎連在一起。如：क्षे त्रे षु सि क्ता भि र्मे घा ना म द्भि र्धा न्यं प्र रू ढम् 或 क्षेत्रेषुसिक्ताभिर्मेघानामद्भिर्धान्यंप्ररूढम् (PG 5, WG 9.a, b)。

6. 在歐洲出版的梵語作品，一般的習慣是將詞分開，如此就沒有書寫形式上的變化 (PG 6, WG 9.c)。如：इन्द्राय नमः *indrāya namaḥ*，但 तत्सवितुर्वरेण्यम् *tat savitur vareṇyam* 卻連在一起，原因是最後的 *t*、*r* 不用完整的形式來寫。但一些已出版的少量作品使用 *Virāma* 的符號 (§ 8)，將個別的詞分開。(1) 在音譯的版本中，當然依循西方的方式：詞分原則 (PG 6, WG 9.e)。

7. 依 A 原則：與前面子音結合的母音，按照如下的方式：

(1). *a* : 短音的 *a* 不需書寫的符號；子音符號本身就含有 *a*，除非附上某些其它的母音或 *Virāma*。所以上面 (§ 1) 所列的子音符號實際上是 *ka*、*kha*、*ca*、*cha* .... *ha* 的符號。

(2). *ā* : का *kā*、चा *cā*、धा *dhā* 等等。

(3). *i*、*ī* : कि *ki*、पि *pi*、धि *dhi*；की *kī*、पी *pī*、धी *dhī*。上半部向左或向右的勾是這個字的必要部分，原本這個勾就是代表 *i*、*ī*；後來，這個勾的下半部向下延伸，靠在子音的旁邊。觀察一下 *i* 的勾與 *u* 的勾，一個在上，一個在下；向左是短音，向右是長音，這方面是相似的。

(4). *u*、*ū* : कु *ku*、चु *cu*、भु *bhu*；कू *kū*、चू *cū*、भू *bhū*。由於結合的需要，子音

(1) 在一些爲初學者而設計的書本中，會使用這個符號 (WG 9.d)。

與母音的符號有時會改變，如：रु *ru*、रू *rū*。

(5). *ṛ*、*ṝ* : कृ *kṛ*、पृ *pṛ*；कॄ *kṝ*、तॄ *tṝ*；遇到 *h* 時，母音的勾是在中間 हृ *hṛ*。

(6). *ḷ* : कॢ *kḷ*。

(7). *e* : के *ke*、पे *pe*、ये *ye*；*ai* : कै *kai*、धै *dhai*；*o* : को *ko*、भो *bho*；*au* : कौ *kau*、रौ *rau*。有些版本將 *o* 的符號與 *au* 的符號放在子音之上，而不是在直幹之上，如：को *ko*、कौ *kau* (PG 7, WG 10, MG 5)。

母音是詞首	अ	आ	इ	ई	उ	ऊ	ऋ	ॠ	ऌ	ए	ऐ	ओ	औ
與前面子音結合		ा	ि	ी	ु	ू	ृ	ॄ	ॢ	े	ै	ो	ौ
例子	क	का	कि	की	कु	कू	कृ	कॄ	कॢ	के	कै	को	कौ

8. *Virāma* "停止"：在子音的符號下畫一斜線 (類似於 " \ ")，以表示沒有加上母音的單獨子音；如：क् *k*、ह् *h*、द् *d*。嚴格地說，*Virāma* 僅能用於句末，但抄寫者或在印刷時爲了避免結合上的不便或困難，常用於詞或句子的中間；如：लिड्खिः *liḍkhiḥ*、लिट्सु *liṭsu* (PG 8, WG 11)。

9. 依循 B 原則：子音間的結合 (請參考子音結合表，p. 173)
子音間的結合大至上不困難。垂直線和水平線對所有的字幾乎是共通的；如果兩個或兩個以上的子音結合在一起，須依循下面的方法：選取一個子音符號的代表部分 (即是去掉垂直線或水平線或兩者之後所剩下的部分)，加到另一個子音，此時依照方便 a. 邊靠邊 (水平結合)，或 b. 一個在另一個之上 (垂直結合)。某些字的結合兩種方法都可以。最先唸的子音，用 a. 時放在前面，用 b. 時放在上面。子音僅僅在水平線的右邊及垂直線的上邊保持完整 (右、上保持完整原則)。a. 水平結合，如：ग्ग *gga*、ज्ज *jja*、प्य *pya*、न्म *nma*、त्थ *ttha*、भ्य *bhya*、स्क *ska*、ष्ण *ṣṇa*。b. 垂直結合，如：क्ल *kla*、प्त *pta*、ङ्क *ṅka* (PG 9, WG 12)。

10. 在某些結合中，會縮短或改變一個子音符號的各別形式。क्त *kta* 中的 *k*；त्त *tta* 中的 *t*。द्ग *dga*、द्द *dda*、द्ध *ddha*、द्भ *dbha* 中的 *d*。द्म *dma*、द्य *dya*、ह्म *hma*、ह्य *hya* 中的 *m*、*y*。當 श् 後面緊跟著子音時，變成 श्，如：श्च *śca*、श्न *śna*、श्व *śva*、श्य *śya*。當母音的符號加在下面時，也產生同樣的改變，如：शु *śu*、शृ *śṛ* (PG 10, WG 13, MG 12.2, 12.3)。

11. 其他結合：*h* 的複合字 ह्ण *hṇa*、ह्न *hna* (PG 11, WG 13.f)。

12. 有些無法辨認組成字母的痕跡。如：क्ष *kṣa*、ज्ञ *jña* (PG 12, MG 12.1)。

水平結合	垂直結合	*h* 的複合字	無法辨認
ग् + ग > ग्ग	क् + ल > क्ल	ह् + ण > ह्ण	क् + ष > क्ष
प् + य > प्य	प् + त > प्त	ह् + न > ह्न	ज् + ञ > ज्ञ
न् + म > न्म	ङ् + क > ङ्क		

改變符號：

त	द	म य	श् > श्	
क् + त > क्त	द् + ग > द्ग	द् + म > द्म	श् + च > श्च	श + ु > शु
त् + त > त्त	द् + द > द्द	द् + य > द्य	श् + न > श्न	श + ृ > शृ
	द् + ध > द्ध	ह् + म > ह्म	श् + व > श्व	

13. 半母音 *r* 與其他子音結合時，處理方式與其母音相似。

(1). 位在一組子音的起頭時，"勾" 寫在水平線上，開口向右。如：र्क *rka*、र्प्त *rpta*。若這組子音後面跟著 *i*、*ī*、*e*、*o*、*ai*、*au*，則勾必須位於最右邊。如：र्के *rke*、र्को *rko*、र्कौ *rkau*、र्कि *rki*、र्की *rkī*。

(2). 若在其他子音之後，則以 " / " 表示。如：ग्र *gra*、प्र *pra*、स्र *sra*、द्र *dra*。其前的子音 *t*、*ś* 會變成 त्र *tra*、श्र *śra*。若在一組子音的中間，則情形與在子

音後一樣。

(3). 當 *r* 與 *ṛ* 結合時，母音須寫出完整的形式，而子音則附屬於母音。र्ऋ *rṛ*、निर्ऋति *nirṛti* (PG 13, WG 14, MG 12.4)。

半母音 *r*

子音起頭	位於最右	子音後	*t*、*ś*	*r* 與 *ṛ* 結合
र् + क > र्क	र्के र्को	ग् + र > ग्र	त् + र > त्र	र् + ऋ > र्ऋ
र् + प्र > र्प्र	र्कौ र्कि र्की	स् + र > स्र	श् + र > श्र	

14. 結合三個以上的子音，所依循的原則相同。(1) त्त्व *ttva*、द्र्य *drya*、प्स्व *psva*、त्स्य *tsya*、त्स्म्य *tsmya*、र्त्स्न्य *rtsnya* (PG 14)。

15. 手抄本與印刷用的活字，在子音結合的處理上相當不一樣。只要稍加練習即能熟悉 (PG 15, WG 15.a)。

16. *e* 或 *o* 接 *a* 時，*a* 省略，而以 " ऽ " (*Avagraha* "分開") 的符號表示 (§ 119, § 158)。但某些印刷本，特別是在印度印刷的，卻省略這個符號。在音譯時以 " ' " 代替 " ऽ "，如：ते ऽब्रुवन् *te 'bruvan*。手抄本有時用橫線或空格表示 (PG 16, WG 16, MG 9)。

17. " ° " 表示省略 (省略的部分從內容可以了解)，如：गतस् *gatas*、°तम् (*ga*) *-tam*、°तेन (*ga*) *-tena* (PG 17, WG 16.c, MG 9)。

18. 梵語唯一的標點符號是 । 與 ।। 。在半偈或句子結束時，用 ।；在一偈或段落結束時，用 ।। (PG 18, WG 16.d, MG 9)。

---

(1) 關於複合子音的種種可能性，請參考子音結合表，p. 173 (MG 13, WG 15)。

梵語常用符號：

符號	意義	羅馬轉寫	例子
ऽ	*a* 省略	'	ते ऽब्रुवन् *te 'bruvan*
°	省略	-	°तम् *-tam*
।	半偈或句子結束	/	देशकालविधिज्ञस्य साध्यासाध्यं विज्ञानतः ।
।।	一偈或段落結束	//	शक्याशक्यविधिज्ञस्य कार्यसिद्धिर्ध्रुवं स्थिता ॥

deśakālavidhijñasya sādhyāsādhyaṃ vijñānataḥ /
śakyāśakyavidhijñasya kāryasiddhir dhruvaṃ sthita //
知處及知時 知可作不作 知有力無力 所作必成就

19. 數字如下：१ 1、२ 2、३ 3、४ 4、५ 5、६ 6、७ 7、८ 8、९ 9、० 0。將彼等結合在一起以表達較大的數字，他們的用法如同歐洲的數字，如：२४ 24、४८५ 485、७६२० 7620。這套數字源自印度，而爲阿拉伯人帶入歐洲（PG 19, WG 17, MG 14）。

數字	१	२	३	४	५	६	७	८	९	०	२४	४८५
	1	2	3	4	5	6	7	8	9	0	24	485

20. 在寫天城體時，印度人通常從字的左邊開始，最後才畫水平線，如：ı > ı > ग；इ > ı > श；但是，常常會先畫水平線，不提筆繼續畫垂直線（PG 20, MG 8）。

發 音（Pronunciation）

21. 印度至今仍常使用梵語，如同前一世紀拉丁文在歐洲的情形一樣；乃有學問者之間的溝通媒介，且不是任何區域的方言。因此，來自印度各地的學者間，梵語的發音有很大的差異，就不足爲奇。可能沒有一個系統能眞正代表

古代的發音模式 (PG 21)。

一. **母音** (*Svara*)：又稱元音，漢語語音學稱爲韻母。
母音的分類主要考慮的因素有三：(舌面最高點的) 高低、前後、唇形 (展或圓)。[1]

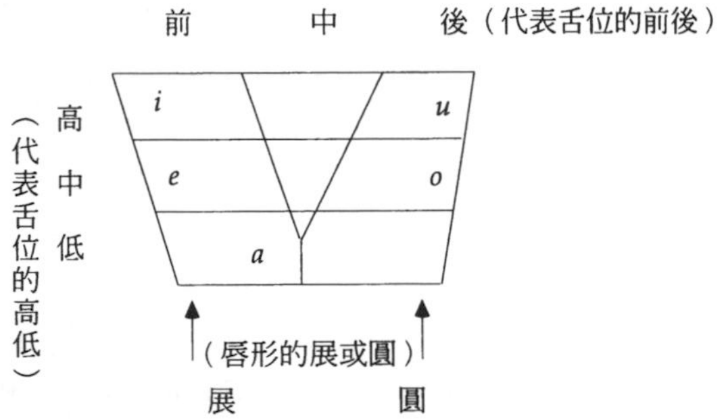

單母音 (*Samānākṣara*)

22. A. अ *a*、इ *i*、उ *u* 母音：這三個都有短母音、長母音：應該以下列的方式發音：अ *a* 如同英語 gan、father 中的 a，《大般涅槃經》對譯爲 "短阿"[2]。इ *i* 如同 pin、pique 中的 i，《大般涅槃經》對譯爲" 短伊 "。उ *u* 如同 pull、rule 中的 u，《大般涅槃經》對譯爲 "短憂"；आ *ā*、ई *ī*、ऊ *ū* 則發音時間拉長爲兩倍。अ *a* 與子音的聲音類別無關〔但有些文法家則認爲屬喉音如

[1] 通常以不規則四邊形來表示母音的發音方式，如圖所示。水平方向表示舌位的前後，以前、中、後表示三種大約的位置。垂直方向表示舌位的高低，以高、中、低表示三種大約的位置。謝國平 (1985, 72ff.)。

[2] 在《大般涅槃經》卷八，<文字品> (大 12, 653c-655b) 中列出梵語字母的漢字對譯，本文所列的漢字對譯皆依此，其他字母的對譯則不再一一列其出處。林伊 (1982, 92ff.)、呂澂 (19??, 6-10)、饒宗頤 (1993, 93-140)。

Macdonell〕。इ *i* 顯然是顎音，而 उ *u* 則是唇音（PG 22, MG 15.1）。[1]

23. B. ऋ *ṛ*、ऌ *ḷ* 母音：這兩個母音是縮短音節的結果。即 र् *r* 或 ल् *l* 接上其他母音的音節。ऋ *ṛ* 類似英語 fibre 中的 re，《大般涅槃經》對譯爲 "魯"。ऌ *ḷ* 類似英語 able 中的 le，《大般涅槃經》對譯爲 "盧"（PG 23）。[2] ॠ *ṝ*、ॡ *ḹ* 則發音時間拉長爲兩倍，《大般涅槃經》分別對譯爲 "流、樓"。

24. C. 雙母音（*Sandhyakṣara*）

(1). ए *e*、ओ *o* 通常是長母音，發音如同英語 they、bone 中的 e、o，《大般涅槃經》對譯爲 "哩、烏"。此二者未具有眞正雙母音的特性。原本，兩者確實是雙母音（$e = a + i$，$o = a + u$），但在很早期前便已失去這種性格。

(2). ऐ *ai*、औ *au* 發音如同英語 aisle、house 中的 ai、ou，《大般涅槃經》對譯爲 "翳、炮"。就是說，若視爲純粹的雙母音的話，前面的音拉長。其區別原來僅在前面母音的長音化（$ai = \bar{a} + i$，$au = \bar{a} + u$）(PG 24, WG 27.f)。

梵語	अ *a*	इ *i*	उ *u*	ऋ *ṛ*	ऌ *ḷ*	ॠ *ṝ*	ॡ *ḹ*
近似英語	gan	pin	pull	fibre	able		
漢字對譯	短阿	短伊	短憂	魯	盧	流	樓

梵語	ए *e*	ओ *o*	ऐ *ai*	औ *au*
近似英語	they	bone	aisle	house
漢字對譯	哩	烏	翳	炮

---

(1) 此三個母音是印歐語系最早及最普遍的母音（WG 19.f）。

(2) 梵語除了上面所說的三個母音之外，還有這兩個母音：*ṛ* 通常來自 *ar* 或 *ra*，*ḷ* 來自 *al*（WG 23）。現代的印度人以 *ri, rī, li* 來發這些音（WG 24.a）。

二. **子音** (*Vyañjana*)：又稱輔音，漢語語音學稱爲聲母。

子音分類主要是以發音方式、發音部位、聲帶振動與否爲依據。

(一) **發音方式**：主要是指氣流在口腔裡被調節，如完全的阻塞、部分受約束、或是轉由鼻腔逸出。梵語的子音發音方式有如下五種：塞音、鼻音、擦音、塞擦音、邊音。(1) 塞音：क、ख、ग、घ；ट、ठ、ड、ढ；त、थ、द、ध；प、फ、ब、भ。鼻音：ङ, ञ, ण、न、म。擦音：श、ष、स、य、व。塞擦音：च、छ、ज、झ。邊音：र、ल。僅塞音與塞擦音有送氣與不送氣的差別。(2)

(二) **發音部位**：主要部位如下圖所示。(3)

---

(1) 塞音：口腔的某處一時完全阻塞，氣流等張口之後，才能從嘴裡出去，如ㄅ、ㄆ、ㄉ、ㄊ等。鼻音：發音方式與塞音相同，不同在於氣流從鼻腔逸出，如ㄇ、ㄋ。擦音：口腔的某處可因器官的移動而把通道變得很窄，氣流就從那裡流出，如ㄙ、ㄒ、ㄕ。塞擦音：先是氣流完全阻塞，之後以擦音的方式釋放氣流，如ㄐ、ㄑ。邊音：口腔的某處只有中間或一邊遭受阻塞，於是氣流便從兩旁或一邊出去，如ㄌ。董同龢 (1987, 32, 54)、謝國平 (1985, 76ff.)。

(2) 塞音與塞擦音的阻塞解除後，氣流外出的力量有強有弱。如果很強，阻塞後，尚需要氣流向外流出的過程，這種現象稱爲送氣。如果很弱，跟後面的音可以彼此相連，稱爲不送氣。董同龢 (1987, 55)。

(3) 董同龢 (1987, 36)、謝國平 (1985, 78)。

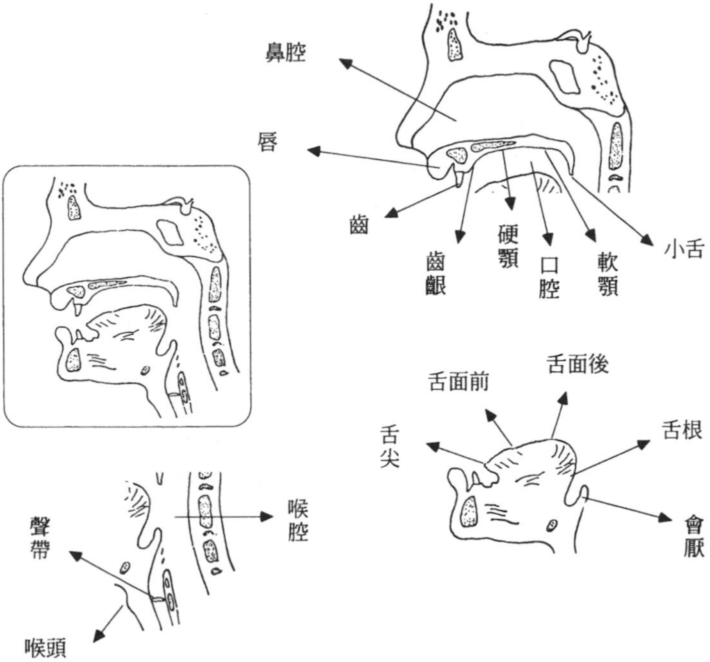

因發音部位的相互接觸，而形成各種音。[1] 舌或唇的位置不變，氣流不從口腔

---

[1] 舌面後就是舌頭在軟顎下面的那一部分。其動作與舌根不好分開。因此，由這一部分所形成的音就稱爲舌根音。動向軟顎稱軟顎音。通常舌根音是指軟顎音。舌面前是指舌頭在硬顎下面的那一部分。凡用舌面前構成的輔音可以總稱舌面音。主要對象爲硬顎，故又稱爲顎音。舌尖是指舌頭在上齒與上齒齦下面的那一部分。凡以舌尖動作而成的音而成的音總名爲舌尖音。動向上齒齦的叫齦音。動向硬顎的叫上齒音（或俗稱捲舌音）。習慣上更有把齦音也混稱齒音。凡以下唇的動作而成的音總稱唇音。動作的對象如果是上唇，就分稱雙唇音。董同龢 (1987, 37ff.)。

出，而從鼻腔流出，構成每一組的鼻音 (MG 29)。

舌面後	+	軟顎	➢	舌根音	क ... ङ
舌面前	+	硬顎	➢	顎音	च ... ञ
舌尖	+	硬顎	➢	捲舌音	ट ... ण
舌尖	+	上齒齦	➢	齦音（齒音）	त ... न
下唇	+	上唇	➢	雙唇音	प ... म

（三）**聲帶振動與否**：發音時聲帶不振動稱爲清音 (俗稱無聲)。發音時聲帶振動稱爲濁音 (俗稱有聲)。[1]

25. A. **默音** (*Sparśa*)：每一組 (*Varga*) 默音皆有兩個無聲，兩個有聲，一個鼻音 (也是有聲)。如：雙唇音包括無聲 प् *p*、फ् *ph*，有聲 ब् *b*、भ् *bh*，鼻音 म् *m* (PG 25, WG 34)。

26. 每個系類的第一及第三個子音，即 क् *k*、ग् *g*；त् *t*、द् *d*；प् *p*、ब् *b* 這些子音相當於歐洲語言的 k、g；t、d；p、b (PG 26, WG 35)。

27. 鼻音 म् *m* 屬於 प् *p*、ब् *b*，न् *n* 屬於 त् *t*、द् *d*，其他的系類也都有自己的鼻音。所謂各系類的鼻音就是：發音部位與各系類默音相同，但氣流從鼻腔出 (PG 27, WG 36)。

28. 每個系類的第二及第四個子音是送氣音；如無聲 (*Aghoṣa*) क् *k* 對應的氣音爲 ख् *kh*，有聲 (*Ghoṣavant*) ग् *g* 對應的氣音爲 घ् *gh*。歐洲學者以對應的無氣音後面緊跟著 ह् *h* 的方式發送氣音，如 थ् *th* 類似於 boathouse 中的 th；फ्

---

[1] 董同龢 (1987, 34)、謝國平 (1985, 77)。

ph 類似於 haphazard 中的 ph；ध् *dh* 類似於 madhouse 中的 dh。如此雖不夠精確，但我們的最大困難之一是，原來的發音到底如何呢？迄今仍未能確定（PG 28, MG 15.2, WG 37）。

29. 送氣音不是兩個字母（PG 29）。

30. (1). 喉音（*Jihvāmūlīya* "舌根音，由舌根所形成的聲音"）：क् *k*、ख् *kh*、ग् *g*、घ् *gh*、ङ् *ṅ*。這些音類似英語的 k、g 及相對應的送氣音和鼻音，ङ् *ṅ* 類似 singing 中的 ng（PG 30, WG 39）。

31. (2). 顎音（*Tālavya*）：च् *c*、छ् *ch*、ज् *j*、झ् *jh*、ञ् *ñ*。這一組音是由於喉音的變音而衍生出來。（如：च् *c* 與 श् *ś* 各代表 क् *k* 變音的兩個連續階段，ज् *j* 代表 ग् *g* 的變音。）所以在連音的處理上，很多方面就顯得很特別。च् *c* 與 ज् *j* 的聲音類似 church、judge 中的 ch 與 j（PG 31, WG 42）。

32. (3). 反舌音（*Mūrdhanya*）：ट् *ṭ*、ठ् *ṭh*、ड् *ḍ*、ढ् *ḍh*、ण् *ṇ*。反舌默音是將舌尖動向硬顎，發音部位有些類似英語 very 中的 r。實際上，歐洲的梵語學家並未刻意區分反舌音與齒音的差異。如：ट् *ṭ* 的發音類似 त् *t*，ड् *ḍ* 的發音如 द् *d*（PG 32, WG 45）。

33. (4). 齒音（*Dantya*）：त् *t*、थ् *th*、द् *d*、ध् *dh*、न् *n*。這些等於英語的齒音（但印度一般使用反舌音來代替齒音，如 laṇḍana = 'London'）（PG 33, WG 47）。

34. (5). 唇音（*Oṣṭhya*）：प् *p*、फ् *ph*、ब् *b*、भ् *bh*、म् *m*。這些完全與英語的 p、b、m 相等（PG 34, WG 49）。

35. B. **半母音**（*Antaḥsthā*）य् *y*、र् *r*、ल् *l*、व् *v*
(1). 顎音半母音 य् *y* 與母音 इ *i*（短或長）的關係最密切，在很多例子中，兩者可以互換（PG 35, WG 55）。

36. (2). र् *r*：很明顯是一個反舌音，類似英語中的 r，但沒有顫音（PG 36, WG 52）。

37. (3). ल् *l*：是一個齒音，相等於英語中的 *l*（PG 37, WG 53）。

38. (4). व् *v*：近代的印度人以英語的 v 來發梵語的 व् *v*；但是在同一個音節中，व् *v* 之前有子音（र् *r* 例外）時，व् *v* 的聲音聽起來就像英語中的 w。歐洲學者也依照這個方式。但實際上，व् *v*、उ *u* 的關係，就如同 य् *y*、इ *i* 的關係。以上四個半母音都是有聲（PG 38, WG 57）。

39. C. **擦音**（*Ūṣman*）श् *ś*、ष् *ṣ*、स् *s*
(1). स् *s*：是一個齒音，完全類似英語的 s，如 lesson 中的 s（PG 39, WG 60）。

40. (2). ष् *ṣ*：是位於捲舌位置的擦音。歐洲學者發此音，類似於平常英語的 *sh*（PG 40, WG 61）。

41. (3). श् *ś*：是一個顎音，即一般英語的 *sh*（PG 41, WG 63）。

42. 以上三個擦音都是無聲（PG 42）。

43. D. ह् *h* 此發音類似一般歐洲無聲送氣音的 h。但是在連音的規則中，則屬於有聲；這個音不是梵語的原有的聲音，大部分的情況是來自較古老的 घ्

gh，少數的例子是來自 ध् *dh*、भ् *bh*。ह् *h* 本身包括 घ् *gh* 兩個階段的變音，一個是對應 क् *k* 到 च् *c*，另一個是對應 क् *k* 到 श् *ś* (PG 43, WG 65.f)。

44. E. **止聲** (*Visarga*) : *ḥ*

ḥ 僅是一個無聲氣音，發音時 *h* 加前面的母音，且此母音唸得很短：如 कः *kaḥ* = *kah*[a]，कविः *kaviḥ* = *kavih*[i]，ऋतुः *ṛtuḥ* = *ṛtuh*[u] (MG 29.6)。*ḥ* 不是原本的音，但常取代詞末的 स् *s*、र् *r* (PG 44, MG 6, WG 67.f)。《大般涅槃經》對譯 "痾"。

45. F. **隨韻** (*Anusvāra*) : *ṃ*、*ṁ*

隨韻是鼻音，其與默音的鼻音不同之處，在於發音器官不關閉；發音時，氣流從口與鼻出，所以有鼻音的共鳴且嘴巴是張開的。換句話說，就是將前面的母音鼻音化 (PG 45, MG 7, WG 70)。此種現象國語與英語皆有，如：安、拼、*bean* 就是 [a]、[i] 的鼻音化。[1] 隨韻於《大般涅槃經》對譯爲 "菴"。

46. ं (*Anusvāra*)，ँ (*Anunāsika*) 在手抄本裡皆表示隨韻。ं 最普遍，ँ 很少出現，當鼻音默音變成隨韻時且在半母音前 (尤其是 *l*)，用此符號，如：तान् लब्धान् *tān labdhān* = तालँ लब्धान् *tāl̐ labdhān* (PG 46, 139, MG 7, 36.B.4, WG 73.a)。

47. 詞中的隨韻位於半母音、擦音或 *h* 之前，如：अंश° *aṃśa-*、अंहस्° *aṃhas-*，稱爲眞實隨韻或不變易隨韻 (Unchangeable *Anusvāra*)。爲了方便書寫，也常以隨韻代替默音的鼻音，如：अंग° *aṃga-* = अङ्ग° *aṅga-*、अंजस्° *aṃjas-* = अञ्जस्°

---

[1] 大多數的情形，元音 (即母音) 形成時，氣流是從口腔出，而不從鼻腔出，稱爲口元音。氣流兼由口與鼻出，稱爲鼻化元音。董同龢 (1987, 33, 48ff.)、謝國平 (1985, 109)。

añjas-、अंड° *aṃḍa*- = अण्ड° *aṇḍa*-、अंत° *aṃta*- = अन्त° *anta*-、अंब° *aṃba*- = अम्ब° *amba*-，稱爲代用隨韻或變易隨韻（Changeable *Anusvāra*）（TsG 4.B.5, MG 4）。[1]

梵語	क् *k*	ख् *kh*	ग् *g*	घ् *gh*	ङ् *ṅ*
近似英語	kill	inkhorn	gun	loghut	sing
漢字對譯	迦	呿	伽	伽重音	俄

梵語	च् *c*	छ् *ch*	ज् *j*	झ् *jh*	ञ् *ñ*
近似英語	docle	churchhill	jet	hejhog	singe
漢字對譯	遮	車	闍	闍重音	若

梵語	ट् *ṭ*	ठ् *ṭh*	ड् *ḍ*	ढ् *ḍh*	ण् *ṇ*
近似英語	true	anthill	drum	redhaired	none
漢字對譯	吒	侘	茶	茶重音	拏

梵語	त् *t*	थ् *th*	द् *d*	ध् *dh*	न् *n*
近似英語	water	nuthook	dice	adhere	not
漢字對譯	多	他	陀	陀重音	那

梵語	प् *p*	फ् *ph*	ब् *b*	भ् *bh*	म् *m*
近似英語	put	uphill	bear	abhor	map
漢字對譯	波	頗	婆	婆重音	摩

[1] 有些文法書爲區分此兩者，在轉寫時會用不同的符號來表示，如：Perry 以 *ṁ* 表示被同化的 *m*，以 *ṅ* 表示原本的 *m*，而 ङ् 則以 *ṅ* 表示（PG 47, WG 73.c）。

梵語	य् *y*	र् *r*	ल् *l*	व् *v*	अं *aṃ*
近似英語	yet	red	lead	ivy	
漢字對譯	耶	囉	羅	和	菴

梵語	श् *ś*	ष् *ṣ*	स् *s*	ह् *h*	अ: *aḥ*
近似英語	sure	shun	saint	hear	
漢字對譯	賒	沙	娑	呵	痾

短音節與長音節 (Light and Heavy Syllables)

48. 爲了韻律的原故，音節分成長音節與短音節。如果其母音是長的 (Long by Nature)，或是短母音但其後緊跟著一個以上的子音 (Long by Position)，這個音節就是長的。止聲與隨韻此時被視爲一個完整的子音。當然，送氣的默音不可以視爲兩個字母。其餘的情況爲短音節 (PG 48, WG 79)。

聲音的改變 (Changes of Sounds -- *Guṇa* and *Vṛddhi*)(PG 49)

49. 梵語母音與子音的改變是很頻繁的。在母音的改變中，最規則且最頻繁的就是元音的強化 (*Guṇa*)及複強化 (*Vṛddhi*)，此兩種情形常常發生於變位與衍生詞中。

50. 下面的表格表示聲音的改變

單母音	अ *a* आ *ā*	इ *i* ई *ī*	उ *u* ऊ *ū*	ऋ *ṛ*
強化	अ *a* आ *ā*	ए *e*	ओ *o*	अर् *ar*
複強化	आ *ā*	ऐ *ai*	औ *au*	आर् *ār*

51. 理論上，*ṝ* 的改變與 *ṛ* 一致，而且 *ḷ Vṛddhi* 應該是 *āl*；但實際上，這些例子並未出現。*l* 的 *Guṇa* 是 *al* (如同 *ṛ* 的 *Guṇa* 是 *ar*)，僅發生在 *kḷp*。

Guṇa 的聲音等同於 *a* 與單母音結合的結果，如：अ *a* 與 इ *i*、ई *ī* 結合，變成 ए *e*；इ *i*、ई *ī* 的 *Guṇa* 亦變成 ए *e*。同樣的，*Vṛddhi* 的聲音亦如同 अ *a* 與 *Guṇa* 結合的結果，如：अ *a* 與 ए *e* 結合，變成 ऐ *ai*；इ *i*、ई *ī* 的 *Vṛddhi* 亦變成 ए *ai* (PG 51)。

52. 在整個 *Guṇa* 的過程，अ *a* 保持不變，或換句話說，अ *a Guṇa* 就是 अ *a*；आ *ā Guṇa* 與 *Vṛddhi* 保持不變 (PG 52)。

53. 元音的強化不會發生在子音結尾的長音節 (§ 48)，除了在極少的例子中；如 चित् *cit* 變成 चेत् *cet*；नी *nī* 變成 ने *ne*；चिन्त् *cint*、निन्द् *nind*、जीव् *jīv* 不會變成 चेन्त् *cent*、नेन्द् *nend*、जेव् *jev* (PG 53)。

54. 母音與子音的其他改變，常常發生在 (1). 詞根藉著詞綴與接尾詞形成一個詞的時候；(2). 結合兩個以上的詞幹，形成複合詞的情況下。甚而，這種語言被文字記下來的形式，及在組成句子與段落的詞，這些詞所根據的原則與形成複合詞的原則一樣；所以不知道這些改變的規則，想要了解最簡單的句子也不可能 (PG 54)。

詞根與詞幹 (Roots and Stems)

55. 學習梵語必須先了解這些術語：詞根、詞幹、人稱詞尾等。詞根加上詞綴形成詞幹，詞幹加上人稱詞尾構成動詞的變位。名詞的變格則是詞幹加上格變化而形成 (PG 54)。

重 音 (Accent)

56. 所有時期的印度文法家皆以一種聲調 (Tone、Pitch) 來說明及處理重音的音勢。這些重音僅在某些吠陀作品中會註明，且僅在唱誦中應用 (PG 56, WG 80)。

動詞的變位 (Conjugation of Verbs)

57. 早期的梵語 (即吠陀時期)，每一個時態詞幹皆有多種動詞語氣的分支 (如陳述句、命令句、疑問句)；但是在較後期 (即古典梵語)，這些已經刪除了很多，只有現在時仍然保留動詞語氣的種類。(尚有一個時式：不定過去時的祈願式 Aorist Optative) (PG 57)。

58. 動詞詞根的變化有兩種：基本動詞變位 (Primary Conjugation) 及衍生動詞變位 (Secondary or Derivative Conjugation) (PG 58)。

59. 語態 (Voice) 有兩大類：爲他言 (*Parasmaipada*)、爲自言 (*Ātmanepada*) 語態，遍於變位的所有系統。某些動詞的變位兩種語態皆可，某些動詞僅能用一種；有時，某些時態的變位只用一種語態，其他的用另外一種或兩種語態；有時，當動詞與某一些介詞組合時，語態又不同 (PG 59, MG 121, WG 528-531)。

60. 人稱、數：有三種人稱，即第一、二、三人稱；有三種數，即單、雙、複數。這些人稱、數都是從時態、語氣形成 (PG 60, MG 121.a, WG 536)。[1]

61. 例如使用 *bhavati* ([三][單][現][陳])這個詞，就表示是第三人稱、單數、現在時、陳述式、詞根 √ *bhū*。印度人甚至由此而形成實詞，再依照表達的需要形成名詞的變格 (PG 61)。

---

[1] 命令式 (Imperative) 的第一人稱實際上是假設語氣的形式，所以是例外。

62. 以下動詞的 [三][單][現][陳] 皆放在詞根後的括號內。如：√ *bhū* (*bhavati*) (PG 62)。

動詞變位	語態	人稱、數
基本動詞變位	為他言語態	第一　單
衍生動詞變位	為自言語態	第二　雙
		第三　複

63. 時態與語氣 (Tenses and Modes)：印度人所形成的時態與語氣，僅對後期的語言有用 (PG 63)。

64. 梵語的時態與語氣如下：

(1). 現在時 (Present System)：

a. 陳述式 (Indicative)、b. 未完成過去時 (Imperfect)、c. 命令式 (Imperative)、d. 祈願式 (Optative)、e. 分詞 (Participle)

(2). 完成時 (Perfect System)：a. 陳述式、b. 分詞

(3). 不定過去時 (Aorist System)：a. 陳述式、b. 祈求式

(4) 未來時 (Future System)：

A. 擦音未來時 (Sibilant Future)：a. 陳述式、b. 未完成過去時、c. 分詞

B. 迂迴未來時 (Periphrastic Future)：a. 陳述式 (PG 64, MG 122, WG 532)。

	(1). 現在	(2). 完成	(3). 不定過去	(4). 未來 A. 擦音	(4). 未來 B. 迂迴
a. 陳述式	▲	▲	▲	▲	▲
b. 未完成	▲				
c. 命令式	▲				
d. 祈願式	▲		▲		
e. 分詞	▲	▲		▲	
f. 條件式				▲	

65. 此處所列的未完成過去時 (Imperfect)、完成時 (Perfect)、不定過去時 (Aorist) 的時態，其名稱是來自這個語系的其它語言，尤其是希臘語中相對應的名稱，而不是來自他們所表示時間的不同。在早期的語言中，不定過去時很常用；但在後期，幾乎分不清三者的不同 (PG 65, MG 213, WG 532.a)。

動詞性的形容詞與名詞 (Verbal Adjectives and Substantives)

66. 分詞 (Participles)：除了上面所提到的分詞外，還有一種分詞，直接從動詞的詞根形成，通常具有過去、被動的意思，即是過去被動分詞。尚有一種分詞稱爲未來被動分詞 (或稱爲義務分詞)，跟未來時的詞幹沒有關連 (PG 66, MG 156-162, WG 537)。

67. 不定詞 (Infinitive)：古典梵語只有一種不定詞，實際上是某個動詞性名詞的受格，與時態沒有關係 (PG 67, MG 167, WG 538)。

68. 絕對分詞 (Gerund)：出現的頻率很高，像不定詞一樣，是某一個衍生的動詞性名詞的具格。其作用是一種不變化主動分詞，時間不確定但往往表示過去的用法 (PG 68, MG 163, WG 539)。

衍生動詞變位 (Secondary Conjugations)

69. 衍生動詞變位有如下幾項 (參見 § 58-59)：
(1). 被動 (Passive)、(2). 強意 (Intensive)、(3). 意欲 (Desiderative)、(4). 使役 (Causative)，先形成詞幹，再拓展成完整的動詞變位 (PG 69, MG 168-175, WG 540)。

70. (5). 名詞起源的動詞 (Denominative)：由實詞或形容詞的詞幹轉換成動詞的詞幹。(6). 複合動詞 (Compound)：介詞性的詞首接於詞根，或助動詞接於名詞詞幹而形成的。(7). 迂迴的動詞變位 (Periphrastic Conjugation)：輔助詞與動詞性的名詞、形容詞相結合而形成 (PG 70)。

71. 動詞形式最易於辨認的特色是它的人稱詞尾，從它的詞尾可以知道這個動詞的人稱、數；此外，有些還可以區分其時態與語氣。時態與語氣的差別，在於形成詞幹的方式不同 (PG 71, WG 541)。

動詞變位的類別 (Conjugation Classes)

72. (參見 § 64) 在整個動詞變位中，現在時是很重要的部分，比完成、不定過去、未來的總合還常用。不同的詞根形成現在詞幹的方式有所差異，基於此，而將動詞加以分類。一個動詞歸屬於那一類，完全根據其現在詞幹形成的方式 (PG 72, WG 600-601)。

73. 動詞變位有十類，前四歸爲第一組，後六歸爲第二組 (PG 73)。

74. 後六類有一個共同的特性，即是：重音的轉換或在人稱詞尾、或在詞根或類別標誌。伴隨著重音的轉換，詞幹本身也會產生改變。當重音在詞幹時，屬較強的形式；當重音在詞尾時，則爲較弱的形式，依此而區分詞幹爲強弱二種形式 (PG 74, WG 604)。

75. 前四類的重音保持在詞幹的相同音節上，不會轉移至詞尾；且詞幹也沒有強弱的分別。第一組中每個動詞的現在詞幹均以 *a* 結尾 (PG 75, WG 605)。

76. 在印度及歐洲，文法學家同樣將動詞變位分爲十類 (PG 76)。

77. 第一、四、六、十類歸爲第一組，其餘爲第二組 (PG 77)。

78. 此處的十類如下：

第一組：

(1) 非重音 *a* 類 (或 *bhū*-class)：重音不在 *a*；如果能夠形成 *Guṇa* 的話，詞根就要形成 *guṇa*，如：√ भू *bhū* "是" > *bho-a* > भव *bhav-a*。

(6) 重音 *a* 類 (或 *tud*-class)：重音在 *a*；詞根不產生 Guṇa，如：√ तुद् *tud* "打" > तुद *tuda*。

(4) *ya* 類 (或 *div*-class)：*ya* 加到有重音的詞根，如：√ दीव् *dīv* "遊戲" > दीव्य *dīvya*。

(10) *áya* 類 (或 *cur*-class)：*áya* 加到強化後的詞根，如：√ चुर् *cur* "偷" > चोरय *cor-aya*。(PG 78, WG 603, 606)。

第二組：

(2) 詞根類 (或 *ad*-class)：現在時的詞幹與詞根是一致的，如：√ अद् *ad* "吃"、√ इ *i* "去"、√ द्विष् *dviṣ* "恨"。

(3) 重複類 (或 *hu*-class)：重複詞根以形成現在詞幹，如：√ हु *hu* "供奉" > जुहु *juhu*；√ दा *dā* "給予" > ददा *dadā*。

(7) 鼻音類 (或 *rudh*-class)：加鼻音於詞根的最後子音之前，如：√ रुध् *rudh* "阻止" > रुन्ध् *rundh* 或 रुणध् *ruṇadh* (強 *na*、弱 *n*)。

(5) *nu* 類 (或 *su*-class)：加 *nu* 於詞根之後，如：√ सु *su* "壓" > सुनु *su-nu*。

(8) *u* 類 (或 *tan*-class)：少數的詞根以 *n* 結尾，只須加 *u* 即形成詞幹，如：√ तन् *tan* "拉緊" > तनु *tanu*。但是 √ कृ *kṛ* "做"，是例外。

(9) *nā* 類 (或 *krī*-class)：*nā* (強)、*nī* (弱) 加到詞根，如：√ क्री *krī* "買" > क्रीणा *krīṇā*、क्रीणी *krīṇī*。

第一組	詞根	詞綴	詞幹	第二組	詞根	詞綴	詞幹 (強、弱)
(1)	*bhū*	*a*	*bhav-a*	(2)	*dviṣ*		*dveṣ*、*dviṣ*
(6)	*tud*	*á*	*tud-á*	(3)	*hu*	重複	*ju-ho*、*ju-hu*
(4)	*div*	*ya*	*div-ya*	(5)	*su*	*no*、*nu*	*su-no*、*su-nu*
(10)	*cur*	*áya*	*cor-áya*	(7)	*rudh*	*na*、*n*	*ru-ṇa-dh*、*ru-n-dh*
				(8)	*tan*	*o*、*u*	*tan-o*、*tan-u*
				(9)	*krī*	*nā*、*nī*	*krī-ṇā*、*krī-ṇī*

79. 詞根並非完全受限於一個類別，一個詞根有時屬於兩個以上類別 (PG 79)。

80. 第一組動詞的形成及詞尾變位較簡單；且出現頻率及數量都比第二組多 (PG 80)。

介系詞與介詞性的接頭詞

(Prepositions and Prepositional Prefixes)

81. 介系詞或更嚴格地說，是副詞狀的接頭詞，在梵語中常常與動詞連用；一個動詞可以有一個以上的副詞狀接頭詞。如：उद् *ud* "向上" + √ पद् *pad* "去"，這種形式表示：介系詞 उद् *ud* 加到適當的動詞形，所以 [三][單][現][陳][自] (

第三人稱單數現在陳述式爲自言）उत्पद्यते *utpadyate* "生起"；वि *vi* "分開" + अव *ava* "向下" + √ लोक् *lok* "看" > [三][單][現][陳][他] व्यवलोकयति *vyavalokayati* "照見"（PG 81, WG 1080）。

常與動詞連用的接頭詞：

ati "超出/beyond"	*adhi* "在其上/upon"	*anu* "在其後/after"
apa "遠離的/away"	*api* "在上面/on"	*antar* "在..之間/between"
abhi "對著/against"	*ava* "在下邊/down"	*ā* "接近/near"
ud "向上/up"	*upa* "向/to、toward"	*ni* "在下邊/down"
nis "在外/out、forth"	*parā* "遠離/away"	*pari* "環繞/round about"
pra "向前/forward"	*sam* "一起/along with"	*vi* "分開地/seperately"

這些介詞修飾、強調詞根的意思，有時會完全改變詞根的意義；有時僅僅加在前面而意思沒有任何改變（KG 365）。

82. 在梵語中，沒有介系詞這一類；但是與名詞連用的時候，就很接近其他語言中的介系詞。介系詞也可以與名詞的各種格連用（除了主格、與格、呼格），但一般而言，他的作用是指揮或更明確地決定或增強這名詞所使用的格（PG 82, WG 1123）。[1]

---

[1] *anu* 放在業格的後面，如：*mama cittam anu cittebhir e 'ta* /follow after my mind with your minds。*prati* 放在業格的後面，如：*imam prakṣyāmi nṛpatim prati* /him I will ask with reference to the king。*ā* 放在從格的前面，如：*e 'hy ā naḥ* /come hither to us（WG 1129）。這些介詞的作用僅僅定下格的界限，在吠陀大約有一打的介系詞，古典梵語僅保留此三個（MG 176）。

變 格 (Declension)

83. 實詞與形容詞的變格相當接近，所以一起處理。代名詞與數詞有很多的特性，所以必須分開處理 (PG 83, WG 261)。

84. 變格有三個數：單數、雙數、複數。三個性：陽性、陰性、中性 (PG 84, WG 263-264)。

85. 變格有八個格：主格、業格、具格、與格、從格、屬格、處格、呼格 (PG 85, WG 266-305)。

86. 為了方便，將實詞與形容詞的詞幹 (*Prātipadika*) 分成五類：
(1). *a* 結尾的詞幹；(2). *i*、*u* 結尾的詞幹；(3). *ā*、*ī*、*ū* 的詞幹可分二：a. 根本詞幹 (Radical-stems) 及少數詞尾變化類似於此的、b. 衍生詞幹；(4). *ṛ* 或 *ar* 結尾的詞幹；(5). 子音結尾的詞幹 (PG 86, WG 321)。

87. 強幹與弱幹 (Strong and Weak Cases)：子音與 *ṛ* 結尾的詞幹在不同的格時，其詞幹的形式也有所不同。若詞幹形式有兩種，稱為強、弱幹；若有三種，則稱為強、中、弱幹。這種情形與動詞相同，因為重音的轉換而造成詞幹形式的差異 (PG 87, WG 311.a)。

88. 詞幹的強弱與各種格的關係：陽性及陰性的強幹是主格、呼格及業格單、雙數，主格、呼格複數；其餘是弱幹。如果有三個詞幹，則具、與、從、屬、處格單數及屬格、處格雙數，屬格複數 (這些都是接母音起首的詞尾) 是弱幹；具、與、從格雙數，具、與、從、處格複數 (這些都是接子音起首的詞尾) 是中幹 (PG 88, MG 173, WG 311.b)。

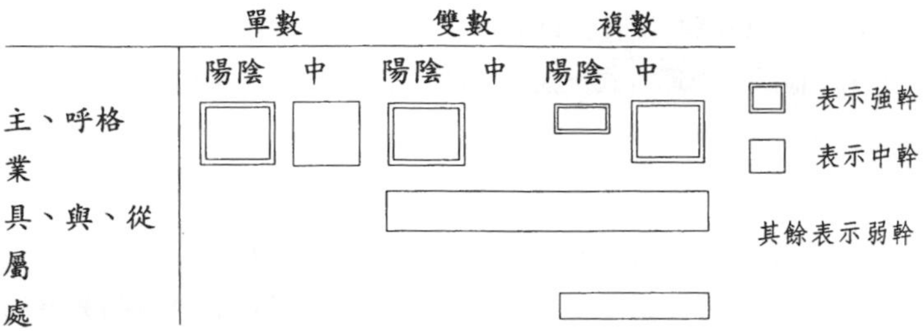
單數
雙數
複數
陽陰 中
陽陰 中
陽陰 中
主、呼格
業
具、與、從
屬
處
表示強幹
表示中幹
其餘表示弱幹

89. 中性的強幹是主格及業格複數；如果有三個詞幹，則主格及業格單數是中幹；主格及業格雙數是弱幹；其餘如同陽性 (PG 89)。

90. 格的詞尾 (Case-endings)，一般的格詞尾如下表：

	單數 陽 陰	單數 中	雙數 陽 陰	雙數 中	複數 陽 陰	複數 中
1. 主格	*s*	*m*	*au*	*ī*	*as*	*i*
2. 業	*am*	*m*	*au*	*ī*	*as*	*i*
3. 具	*ā*		*bhyām*		*bhis*	
4. 與	*e*		"		*bhyas*	
5. 從	*as*		"		"	
6. 屬	"		*os*		*ām*	
7. 處	*i*		"		*su*	

此表適用於子音詞幹及 *ī*、*ū* 的根本詞幹；但用於其他母音就有相當大的差異與調整。有一組詞尾，在所有種類的詞幹皆一樣，是雙數的 *bhyām*、*os*，複數的 *bhis*、*bhyas*、*ām*、*su* (PG 90, WG 310)。

91. *Pada*-endings：*bhyām*、*bhis*、*bhyas*、*su* 這些稱爲 *Pada*-endings (

Pada "詞")。因爲詞幹後接上 *bhyām* (... *bhis*、*bhyas*、*su*) 的處理方法和一個詞接上另一個詞的處理方式一樣，故稱爲 *Pada*-endings (PG 91)。

第 一 課

92. 現在陳述式爲他言 (Present Indicative Active)
非重音的 *a* 類 (Unaccented *a*-class)：有些詞根 (Root) 含中間短音的 *a*。*a* 的 *Guṇa* 就是 *a*，所以這些詞根只要加上 *a*，就可以形成現在詞幹 (Present-stem)；如：√ *vad* "說"，現在詞幹 *vada* (PG 92, MG p. 92, WG 734)。在三個第一人稱中，詞幹最後的 *a* 變成長音的 *ā*。[1] 其三種數、人稱如下：

	單數	雙數	複數
1.	*vadā-mi*	*vadā-vas*	*vadā-mas*
2.	*vada-si*	*vada-thas*	*vada-tha*
3.	*vada-ti*	*vada-tas*	*vad-anti*

93. 第三人稱複數的詞尾 (Ending) 嚴格地說是 *anti*；在詞幹以 *a* 結尾的動詞中，*anti* 由於 *a* 的失去，形成縮寫 (PG 93)。[2]

94. 以子音結尾的長音節不能產生 *Guṇa*，所以 √ *jīv* "活" > *jīva-ti*；√ *nind* "責備" > *ninda-ti* (參見 § 53)。

95. 連音規則 (Euphonic Rule)：*-s*、*r* > *-ḥ*
s、*r* 在一個詞 (Word) 的末尾時，常常變成 *ḥ* (*Visarga*)。*s*、*r* 在 *k*、*kh*、*p*

---

[1] 詞幹末尾的 *a* 在 *m*、*v* 之前會增長爲 *ā*，如：*bhavā-mi*、*bhavā-vaḥ* (MG 131.1)。

[2] 有些人認爲是詞幹末端的 *a* 失去，而不是 *anti* 掉音 (MG p. 92, WG 733.9)。

、*ph*、*ś*、*ṣ*、*s* 之前，不論是位於相同的詞或另一個詞的詞首，通常也變成 *ḥ*；如：*vadatas punar* > *vadataḥ punaḥ* (PG 95, MG 27, 43, WG 170, 172)。

-s、r 的連音規則：詞尾、無聲子音前	
① -s、*r* 是詞尾 > *ḥ* (§ 95)	*vadatas punar*
② -s、*r* + *k*、*kh*- > *ḥ* + *k*、*kh*- (§ 95)	↓
③ + *p*、*ph*- > *ḥ* + *p*、*ph*- (§ 95)	*vadataḥ punaḥ*
④ + *ś*、*ṣ*、*s*- > *ḥ* 或 -*ś*、*ṣ*、*s* + *ś*、*ṣ*、*s*- (§ 95)	
⑤ -s、*r* + *c*、*ch*- > -*ś* + *c*、*ch*- (§ 129)	*naras carati* > *naraś carati*
⑥ -s、*r* + *t*、*th*- > -*s* + *t*、*th*- (§ 129)	*rāmas tiṣṭhati*

96. 現在陳述式表示

(1). 現在的時間，如：*adhunā sa gacchati* "他現在去"。

(2). 立刻的未來 (Immediate Futurity)，如：*kiṃ karomi* "我要做什麼？"。

(3). 過去的時間 (Past Time)，即歷史現在時 (Historical Present)，用現在時來敘述過去發生的事件，如：*Damanakaḥ pṛcchati katham etat* "Damanaka 問：如何？" (PG 96, MG 212)。

第 二 課

97. 非重音的 *a* 類 ，續上

母音結尾的詞根及不形成重音節的子音結尾詞根，將母音 *Guṇa* 以形成現在詞幹。如：√ *ji* "征服"、√ *nī* "帶領" > *je*、*ne*；√ *dru* "跑"、√ *bhū* "是" > *dro*、*bho*；√ *smṛ* "記得" > *smar*；√ *cit* "了知"、√ *budh* "覺醒" > *cet*、*bodh*；√ *vṛṣ* "下雨" > *varṣ* (PG 97, MG 125.1)。

98. *Guṇa* 過的詞根，其最後的 *e* 與類別標誌 *a* 結合而成為 *aya* (參 § 159)

；所以 *o* 與 *a* 結合成 *ava*；*ar* 與 *a* 結合成 *ara*。如：√ *ji* > ***jaya**-ti*；√ *bhū* > ***bhava** -ti*；√ *smṛ* > ***smara**-ti* (PG 98, MG 59, WG 131)。

內連音：*e*、*o*、*ar* + *a* (§ 98)	
① *e* + *a* > *aya*	如 √ *ji* > *je* + *a* > ***jaya**-ti*
② *o* + *a* > *ava*	如 √ *bhū* > *bho* + *a* > ***bhava**-ti*
③ *ar* + *a* > *ara*	如 √ *smṛ* > *smar* + *a* > ***smara**-ti*

99. 子音詞根，如：√ *budh* > *bodhati*；√ *cit* > *cetati*；√ *vṛṣ* > *varṣati* (PG 99, MG 60)。

非重音 *a* 類 (1) 形成詞幹的規則

	詞根	*Guṇa*	+ *a* 現在詞幹	詞根	*Guṇa*	+ *a* 現在詞幹
① 中間短音的 *a*	√ *vad*	> *vad*	> *vad-a* (§ 92)			
② 母音結尾	√ *ji*	> *je*	> *jay-a*	√ *nī*	> *ne*	> *nay-a*
	√ *dru*	> *dro*	> *drav-a*	√ *bhū*	> *bho*	> *bhav-a*
	√ *smṛ*	> *smar*	> *smar-a* (§ 97)			
③ 子音結尾的短音節	√ *cit*	> *cet*	> *cet-a*	√ *vṛṣ*	> *varṣ*	> *varṣ-a*
	√ *budh*	> *bodh*	> *bodh-a* (§ 97)			
④ 子音結尾的長音節不 *guṇa* (§ 94)						
	√ *jīv*	> *jīv*	> *jīv-a*	√ *nind*	> *nind*	> *nind-a*

100. √ *gam* "去"、√ *yam* "給" 其現在詞幹爲 *gaccha*、*yaccha*[(1)] (PG 100, MG 133.A.2)。

---

(1) 通常，文法家不允許 *ch* 放在母音之後，要求 *ch* 重覆爲 *cch*。有氣音的重覆是將對應的無氣音置於其前 (參 § 165, MG 51)。

101. √ *sad* "坐" 其現在詞幹為 *sīda*；√ *guh* "隱藏" 為 *gūhati* (PG 101, MG 133.A.1)。

102. 一些 *ā* 結尾的詞根經由重覆過程形成其現在詞幹；如：√ *sthā* "站" > *tiṣṭhati* (1)；√ *pā* "喝" > *pibati*；√ *ghrā* "嗅" > *jighrati*。詞根最後的 *ā* 在重覆的詞幹中，變成短音，但第一人稱則例外 (PG 102, MG 133.A.3)。

非重音 *a* 類 (1) 形成詞幹的不規則

詞根	現在詞幹	詞根	現在詞幹
① √ *gam*	> *gaccha*	√ *yam*	> *yaccha* (§ 100)
② √ *sad*	> *sīda*	√ *guh*	> *gūha* (§ 101)
③ √ *sthā*	> *tiṣṭha*	√ *pā*	> *piba*
√ *ghrā*	> *jighra* (§ 102)		

103. *-a* 結尾的陽性與中性名詞的變格：*deva* [陽] "神"、*phala* [中] "果實"

	單數		雙數		複數	
	陽	中	陽	中	陽	中
主格	*devas*	/ *phalam*	*devau*	/ *phale* (*a* + *ī*)	*devās*	/ *phalāni*
業格	*devam*	"	"	"	*devān*	"
呼格	*deva*	/ *phala*	"	"	*devās*	"

所有變格中，雙數、複數的呼格與主格相同 (PG 103, MG 97.A)。

---

(1) 如果擦音 *s* 前是 *a*、*ā* 之外的任何母音或 *k*、*r* -- 除非 *s* 是最後或其後跟著 *r* -- 變成 *ṣ*，如：*tisthati* 變成 *tiṣṭhati* (*th* 變成 *ṭh* 是同化的過程)；*agni-su* 變成 *agni-ṣu*；*dhanus-ā* 變成 *dhanuṣ-ā*。使 *s* 改變的母音的鼻音化，或換句話說，後面跟著 *anusvāra* 的詞中，不會妨礙對 *s* 改變的作用；如：*havīṃṣi*。變化若發生在詞幹末 *s* 之後的詞尾的起首，則 *s* 可變成 *ṣ* 或變成 *visarga*；如：*haviṣ-ṣu* 或 *haviḥ-ṣu* 不可以是 *havis-su* (MG 64, 67)。

104. 格的用法 (Force of Cases)

(1). 主格是主語 (PG 104.1, MG 196, WG 267)。

(2). 業格是賓語，主要表示較近或直接的對象，有時候指較遙遠的對象；也可以表示時間、空間的範圍 (PG 104.2, MG 197, WG 269)。

105. 母音結尾的連音 (PG 105, MG 19)

a、*ā* + 母音 (§ 105)		
① *a*、*ā* + *a*、*ā* > *ā*	如	*gatā api* > *gat**ā**pi*
② *a*、*ā* + *i*、*ī* > *e*	如	*gatā iti* > *gat**e**ti*
③ *a*、*ā* + *u*、*ū* > *o*	如	*gatā uta* > *gat**o**ta*
④ *a*、*ā* + *ṛ* > *ar*	如	*mahā ṛṣiḥ* > *mah**ar**ṣiḥ*
⑤ *a*、*ā* + *e*、*ai* > *ai*	如	*gatā eva* > *gat**ai**va*
⑥ *a*、*ā* + *o*、*au* > *au*	如	*gatā oṣadhiḥ* > *gat**au**ṣadhiḥ*

106. 本書在轉寫時將獨立的詞分開 (PG 106)。

第 三 課

107. 重音的 *á* 類 (Accented *á*-class) (6)

此類詞根將重音的 *á* 加到不 *Guṇa* 的詞根，形成其現在詞幹。除了重音的位置之外，變位完全類似前面一類的變化。如：√ *kṣip* "投" 其現在詞幹為 *kṣip-á*，現在陳述式為 *kṣipā-mi*、*kṣipá-si*、*kṣipá-ti* 等 (PG 107, MG 125.1)。

重音的 *á* 類 (6) 形成詞幹的規則 (§ 107)

詞根	不 *Guṇa* + *á*		現在詞幹
√ *kṣip*	*kṣip*	>	*kṣip-á*
√ *tud*	*tud*	>	*tud-á*

108. 此類 *ṛ* (印度人寫成 *ṝ*) 結尾的詞根以 *ira* 形成詞幹，如：√ *kṛ* "散播" > *kirá-ti*。*i*、*u*、*ū* 的詞根在此類別標誌 *á* 之前，分別將其母音改成 *iy*、*uv*，如：√ *kṣi* "居住" > *kṣiyá-ti*；√ *dhū* "搖動" > *dhuvá-ti* (PG 108, MG 57)。

內連音：*i*、*ī*、*u*、*ū*、*ṝ* + 母音 (§ 108)	
① *i*、*ī* + 母音 > *iy*	如 √ *kṣi* > *kṣiyá-ti*
② *u*、*ū* + 母音 > *uv*	如 √ *dhū* > *dhuvá-ti*
③ *ṝ* + 母音 > *ir*	如 √ *kṛ* > *kirá-ti*

109. 不規則動詞：√ *iṣ* "希求" > *icchá-ti* (§ 100)；√ *ṛ* "去" > *ṛcchá-ti*；√ *prach* 或 √ *pṛch* (或 *prach*) "問" > *pṛcchá-ti* (PG 109, MG 133.C.2)。

110. 此類中有些動詞形成現在陳述式時，在倒數第二個位置加入鼻音作為增強，如：√ *sic* "滋潤" > *siñcá-ti*。鼻音在類別上常被同化成緊接子音的類別，如：*ñ* 用於顎音前；*n*、*m* 分別用在齒、唇音之前；*ṃ* 用在擦音及 *h* 之前 (PG 110, MG 133.C.1)。

重音 *á* 類 (6) 不規則		
① √ *iṣ* > *icchá*	√ *ṛ* > *ṛcchá*	√ *pṛch* > *pṛcchá* (§ 109)
② √ *sic* > *siñcá*	√ *muc* > *muñca*	√ *lup* > *lumpa*
√ *kṛt* > *kṛntá*	√ *vid* > *vinda*	√ *lip* > *limpa* (§ 110)

111. 續 § 103 的變格 (PG 111)

deva [陽]	單數	雙數	複數
主格	*deva-s*	*devau*	*devās*
呼格	*deva*	"	*devās*
業格	*deva-m*	"	*devān*

具格	*dev**ena***	*dev**ā**-bhyām*	*dev**ais***
與格	*dev**āya***	"	*dev**e**-bhyas*
從格	*dev**āt***	"	"
屬格	*deva-**sya***	*deva-y-os*	*dev**ā**-n-ām*
處格	*deve*	"	*deve-ṣu*

phala [中]	單數	雙數	複數
主格	*phala-m*	*phale*	*phal**ā**-n-i*
呼格	*phala*	"	"
業格	*phala-m*	"	"
具格	*phal**ena***	*phal**ā**-bhyām*	*phal**ais***
與格	*phal**āya***	"	*phal**e**-bhyas*
從格	*phal**āt***	"	"
屬格	*phala-**sya***	*phala-**y**-os*	*phal**ā**-n-ām*
處格	*phale*	"	*phale-ṣu*

112. 格的用法 (Force of Cases)

(1). 具格：表示用什麼？以什麼方法？及表示伴隨、動作者或工具 (PG 112, MG 199, WG 278)。

(2). 與格：陳述較遠的對象、方向；常常用於表示目的。有時作爲述語 (常常省略連接詞)，有 "適合、趨向" 的意思 (PG 112, MG 200, WG 285)。

(3). 從格：表示自何處來？或表示原因 (PG 112, MG 201, WG 289)。

(4). 屬格：表示各種的所屬，如：屬格、主語、受詞、分詞，通常譯爲 "的" (PG 112, MG 202, WG 294)。

(5). 處格：表示動作發生的地點或時間。處格與已知或已表達的分詞一致常作爲絕對處格 (PG 112, MG 203, WG 301)。

第四課

113. -*i* 結尾的陽性詞，*agni* [陽] "火" (PG 113, MG 98.B)

agni [陽]	單數	雙數	複數
主格	*agni-s*	*agnī*	*agn**ay**-as*
呼格	*agne*	"	"
業格	*agni-m*	"	*agn**īn***
具格	*agni-**n**-ā*	*agni-bhyām*	*agni-bhis*
與格	*agn-**ay**-e*	"	*agni-bhyas*
從格	*agn-es*	"	"
屬格	"	*agny-os*	*agn**ī**-**n**-ām*
處格	*agn-**au***	"	*agni-ṣu*

114. -*i* 結尾的中性詞 *vāri* [中] "水" (PG 114, MG 98.B)

vāri [中]	單數	雙數	複數
主格	*vār-i*	*vāri-**ṇ**-ī*	*vārī-**ṇ**-i*
呼格	*vāre* / *vāri*	"	"
業格	"	"	"
具格	*vāri-**ṇ**-ā* [(1)]	*vāri-bhyām*	*vāri-bhis*
與格	*vāri-**ṇ**-e*	"	*vāri-bhyas*
從格	*vāri-**ṇ**-as*	"	"
屬格	"	*vāri-**ṇ**-os*	*vār**ī**-**ṇ**-ām*
處格	*vāri-**ṇ**-i*	"	*vāri-ṣu*

---

(1) *n* 在相同詞中，如果前面是反舌的擦音、半母音、母音-- *ṣ*、*r*、*ṛ*、*ṝ*，後面緊接母音或 *n*、*m*、*y*、*v* 則變成反舌的鼻音 *ṇ*。這些反舌的擦音、半母音、母音不僅可緊接鼻音之前，且可以在鼻音之前的任何位置，除非插入口蓋音 (除了 *y*)、反舌音、齒音，如：*nagareṇa* /by the city；*mārgeṇa* /by the road；*puṣpāṇi* /flowers (PG 114, MG 65)。

115. *-i* 結尾的陽性、中性形容詞變格與上面的實詞相同。但是在與、從、屬、處格單數時及屬、處格雙數時，陽性的形容詞可以代替相對應的中性形容詞變格 (PG 115, MG 98.B.a)。

116. 連音規則：*s*、*r* 的變化
外連音時，這兩個音在對應無聲、有聲的關係中彼此取代；很多例子中，在需要有聲時，*s* 變成 *r*；需要無聲時，*r* 變成 *s*。在內連音時，此二者很少互換。文法學家視 *s* 爲語源學的結尾，但 *r* 並不如此 (PG 116, WG 116)。

117. A. *-s*
(1). *-s* 在一個有聲 ——母音或子音 (除了 *r*)—— 之前，變成有聲的 *r*；除了其前是 *a*、*ā* 之 外。如：*agnis atra* > *agnir atra* "火在這裡"；*agnis dahati* > *agnir dahati* "火在燒"。參見 § 95 (PG 117, MG 44, WG 174)。

118. (2). 在任何有聲子音或起首的 *a* 之前，*-as* 變成 *o*；且起首的 *a* 要省略。如：*nṛpas jayati* > *nṛpo jayati* "國王贏"；*nṛpas atra* > *nṛpo 'tra* "國王在此" (PG 118, MG 45.2.b, WG 175)。

119. 在羅馬轉寫系統中，通常以 " ' " 來表示梵語的 ʃ，此符號表示一個起首 *a* 的省略 (PG 119)。

120. (3). 在除 *a* 以外的任何母音之前，*-as* 失去 *s* 變成 *a*；且保留此空隙。如：*nṛpas icchati* > *nṛpa icchati*；*tatas udakam* > *tata udakam* (PG 120, MG 45.2.a, WG 175.c)。

121. (4). 在任何有聲之前，不論是母音或子音，*-ās* 失去 *s* 變成 *ā*；因此

而產生空隙。如：*nṛpās icchanti* > *nṛpā icchanti*；*nṛpās jayanti* > *nṛpā jayanti* (PG 121, MG 45.1, WG 177)。

-s 的連音規則：母音、有聲子音前	
① -(a, ā)s + 有聲 > -r + 有聲	*agnis atra* > *agnir atra* (§ 117)
	agnis dahati > *agnir dahati*
② -as + 有聲子音 > -o + 有聲子音	*nṛpas jayati* > *nṛpo jayati* (§ 118)
-as + a- > -o '	*nṛpas atra* > *nṛpo 'tra* (§ 118)
③ -as + 非 a 母音 > -a + 非 a 母音	*nṛpas icchati* > *nṛpa icchati* (§ 120)
④ -ās + 有聲 > -ā + 有聲	*nṛpās icchanti* > *nṛpā icchanti* (§ 121)
	nṛpās jayanti > *nṛpā jayanti*

122. B. -*r*

(1). 在相同的條件下，-*r* 所表現的形式與 -*s* 表現的形式相同。如：*punar* 在句尾時會變成 *punaḥ*；*gīr* 變成 *gīḥ*。但是在 *a* 或 *ā* 之後，原來的 -*r* 在母音及有聲子音之前則不變；如：*punar atra*；*punar jayati* (PG 122, MG 46, WG 178)。

123. (2). 兩個 *r* 不可連接在一起。如果遇上這情況時，不管是原來的 *r* 或是從 *s* 轉變來的，第一個 *r* 須略去；且前面的母音如果是短母音時，須變成長音。如：*punar rāmaḥ* > *punā rāmaḥ*；*agnis rocate* > *agnī rocate*；*dhenus rocate* > *dhenū rocate* (PG 123, MG 47, WG 178)。

-*r* 的連音規則：母音、有聲子音前

① -(*a*、*ā*) *r* + 母音及有聲子音 > -(*a*、*ā*) *r* + 母音及有聲子音
如 *punar atra*；*punar jayati*

② -(短母音) *r* + *r*- > -(長母音) + *r*-
如 *punar rāmaḥ* > *punā rāmaḥ*；*agnis rocate* > *agnī rocate*
dhenus rocate > *dhenū rocate*

第五課

124. 非重音的 *ya* 類 (Unaccented *ya*-class) (4)

這類動詞是將 *ya* 加到重音的詞根，形成其詞幹。如：√ *nah* "綁" 的現在詞幹 *náh-ya*；√ *lubh* "貪愛" 的詞幹 *lúbh-ya* (PG 124, MG 125.3)。(1)

125. 這類動詞的變位與 √ *vad* 相同 (參考 § 92) (PG 125)。

126. 有一些 *ā* 結尾詞根，由於與 *i*、*ī* 特殊的交換，尤其在形成現在詞幹的時候最明顯 (參考 § 132) 印度文法家視之爲 *e*、*ai*、*o* 結尾，且將此歸爲 √ *bhū* 類或 *a* 類。如：√ *dhā* "啜" (印度文法家寫爲 √ *dhe*) > *dhá-ya-ti* ；√ *hū* 或 √ *hvā* (印度文法家寫爲 √ *hve*) > *hvá-ya-ti*；√ *gā* "唱歌" (印度文法家寫爲 √ *gai*) > *gā-ya-ti* (PG 126, WG 761.e-g)。

127. √ *paś* "見" 在現在時中常取代 √ *dṛś* "見"，其變化爲 *paś-ya-ti* (PG 127, MG 133.A.5)。

128. *u* 結尾的陽性詞，如：*bhānu* [陽] "太陽"，*u* 結尾的陽性詞的形容詞變位同此 (PG 128, MG 98.B, WG 341)。

bhānu [陽]	單數	雙數	複數
主格	*bhānu-s*	*bhānū*	*bhānav-as*
呼格	*bhāno*	"	"
業格	*bhānu-m*	"	*bhānūn*
具格	*bhānu-n-ā*	*bhānu-bhyām*	*bhānu-bhis*
與格	*bhānav-e*	"	*bhānu-bhyas*

(1) 這類動詞主要表達情感或身心的狀況；如：√ *kup* "生氣"、√ *klam* "憂愁"、√ *kṣudh* "飢餓"、√ *lubh* "貪愛" (WG 759)。

從格	*bhān-os*	"	"
屬格	"	*bhānv-os*	*bhānū-n-ām*
處格	*bhān-au*	"	*bhānu-ṣu*

129. 連音規則：*-s*
(1). *-s* 不論是原來的 *s* 或代替的 *r*，在 *c*、*ch* 之前，被同化成 *ś*，如：*naras carati* 變成 *naraś carati*；*naras chalena* 變成 *naraś chalena*。(2). 在 *ṭ*、*ṭh* 之前，*s* 會變成 *ṣ*，但這種例子幾乎未發現。(3). 在齒音 *t*、*th* 之前，因爲 *s* 已經與他們是相同的一類，所以不變，如：*rāmas tiṣṭhati* (PG 129, MG 43.1, WG 170)。

130. 介系詞 *ā* 若與從格 (很少與業格) 一起使用，其意義是 "從...到"；但最常用的意思是 "直到"。若當作動詞的接頭詞，則爲 "到" 之意 (PG 130, MG 176.2, WG 293.c)。

第 六 課

131. 非重音的 *ya* 類 (Unaccented *ya*-class) (4)
-am 結尾的詞根在形成詞幹時，*a* 增長爲 *ā*；如：√ *tam* "傷心" > *tām-ya-ti*；√ *bhram* "漫遊" > *bhrām-ya-ti* (這個詞也可以依照非重音的 *a* 類，變成 *bhram-a-ti*)。√ *mad* "沈醉" 同樣增長爲 *mād-ya-ti* (PG 131, MG 133.B.1, WG 763, 764)。

132. 一些 *-ā* 結尾的詞根 (印度文法家寫成 *o* 結尾) 形成詞幹時，其重音在 *yá*。[1] 如：√ *dā* "給" > *dyáti* (PG 132)。

133. √ *vyadh* "刺" 形成詞幹時，縮寫成 *vidh* ，如：[三][單] *vidh-ya-ti* (PG 133, MG 133.B.2, WG 767)。

---

(1) 最後的母音在 *ya* 之前失去 (WG 761.g)。

134. 印度人認爲 √ *kram* "越過" 形成詞幹時，是依照非重音 *ya* 類的規則；但實際上僅依據非重音 *a* 類，且詞根的母音在爲他言時增長，在爲自言就時則不需增長。如：√ *kram* 在爲他言時是 *krām-a-ti*；在爲自言時是 *kram-a-te* (PG 134, MG 133.A.1, WG 745.d)。

135. √ *cam* "啜" 只有在與介系詞 *ā* 連用時，才會變成 *ācām-a-ti*。

136. *-u* 結尾的中性詞，如：*madhu* [中] "蜂蜜" (PG 136, MG 98.B, WG 341)

madhu [中]	單數	雙數	複數
主格	*madhu*	*madhu-n-ī*	*madhū-n-i*
呼格	*madhu, madho*	"	"
業格	"	"	"
具格	*madhu-n-ā*	*madhu-bhyām*	*madhu-bhis*
與格	*madhu-n-e*	"	*madhu-bhyas*
從格	*madhu-n-as*	"	"
屬格	"	*madhu-n-os*	*madhū-**n**-ām*
處格	*madhu-n-i*	"	*madhu-ṣu*

137. *-u* 結尾的陽性形容詞 (但實詞不會) 在與、從、屬、處格單數及屬格、處格雙數，可以取代相對應中性形容詞的變格 (PG 137, MG 98.B.a)。

138. 外連音規則：*-n*

-n 在 *j-*、*ś-* 之前變成 *-ñ*，如：*tān janān* > *tā**ñ** janān*；*tān śatrūn* > *tā**ñ** śatrūn* 這個例子的 *ś* 爲 *ch* 所取代，因此變成 *tāñ **ch**atrūn* (PG 138, MG 36.B.2, 40, 53)。

139. 在 *l-* 之前的 *n* 會被同化，而變成鼻音化的 *l*。可以寫成 *ṃl* 或 *ṃ*，如：*tān lokān* > *tā**ṃl** lokān* 或 *tā**ṃ** lokān* (PG 139, MG 36.B.4, 7, WG 206)。

140. 在 *c*、*ch*，*ṭ*、*ṭh*，*t*、*th* 前，*-n* 之後分別插入 *ś*、*ṣ*、*s*，且 *n* 變成 *ṃ*。如：*tān ca* > *tā**ṃś** ca*；*tān tathā* > *tā**ṃs** tathā*。[1]

-*n* 的外連音規則

① *-n + j- > -ñ + j-*	*tān janān > tā**ñ** janān*
-n + ś- > -ñ + ch-	*tān śatrūn > tā**ñ** chatrūn* (§ 138)
② *-n + l- > -ṃl + l-*	*tān lokān > tā**ṃl** lokān*
-n + l- > -ṃ + l-	*tān lokān > tā**ṃ** lokān* (§ 139)
③ *-n + c-、ch- > -ṃś + c-、ch-*	*tān ca > tā**ṃś** ca*
-n + ṭ-、ṭh- > -ṃṣ + ṭ-、ṭh-	
-n + t-、th- > -ṃs + t-、th-	*tān tathā > tā**ṃs** tathā* (§ 140)

第 七 課

141. *cur*-class (10)

此類動詞也包括使役動詞及一些含使役重音 *áya* 的名詞起源動詞的詞幹 (PG 141, MG 125.4, 175.a, WG 775)。

142. 此類詞幹是加 *áya* 到增強的詞根而形成，增強的主要步驟如下 (PG 142, MG 125.4)。

143.(1). 中間或起首的 *i*、*u*、*ṛ*，如有可能則 *Guṇa*；如：√ *cur* "偷" > *cor-áya-ti* "偷"；√ *vid* "知道" > *ved-áya-ti* "使知道"；但 √ *pīḍ* "折磨" > *pīḍ-áya-ti* "

[1] 這個規則與語源有關，因爲 *-n* 原本是 *-ns*。這個規則僅用於 *n* 在 *c*、*t* 之前，其他的很少出現 (PG 140, MG 36.B.1, WG 208)。

折磨" (PG 143)。

144.(2). 最後的母音 *Vṛddhi*；如：√ *dhṛ* "忍受" > *dhār-áya-ti* "忍受"。*ai*、*au* 在 *áya* 之前變成 *āy*、*āv*，如：√ *bhī* "怖畏" > *bhāy-áya-ti* "使怖畏"；√ *bhū* "是" > *bhāv-áya-ti* "使存在" (PG 144)。

145.(3). 中間或起首的 *a* 在短音節中，有時增強，有時不變：如：√ *kṣal* "洗" 詞幹為 *kṣāl-áya-ti* "洗"，但是 √ *jan* "生"的使役詞幹為 *jan-áya-ti* (PG 145)。

146. 變位與一般的 *a*-stem 相同 (PG 146)。

cur-class (10) 詞幹的形成規則

詞根 增強 + *áya* > 現在詞幹

① 中間或起首的 *i*、*u*、*ṛ* *Guṇa* (§ 143)

√ *cur* > *cor* > *cor-áya-ti*　　√ *vid* > *ved* > *ved-áya-ti*

② 最後的母音 *Vṛddhi* (§ 144)

√ *dhṛ* > *dhār* > *dhār-áya-ti*　　√ *bhī* > *bhai* > *bhāy-áya-ti*

√ *bhū* > *bhau* > *bhāv-áya-ti*

③ 中間或起首的 *a* 有時增強，有時不變 (§ 145)

√ *kṣal* > *kṣāl* > *kṣāl-áya-ti*　　√ *jan* > *jan-áya-ti*

147. 外連音時，不管是母音、半母音或鼻音起首的有聲，前面是無聲子音時，此無聲子音要轉變成有聲子音 (PG 147, MG 32)。

148. 外連音 -*t*

(1). 在任何起首的有聲前，除了顎音、鼻音、*l* 之外，-*t* 變成 *d*；如：*meghāt atra* > *meghā**d** atra*；*pāpāt rakṣati* > *pāpā**d** rakṣati*；*pāpāt bhrāmyati* > *pāpā**d*** *bhrāmyati* ；*pāpāt gopāyati* > *pāpād gopāyati* (PG 148, MG 32.a)。

149.(2). *-t* 被同化成其後詞首的顎音、反舌音、*l*；如：*-t* 在 *c*、*ch* 之前變成 *c*，在 *j* 之前變成 *j*，在 *l* 之前變成 *l*。如：*meghāt ca* > *meghāc ca*；*meghāt jalam* > *meghāj jalam*；*pāpāt lokāt* > *pāpāl lokāt* (PG 149, MG 34, 38, WG 202)。

150.(3). 在起首的 *ś* 前，*-t* 變成 *c*，而 *ś* 變成 *ch*；如：*nṛpāt śatruḥ* > *nṛpāc chatuḥ* (PG 150, MG 38, 53, WG 203)。

151.(4). 在起首的鼻音前，*-t* 變成 *n*；如：*gṛhāt nayati* > *gṛhān nayati*；也可變成 *d*，但幾乎不用，如：*gṛhād nayati* (PG 151, MG 33)。

-t 的外連音規則

① *-t* + 有聲（顎音、鼻音、*l* 除外）> *d*（§ 148）	
meghāt atra > *meghā**d** atra*	*pāpāt rakṣati* > *pāpā**d** rakṣati*
② *-t* + *c-*、*ch-* > *-c* + *c-*、*ch-*	*meghāt ca* > *meghā**c** ca*
-t + *j-* > *-j* + *j-*	*meghāt jalam* > *meghāj jalam*
-t + *l-* > *-l* + *l-*	*pāpāt lokāt* > *pāpāl lokāt* (§ 149)
③ *-t* + *ś-* > *-c* + *ch-*	*nṛpāt śatruḥ* > *nṛpā**c** **ch**atruḥ* (§ 150)
④ *-t* + 鼻音 > *-n* + 鼻音	*gṛhāt nayati* > *gṛhā**n** nayati* (§ 151)

第八課

152. 現在陳述爲自言 (Present Indicative Middle)

詞幹以 *a* 結尾的動詞，現在陳述爲自言的變位如下 (PG 152)：

	單數	雙數	複數
1	*vad-e*	*vadā-vahe*	*vadā-mahe*
2	*vada-se*	*vad-ethe*	*vada-dhve*
3	*vada-te*	*vad-ete*	*vad-ante*

153. 第三人稱複數的詞尾，精確地說是 *ante*（參考爲他言的 *anti*）；第一人稱單數的 *e* 之前，詞幹的末端被省略。*ethe*、*ete* 無法解釋（PG 153）。

154. 具有兩種語態的動詞，爲自言的主要意義：所作的動作是爲了行動者本身的利益；如：*yaja-ti* "他祭祀"（爲別人），*yaja-te* "他祭祀"（爲他自己）。但許多動詞僅具爲自言的變位，而不具爲自言的意義（PG 154, MG 121, WG 529）。

155. √ *mṛ* "死" > *mriya-te*；√ *jan* "生" > *jāya-te*（PG 155）。

156. 連音：（PG 156, MG 18, WG 126）
兩個相同的母音，其中一個或二個是短母音或長母音，結合成相對應的長母音。*a* 母音參看 § 105。(1). *i*、*ī* + *i*、*ī* = *ī*，如：*gacchati* + *iti* > *gacchatīti*。(2). *u*、*ū* + *u*、*ū* = *ū*，如：*sādhu* + *uktam* > *sādhūktam*。

157. *i*、*u*、*ṛ* 在不同的母音或雙母音前，通常轉變成相對應的半母音 *y*、*v*、*r*。如：*tiṣṭhati atra* > *tiṣṭhaty atra*（共四個音節）；*nadī atra* > *nady atra*；*madhu atra* > *madhv atra*；*kartṛ iha* > *kartr iha*（PG 157, MG 20, WG 129）。

158. 在起首 *a* 之前的 *e*、*o* 保持不變；但 *a* 消失。如：*vane atra* > *vane 'tra*；*bhāno atra* > *bhāno 'tra*。顯然 *-o* 一般是表示 *-as*（參 § 118）（PG 158, MG 21.a, WG 158）。

159. 雙母音最後的 *i*、*u* 成分，在任何母音或雙母音前，轉變爲相對應的半母音 *y*、*v*，除 § 158 外。所以 *e* > *ay*，*ai* > *āy*；*o* > *av*，*au* > *āv*。如：內連音 *ne-a* > *naya*；*bho-a* > *bhava*；*nai-aya* > *nāyaya*；*bhau-aya* > *bhāvaya*（PG

159, MG 22, WG 131)。

160. 在外連音中，轉變來的半母音被省略，同時保持彼此之間的空隙；如：*vane iti* > *vana iti* (經過 *vanay iti* 的過程)；*bhāno iti* > *bhāna iti* (經由 *bhānav iti* 的過程)。*e* 的情況出現較多 (見 § 164) (PG 160, MG 22.a, WG 132)。

161. 有一些詞尾的母音在任何母音前，都保持不變
(1). *ī*、*ū*、*e* 作爲變格、變位雙數的詞尾時不變，如：*girī iha*；*sādhū atra*；*phale atra*。(2). 感嘆詞末端的母音不變，如：*he indra*；*he agne* (PG 161, MG 24-26, WG 138)。

母音與母音間的外連音規則

	a	*ā*	*î*	*û*	*ṛ*	*e*	*o*	*ai*	*au*	*ār*	
â	(*ā*)		(*e*	*o*	*ar*	*ai*	*au*	*ai*	*au*	*ār*)	(§ 105)
î	*y*		(*ī*)	*y*	*y*	*y*	*y*	*y*	*y*	*y*	(§ 156)
û	*v*		*v*	(*ū*)	*v*	*v*	*v*	*v*	*v*	*v*	(§ 156)
ṛ、*ṝ*	*r*		*r*	*r*	(*ṝ*)	*r*	*r*	*r*	*r*	*r*	(§ 156)
e	*e*`	*a*	*a*	*a*	*a*	*a*	*a*	*a*	*a*	*a*	(§ 158)
o	*o*`	*a*	*a*	*a*	*a*	*a*	*a*	*a*	*a*	*a*	(§ 158)
ai	*ā*	*ā*	*ā*	*ā*	*ā*	*ā*	*ā*	*ā*	*ā*	*ā*	(§ 159)
au	*āv*	*āv*	*āv*	*āv*	*āv*	*āv*	*āv*	*āv*	*āv*	*āv*	(§ 159)

第 九 課

162. - *ā* 結尾的陰性詞，如：*senā* [陰] "軍隊" (PG 162)

senā [陰]	單數	雙數	複數
主格	*senā*	*sene*	*senās*
呼格	*sene*	"	"
業格	*senā-m*	"	"
具格	*sena-**y**-ā*	*sen**ā**-bhyām*	*senā-bhis*
與格	*senā-**yai***	"	*senā-bhyas*
從格	*senā-**yās***	"	"
屬格	"	*sena-**y**-os*	*senā-**n**-ām*
處格	*senā-**yām***	"	*senā-su*

163. *-a* 結尾的陽性形容詞的變格如 *deva*，陰性的變格如 *senā*，中性的變格如 *phala*。但是 *-ī* 結尾的陰性詞幹變格如 *nadī* (見第十一課) (PG 163)。

164. 根據 § 159 的規則，最後的 *ai* 和 *au* 在任何母音或雙母音之前，分別變成 *āy* 和 *āv*。*y* 或 *v* 可以省略，而留下空隙；*y* 常省略，但 *v* 卻不如此，如：*senāyai atra* 經 *senāyāy atra* 變成 *senāyā atra*；*devau atra* > *devāv atra* (PG 164, MG 22)。

165. 起首的 *ch* 若在短母音、介詞 *ā* 及表示禁止的語助詞 *mā* 之後，變成 *cch*。如：*atra chāyā* > *atra cchāyā*；*ā* + *chādayati* > *ācchādayati* (PG 165, MG 51)。

166. 詞根起首的 *n*，在含有 *r* 的動詞接頭詞之後，通常變成 *ṇ*。這個 *r* 可以是原來的 *r* 或由 *s* 變來的；如：*antar-*、*nis-*、*parā-* 等等。例：*pra-ṇayati*、*nir-ṇayati* (PG 166, MG 65)。

167. 下面的前綴常與動詞連用 (PG 167, MG 184.a)

ati "超出"	*adhi* "在其上"	*anu* "在其後"	*antar* "在..之間"
apa "遠離的"	*api* "在上面"	*abhi* "對著"	*ava* "在下邊"
ā "接近"	*ud* "向上"	*upa* "向"	*ni* "在下邊"
nis "在外"	*parā* "遠離"	*pari* "環繞"	*pra* "向前"
vi "分開地"	*sam* "一起"		

第 十 課

168. 被動動詞

現在詞幹當中，有些形式的變位雖使用爲自言的詞尾，但實際上僅用來表達被動的意思，而且可以從所有詞根形成被動。[1] 他的特徵是重音的 *yá* 加到詞根，與形成爲自言、爲他言形式的動詞類別沒有關係。變位完全如其他 *a* 詞幹的變化，如：*tany-e*、*tanyá-se*、*tanyá-te* (PG 168)。

169. 在現在時外，爲自言可用於表達被動的意思：但在 [三][單][不定過][被] 有特殊的形式 (PG 169, MG 155, WG 842-845)。

170. 加上被動標誌 *yá* 的詞根，通常屬弱幹形式。因此倒數第二的鼻音會省略，如：√ *añj* "塗油" > *aj-yá-te*；√ *bandh* "綁" > *badh-yá-te* (PG 170, MG 154.5, WG 769)。

171. √ *vac* "說"、√ *vad* "說"、√ *vap* "散播"、√ *vas* "住"、√ *svap* "睡" 形成被動時，***va*** 變成 ***u***，如：***uc-yá-te***、***ud-yá-te***、***up-yá-te***、***uṣ-yá-te***、***sup-yá-te***。

---

[1] 被動與爲自言的不同：在形成現在詞幹的過程及在形成 [三][單][不定過] 時，與爲自言不同。再者，與第四類動詞的不同：僅在重音的位置。***náh-ya-te*** "他綁"；***nah-yá-te*** "他被綁" (MG 154, WG 768, 771)。

同樣的 √ *yaj* "祭祀" > *ij-yá-te*；√ *grah* "取" > *gṛh-yá-te*；√ *prach* "問" > *pṛcch-yá-te*；√ *śās* "教導" > *śiṣ-yá-te* (PG 171, MG 154.6)。

172. 詞根最後的 *i*、*u* 在形成被動詞幹時通常會增長，如：√ *ji* "贏" > *jī-yá-te*；√ *stu* "稱讚" > *stū-yá-te* (PG 172, MG 154.2, WG 770.a)。

173. *-ṛ* 通常變成 ***-ri***，因此 √ *kṛ* "做" > ***kri**-yá-te*；但如果前面有兩個子音，則須 *Guṇa*，所以 √ *smṛ* "記憶" > *sm**ar**-yá-te*。*ṝ* 變成 ***īr***，如果其前有唇音則變成 ***ūr***。所以 √ *tṝ* "渡過" > *t**īr**-yá-te*；√ *kṝ* "散播" > *k**īr**-yá-te*；但是 √ *pṝ* "佈滿" > *p**ūr**-yá-te* (PG 173, MG 154.3-4, WG 770.c)。

174. 詞根最後的 *ā* 通常變成 *ī*，如：√ *dā* "切" > *d**ī**-yá-te*；√ *gā* "唱歌" > *g**ī**-yá-te*；√ *dhā* "放" > *dh**ī**-yá-te*。但 √ *dhyā* "思慮" > *dhyā-yá-te* (PG 174, MG 154.1, WG 770.b)。

175. √ *tan* "擴張"、√ *khan* "掘" 可以是 *tā-yá-te*、*khā-yá-te*，也可以是 *tan-yá-te*、*khan-yá-te* (PG 175, MG 154.a.1, WG 174)。

176. 使役及 *-aya* 的名詞起源動詞，去掉 *aya* 之後，加 *yá* 於使役或名詞起源動詞的詞幹，而形成被動；如：*cor-yá-te* "被偷"、*gaṇ-yá-te* "被數" (PG 176)。

177. 人稱被動結構：邏輯上的主詞爲具格，如：*nareṇa svargo labhyáte* "人到達天堂 / heaven is reached by the man"；非人稱被動結構：人稱不受主詞的影響，如：*āgamyate* "有人來此 / one comes hither"；*supyate* "有人睡覺 / one sleeps"；*śrūyate* "據說 / it is heard / they say"。這種以具格爲主詞的結構，其述詞當然是具格，如：*rāmeṇa ṛṣiṇā jīvyate* "Rāma 生活得像仙

人 / Rāma lives as a seer" (PG 177)。

被動詞幹的形成過程

① 倒數第二的鼻音省略　√ *añj* > *aj-yá-te*　√ *bandh* > *badh-yá-te* (§ 170)

② *va*、*ya*、*ra* > *u*、*i*、*ṛ* (§ 171)

√ *vac* > ***uc**-yá-te*　　√ *vad* > ***ud**-yá-te*

√ *yaj* > ***ij**-yá-te*　　√ *grah* > ***gṛh**-yá-te*

③ *i*、*u* > ***ī***、***ū***　　√ *ji* > *j**ī**-yá-te*　√ *stu* > *st**ū**-yá-te* (§ 172)

④ *-ṛ* > ***-ri***　　√ *kṛ* > ***kri**-yá-te* (§ 173)

兩個子音-*ṛ* > *-ar*　　√ *smṛ* > *sm**ar**-yá-te* (§ 173)

⑤ *-ṝ* > ***-īr***　　√ *kṝ* > ***kīr**-yá-te* (§ 173)

唇音-*ṝ* > ***-ūr***　　√ *pṝ* > ***pūr**-yá-te* (§ 173)

⑥ *-ā* > *-ī*　　√ *dā* > ***dī**-yá-te* (§ 174)

-ā > *-ā*　　√ *dhyā* > *dhyā-yá-te* (§ 174)

⑦ 使役及-*aya* 的名詞起源動詞 (§ 176)

√ *cur* > *cor-yá-te*　　√ *gaṇaya* > *gaṇ-yá-te*

被動的不規則動詞

√ *tan* > *tā-yá-te*、*tan-yá-te*　　√ *khan* > *khā-yá-te*、*khan-yá-te* (§ 175)

√ *hvā* > *hū-yá-te*　　√ *jan* > *jā-yá-te* (§ 155)

√ *śās* > ***śiṣ**-yá-te*、*śās-yá-te* (§ 171)　√ *vā* > *ū-yá-te*

第 十一 課

178. 未完成過去時爲他言 (Imperfect Active) *a* 類的變位

未完成過去時是將增音 (Augment)[1] *a* 加到現在詞幹的詞首，及增加一組第

[1] 增音是過去時間的標誌；未完成過去是從現在詞幹衍生而來 (WG 586)。

二次詞尾而形成的 (PG 178, MG 131)。

179. 如果現在詞幹以母音開頭，增音與此母音結合，形成 *Vṛddhi*。如：*a* + *i* 或 *ī* 或 *e* > *ai*；*a* + *u* 或 *ū* > *au*；*a* + *ṛ* > *ār* (PG 179, MG 23.c, 128, WG 136.a)。

180. 如果前綴為詞首，則增音在前綴與動詞之間；如：*upa-*√ *nī* 其未完成過去詞幹是 *upānaya* 即是 *upa* + *a* + *naya*；*vi-*√ *nī* 其未完成過去詞幹是 *vyanaya* (PG 180)。

181. 未完成過去時為他言的變位如下(PG 181)

	單數	雙數	複數
1	*a-vad-am*	*a-vadā-va*	*a-vadā-ma*
2	*a-vada-s*	*a-vada-tam*	*a-vada-ta*
3	*a-vada-t*	*a-vada-tām*	*a-vad-an*

182. 未完成過去時是敘述的時式，它只表達過去的時間 (PG 182, MG 213, WG 779)。

183. *ī* 結尾的多音節陰性變格，如：*nadī* [陰] "河" (PG 183)

nadī [陰]	單數	雙數	複數
主格	*nadī*	*nady-au*	*nady-as*
呼格	*nadi*	"	"
業格	*nadī-m*	"	*nadīs*
具格	*nady-ā*	*nadī-bhyām*	*nadī-bhis*
與格	*nady-ai*	"	*nadī-bhyas*

從格	*nady-ās*	"	"
屬格	"	*nady-os*	*nadī-n-ām*
處格	*nady-ām*	"	*nadī-ṣu*

184. 在短母音之後，且在任何起首母音之前，*-ṅ*、*-ṇ*、*-n* 須重複；如：*atiṣṭhan atra* > *atiṣṭhann atra* (PG 184, MG 52, WG 210)。

第 十二 課

185. *i* 與 *u* 結尾的陰性實詞：這兩組的變格完全對應，當一組是 *i*、*y*、*e*、*ay* 時，另一則是 *u*、*v*、*o*、*av* (參 § 50-51)。在與、從、屬、處格單數時這些詞幹有時依照 *nadī* 的變化，如：*matyai*、*-yās*、*-yām*；*dhenvai*、*-vās*、*vām* (PG 185, MG 98.B.a)。

186. *-i*、*-u* 結尾的陰性詞：*mati* [陰] "意見"、*dhenu* [陰] "母牛" (PG 186, MG 98.B, WG 339)

mati [陰]	單數	雙數	複數
主格	*mati-s*	*matī*	*matay-as*
呼格	*mate*	"	"
業格	*mati-m*	"	*matīs*
具格	*maty-ā*	*mati-bhyām*	*mati-bhis*
與格	*mat-ay-e* / *-yai*	"	*mati-bhyas*
從格	*mat-es* / *-yās*	"	"
屬格	" / *-yās*	*maty-os*	*matī-n-ām*
處格	*mat-au* / *-yām*	"	*mati-ṣu*

dhenu [陰]	單數	雙數	複數
主格	*dhenu-s*	*dhenū*	*dhenav-as*

呼格	*dheno*	"	"
業格	*dhenu-m*	"	*dhenūs*
具格	*dhenv-ā*	*dhenu-bhyām*	*dhenu-bhis*
與格	*dhenav-e / dhenv-ai*	"	*dhenu-bhyas*
從格	*dhen-os / dhenv-ās*	"	"
屬格	"	*dhenv-os*	*dhenū-n-ām*
處格	*dhen-au / dhenv-ām*	"	*dhenu-ṣu*

187. *-i* 與 *-u* 結尾的形容詞，在陰性時變格如 *mati*、*dhenu*，但 *-u* 結尾的形容詞之前若是一個子音，則常須加 *ī* 以形成一個衍生的陰性詞幹。如：*bahu* "多" [陽][主] *bahus*、[陰][主] *bahv-ī*、[中][主] *bahu*；*guru* "重的" [陽][主] *gurus*、[陰][主] *gurv-ī*、[中][主] *guru*。陰性變化如 *nadī* (PG 187, MG 98.B.c)。

第 十三 課

188. 未完成過去爲自言 (Imperfect Middle)

	單數	雙數	複數
1	*á-labh-e* (*a* + *i*)	*á-labhā-vahi*	*á-labhā-mahi*
2	*á-labha-thās*	*á-labh-ethām*	*á-labha-dhvam*
3	*á-labha-ta*	*á-labh-etām*	*á-labh-anta*

未完成時被動變化同此 (PG 188, MG 131.3)。

189. *ī* 結尾的單音節詞幹變格如下

dhī [陰] "慧"	單數	雙數	複數
主、呼格	*dhī-s*	*dhiy-au*	*dhiy-as*
業格	*dhiy-am*	"	"
具格	*dhiy-ā*	*dhī-bhyām*	*dhī-bhis*

與格	*dhiy-e* / *-ai*	"	*dhī-bhyas*
從格	*dhiy-as* / *-ās*	"	"
屬格	" / *-ās*	*dhiy-os*	*dhiy-ām* / *dhī-n-ām*
處格	*dhiy-i* / *-ām*	"	*dhī-ṣu*

在與、從、屬、處格單數及屬格複數時，這些詞幹可以依照 *nadī* 的變化，如：*dhiyai*、*dhiyās*、*dhiyām*、*dhīnām* (§185)。注意格的詞尾以母音開頭時，詞幹末的 *ī* 須分成 *iy* (PG 189, MG 100.C, WG 351.a)。

190. 與動詞連用的接頭詞 (PG 190, MG 184.a, WG 1077)

adhi "在上面"　*api* [(1)] "在下邊"　*abhi* "對"
ni "在下邊"　*prati* "回到"　*vi* "個別地"

191. 在動詞及衍生動詞中，接頭詞最後的 *i*、*u* 通常會使詞根的首音 *s* 變成反舌音 *ṣ*。如：*ni-√ sad* "坐下" > *ni-ṣīda-ti*；*adhi-√ sthā* > [陳][被] *adhi-ṣṭhī-ya-te*，[未完][被] > *adhy-a-ṣṭhī-ya-ta*。在少數的例子中，即使位在增音或重複的 *a* 之後，*ṣ* 不變 (PG 191, MG 67)。

192. 在首音 *k*、*kh*、*p*、*ph* 之前，接頭詞中的 *-is*、*-us* 的 *s* 變成 *ṣ*，如：*nis-√ pad* > *niṣ-pad-ya-te* (PG 192, MG 67)。

第 十四 課

193. 現在命令爲他言 (Present Imperative Active) (PG 193)

---

(1) 有時與動詞 √ *nah*、√ *dhā* 連在一起時，縮寫成 *pi*；但在古典梵語中，*api* 通常作接續詞 (Conjunction) "也" (PG 190, WG 1087.a)。

	單數	雙數	複數
1	*vad-āni*	*vad-āva*	*vad-āma*
2	*vada*	*vada-tam*	*vada-ta*
3	*vada-tu*	*vada-tām*	*vad-antu*

194. 三個第一人稱嚴格地說是假設語氣的形式，常表達一種希望或未來的動作 (PG 194, MG 215.a)。

195. 第二、三人稱最常表達命令義，也可以表示希望或未來的動作。否定用 *mā* (PG 195, MG 215.e)。

196. 在第二、三人稱單數或複數時，一種較罕用的命令式是用 *tāt* 的詞尾。如：*bhavatāt*，是未來命令式 (PG 196)。

197. *-ū* 結尾的單音節陰性變格，如：*bhū* [陰] "地"

bhū [陰]	單數	雙數	複數
主、呼格	*bhū-s*	*bhuv-au*	*bhuv-as*
業格	*bhuv-am*	"	"
具格	*bhuv-ā*	*bhū-bhyām*	*bhū-bhis*
與格	*bhuv-e* / *-ai*	"	*bhū-bhyas*
從格	*bhuv-as* / *-ās*	"	"
屬格	" / *-ās*	*bhuv-os*	*bhuv-ām* / *bhū-n-ām*
處格	*bhuv-i* / *-ām*	"	*bhū-ṣu*

在與、從、屬、處格單數及屬格複數，這些詞幹有時依照 *nadī*。如：*bhuvai*、*bhuvās*、*bhuvām*、*bhūnām* (cf. § 185, § 189) (PG 197, MG 100.C, WG 351.a)。

198. -*ū* 結尾的多音節陰性詞變格，如：*vadhū* [陰] "女人" (PG 198, MG 100.C)

vadhū [陰]	單數	雙數	複數
主格	*vadhū-s*	*vadhv-au*	*vadhv-as*
呼格	*vadhu*	"	"
業格	*vadhū-m*	"	*vadhūs*
具格	*vadhv-ā*	*vadhū-bhyām*	*vadhū-bhis*
與格	*vadhv-ai*	"	*vadhū-bhyas*
從格	*vadhv-ās*	"	"
屬格	"	*vadhv-os*	*vadhū-n-ām*
處格	*vadhv-ām*	"	*vadhū-ṣu*

第 十五 課

199. 現在命令爲自言 (Present Imperative Middle) (PG 199)

	單數	雙數	複數
1	*labh-ai*	*labh-āvahai*	*labh-āmahai*
2	*labha-sva*	*labh-ethām*	*labha-dhvam*
3	*labha-tām*	*labh-etām*	*labh-antām*

200. 第一人稱事實上是假設語氣形式。被動命令的變位同此，如：*kriy-ai*、*kriya-sva*、*kriya-tām* 等等 (PG 200, MG 215.a, WG 574)。

201. -*ṛ* 結尾的名詞

這些詞幹如同許多屬於子音結尾的變格，在變化中表現強、中、弱三種不同的詞幹形式 (§ 87)。屬於強的詞幹有二類：其一是大部分構成動作者名詞及少數其它的，這類的 *ṛ Vṛddhi* 變成 *ār*；另一類是包含大部分的親屬名詞，這類的 *ṛ*

Guṇa 變成 *ar*。在這二類中，處格單數爲 *ar*，從、屬格單數的形態特殊，主格單數末尾的 *r* 省略 (PG 201, MG 101.D, WG 370-372)。

202. *kartṛ* [陽] "作者" (PG 202)

kartṛ [陽]	單數	雙數	複數
主格	*kartā*	*kartār-au*	*kartār-as*
業格	*kartār-am*	"	*kartṝn*
具格	*kartr-ā*	*kartṛ-bhyām*	*kartṛ-bhis*
與格	*kartr-e*	"	*kartṛ-bhyas*
從格	*kart-ur / us*	"	"
屬格	*kart-ur / us*	*kartr-os*	*kartṝ-ṇ-ām*
處格	*kart-ari*	"	*kartṛ-ṣu*
呼格	*kartar*	*kartār-au*	*kartar-as*

203. 兩個親屬名詞 *svasṛ* [陰] "姊妹"、*naptṛ* [陽] "孫子" 依照上面的變格；但 *svasṛ* 的業格複數爲 *svasṝs* (PG 203, MG 101.D.a)。

204. 動作者名詞有時作爲分詞或形容詞。其相對應的陰性詞幹加 *ī* 而形成，且變格如 *nadī*，例：*kartr-ī* (PG 204, MG 101.D.e)。

205. 文法家亦以 *tṛ* 描述一完整的中性變格，與 *vāri* 或 *madhu* 的情況一樣，但很少出現 (PG 205, MG 101.D.d)。

第 十六 課

206. 現在祈願爲他言 (Present Optative Active)

現在祈願爲他言是從現在時詞幹加上這種語氣標誌，再加上詞尾而形成 ([三][複

][他] *us*、[一][單][自] *a*、[三][複][自] *ran*)。*a* 詞幹之後，此語氣標誌在所有的語態中都是非重音的 *ī*，*ī* 與最後的 *a* 結合成 *e*，而且 *e* 在母音起始的詞尾 (*am*、*us*、*āthām*、*ātām*) 之前藉著插入 *y*，而保持不變 (PG 206, MG 131, WG 565.a)。此類的變位如下：

	單數	雙數	複數
1	*vad-eyam*	*vad-eva*	*vad-ema*
2	*vad-es*	*vad-etam*	*vad-eta*
3	*vad-et*	*vad-etām*	*vad-eyus*

其餘詞根變位同此，如：*viś-eyam*、*nahy-eyam*、*coray-eyam* 等。

207. 祈願：表示 (1). 希望 (Wish)、願望 (Desire)；(2). 要求 (Request)、懇求 (Entreaty)；(3). 值得要的或正當的 (What is desirable or proper)；(4). 可能或能夠 (What may or might, can or could be)。這種語氣也大量用於條件句，其主語常是不確定且不被表示出來；與祈願併用的否定詞是 *na*。表達命令及禁止的祈願很常用 (PG 207, MG 216, WG 573)。

208. -*ṛ* 結尾的親屬名詞 (除了 *svasṛ* 及 *naptṛ* 外，見 § 203) 在強幹時須 *Guṇa*。*pitṛ* [陽] "父親" 的變格如下 (PG 208, MG 101.D, WG 373)：

pitṛ [陽]	單數	雙數	複數
主格	*pitā*	*pitar-au*	*pitar-as*
業格	*pitar-am*	"	*pitṝn*
具格	*pitr-ā*	*pitṛ-bhyām*	*pitṛ-bhis*
與格	*pitr-e*	"	*pitṛ-bhyas*
從格	*pit-ur*	"	*pitṛ-bhyas*
屬格	*pit-ur*	*pitr-os*	*pitṝ-ṇ-ām*

處格	*pit-ari*	"	*pitṛ-ṣu*
呼格	*pitar*	*pitar-au*	*pitar-as*

mātṛ [陰] "母親"	單數	雙數	複數
主格	*mātā*	*mātar-au*	*mātar-as*
業格	*mātar-am*	"	*mātṝs*
具格	*mātr-ā*	*mātṛ-bhyām*	*mātṛ-bhis*
與格	*mātr-e*	"	*mātṛ-bhyas*
從格	*māt-ur*	"	"
屬格	*māt-ur*	*mātr-os*	*mātṝ-ṇ-ām*
處格	*māt-ari*	"	*mātṛ-ṣu*
呼格	*mātar*	*mātar-au*	*mātar-as*

209. 詞幹 *go* [陽] "公牛" 或 [陰] "母牛"，變格如下（PG 209, MG 102）：

	單數	雙數	複數
主格	*gau-s*	*gāv-au*	*gāv-as*
呼格	*gau-s*	"	"
業格	*gā-m*	"	*gā-s*
具格	*gav-ā*	*go-bhyām*	*go-bhis*
與格	*gav-e*	"	*go-bhyas*
從格	*go-s*	"	"
屬格	"	*gav-os*	*gav-ām*
處格	*gav-i*	"	*go-ṣu*

第 十七 課

210. 現在祈願爲自言（Present Optative Middle）

	單數	雙數	複數
1	*labh-eya*	*labh-evahi*	*labh-emahi*
2	*labh-ethās*	*labh-eyāthām*	*labh-edhvam*
3	*labh-eta*	*labh-eyātām*	*labh-eran*

a 詞幹的祈願爲自言與被動式的變位如上；其餘詞根變位同此，如：*coray-eya*、*saṃgacch-eya* 等 (PG 210)。

211. *nau* [陰] "船" 如 § 90 所示。*nau-s*、*nāv-am*、*nāv-ā* 等；*nāv-au*、*nau-bhyām* 等；*nāvas*、*nau-bhis* 等 (PG 211, MG 102, WG 361.a)。

212. 詞尾爲長母音 (*ā*、*ī*、*ū*) 的詞幹，分成二類：
A. 詞根詞幹——大部分是單音節——及其複合詞，加上少數類似如此的詞幹。
B. 以 *ā*、*ī* 及少數 *ū* 結尾的衍生陰性詞幹，變化如 *senā*、*nadī*、*vadhū*。
A 類的詞幹完全採取一般的結尾，但在與、從、屬、處格單數陰性時，也可以採用多音節的陰性變格，且在屬格複數 *ām* 之前須插入 *n*。名詞 (陰性詞有少數例外)、形容詞 (很少) 及形容詞性的複合詞，陽性、陰性的形式是一致。以 *ī*、*ū* 結尾的單音詞作爲名詞變格如 § 189、§ 197；*ā* 結尾的數量很少，不可能組成完整的形式 (PG 212, MG 100.C, WG 347)。

213. 任何 *ā*、*ī*、*ū* 結尾的詞根成爲一個複合詞的最後成分時，這些詞根末端的處理如下：(1). *ā* 的詞根在母音詞尾之前失去母音，在強幹及業格複數時變格與主格同 (PG 213)。

viśva-pā [陽][陰] "遍護者"	單數	雙數	複數
主、呼格	*viśvapā-s*	*viśvap-au*	*viśvapā-s*
業格	*viśvapā-m*	"	*viśvapā-s*
具格	*viśvap-ā*	*viśvapā-bhyām*	*viśvapā-bhis*

214.(2). *-ī*、*-ū* 結尾的詞根在母音詞尾前，若 *ī*、*ū* 前只有一個子音就變成 *y*、*v*；若其前有二個或更多的子音，則變成 *iy*、*uv*。如：*yavakrī* [陽][陰] "玉米的買賣"，主、呼格單數 *yavakrī-s*，業格單數 *yavakriy-am*；*khalapū* [陽][陰] "清道夫" 主格單數 *khalapū-s*，業格單數 *khalapv-am* (PG 214, MG 100.C.1, WG 352)。

第 十八 課

215. 使役動詞 (Causative)
在形成使役詞幹應注意的基本事項，已經在第七課說明，以下是一些新增的重點 (PG 215)。

216. 大部分以 *-ā*、*-ṛ* 結尾的詞根在使役標誌之前加 *p*，如：√ *dā* "給" > *dā-p-aya-ti*；√ *dhā* "放置" > *dhā-p-aya-ti*；√ *gā* "唱歌" > *gā-p-aya-ti*；√ *ṛ* "去" > *ar-p-aya-ti*；√ *śrā* "煮" > *śra-p-aya-ti*。√ *jñā* "了知" 有時用 *jñā-p-aya-ti*，有時用 *jña-p-aya-ti*；√ *snā* "沐浴" 同此。√ *pā* "喝" > *pāy-aya-ti* (似乎從 √ *pī* 來)。少數以 *-i*、*-ī* 結尾的詞根同樣加 *p*，但有些是不規則，如：*adhi-*√ *i* > *adhyā-p-aya-ti* (PG 216, MG 168, WG 1042.i-l)。

217. 在短音節的中間或起首的 *a*，通常變成 *ā*，但有時不變，如：√ *pat* "落" > *pāt-aya-ti*；√ *kam* "貪愛" > *kām-aya-te*；√ *cam* "啜" > *cām-aya-ti*。但大部分以 *am*，及 √ *jan* "生"、√ *tvar* "速疾"、√ *prath* "延伸"、√ *vyath* "折磨" 結尾的詞根與其它一些較少見的詞根，一般保持 *a*，如：√ *gam* > *gam-aya-ti* (PG 217, MG 125.4)。

218. 在 *aya* 之前，最後的母音須 *vṛddhi*，如：√ *bhū* "是" > *bhāv-aya-ti*；

√ *kṛ* "做" > *kār-aya-ti* (PG 218, MG 125.4)。

219. 一些含使役意義的動詞是經由名詞起源動詞而來，如：√ *pā* "保護" > *pā-l-aya-ti*；√ *prī* "喜愛" > *prī-ṇ-aya-ti*；√ *bhī* "怖畏" > *bhī-ṣ-aya-ti*；√ *han* "殺" > *ghāta-ya-ti* (PG 219, MG 168.3, 5)。

使役動詞形成詞幹的規則

① 大部分以 *-ā*、*-ṛ* 結尾的詞根在 *aya* 前加 *p* (§ 216)

√ *dā* > *dā-p-aya-ti*　√ *dhā* > *dhā-p-aya-ti*　√ *ṛ* > *ar-p-aya-ti*

② 短音節中間或起首 *a*，通常變成 *ā*，但有時不變 (§ 217)

√ *pat* > *pāt-aya-ti*　√ *kam* > *kām-aya-te*　√ *cam* > *cām-aya-ti*

③ 在 *aya* 之前最後的母音須 *Vṛddhi* (§ 218)

√ *bhū* > *bhāv-aya-ti*　√ *kṛ* > *kār-aya-ti*

不規則的使役動詞

① 母音可增長或不增長 (§ 216)

√ *jñā* > *jñā-p-aya-ti*、*jña-p-aya-ti*　√ *snā* > *snā-p-aya-ti*、*sna-p-aya-ti*

√ *glā* "變弱" > *glāpayati*、*glapyati*　√ *mlā* "枯萎" > *mlāpayati*、*mlapayati*

② *adhi* + √ *i* > *adhyā-p-aya-ti*　√ *ji* > *jā-paya-ti*

√ *ruh* > *ro-paya-ti*、*roh-aya-ti* (§ 216)

③ √ *pā* > *pā-l-aya-ti*　√ *prī* > *prī-ṇ-aya-ti*

√ *bhī* > *bhī-ṣ-aya-ti*、*bhāy-ayati*　√ *dhū* > *dhū-n-aya-ti* (§ 219)

④ √ *labh* > *lambh-aya-ti*　√ *daṃś* > *daṃś-aya-ti*

√ *han* > *ghāta-ya-ti* (§ 219)

220. 使役被動參見第十課 (PG 220)。

221. 不及物動詞的使役式是及物。[1] 及物動詞的使役式有兩種表示方法：(a). 用二個業格，(b). 用一個表對象的業格及一個表動作者的具格。如：" 他使鳥群吃餅" 可以翻成 (a). *vihagān piṇḍān khādayati*，或 (b). *vihagaiḥ piṇḍān khādayati* (PG 221, MG 198.4)。[2]

222. 分詞 (Participles)
一般分詞的結尾爲他言是 *ant* (弱幹 *at*)，爲自言是 *āna*。但在有 *a* 的時式詞幹之後，爲他言詞尾只有 *nt*，即兩個 *a* 中省略一個；而爲自言詞尾則是 *māna* (在使役形式常用 *āna*，如：√ *cint* > *cint-ay-āna*)。如：*bhav-ant*、*tud-ant*、*divy-ant*、*coray-ant*、*bhava-māna* 等。以 *ant* 結尾的分詞變格見第二十三課 (PG 222, WG 775.c)。

223. 第一人稱代名詞變格如下 (PG 223)

第一人稱	單數	雙數	複數
主格	*aham*	*āvām*	*vay-am*
業格	*mām* / *mā*	" / *nau*	*asmān* / *nas*
具格	*ma-y-ā*	*āvā-bhyām*	*asmā-bhis*
與格	*ma-hyam* / *me*	" / *nau*	*asma-bhyas* / *nas*
從格	*mat*	"	*asmat*
屬格	*ma-ma* / *me*	*āva-y-os* / *nau*	*asmāka-m* / *nas*
處格	*ma-y-i*	"	*asmā-su*

224. *mā*、*me*、*nau*、*nas* 是後附著形式 (Enclitic)，絕不可用在一個句子

---

[1] *āsayati devadattaṃ yajñadattaḥ* "Yajñadatta 使 Devadatta 坐下" (TsG p. 269)。

[2] 如果強調動作者的時候，動作者用具格 (MG 198.4)。

的起頭，或是小詞 *ca*、*eva*、*vā* 之前 (PG 224, MG 109.a, WG 491.b)。

225. 當第一人稱及第二人稱的複數取代單數時，表示尊敬。(1) 代名詞在梵語中具有奇特的傾向，即形式上須與述詞一致，而不是與其關連的主語一致 (PG 225)。(2)

第 十九 課

226. 第二人稱代名詞 (單數詞幹是 *tvad*、複數詞幹是 *yuṣmad*)，變格如下 (PG 226, MG 109, WG 491)

第二人稱	單數	雙數	複數
主格	*tv-am*	*yuvām*	*yū-y-am*
業格	*tvām* / *tvā*	" / *vām*	*yuṣmān* / *vas*
具格	*tva-y-ā*	*yuvā-bhyām*	*yuṣmā-bhis*
與格	*tu-bhyam* / *te*	" / *vām*	*yuṣma-bhyam* / *vas*
從格	*tvat*	"	*yuṣmat*
屬格	*tava* / *te*	*yuva-y-os* / *vām*	*yuṣmāka-m* / *vas*
處格	*tva-y-i*	"	*yuṣmā-su*

227. *tvā*、*te*、*vām*、*vas* 是後附著形式 (參 § 224) (PG 227)。

228. 第三人稱代名詞 (*tad* 爲詞幹) 其變格如下 (PG228, MG110, WG 495)

---

(1) 常以複數表示說話者或作者的崇高敬意，如：*yūyam*、*bhavantaḥ* 取代了 *tvam*、*bhavān* (MG 193.3)。

(2) 如：*bhavān* 是 *tvam* 的禮貌語，卻採用第三人稱的動詞：*kim āha bhavān* "閣下說什麼？/ what does your Honour say ?" (MG 195.1.c)。

	陽性			陰性		
	單數	雙數	複數	單數	雙數	複數
主格	*sas*	*tau*	*te*	*sā*	*te*	*tās*
業格	*tam*	"	*tān*	*tām*	"	"
具格	*tena*	*tā-bhyām*	*tais*	*ta-yā*	*tā-bhyām*	*tā-bhis*
與格	*ta-smai*	"	*te-bhyas*	*ta-syai*	"	*tā-bhyas*
從格	*ta-smāt*	"	"	*ta-syās*	"	"
屬格	*ta-sya*	*ta-y-os*	*te-ṣām*	"	*ta-y-os*	*tā-sām*
處格	*ta-smin*	"	*te-ṣu*	*ta-syām*	"	*tā-su*

中性詞的單、雙、複數分別如下：主、業格 *tad*、*te*、*tāni*，其餘與陽性詞相同。

229. 主格單數陽性 *sas* 及其複合詞 *eṣas* 在任何子音前失去最後的 *s*；在母音前及句末，依循一般連音規則，如：*sa gacchati*；*sa tiṣṭhati*；*sa icchati*；*so 'syati*；*gacchati saḥ* (PG 229, MG 48, WG 176.a)。

230. 第三人稱代名詞最常當作弱的或不定的指示詞，特別是作爲一個關係詞的前行詞；也常用如英語的定冠詞使用 (PG 230, MG 192, 195.2)。

231. 變格如 *ta* 的詞

(a). *eta* "這個"，是 *e* 加到 *ta* 而形成，如：[主][單][陽] *eṣas*、[陰] *eṣā*、[中] *etad* (PG 231, MG 110.a)。

(b). 關係代名詞及形容詞 *ya* " 那個 (which)"、" 誰 (who)" (PG 231, MG 114)。

(c). 來自代名詞詞幹的比較級與最高級，如：*ka-tara* " (兩者中的) 哪個？" 及 *ka-tama* " (多數中的) 哪個？" *ya-tara*、*ya-tama*；*eka-tama* " (多數中的) 一個"；*anya-tara*、*i-tara* "不同" 變格同此。其他與此變格相同的詞，唯在主、業、呼格單數中性時用 *am* 而不是 *ad*，如：*sarva*、*viśva* "所有"；*eka* "一個"

複數時是 "一些"；[陽] *ubhaya*、[陰] *ubhyī* "一雙"（僅有單數與複數）（PG 231, MG 120.a, b）。

232. 疑問代名詞 *ka*（詞幹爲 *kim*）完全遵循 *ta* 的變格，除主、業格單數中性 *kim* 外；[主][單][陽] *kas*、[陰] *kā*（PG 232, MG 113）。

233. 有些詞在某些詞義時，可以不遵循代名詞的變格；但在其他意義或沒有已知的規則時，依照形容詞的變格。這些是來自介詞詞幹的比較級與最高級，如：*adhara* "較低的"、*adhama* "最低的"、*para* "主要的"、*pūrva* "較早的"、*uttara* "北方的"、*dakṣiṇa* "南方的" 等。*alpa* "少數"、*ardha* "一半" 等的變格如同數詞性的形容詞，但在 [主][複][陽] 可遵循代名詞的變格（PG 233, MG 120.c, d）。

代名詞的變化

① 變化完全與 *ta* 一樣（§ 231）
指示代名詞 *eta* 關係代名詞 *ya* 代名詞性的形容詞 *ka-tara*、*ka-tama*
ya-tara、*ya-tama*、*eka-tama*、*anya-tara*、*i-tara*

② 僅在主、業、呼格單數中性不同 > *am*（§ 231）
eka *ubhaya* *sarva* *viśva*

③ *ka* 僅在主、業格單數中性不同 > *kim*（§ 232）

④ 在主、業格單數中性一定用 *m*，在從、處格單數陽、中性及主格複數陽性可以遵循代名詞的變化或依照形容詞的變化（§ 233）
adhara *adhama* *para* *pūrva* *uttara* *dakṣiṇa*

234. 關係代名詞用法的特性

在梵語的句法中，關係子句常放在主要子句之前，且將實詞插入含有關係詞的句子中，而不在主要子句。關係子句可放在整個主要子句之前或之後，但不可同英語句子之插在主要子句中。如：英語 " the mountain which we saw yesterday is very high "，梵語 *yaṃ parvataṃ vayaṃ hyo 'paśyāma so 'tīva tuṅgaḥ* 或 *sa parvato 'tīva tuṅgo yaṃ hyo 'paśyāma*；但不可以 *sa parvato yaṃ hyo'paśyāma* (PG 234)。

235. 關係詞可以在關係子句中的任何位置，如：*śiva ādir yeṣāṃ te devāḥ* " the gods whose chief is Śiva "；有些關係副詞或指示副詞相等於關係代名詞或指示代名詞的某些格，如：*yatra vane = yasmin vane* (PG 235)。

236. 關係詞的重複，使特定的意思變爲不特定。疑問代名詞與語助詞 (*ca*、*cana*、*cid*、*api*、*vā* 其中一個) (或沒有語助詞，但例子較少) 加到關係詞的時候，意思也會變成不特定。有時候，僅使用疑問代詞與語助詞，意思也會變成不特定。如：*yad yad eṣā kathayati* "這個 (女人) 說的任何事 (即不管此人說什麼)"。*yasmai kasmai cid yacchati* "他給任何人"。*yasmāt kasmāc cin na labhate* "他沒有從任何人身上得到什麼" (PG 236, MG 119, WG 507)。

第 二十 課

237. 子音結尾的詞幹：因爲所有子音名詞的特性，是表現在詞幹上而不在詞尾；因此可將其詞幹歸爲一類處理[1]。相同結尾的陽性與陰性詞，其變格是完全相同；而中性僅在所有的主、業、呼格中是特殊的[2]。但大部份的子音詞幹將 *ī* 加到陽性的弱幹，形成陰性詞幹[3] (PG 237)。

---

[1] Macdonell 將子音結尾的詞幹分成兩類：詞幹不變化與詞幹有變化。其中的差別在於 Macdonell 著重詞幹的改變，Perry 則著重詞尾的一致 (MG 74, WG 377)。

[2] 參考 § 90 的變格總表 (PG 90, MG 75, WG 378)。

[3] 所有可變化詞幹以後綴 *ī* 形成陰性，除了 *ṛ* 結尾外 (MG 73, WG 378.a)。

238. 如同弱幹與強幹的變化，在子音詞幹中這種詞幹變化是普遍的[(1)]---強、弱幹或強、中、弱幹---。詞尾變化完全是正常詞尾 (§ 90) (PG 238)。

239. 關於結尾子音的一般規則如下 (PG 239)：

(1). 較普遍的語源學的結尾是 *s*、*r*、*m*、*n*、*t*、*k*、*p*、*ṭ*，偶而可見 *ṅ*、*l*、*ṇ*[(2)]。

(2). 一般而言，一個詞的末端僅允許一個子音存在；如果語源上有二個或更多的子音存在，則最後的子音要去掉；(若有更多的子音的話，) 再去掉最後子音，直到只剩下一個子音 [(3)]。

(3). 非鼻音的默音中，僅允許每一系列的第一個音作爲結尾---即無聲無氣音；其他---無聲氣音及有聲音通常會轉成無聲無氣音 [(4)]。

(4). 結尾的顎音或 *h* 變成 *k* 或 *ṭ* (較少出現)；但 *h* (此處 *h* 代表原本的 *dh*) 在少

[(1)] 詞幹變化 (Variations of Stem) 最重要的是強、弱幹的區分---與重音 (Accent) 有關。陽、陰性的主、業格單數及雙數，主格複數 (此五格的詞尾決不重音化) 比其他的格有較強或完整的形式，所以稱此五格爲強格 (Strong Cases)；其餘的格稱弱格 (Weak Cases)。弱格在某些詞中，又可分爲極弱格 (Weakest Cases)、中間格 (Middle Cases)。極弱格接母音起首的詞尾，中間格接子音起首的詞尾，如：*rājān-am*、*rājān-au*、*rājān-as*、*rājñ-ā*、*rāja-bhis* (WG 311.a, PG 87)。在變格中 (以 *c*、*t*、*n*、*s*、*ṛ* 結尾的詞幹)，最重要的是強幹與弱幹的區分 (MG 72)。

[(2)] 這些稱爲絕對語尾子音，僅有這些可以出現在結尾。上面的次序是依照其出現頻率多寡而排列 (WG 149)；Macdonell 將絕對語尾子音歸整爲八個 (*ḥ*、*m*、*n*、*t*、*k*、*p*、*ṭ*、*ṅ*)，因爲結尾必須是無聲無氣，所以 *ḥ* 取代 *s*、*r*，而 *l*、*ṇ* 未出現過 (MG 27)。

[(3)] 如：*tudant-s* > *tudant* > *tudan*；*udañc-s* > *udañk* > *udañ* (WG 150, 150.a)。一個詞僅可以一個子音結束，除了 *r* + *k*、*t*、*ṭ*、*p*，且後面四個是屬於原來的詞，並非是後綴，如：√ *ūrj* "強" > *ūrk* [陰] "力量"；√ *mṛj* "擦" > *amārṭ* "他擦了" (MG 28, WG 150.b)。

[(4)] 如：*agnimat* < *agnimath* [陽] "攪拌薪火的人"；*suhṛt* < *suhṛd* [陽] "朋友" (WG 141)。

數例子中變成 *t* [1]。

240. 根據 § 239.2，主格單數陽性及陰性詞的 *s* 常常失去；在這種情況下，詞幹的結尾常出現不規則現象 (PG 240)。

241. 詞幹的結尾在 *Pada*-ending 前 --- 即 *bhyām*、*bhis*、*bhyas*、*su* --- 視爲外連音處理[2] (PG 241)。

242. 有氣音的默音在另一個非鼻音的默音或擦音之前，變成其相對應的無氣音；僅在母音或半母音或鼻音之前，才保持不變 [3]。如果這樣的默音須重覆時，將相對應的無氣音加在詞首而重覆 (PG 242)。

243. 以 *t*、*d*、*dh*、*bh* 結尾的詞幹 [4]。在接尾詞 *bh* 之前，詞幹結尾 *t*、*dh* 變成 *d*；如果 *bh* 作爲詞幹的結尾，變成 *b*，如：*marut* [陽] "風"、*āpad* [陰] "災難"、*jagat* [中] "世界" (PG 243)。

---

[1] 顎音不可作爲結尾。所以 *c* > *k*，如：*vāc* [陰] "言語" > *vāk*；*ch* > *ṭ*，如：*prāch* [形] "詢問" > *prāṭ*；*j* > 喉音或 *ṭ*，如：*bhiṣaj* [陽] "醫生" > *bhiṣak*；*jh* 未出現過 (WG 142, MG 27)。

[2] 這些詞尾也稱爲中間格詞尾 (PG 91, MG 16.a, WG 111.a)。

[3] 如：*rundh* + *dhve* = *rund-dhve* "你們阻礙"；*labh* + *sye* = *lap-sye* "我將取"；*yudh-i* "在戰役中"；*lobh-yaḥ* "應希求的" (MG 62)。梵語中，兩個氣音不可以在同一個音節的起首及結尾；也不可以在一個音節的結尾及下一個音節的起首 (MG 62.note, WG 114, 153)。這條規則僅僅發生在內連音 (WG 153.a)；而且僅關涉到有聲有氣音，至於無聲有氣音幾乎找不到此類例子 (WG 153.b)。

[4] 此處的齒音與唇音的例子是屬於詞幹不變化 (MG 77, 78)。

marut [陽]	單數	雙數	複數
主、呼格	*marut*	*marut-au*	*marut-as*
業格	*marut-am*	"	"
具格	*marut-ā*	*maru**d**-bhyām*	*maru**d**-bhis*
與格	*marut-e*	"	*maru**d**-bhyas*
從格	*marut-as*	"	"
屬格	"	*marut-os*	*marut-ām*
處格	*marut-i*	"	*marut-su*

jagat [中]	單數	雙數	複數
主、呼格	*jagat*	*jagat-ī*	*jaga**n**t-i*
業格	*jagat*	"	"
具格	*jagat-ā*	*jaga**d**-bhyām*	*jaga**d**-bhis*
與格	*jagat-e*	"	*jaga**d**-bhyas*
從格	*jagat-as*	"	"
屬格	"	*jagat-os*	*jagat-ām*
處格	*jagat-i*	"	*jagat-su*

āpad [陰]	單數	雙數	複數
主、呼格	*āpa**t***	*āpad-au*	*āpad-as*
業格	*āpad-am*	"	"
具格	*āpad-ā*	*āpad-bhyām*	*āpad-bhis*
與格	*āpad-e*	"	*āpad-bhyas*
從格	*āpad-as*	"	"
屬格	"	*āpad-os*	*āpad-ām*
處格	*āpad-i*	"	*āpa**t**-su*

在主、業格複數中性詞中插入 ***n***，參考 *phalāni*、*madhūni* 等[1]。

244. 根據 § 239.3、242，在少數詞根中，當最後的有聲有氣音 (*gh*、*dh*、*bh*，代表 *gh* 的 *h*) 失去其有氣音時，則起首的有聲子音 (*g*、*d*、*b*) 變成有氣音[2] (PG 244)。

245. 形容詞的一致性：如果一個形容詞修飾兩個或更多的實詞，形容詞的數依照實詞的聯合數目而定。如果實詞是陽性及陰性，形容詞則用陽性；但是在陽性或陰性與中性併用的情況，形容詞將是中性[3] (PG 245)。

第 二十一 課

246. 子音詞幹變化：顎音詞幹[4] (PG 246)

(1). 詞幹結尾 *c*：當 *c* 爲詞尾及在 *Pada*-ending 之前時，要轉變成原本的喉音

---

[1] 中性詞的主、呼、業格複數在 *i* 之前，及母音詞幹後 (如：*phalāni*、*madhūni*)、子音詞幹的單一結尾默音或擦音前 (如：*jaga**nt**-i*) 插入 *n*；依照子音類別更改 *n* (MG 71.c)。

[2] 這個規則是詞根原來的起首氣音再現；因爲較後的連音規則——禁止同一個音節的起首及結尾同時是有氣音——，所以這些詞根的起首氣音失去；當結尾的氣音消失時，起首氣音便重現 (MG 55.note)；這些詞根如下 ***-gh***: √ *dagh* "持"；***-h*** (*gh*) : √ *dah* "燒"、√ *dih* "塗敷"、√ *duh* "擠奶"、√ *druh* "敵對"、√ *dṛṅh* "強化"、√ *guh* "隱藏"、√ *grah* "攝取"；***-dh*** : √ *bandh* "綁"、√ *bādh* "折磨"、√ *budh* "醒"；***-bh*** : √ *dabh* "傷害" (WG 155.b)。

[3] 同一個形容詞用在修飾不同性的實詞時，其選擇次序如下：陽、中、陰性皆有的時候，形容詞用中性；陽、陰性的時候，形容詞採用陽性；當然，數是依照實詞而定，如果有三個以上的實詞，形容詞用複數 ；如果是兩個，用雙數 (MG 194.3.a)。

[4] 此處所提到的子音詞幹亦是不變化詞幹；顎音此處只有三個。此三個顎音結尾的詞幹在上面的狀況下，會產生發音部位的改變 (MG79)。以顎音作結尾的例子未出現 (WG43)。

[1]；即在詞尾及 *su* 之前變成 *k*，在 *bh* 之前變成 *g*[2]。
(2). 詞幹結尾 *j* 常常以 c 的情況處理，其他處理方法見下[3]。
(3). √ *diś*、√ *dṛś*、√ *spṛś* 這些 *ś* 處理方式同上[4]。
(4). *su* 在 *k* 之後的 *s* 變成 *ṣ*，如：*-kṣu*。

vāc [陰] "言語"	單數	雙數	複數
主、呼格	*vāk*	*vāc-au*	*vāc-as*
業格	*vāc-am*	"	"
具格	*vāc-ā*	*vāg-bhyām*	*vāg-bhis*
與格	*vāc-e*	"	*vāg-bhyas*
從格	*vāc-as*	"	"
屬格	"	*vāc-os*	*vāc-ām*
處格	*vāc-i*	"	*vāk-ṣu*

ruj [陰] "疾病"	單數	雙數	複數
主、呼格	*ruk*	*ruj-au*	*ruj-as*
業格	*ruj-am*	"	"

[1] 整組顎音都是從原來的喉音轉化而來的；如：*c* < *k*；*j* < *g*；*ś* < *k* (WG 42)；因此，在梵語的連音過程中，顎音將回復到原來的喉音 (WG 43)。

[2] 如上一條注所言，*c* 源自 *k*；在相同的狀況下，*c* 表現出與 *k* 相同的形式；如：*vakti*、*uvaktha*、*vakṣi*、*vakṣyāmi*、*vagdhi*；*vāgbhis*、*vākṣu* (WG 217, MG 63.a)。

[3] *j* 本身包含兩種改變：改變成 *c*，另一則變成 *ś* (WG 42)；所以 *j* 有兩種處理方式 (WG 43)。

[4] 少數詞根的 *ś* 在 *su* 之前及結尾的時候轉成 *k*，如：√ *diś*、√ *dṛś*、√ *spṛś* (WG 218a)；在古典梵語中，詞根的詞幹作爲獨立實詞不多；但常常作爲複合詞的最後，此時具有形容詞或現在分詞的意思 (MG 79.d)。

具格	*ruj-ā*	*rug-bhyām*	*rug-bhis*
與格	*ruj-e*	"	*rug-bhyas*
從格	*ruj-as*	"	"
屬格	"	*ruj-os*	*ruj-ām*
處格	*ruj-i*	"	*ruk-ṣu*

diś [陰] "方向"	單數	雙數	複數
主、呼格	*dik*	*diś-au*	*diś-as*
業格	*diś-am*	"	"
具格	*diś-ā*	*dig-bhyām*	*dig-bhis*
與格	*diś-e*	"	*dig-bhyas*
從格	*diś-as*	"	"
屬格	"	*diś-os*	*diś-ām*
處格	*diś-i*	"	*dik-ṣu*

247. (1). 一個詞幹的最後 *ś*、*ṣ* 在 *bh* 及 *su* 之前及詞尾時，通常變成反舌默音 (*ṭ*、*ḍ*)[1]；例外請見 § 246.3。
(2). 詞根詞幹 *rāj* "統治"、*yaj* "祭祀"、*sṛj* "創造" 等等的 *j*[2] 及
(3). 一些詞根的最後 *h*，處理如上面的 *ś*[3] (PG 247)。

---

[1] 在內連音中，僅在動詞性詞幹或詞尾的 *s* 之前，結尾的 *ś* 才會轉成原本的 *k*，也就是變成 *kṣ*；如：√ *viś* > ***vek-ṣyāmi*** "我將進入"。在 *dh*、*bh*、*su* 之前及結尾時 *ś* 通常變成反舌默音 -- *ṭ* 或 *ḍ*；如：***viṭ-su*** "在移民者中"、*viḍbhis* (WG 218, MG 63.b)。唯一的反舌音詞幹是 *ṣ* 結尾的詞幹，其變化很自然的成爲 *ṭ*、*ḍ* (MG 80, WG 226)。

[2] 如：*rāj* > [主][單] *rāṭ*；*mṛj* > [二][單][未過] ***mṛḍ-ḍhi***；*rāj* > *rāṣ-ṭra* (MG 63.a)。反舌音會將後面齒音轉成反舌音 (MG 64, WG 219.b)。

[3] 大部分 *h* 結尾的詞幹，在詞尾或 *pada*-ending 前會變成喉音；但在 *-lih* "舔" 變成反舌音，在 *upā-nah* "鞋子" 變成齒音 (MG 81, WG 222)。

dviṣ [陽] "敵人"	單數	雙數	複數	*viś* [陽複] "人" 複數
主、呼格	*dviṭ*	*dviṣ-au*	*dviṣ-as*	*viś-as*
業格	*dviṣ-am*	"	"	"
具格	*dviṣ-ā*	*dviḍ-bhyām*	*dviḍ-bhis*	*viḍ-bhis*
與格	*dviṣ-e*	"	*dviḍ-bhyas*	*viḍ-bhyas*
從格	*dviṣ-as*	"	"	"
屬格	"	*dviṣ-os*	*dviṣ-ām*	*viś-ām*
處格	*dviṣ-i*	"	*dviṭ-su*	*viṭ-su*

lih [形] "舔"	單數	雙數	複數
主、呼格	*liṭ*	*lih-au*	*lih-as*
業格	*lih-am*	"	"
具格	*lih-ā*	*liḍ-bhyām*	*liḍ-bhis*
與格	*lih-e*	"	*liḍ-bhyas*
從格	*lih-as*	"	"
屬格	"	*lih-os*	*lih-ām*
處格	*lih-i*	"	*liṭ-su*

248. *ṛtvij* [陽] "祭師"，雖含有 √ *yaj*，卻變成 *ṛtvik*；*sraj* [陰] "花圈"，雖有 √ *sṛj* 卻變成 *srak* (PG 248, MG 79.b)。

249. (1). 在含有 √ *dah* "燒"、√ *duh* "擠奶"、√ *druh* "敵對" 的名詞，或這些詞根置於其他詞類的最後，及 *uṣṇih* [陰] "韻律的一種" 中的 *h* 變成 *k* 或 *g*。如：*kāṣṭha-dah* [形] "燒木材的" 其 [主][呼][單] *kāṣṭha-dhak*；*kāmaduh* [陰] " 滿足願望的" 其 [主][呼][單] *kāmadhuk*、[業][單] *kāmaduh-am*、[處][複] *kāmadu-ṣu*；*mi- tradruh* [形] "背叛朋友的" [主][呼][單] *mitradruk*。

(2). 在以 √ *nah* " 綁 " 爲詞末的名詞中，此處的 *h* 代表原來的 *dh*，所以 *h* 變成 *d*

或 *t*；如：*upānah* [陰] "鞋子 " [主][呼][單] *upāna**t***、[業][單] *upānah-am*、[具][雙] *upāna**d**-bhyām*、[處][複] *upānat-su* (PG 249)。

第 二十二 課

250. *r* 詞幹的變格

ir、*ur* 詞幹在子音詞尾之前及主格單數時母音增長，且主格單數時的詞尾 *s* 要去掉。在主格單數時，詞幹最後的 *r* 變成 *s* (或 *ḥ*)[1] (PG 250, MG 82, WG 392)。

gir [陰] "聲音" *pur* [陰] "城市"

	單數	雙數	複數
主、呼格	*gīr* / *pūr*	*gir-au* / *purau*	*gir-as* / *pur-as*
業格	*gir-am* / *pur-am*	" / "	" / "
具格	*gir-ā* / *pur-ā*	*gīr-bhyām* / *pūr-bhyām*	*gīr-bhis* / *pūr-bhis*
處格	*gir-i* / *pur-i*	*gir-os* / *pu-ros*	*gīr-ṣu* / *pūr-ṣu*

251. *in* [*min*、*vin*] 詞幹 (PG 251)

這些僅限於陽性與中性。在詞末加入 *ī* 變成陰性，如：*dhanin* [形] "富有" > *dhaninī* [2]。在子音詞幹之前失去最後的 *n*；在主格單數時亦如此，但陽性時 *i* 增

---

[1] *ir*、*ur* 詞幹是從 *ṛ* 結尾的詞根形成的 (WG 383.b)。

[2] 幾乎任何以 *a* 結尾的名詞，都可以加上接尾詞 *in*，形成表示 "擁有的" 衍生形容詞；如：*bala* [中] "力量" > *balin* [形] "有力量的、強壯的"。*min*、*vin* 結尾的詞幹很少 (PG 251. note)。加上接尾詞 *in* 形成的形容詞，Macdonell 認爲是有兩個詞幹：僅在子音前與在主、業格單數中性時是弱幹 (去掉 *n*)。在主格單數陽性時去掉 *n*，在主、呼、業格複數中性的時候 *i* 增長 (MG 87.2)。*min*、*vin* 結尾的詞幹與 *in* 有相似的意思與變格 (MG 87.2.a , WG 438)。呼格單數在陽性時，是不加詞尾的詞幹；在中性的時候，可以是詞幹也可以與主格一樣 (WG 439)。

長爲 *i*。

dhanin [形][陽]	單數	雙數	複數
主格	*dhan-ī*	*dhanin-au*	*dhanin-as*
業格	*dhanin-am*	"	"
具格	*dhanin-ā*	*dhani-bhyāṃ*	*dhani-bhis*
處格	*dhanin-i*	*dhanin-os*	*dhani-ṣu*
呼格	*dhan-in*		

dhanin [形][中]	單數	雙數	複數
主格	*dhan-i*	*dhanin-ī*	*dhanīni*
業格	"	"	"
具格	*dhanin-ā*	*dhani-bhyām*	*dhani-bhis*
處格	*dhanin-i*	*dhanin-os*	*dhani-ṣu*
呼格	*dhan-in* 或 *dhani*		

252. *as*、*is*、*us* 衍生詞幹 (PG 252)

這類的詞幹幾乎都是中性，及有極少數是陽、陰性。其變格極規則 (在 *bh* 之前分別變成 *o*、*ir*、*ur*，參見 § 241)。*as* 的陽性與陰性詞幹在主格單數時 *a* 增長；主、業格複數中性時在插入的鼻音 (*Anusvāra*)(1) 之前，*a* 或 *i* 或 *u* 也會增長(2)。

[中][單]	*manas* "心"	*havis* "祭品"	*dhanus* "弓"
主、呼、業格	*manas*	*havis*	*dhanus*

---

(1) 中性複數時，在 *s*、*ṣ* 前插入 *n* 的時候，*n* 會變成隨韻 (*Anusvāra*) (MG 66.2)。

(2) 陽性與陰性幾乎都是作爲形容複合詞的最後成分 (MG 83,WG 412~419)。Macdonell 認爲此類詞幹是不變化詞幹。

	具格	*manas-ā*	*haviṣ-ā*	*dhanuṣ-ā*
	處格	*manas-i*	*haviṣ-i*	*dhanuṣ-i*
[雙]	主、呼、業格	*manas-ī*	*haviṣ-ī*	*dhanuṣ-ī*
	具格	*mano-bhyām*	*havir-bhyām*	*dhanur-bhyām*
	處格	*manas-os*	*haviṣ-os*	*dhanuṣ-os*
[複]	主、呼、業格	*manāṃs-i*	*haviṃṣ-i*	*dhanūṃṣ-i*
	具格	*mano-bhis*	*havir-bhis*	*dhanur-bhis*
	處格	*manas-su*	*haviṣ-ṣu*	*dhanuṣ-ṣu*
		(*manaḥ-su*	*haviḥ-ṣu*	*dhanuḥ-ṣu*)

253. *aṅgiras* [陽] 人名 (PG 253, MG 83.a, WG 414)

	主格	業格	具格	呼格
單數	*aṅgirās*	*aṅgiras-am*	*aṅgiras-ā*	*aṅgiras*
複數	*aṅgiras-as*	*aṅgiras-as*	*aṅgiras-bhis*	*aṅgiras-as*

254. 將這類名詞置於詞末形成複合詞是非常普遍 (1)。
如：*dīrghāyus* [形] "長壽的"、*su-manas* [形] "善心的、好心的" (PG 254)

[單]	主格	業格	具格
[陽][陰]	*dīrghāyus*	*dīrghāyuṣ-am*	*dīrghāyuṣ-ā*
	suman-ās	*sumanas-am*	*sumanas-ā*
[中]	*dīrghāyus*	*dīrghāyus*	*dīrghāyuṣ-ā*
	sumanas	*sumanas*	*sumanas-ā*
[雙][陽][陰]	*dīrghāyuṣ-au*	*dīrghāyuṣ-au*	*dīrghāyur-bhyām*
	sumanas-au	*sumanas-au*	*sumano-bhyām*
[中]	*dīrghāyuṣī*	*dīrghāyuṣī*	*dīrghāyur-bhyām*

(1) *as* 結尾的形容複合詞，在主格單數的時候，將 *a* 增長 (MG 83, WG 418)。

	sumanasī	sumanasī	sumano-bhyām
[複][陽][陰]	dīrghāyuṣ-as	dīrghāyuṣ-as	dīrghāyur-bhis
	sumanas-as	sumanas-as	sumano-bhis
[中]	dīrghāyūṃṣ-i	dīrghāyūṃṣ-i	dīrghāyur-bhis
	sumanāṃs-i	sumanāṃs-i	sumano-bhis

第 二十三 課

255. 比較形容詞 (Comparative Adjectives)[1] (PG 255)

基本[2] 形式的比較形容詞在陽性與中性時有兩種詞幹。在強幹時是 *yāṃs* (通常是 *īyāṃs*)，在弱幹時是 *yas* (通常是 *īyas*)，沒有中幹[3]。呼格單數陽性的結尾是 *yan* 。陰性詞幹是弱幹加 *ī* 形成，變格同 *nadī*。

[陽]	單數	雙數	複數
主格	*śreyān*	*śreyāṃs-au*	*śreyāṃs-as*
業格	*śreyāṃs-am*	"	*śreyas-as*
具格	*śreyas-ā*	*śreyo-bhyām*	*śreyo-bhis*

---

(1) 具有比較級與最高級的意義，或常常僅是強化含意 (Intensive Value) 的衍生形容詞。詞幹是從詞根或其他的衍生詞幹或複合詞幹形成 (WG 466)。如何從詞根形成衍生形容詞詞幹？在接尾詞之前的詞根要重音化及強化，通常以 *Guṇa* 強化；在某些情況，以鼻音化或長音化來增強 (WG 467)。在古典梵語中，僅有一些比較級與最高級；且在意義方面 ，大部分與來自同一個詞根的其他形容詞有關連，如：√ *kṣip* "投" > *kṣep-īyas* 其意義是屬於 *kṣipra* "迅速的" (WG 467.a)。

(2) 將比較級的基本接尾詞 (Primary Suffix) *īyas* 加到詞根的時候，詞根通常要 *Guṇa* 及重音化；在 *īyas* 前的每一個詞，必須減成一個音節，以刪去接尾詞的方式來減少音節，如：*lagh-u* "輕的" > *lagh-īyas*；*yu-van* "年少的" > *yav-īyas* (MG 103.2)。

(3) Macdonell 認爲是可變的，有兩種詞幹 (MG 88.3, WG 463, 465)。

	處格	*śreyas-i*	*śreyas-os*	*śreyas-ṣu*
	呼格	*śreyan*	*śreyāṃs-au*	*śreyāṃs-as*
[中]	主業呼格	*śreyas*	*śreyas-ī*	*śreyāṃs-i*
	具格	*śreyas-ā*	*śreyo-bhyām*	*śreyo-bhis*
	處格	*śreyas-i*	*śreyas-os*	*śreyas-ṣu*

256. 以 *ant* (或 *at*) 結尾的詞幹分成兩類 [1] (PG 256)

A. 接尾詞 *ant* (*at*) 的現在與未來爲他言分詞，有少數的例外。

B. 表示擁有的 (Possessive) 接尾詞 *mant* (*mat*) 與 *vant* (*vat*)。這些僅是陽性與中性，加上 *ī* 形成陰性。

257. A. *ant* (*at*) 的分詞[2]

如：*jīvant* [現分] "正活著 " (PG 257, MG 85.1)

[陽]		單數	雙數	複數
	主、呼格	*jīvan*	*jīvant-au*	*jīvant-as*
	業格	*jīvant-am*	"	*jīvat-as*
	具格	*jīvat-ā*	*jīvad-bhyām*	*jīvad-bhis*
	處格	*jīvat-i*	*jīvat-os*	*jīvat-su*
[中]	主業呼格	*jīva*	*jīvat-ī*	*jīvant-i*
	具格	*jīvat-ā*	*jīvad-bhyām*	*jīvad-bhis*
	處格	*jīvat-i*	*jīvat-os*	*jīvat-su*

---

[1] Macdonell 認爲是可變的，有兩種詞幹 (MG 85-86, WG 442)。

[2] 這類詞幹的變格相當規則。因爲從語源學形式的 *ants* 失去兩個子音，而形成主格單數陽性的 *an* (WG 445, PG 239.2)。

258. 這些分詞的強幹是從第三人稱複數現在時或未來時陳述式爲他言去掉 *i* 而形成 (MG 156)；如：*nayanti* 其現在時爲他言分詞的強幹 *nayant*、弱幹 *nayat*；*tiṣṭhanti* 強幹 *tiṣṭhant*、弱幹 *tiṣṭhat*；*nahyanti* 強幹 *nahyant*、弱幹 *nahyat*；*daṇḍayanti* 強幹 *daṇḍayant*、弱幹 *daṇḍayat*；*bhaviṣyanti* (未來時) 強幹是 *bhaviṣyant*、弱幹 *bhaviṣyat* (PG 258)。

259. 但在第三人稱複數爲他言失去 *nti* 中 *n* 的動詞 (例如：現在時中重複類的動詞)，在現在分詞時也失去 *n*，且沒有強弱幹的區別 (PG 259, WG 444)。如：√ *hu* 第三人稱複數現在時陳述式爲他言 *juhvati*，分詞 *juhvat*。

[陽]		單數	雙數	複數
	主、呼格	*juhvat*	*juhvat-au*	*juhvat-as*
	業格	*juhvat-am*	"	"
[中]	主業呼格	*juhvat*	*juhvat-ī*	*juhvat-i*

260. 僅有 *a* 類 (1)、*ya* 類 (4)、使役動詞的現在分詞，在 主、業、呼格雙數中性必定要插入 *n*。重音 *a* 類 (6) 以及 *ā* 結尾的詞根類 (2) 的現在分詞及所有的未來分詞可以取用也可以不用 *n*；所有其他動詞的分詞及 *at* 結尾的所有其他詞幹，在雙數中性刪掉 *n* (PG 260, WG 449)。

261. *mahant* [形] "大的" 在強幹時採用 *mahānt* (1) (PG 261)

陽性	單數	複數	中性	雙數	複數
主格	*mahān*	*mahānt-aḥ*		*mahatī*	*mahānti*
業格	*mahāntam*	*mahat-aḥ*		*mahatī*	*mahānti*
呼格	*mahan*	*mahānt-aḥ*		*mahatī*	*mahānti*

(1) 原本是現在分詞，其詞根爲 √ *mah* (MG 85.a, WG 450.b)。

262. *ant* (*at*) 結尾的分詞與形容詞的陰性是加上 *ī* 而形成的，且形式常與主格雙數中性完全相同 (PG 262)。

第 二十四 課

263. *ant* (或 *at*) 詞幹的變格

B. *mant* (*mat*)、*vant* (*vat*) 詞幹：以這些接尾詞所形成的形容詞表示 "擁有的" (Possessives) 的意思。他們的變格與 *ant* 的變格非常相似，跟 *ant* 分詞變格的不同僅在主格單數陽性時 *a* 增強 (PG 263, MG 86, WG 452)。加 *ī* 形成陰性，如：*śrīmatī*。*n* 不可插入雙數中性中。如：*śrīmant* "富有的"

陽性	單數	雙數	複數
主格	*śrīmān*	*śrīmant-au*	*śrīmant-as*
呼格	*śrīman*	"	"
業格	*śrīmant-am*	"	*śrīmat-as*
具格	*śrīmat-ā*	*śrīmad-bhyām*	*śrīmad-bhis*
處格	*śrīmat-i*	*śrīmat-os*	*śrīmat-su*

中性	單數	雙數	複數
主業格	*śrīmat*	*śrīmat-ī*	*śrīmant-i*

264. *bhavant* (可能是從 *bhagavant* "神聖的" 來的) 在禮貌的談吐中，常取代第二人稱代名詞，且使用第三人稱的動詞。[主][單][陽] *bhavān*、[陰] *bhavatī*[1]；[呼] *bhavas* 的縮寫形 *bhos* 是一種平常講話的感歎詞，且常重複使用[2] (PG 264)。

---

[1] 當 *bhavant* 用作 √ *bhū* 的現在分詞時，其變格如 *adat*。但當他的意思爲 " 閣下 " 的時候，變格同 *jñānavat* (MG 86.a, WG 456)。

[2] *bhos* 在所有的母音與所有的有聲子音前，*s* 消失，如：*bho bho ṛṣe* (PG 264, MG 86.a)。

265. *an* 衍生詞幹：這些是由接尾詞 *an*、*man*、*van* 所形成，僅限於陽性與中性，但有一、二個例外。詞幹有三種形式，在陽性強幹時，接尾詞的母音增強爲 *ā* ，在弱幹時通常略去母音；中幹時最後的 *n* 消失，在所有的性中，主格單數也如此。在中性，作爲強幹的主、業格複數時接尾詞母音增長；在弱幹主、業格雙數時 *a* 不見，但這是可選擇的。在所有的弱幹中，當 *man*、*van* 之前是一個子音時，*man*、*van* 的 *m*、*v* 之後的 *a*，爲避免太多子音的累積，所以維持不變[1]（PG 265）。

rājan[2] [陽] "王"	單數	雙數	複數
主格	*rājā*	*rājān-au*	*rājān-as*
業格	*rājān-am*	"	*rājñ-as*
具格	*rājñ-ā*	*rāja-bhyām*	*rāja-bhis*
處格	*rājñ-i* / *rājan-i*	*rājñ-os*	*rāja-su*
呼格	*rājan*	*rājān-au*	*rājān-as*

nāman [中] "名字"	單數	雙數	複數
主業格	*nāma*	*nāman-ī* / *nāmn-ī*	*nāmān-i*
呼格	*nāman* / *nāma*	"	"
具格	*nāmn-ā*	*nāma-bhyām*	*nāma-bhis*
處格	*nāman-i* / *nāmn-i*	*nāmn-os*	*nāma-su*

---

[1] *an*（*man*、*van*）結尾的名詞，以 *ān* 形成強幹；以 *n* 形成弱幹；以 *a* 形成中幹（MG 90.2, WG 420-424）。

[2] 當齒音默音遇到反舌、顎、擦音時，齒音會被同化成反舌、顎、擦音，如：*ti-stha-ti* > *tiṣṭhati*；*rājan* [具][單] > *rājñā*（PG 265, MG 37.a）。

ātman [陽] "我"	單數	雙數	複數
主格	*ātmā*	*ātmān-au*	*ātmān-as*
呼格	*ātman*	"	"
業格	*ātmān-am*	"	*ātman-as*
具格	*ātman-ā*	*ātma-bhyām*	*ātma-bhis*

brahman [中] "梵我"	單數	雙數	複數
主業格	*brahma*	*brahmaṇ-ī*	*brahmāṇ-i*
呼格	*brahman* / *brahma*	"	"
具格	*brahmaṇ-ā*	*brahma-bhyām*	*brahma-bhis*

266. 最後的 *k*、*ṭ*、*p* 在起首爲無聲子音之前，維持不變；在有聲音之前，不論是母音或子音，他們分別變成 *g*、*ḍ*、*b*。在鼻音之前，他們被同化成 *ṅ*、*ṇ*、*m*。*parivrāṭ na* > *parivrā**ḍ** na* 或 *parivrā**ṇ** na*；*samya**k** na* > *samya**g** na* 或 *samya**ṅ** na*。後面的用法較普遍 (PG 266, MG 32-33)。

267. 在起首爲 *h* 之前，最後的默音變成有聲；同時，*h* 可以維持不變，或變成與前一個字母相對應的有聲有氣音；因此 *samya**g** hastaḥ* 或 *samya**g gh**astaḥ*；*tasmā**d** hastāt* 或 *tasmā**d dh**astāt*。實際上，後面的形式必定要遵守 (PG 267, MG 54, WG 163)。

第 二十五 課

268. 完成爲他言分詞 (Perfect Active Participle) *vāṃs* (PG 268)
完成爲他言分詞的詞幹較特殊。強幹時，接尾詞是 *vāṃs*，[主][單][陽] 是 *vān*；

呼格單數變成 *van*。弱幹時是 *uṣ*，中幹變成 *vat*[1]。聯合母音 *i* 如果出現在強、中幹的話，在 *uṣ* 之前則不見。如果原來的 *i*、*ī* 前有一個子音，在 *uṣ* 之前變成 *y*；但如果其前有一個以上的子音，則變成 *iy*。同樣地原來的 *u* 在 *uṣ* 之前變成 *uv*，*ṛ* 變成 *r*。如：*ninīvāṃs*、*ninyuṣ*；*śuśruvāṃs*、*śuśruvuṣ*；*cakṛvāṃs*、*cakruṣ*[2]。弱幹加 *ī* 形成陰性詞幹，如：*ninyuṣī*。

完成爲他言分詞：聯合母音 *i* 在 *uṣ* 之前的連音

子音 + *i*、*ī* > *y* √ *nī* > *ni-ny-uṣ*	一個以上的子音
+ *u*、*ū* > *uv* √ *yu* > *yu-yuv-uṣ*	+ *i*、*ī* > *iy* √ *śri* > *śi-śriy-uṣ*
+ *ṛ* > *r* √ *kṛ* > *ca-kr-uṣ*	+ *ṛ* > *ar* √ *stṛ* > *ta-star-uṣ*
+ *ṝ* > *ar* √ *kṝ* > *ca-kar-uṣ*	

---

(1) 此類分詞有三個詞幹，強幹爲 *vāṃs*、中幹爲 *vat*、弱幹爲 *uṣ* (MG 89.1)。完成爲他言分詞是從第三人稱完成爲他言複數來的，形成強幹與中幹的時候，詞根最後的母音必須還原 (在 *us* 之前，要轉成半母音)；且在去掉 *ur* 之後的動詞，若變成單音節的時候，必須插入 *i* (MG 157, WG 458-462)。

(2) 詞根最後母音 *i*、*ī*、*ṛ* 在以母音起首的詞尾之前，如果其前有一個子音，則變成 *y*、*r*；如果一個以上，變成 *iy*、*ar*；*u*、*ū*、*ṝ* 總是變成 *uv*、*ar* (MG 137.1.a)。

(1). *vidvāṃs*[1] [完分] "了知的"

	陽性			中性		
	單數	雙數	複數	單數	雙數	複數
主格	*vidvān*	*vidvāṃs-au*	*vidvāṃs-as*	*vidvat*	*viduṣ-ī*	*vidvāṃs-i*
呼格	*vidvan*	"	"	"	"	"
業格	*vidvāṃs-am*	"	*viduṣ-as*	"	"	"
具格	*viduṣ-ā*	*vidvad-bhyām*	*vidvad-bhis*	其餘與陽性同		
處格	*viduṣ-i*	*viduṣ-os*	*vidvat-su*			

(2). *jagmivāṃs*[2] [完分] "已經去了"

	陽性			中性		
	單數	雙數	複數	單數	雙數	複數
主格	*jagmivān*	*jagmivāṃsau*	*jagmivāṃs-as*	*jagmivat*	*jagmuṣ-ī*	*jagmivāṃs-i*
呼格	*jagmivan*	"	"	"	"	"
業格	*jagmivāṃs-am*	"	*jagmuṣ-as*	"	"	"
具格	*jagmuṣ-ā*	*jagmivad-bhyām*	*jagmivad-bhis*	其餘與陽性同		
處格	*jagmuṣ-i*	*jagmuṣ-os*	*jagmivat-su*			

269. *śvan*、*yuvan*

śvan [陽] "狗"、*yuvan* [陽中] "少年" 弱幹爲 *śun*、*yūn*，強、中幹時，變格依循 *rājan*：[呼] *śvan*、*yuvan*，[陰] *śunī*、*yuvati* (PG 269, MG 91.3-91.4, WG 427) 。

---

[1] 此詞根沒有重複，且失去完成的意思 (MG 89.1.b, WG 461)。

[2] √ *gam* 完成分詞的另一形式：強幹 *ja-gan-vāṃs*、中幹 *ja-gan-vat*、弱幹 *ja-gm-uṣ* (PG 268.2)；[主][單] *ja-gan-vān*、[主][複] *ja-gan-vāṃs-aḥ*、[業][複] *ja-gm-uṣ-aḥ*、[具][複] *ja-gan-vad-bhiḥ* (MG 89.1.b)。*m* 在以 *v* 起首的結尾詞前要變成 *n* (MG 68)。

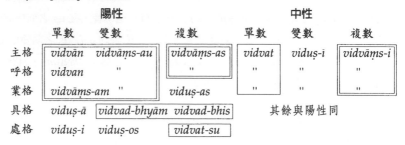

270. *maghavan* [陽] "大方的" (在後期的語言中，幾乎就是 *indra* 的另一名字) 強幹爲 *maghavān*、中幹 *maghava*、弱幹 *maghon*。[主][單] *maghavā*、[呼][單] *madhavan*、[陰] *maghonī* (PG 270, MG 91.5, WG 428)。

271. *ahan* [中] "白天" 僅用於強及弱幹，中幹的主格單數來自 *ahar* 或 *ahas* (PG 271, MG 91.2, WG 430) 如

	單數	雙數	複數
主、呼、業格	*ahar (-s)*	*ahan-ī* 或 *ahn-ī*	*ahān-i*
具	*ahn-ā*	*aho-bhyām*	*aho-bhis*
處	*ahan-i* 或 *ahni*	*ahn-os*	*ahas-su* 或 *ahaḥ-su*

272. 有 √*ac* 或 √*añc* 的複合詞 (PG 272)

此詞根與介詞及其他詞形成的形容詞相當不規則。有些僅有兩種詞幹形式：強幹爲 *añc*、弱幹爲 *ac*；其他的則在中幹、弱幹不同於前者，如中幹 *ac*、弱幹 *c*，*a* 與前面的 *i* (*y*) 或 *u* (*v*) 形成 *ī* 或 *ū*[1]，陰性是弱幹加 *ī* 形成的，如：*viṣūcī*。

√*ac* 或 √*añc* 的複合詞	強幹	中幹	弱幹
prāñc "向前的、向東的"	*prāñc*		*prāc*
avāñc "向下的"	*avāñc*		*avāc*
udañc "向北的"	*udañc*	*udac*	*udīc*
pratyañc "向後的"	*prathañc*	*pratyac*	*pratīc*
nyañc "低的"	*nyañc*	*nyac*	*nīc*

[1] 這些複合詞的強幹 *añc*、中幹 *ac*、弱幹 *ic* 或 *ūc* (根據其前爲 *y* 或 *v* 而用)；在這些複合詞中，*ac* 是動詞，但實際上已經具接尾詞的個性了；此接尾詞通常解釋爲 "向... / -ward" (MG 93)。

anvañc "接著的"	*anvañc*	*anvac*	*anūc*
tiryañc "橫走的"	*tiryañc*	*tiryac*	*tiraśc*

第二十六課

一些不規則實詞

273. *ambā* [陰] "母親"，呼格單數 *amba* (PG 273, MG 97)。

274.(1). *sakhi* [陽] "朋友" (PG 274, MG 99.2, WG 343.a)。(2). *pati* [陽] "主人" 在複合詞中變化如：*agni*；當作爲 "丈夫" 之意時，則依循 *sakhi* 的變化，如下表 (PG 274, MG 99.1, WG 343.d, e)。

	單數	雙數	複數	單數
主格	*sakhā*	*sakhāy-au*	*sakhāy-as*	*patis*
業	*sakhāy-am*	"	*sakhīn*	*pati-m*
具	*sakhy-ā*	*sakhi-bhyām*	*sakhi-bhis*	*paty-ā*
與	*sakhy-e*	"	*sakhi-bhyas*	*paty-e*
從	*sakhy-us*	"	"	*paty-us*
屬	"	*sakhy-os*	*sakhīn-ām*	"
處	*sakhy-au*	"	*sakhi-ṣu*	*paty-au*
呼	*sakh-e*	*sakhy-au*	*sakhāy-as*	*pat-e*

275. *akṣi* [中] "眼睛"、*asthi* [中] "骨頭"、*dadhi* [中] "凝乳"、*sakthi* [中] "大腿"，形成弱幹時，以 *an* 作爲詞幹，如：*akṣṇā*、*dadhnas*；*sakthani*、*sakthni* 等。其餘變化從相對應詞幹 *i* 形成；如：[主][單] *akṣi* 等 (PG 275, MG 99.3, WG 343.i)。

	單數	雙數	複數
主、業、呼格	*akṣi*	*akṣi-ṇī*	*akṣī-ṇ-i*
具格	*akṣṇ-ā*	*akṣi-bhyām*	*akṣi-bhiḥ*
屬格	*akṣṇ-aḥ*	*akṣṇ-oḥ*	*akṣṇ-ām*

276.(1). *lakṣmi* [陰] "幸運女神" [主][單]爲 *lakṣmīs*，其餘變格遵循 *agni* (PG 276, MG 100.4)。(2). *strī* [陰] "女人" 依循混合的格變化 (PG 276, MG 100.a)

	單數	雙數	複數
主格	*strī*	*striy-au*	*striy-as*
業	*striy-am*、*strīm*	"	*strīs*、*striy-as*
具	*striy-ā*	*strī-bhyām*	*strī-bhis*
與	*striy-ai*	"	*strī-bhyas*
從	*striy-ās*	"	"
屬	"	*striy-os*	*strīṇ-ām*
處	*striy-ām*	"	*strī-ṣu*
呼	*stri*	*striy-au*	*striy-as*

277.(1). *ap* [陰] "水" 僅有複數；其結尾在 *bh* 前變成 *d* (PG 277, MG 96.1, WG 393)。(2). *div*[1] [陰] "天空" 詞尾變化是平常的變化，但詞根在子音結尾前，變成 *dyu*。並非所有的格都有用。(3). *rai* [陽] "財富" (陰性很少) (PG 277, MG 102, WG 361.b)

	複數	單數	複數	單數	雙數	複數
主格	*āpas*	*dyau-s*	*dyāv-as*、*div-as*	*rās*	*rāy-au*	*rāy-as*
業	*ap-as*	*div-am*	*div-as*	*rāy-am*	"	"
具	*ad-bhis*	*div-ā*	*dyu-bhis*	*rāy-ā*	*rā-bhyām*	*rā-bhis*
與從	*ad-bhyas*					
屬	*ap-ām*			*rāy-as*	*rāy-os*	*rāy-ām*
處	*ap-su*					
呼	*āp-as*					

---

(1) Macdonell 認爲此詞原本是 *diu*，*dyu* 爲 *dyo* 的弱化，詞幹爲 *dyu*：在子音詞尾前詞幹不變 (在主、呼格單數 *Vṛddhi*)：在母音前變成 *div* (MG 99.4, WG 361.d)。

278.(1). *anaḍ-vah* 或 *anaḍuh*（來自 *anas* + *vah* "拉車的、牛"）：強幹 *anaḍ-vāh*、中幹 *anaḍ-ud*、弱幹 *anaḍ-uh*（PG 278, MG 96.2, WG 406）。
(2). *panthan* [陽] "路"，強幹 *panth-ān*、中幹 *path-i*、弱幹 *path*；另，*manthan* [陽] "攪拌棒"、*ṛbhukṣan* [陽] "因陀羅" 依循 *panthan* 的變化（PG 278, MG 91.1, WG 433）。

anaḍ-vah	單數	複數
主格	*anaḍvān*	*anaḍvāh-as*
呼格	*anaḍvan*	*anaḍvāh-as*
業格	*anaḍvāh-am*	*anaḍuh-as*
具格	*anaḍuh-ā*	*anaḍu**d**-bhis*
處格	*anaḍuh-i*	*anaḍu**t**-su*

panthan	單數	複數
主格	*panth-ā-s*	*panth-ān-as*
業格	*panth-ān-am*	*path-as*
具格	*path-ā*	*pathi-bhis*

279. *puṃs* [陽] "人" 是非常不規則。強幹 *pumāṃs*、中幹 *pum*、弱幹 *puṃs*（PG 279, MG 96.3, WG 394）。

puṃs	單數	雙數	複數
主格	*pumān*	*pumāṃsau*	*pumāṃs-as*
呼格	*puman*	"	"
業格	*pumāṃs-am*	"	*puṃs-as*
具格	*puṃs-ā*	*pum-bhyām*	*pum-bhis*
處格	*puṃs-i*	*puṃs-os*	*puṃ-su*

280. *jarā* [陰] "老年" 在母音結尾前詞幹用 *jaras*，如：*jarayā* 或 *jarasā*（PG 280）。

281. *hṛd* [中] "心" 不能形成任何數（除了在複合詞中）的主、業、呼格，這些格的詞幹以 *hṛdaya* [中] "心" 取代（PG 281, MG 77, WG 397.a）。

282. *pad* [陽] "足" 在強幹、中幹、複合詞中變成 *pād* (PG 282, WG 387.4) 。(*pāda* [陽] "足" 有完整的變格)

pad	主格	業格	具格	*dvipad* "雙足"	業格	具格
單數	*pād*	*pād-am*	*pad-ā*	單數	*dvipād-am*	*dvipad-ā*
				複數	*dvipad-as*	*dvipād-bhis*

283. √ *han* "殺" 作爲複合詞的最後時，強幹 *han* (主格單數變成 *hā*)、中幹 *ha*、弱幹 *ghn* (*a* 失去時，與 *n* 接觸的 *h* 轉成 *gh*) (PG 283, MG 92, WG 402) 。如：*brahmahan* [陽] "殺婆羅門者"

brahmahan	單數	雙數	複數
主格	*brahma-hā*	*brahma-haṇ-au*	*brahma-haṇ-as*
呼格	*brahma-han*	"	"
業格	*brahma-haṇ-am*	"	*brahma-ghn-as*
具格	*brahma-ghn-ā*	*brahma-ha-bhyām*	*brahma-ha-bhis*
處格	*brahma-ghn-i* *brahma-haṇ-i*	*brahma-ghn-os*	*brahma-ha-su*

284. *pūṣan* [陽] "[神名]"、*aryaman* [陽] "[神名]" (兩者都是太陽的人格化) 其主格單數 *a* 增長爲 *ā*，如：[主][單] *pūṣā*、[業][單] *pūṣaṇ-am*、[具][單] *pūṣṇ-ā* (PG 284, WG 426.a)。

第 二十七 課

285. 指示代名詞 *ayam*、*asau*

ayam、*asau* (他們的語幹形式分別是 *idam*、*adas*) 的變格是不規則的。前者爲不定稱的指示代名詞 "此" 或 "彼"；另一則表示較遠的關係 (PG 285, MG 111-112)。

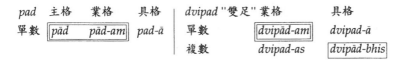

286. *ayam* (*idam*)[1]

	單數			複數		
	陽性	中性	陰性	陽性	中性	陰性
主格	*a-y-am*	*i-d-am*	*i-y-am*	*i-m-e*	*i-m-āni*	*i-m-ās*
業	*i-m-am*	*i-d-am*	*i-m-ām*	*i-m-ān*	"	"
具	*an-ena*		*an-ayā*	*e-bhis*		*ā-bhis*
與	*a-smai*		*a-syai*	*e-bhyas*		*ā-bhyas*
從	*a-smāt*		*a-syās*	"		"
屬	*a-sya*		"	*e-ṣām*		*ā-sām*
處	*a-smin*		*a-syām*	*e-ṣu*		*ā-su*

雙數：主、業格陽性 *i-m-au*、陰性 *i-m-e*、中性 *i-me*。具、與、從格三性 *a-bhyām*。屬、處格三性 *an-ayos* (PG 286)。

287. *asau* (*adas*)

	單數			複數		
	陽性	中性	陰性	陽性	中性	陰性
主格	*a-s-au*	*a-d-as*	*a-s-au*	*amī*	*amūni*	*amū-s*
業	*a-m-um*	*a-d-as*	*a-m-ūm*	*amūn*	"	"
具	*amu-n-ā*		*amu-y-ā*	*amī-bhis*		*amū-bhis*
與	*amu-ṣmai*		*amu-syai*	*amī-bhyas*		*amū-bhyas*
從	*amu-ṣmāt*		*amu-ṣyās*	"		"
屬	*amu-ṣya*		"	*amī-ṣām*		*amū-ṣām*
處	*amu-ṣmin*		*amu-ṣyām*	*amī-ṣu*		*amū-ṣu*

amī 的 *ī* 不改變 (參 § 161)。雙數：主、業格三性 *amū*。具、與、從格三性

---

[1] 在 *ayam* 的變格中，用了兩個代名詞的詞根 *a*、*i* (MG 111, WG 502)。

amū-bhyām。屬、處格三性 *amu-y-os* (PG 287, MG 112, WG 503)。

288. 有一個無重音且變格不完整的第三人稱代名詞詞幹 *ena* "他、她、它"，因此僅用於非強調的狀況 (PG 288, MG 112.a, WG 503)。唯有如下的形式：

		陽性	中性	陰性
單數	業格	*ena-m*	*ena-d*	*enā-m*
	具格	*enena*	*enena*	*ena-y-ā*
雙數	業格	*enau*	*ene*	*ene*
	屬、處	*ena-y-os*	*ena-y-os*	*ena-y-os*
複數	業格	*enā-n*	*enāni*	*enā-s*

當與 *ena* 有關的人或對象已經被 *ayam* 或 *eṣa* 指出時，才可用 *ena* 的形式。如：*anena kāvyam adhītam enaṃ vyākaraṇam adhyāpaya* "此人 (*anena*) 已讀過詩篇，你應該教他 (*enam*) 文法。"

289. 過去被動分詞 (Past Passive Participle) *-ta*、*-na*
過去被動分詞又稱爲動詞性的形容詞 (Verbal Adjective)。直接將接尾詞 *-ta* 或在少數動詞中用的 *-na*，加到動詞的詞根，與任何時式的詞幹沒有關係。陰性詞幹通常以 *ā* 結尾。分詞可以從及物動詞形成，如：*datta* "被給了"、*ukta* "被說了"。分詞可以從不及物動詞形成，此時分詞沒有被動的意思，僅是一個不定 (即時間不確定) 過去[(1)]，如：*gata* "去了"、*bhūta* "是"、*patita* "落下了" (PG 289)。

[(1)] 不及物動詞的被動用非人稱 *mayātra ciraṃ sthitam* "我站在那裡很久了"；否則，其過去分詞有主動的意思，*sa gaṅgāṃ gataḥ* "他去了恆河"；*sa pathi mṛtaḥ* "他死在路上"。一些 *ta* 結尾的過去分詞有被動與及物主動的意思，*prāpta* "被得到的、已經得到"，*praviṣṭa* "被進入的、已經進入" (MG 208.a, b)。*na* 結尾的過去分詞不可能有及物主動的意思 (MG 208.c, WG 952, 952.a)。

290. 這類分詞常用作形容詞。當補上 √ *as* "是" 或 √ *bhū* "是" 的某一個形式時，分詞取代定動詞的作用[1]；如：*sa gataḥ* "他去了/he is gone"；*mayā pattraṃ likhitam* "一封信被我寫/by me a letter was written"。中性常用作實詞，如：*dattam* "禮物"、 *dugdham* "奶"。中性也可作動作名詞 (PG 290)。

291. A. 詞根用 *-na* 的規則 (PG 291, MG 160.1)

① 結尾是 *ā*、 *ī*、 *ū*、*ṝ*

√ *mlā* "枯萎" > *mlā-na*　　√ *lī* "黏著" > *lī-na*

√ *lū* "切" > *lū-na*　　√ *stṝ* "散佈" > *stīr-ṇa*

√ *pṝ* "充滿" > *pūr-ṇa*　　√ *kṝ* "散佈" > *kīr-ṇa*

② 結尾是 *d* > *n*

√ *bhid* "分" > *bhin-na*　　*ni*-√ *sad* "坐" > *niṣaṇ-ṇa*

③ 結尾是 *j* > *g*

√ *bhañj* "擊破" > *bhag-na*　　√ *bhuj* "彎曲"> *bhug-na*

√ *majj* "沈" > *mag-na*　　√ *vij* "顫抖" > *vig-na*

④ 特例

√ *vraśc* "破壞" > *vṛk-ṇa*　　√ *śvā* 或 √ *śvi* "腫大" > *śū-na*

√ *pyā* 或 √ *pī* "腫大" > *pī-na*　　√ *hā* "捨棄" > *hī-na*

292. 某些動詞兩種形式皆有，如：√ *tvar* "速疾" > *tūrṇa* 或 *tvarita*；√ *vid* "取得" > *vinna* 或 *vitta* (PG 292, MG 160.1.a)。

---

(1) *ta* 結尾的過去分詞最常用作定動詞 *tenedam uktam* "此事被他說/this was said by him" (MG 208)。

第 二十八 課

293. B.(1). *-ta*

這類分詞大部分是將 *ta* 加到詞根而形成，如：√ *jñā* "了知" > *jñāta*；√ *ji* "贏" > *ji-ta*；√ *kṣip* "投" > *kṣip-ta*；√ *hū* "喊" > *hū-ta*；√ *vṛt* "存在" > *vṛt-ta*（PG 293, MG 160.2, WG 953）。

294. 如果詞根以子音結尾，除了 *k*、*t*、*p*、*s* 之外，其餘的連音規則如下

① *-c*、*-j* + *ta* > *k*[(1)] + *ta*

√ *sic* "溼潤" > *sik-ta*　　√ *yuj* "連結" > *yuk-ta*　√ *tyaj* "捨棄" > *tyak-ta*

② *-ś*、*-ṣ* + *ta* > *ṣ*[(2)] + *ṭa*

√ *dṛś* "見" > *dṛṣ-ṭa*　　√ *dviṣ* "恨" > *dviṣ-ṭa*

√ *sṛj* "創造" > *sṛṣ-ṭa*　　√ *mṛj* "摩擦" > *mṛṣ-ṭa*

√ *yaj* "祭祀" > *iṣ-ṭa*　　√ *prach* "問" > *pṛṣ-ṭa*

√ *takṣ* "砍下" > *taṣ-ṭa*

③ *-dh*、*bh* + *ta* > *d*、*b* + *dha*[(3)]

√ *vṛdh* "生長" > *vṛd-dha*　√ *labh* "獲得" > *lab-dha*

④ *-h*　a. *-h* + *ta* > *ḍha*，其前的短母音變成長母音（*ṛ* 例外）

√ *gāh* "跳入" > *gāḍha*　　√ *lih* "舐" > *līḍha*

√ *ruh* "生長" > *rūḍha*　　√ *muh* "迷惑" > *mūḍha*

---

(1) *c* 在子音前變成喉音，*j* 在大部分的情況變成喉音，在其他情況變成反舌音 *ṭ*、*ḍ*、*ṣ*（MG 63.a）。

(2) *ś* 在 *t*、*th* 前，通常變成 *ṣ*（MG 63.b）；反舌音改變後面的齒音爲反舌音 (MG 64)。

(3) 送氣音後面緊跟著任何字母---除母音、半母音、鼻音外---失去其氣音（MG 62）；但後面緊跟著 *t*、*th* 時，*t*、*th* 變成有聲有氣音(MG 62.b)。

√ *dṛh* "增加" > *dṛḍha* √ *sah* "忍受" > *soḍha*[1]

b. -*h* + *ta* > *gdha*[2]

√ *dah* "燒" > *dagdha* √ *dih* "塗" > *digdha*

√ *duh* "擠奶" > *dugdha* √ *muh* "迷惑" > *mugdha*

c. -*h* + *ta* > *ddha* √ *nah* "綁" > *naddha*

295. 如果其動詞系統有強、弱幹的區分，*ta* 之前的詞根通常會弱化。弱化的規則如下 (PG 295, MG 160.2)

① 省略倒數第二的鼻音

√ *añj* "塗油" > *ak-ta* √ *bandh* "綁" > *bad-dha*

√ *śaṃs* "陳述" > *śas-ta* √ *sraṃs* 或 √ *sras* "落下" > *sras-ta*

② *va* > *u*；*ya* > *i*；*ra* > *ṛ*

√ *vac* "說" > *uk-ta* √ *vap* "散佈" > *up-ta*

√ *svap* "睡" > *sup-ta* √ *vah* "運載" > *ū-ḍha*

√ *yaj* "祭祀" > *iṣ-ṭa* √ *vyadh* "刺" > *vid-dha*

√ *prach* "問" > *pṛṣṭa*

③ *ā* > *ī*；*ā* > *i*

√ *gā* "唱歌" > *gī-ta* √ *pā* "喝" > *pī-ta*

√ *sthā* "站立" > *sthi-ta* √ *dhā* "放" (*dh* 也可改成 *h*) > *hita*

√ *mā* "測量" > *mi-ta*

④ *am* > *a*；*an* > *a*

√ *gam* "去" > *ga-ta* √ *yam* "給" > *ya-ta*

---

[1] *h* 在所有其他詞根中 (除了4.b 之外)，處理方式如同送氣的反舌音：在改變後面的 *t*、*th*、*dh* 為 *ḍh* 之後，增長 *h* 前的短母音後，*h* 去掉 (MG 69.b)。

[2] *h* 在以 *d* 起首的詞根中，及在 *t*、*th*、*dh* 之前的 *h*，處理方式如同 *gh* (MG 69.a)。

√ *nam* "禮敬" > *na-ta* √ *ram* "嬉戲" > *ra-ta*

√ *kṣan* "殺" > *kṣa-ta* √ *tan* "擴張" > *ta-ta*

√ *man* "想" > *ma-ta* √ *han* "殺" > *ha-ta*

⑤ 特例

√ *śās* "教導" > *śiṣ-ṭa* √ *div* "遊戲" > *dyū-ta*

296. 以下是不規則的變化 (PG 296, MG 160.2)

① 一些 *am* 的詞根以 *ānta* 形成分詞

√ *kam* "欲求" > *kānta* √ *kram* "趨向" > *krānta*

√ *kṣam* "允許" > *kṣānta* √ *tam* "不安" > *tānta*

√ *dam* "平靜" > *dānta* √ *śam* "平靜" > *śānta*

√ *śram* "疲勞" > *śrānta*

② 一些 *an* 的詞根以 *āta* 形成分詞

√ *jan* "生" > *jāta* √ *kṣan* "傷害" > *kṣāta*

√ *san* "敬重" > *sāta*

③ √ *dā* "給" > *datta* (從衍生形式 *dad* 來的)。有接頭詞的時候更明顯，如：*pra-datta* 或 *pra-tta*、*ni-datta* 或 *nītta*。

297. B.(2). *-ita*

兩個子音結尾或單一子音結尾而不易與 *t* 結合的基本動詞，及所有的衍生動詞 (在 *ita* 之前去掉最後的 *a* 或 *aya*) 用 *ita* (PG 297-300, MG 160.3,WG 956)。

基本動詞加上 *ita* ：

① 兩個子音結尾 √ *śaṅk* "懷疑" > *śaṅk-i-ta*

② 單一子音結尾不易與 *t* 結合

a. 保留整個詞根

√ *likh* "寫" > *likh-i-ta*　　√ *īkṣ* "看" > *īkṣ-i-ta*

√ *tṛṣ* "渴求" > *tṛṣ-i-ta*　　√ *kup* "生氣" > *kup-i-ta*

√ *pat* "落下" > *pat-i-ta*　　√ *śvas* "呼吸" > *śvas-i-ta*

b. *Samprasāraṇa*

√ *vad* "說" > *ud-i-ta*　　√ *vas* "住" > *uṣ-i-ta*

√ *grah* "取" > *gṛh-ī-ta*(1)

衍生動詞加上 *ita*：

③ 使役動詞及名詞起源動詞的 *aya* 省略

√ *kṛ* "做" > *kār-aya* > *kār-i-ta*　　√ *cur* "偷" > *cor-aya* > *cor-i-ta*

√ *taḍ* "打" > *tāḍ-aya* > *tāḍ-i-ta*　　√ *mṛ* "死" > *mār-aya* > *mār-i-ta*

√ *han* "殺" > *ghāt-aya* > *ghāt-i-ta*　　√ *āp* "取得" > *īp-sa* > *īps-i-ta*

√ *gaṇaya* "數" > *gaṇ-i-ta*

少數詞根形成過去被動分詞時，用 *ta* 或 *ita* 皆可：

④ √ *mad* "沈醉" > *ma-tta* 或 *mad-i-ta*

298. 文法家將少數衍生形容詞斷定爲 *na* 的分詞，如：*kṣāma* "弱的" (√ *kṣā*)、*kṛśa* "薄的" (√ *kṛś*)、*pakva* "熟的" (√ *pac*)、*śuṣka* "乾的" (√ *śuṣ*)、*phulla* "延伸的" (√ *phul*) (PG 301, WG 958, TsG 100.4.e)。

299. *ta-vat* (*na-vat*) 的過去主動分詞

將接尾詞 *vat* 加到過去被動分詞，有完成主動分詞的意思 (陰性 *vatī*)。如：*kṛ-ta* "所作的" > *kṛta-vat* "已作"；*sa tat kṛtavān* "他已作那件事"；*sā tat kṛtavatī*

(1) 在 *ita* 之前，通常保留詞根的整個形式；但有些詞根採取 *Samprasāraṇa*；另有些則採取 *Samprasāraṇa* 且與 *i* 連用，如：√ *grah* > *gṛh-īta* (MG 160.3.a, WG 956.d, e)。

"她已作那件事" (PG 302, MG 161, WG 959)。

300. 此主動分詞通常作為定動詞，√ *as* 常省略，如：*māṃ na kaś cid dṛṣṭavān* "無人見過我"。√ *as* 不省略亦可，如：*mahat kṛcchraṃ prāptavaty asi* "你已遇到大危難"。此分詞甚至可以從不及物動詞形成，如：*sā gatavatī* "她已離開了" (PG 303, MG 161)。

第 二十九 課

301. 絕對分詞 (Gerund 或 Absolutive)
絕對分詞在古典梵語中藉著詞尾 *tvā* 及 *ya* 之一而形成 (PG 304)。

302. A. *tvā*
詞尾 *tvā* 直接加到詞根，但有時插入 *i*。關於 *i* 的使用及其前的詞根形式，形成的規則與 *-ta* 或 *-na* 的分詞一致。詞根最後的子音，處理如 *-ta*。形成 *na* 的過去被動分詞的詞根，在 *tvā* 前通常不用 *i* (PG 305, MG 163, WG 991)。

① 詞根後面直接加上 *-tvā*

√ *jñā* "了知" > *jñā-tvā*	√ *bhū* "是" > *bhū-tvā*
√ *ji* "贏" > *ji-tvā*	√ *sthā* "站立" > *sthi-tvā*
√ *dhā* "放" > *hi-tvā*	√ *nī* "引導"> *nī-tvā*
√ *dā* "給" (cf. *datta*) > *dat-tvā*	√ *gā* "唱歌" > *gī-tvā*
√ *vac* "說" > *uk-tvā*	√ *yuj* "連結" > *yuk-tvā*
√ *gam* "去" > *ga-tvā*	√ *man* "想" > *ma-tvā*
√ *vid* "發現" > *vit-tvā*	√ *tṝ* "渡" (cf. *tīrṇa*) > *tīr-tvā*
√ *pṝ* "充滿" (cf. *pūrṇa*) > *pūr-tvā*	√ *dṛś* "見" > *dṛṣ-ṭvā*
√ *sṛj* "創造" > *sṛṣ-ṭvā*	√ *yaj* "祭祀" > *iṣ-ṭvā*

√ *budh* "醒" > *bud-dhvā*　　√ *labh* "得" > *lab-dhvā*

√ *dah* "燒" > *dag-dhvā*

② *i-tvā*

√ *vid* "知道" > *vid-i-tvā*　　√ *vas* "住" > *uṣ-i-tvā*

√ *śī* "躺下" > *śay-i-tvā*　　√ *grah* "取" > *gṛh-ī-tvā*

③ 使役動詞用 *ay-itvā*

√ *cur* "偷" > *cor-ay-itvā*　　√ *sthā* "站" > *sthā-p-ay-itvā*

303. 有些動詞有兩種形式，如：√ *khan* "掘" > *khan-itvā* 或 *khā-tvā*；√ *bhram* "漫遊" > *bhram-itvā* 或 *bhrām-tvā* (PG 306)。

304. B. 複合動詞用 *ya*

若詞根之前有接頭詞 (包括介詞或副詞或名詞) 時，詞尾用 *ya*，且其前決不能插入 *i* (PG 308, MG 164, WG 992)。以短母音結尾的詞根在 *ya* 之前加 *t* (PG 308, MG 165, WG 992)。

305. 含有 *am* 及 *an* 的複合動詞，其被動分詞以 *ata* 結尾時，則以 *atya* 形成其絕對分詞 (PG 309, MG 165.a)，如：°*ga-tya*、°*ha-tya*。但含有 *am* 的複合動詞可以保留鼻音，如：°*gam-ya*。最後的 *ṝ* 變成 *ir* 或 *ūr* (PG 309, MG 164, WG 992.a)，如：°*tīr-ya*、°*pūr-ya*。最後的 *ā* 保持不變如 *ādā-ya*。有些複合動詞在加上 *ya* 之前產生弱化，如：*pra-*√ *grah* > *pra-gṛh-ya*；*saṃ-*√ *prach* > *saṃ-pṛcch-ya*；*pra-*√ *vac* > *procya* (*pra-uc-ya*)；*anu-*√ *vad* > *anūd-ya*；*vi-*√ *vah* > *vyuh-ya* (PG 309)。

306. 使役及 *aya* 的名詞起源動詞形成絕對分詞時，將 *aya* 去掉，再加上 *ya*，如：*pra-cor-aya-ti* > *pra-cor-ya*；*pra-tāṣ-ya*、*pra-sthā-p-ya*、*ava-ghāt-ya*；

ānāya-yati (*ā-√ nī*) > *ānāy-ya*。如果詞根以一個單子音結尾且含有 *a*，此 *a* 在使役中不增強，則使役的絕對分詞以 *ay-ya* 結尾，以區別單純動詞的絕對分詞，如：*ava-√ gam* > [絕分] *avagam-ya*；[使] *avagam-aya-ti* > [絕分] *avagam-ay-ya* (PG 310, MG 164.a)。

複合動詞用 *ya* ：

① ya　*saṃ-√ bhū* "是" > *saṃbhū-ya*　*pra-√ vac* "說" > *proc-ya*
　ava-√ tṝ "下來" > *avatīr-ya*　*saṃ-√ pṝ* "充滿" > *saṃpūr-ya*

② 短母音結尾用 *tya*　*vi-√ ji* "摧伏" > *vi-ji-tya*

③ *am*、*an* 結尾用 *atya*　*ā-√ gam* "來" > *ā-ga-tya* 或 *ā-gam-ya*
　ā-√ han "攻擊" > *ā-ha-tya*

④ 詞根是 *a* 且以單子音結尾的使役動詞用 *ay-ya*
　ava-√ gam > [使] *ava-gam-aya-ti* > [絕分] *ava-gam-ay-ya*

307. 絕對分詞通常修飾一個句子的主語，表示一個伴隨的動作，或句中主要動詞所表示的動作發生之前的動作[1]。(在較後期的語言中，絕對分詞並非只修飾句中文法上的主語。) 如：*tad ākarṇya cchāgaṃ tyaktvā snātvā svagṛhaṃ gataḥ* "聽了此事，他丟棄山羊，沐浴之後，回自己家了" (PG 311)。

308. 有些絕對分詞可作為介詞來使用，如：*ādāya* "用、以、有 / with"；*muktvā* "無、除...外 / without" (PG 312, MG 179)。

---

[1] 絕對分詞常常表達：一個動作在另一個動作開始前完成 (很少是同時的)。絕對分詞的主語通常與主格一致，如果在被動結構中則其主語是具格；但偶而是其他格。如：*taṃ praṇamya sa gataḥ* "向他禮敬後，他 (*sa*) 離去"，*atha tenātmānaṃ tasyopari prakṣipya prāṇāḥ parityaktāḥ* "他 (*tena*) 將自己投向他 (*tasya*) 之後，失去了生命" (*prakṣipya* 與 *tena* 一致) (MG 210, WG 989, 994)。

309. *an* 或 *a* 可用於所有絕對分詞之前，如：*a-labdhvā* "尚未取得 / without having received"；*an-āhvaya* "尚未呼叫 / without having summoned"（PG 313）。

第 三十 課

310. 不定詞（Infinitive）

古典梵語中，將 *tum*（或 *itum*）加到已強化（即 *Guṇa*）的詞根，以形成不定詞（PG 314, MG 167, WG 968）。

311. 詞根強化後加 *tum*，如下（PG 315）

① 以母音結尾的詞根，除了 *ū* 及 *ṝ*。如：

√ *pā* > *pā-tum*　　√ *dā* > *dā-tum*　　√ *ji* > *je-tum*

√ *nī* > *ne-tum*　　√ *śru* > *śro-tum*　　√ *kṛ* >*kar-tum*

② *k*、*t*、*p*、*s* 結尾的一些詞根在 *tum* 之前維持不變。如：

√ *śak* > *śak-tum*　　√ *vas* > *vas-tum*　　√ *āp* > *āp-tum*

√ *kṣip* > *kṣep-tum*　　√ *lup* > *lop-tum*　　√ *śap* > *śap-tum*

③ 其他子音結尾的連音變化與 § 294 相同。如：

√ *pac* > *pak-tum*　　√ *tyaj* > *tyak-tum*　　√ *dṛś* > *draṣ-ṭum*

√ *spṛś* > *spraṣ-ṭum*　　√ *kṛṣ* > *kraṣ-ṭum*　　√ *prach* > *praṣ-ṭum*

√ *yaj* > *yaṣ-ṭum*　　√ *sṛj* > *sraṣ-ṭum*　　√ *labh* > *lab-dhum*

√ *krudh* > *krod-dhum*　　√ *ruh* > *roḍhum*　　√ *vah* > *vo-ḍhum*

√ *dah* > *dag-dhum*　　√ *nah* > *nad-dhum*

④ 最後的 *d* 變成 *t*，且 *m* 變成 *n*。如：

√ *ad* > *at-tum*　　√ *gam* > *gan-tum*　√ *vid* "知道" > *vet-tum* 或 *ved-itum*

312. *itum*
以 *ū* 結尾的詞根及 √ *śī*，與少數母音結尾的詞根；大部分子音詞根及二次動詞變位，加 *itum* 構成不定詞。如：√ *bhū* > *bhav-itum*；√ *śī* > *śay-itum*；√ *īkṣ* > *īkṣ-itum*；√ *vand* > *vand-itum*；√ *guh* > *gūh-itum* (cf. § 101) (PG 316)。

313. 使役及 *aya* 的名詞起源動詞加上 *ay-itum*，詞根的強化如同現在時，如：√ *cur* > *cor-ay-itum*；√ *kath* > *kath-ay-itum*；√ *taḍ* > *tāḍ-ay-itum* (PG 317)。

314. 一些子音詞根可以加 *tum* 或 *itum*，如：√ *mṛj* > *mārj-itum* 或 *mārṣ-ṭum*。特殊例子，如：√ *grah* > *grah-ītum* (PG 318)。

315. 不定詞的用法
不定詞的主要用法相等於一個業格，即作爲動詞的目的，特別是與 √ *śak* "能夠" 及 √ *arh* "値得、有權力或有能力" 一起用的時候；如：*kathayitum śaknoti* "他能夠說"；*śrotum arhati kumāraḥ* "王子應該聽" (√ *arh* 常與不定詞並用，以表達尊敬的請求或懇求)。不定詞也常常與表示移動的動詞及表示欲望、希望、注意、知道等意思的動詞使用 (PG 320, MG 211, WG 981)。

316. 不定詞亦可作爲表示目的的與格 ("爲、爲...目的") 來使用，如：*taṃ jetuṃ yatate* "他努力是爲了贏他" (PG 321, MG 211)。

317. 在梵語中，不定詞沒有被動的形式，但是影響不定詞的動詞若用被動，不定詞便具有被動的意思。如：*śrotuṃ na yujyate* "這不適合被聽見"；*tya-ktuṃ na śaknoti* "他不能捨棄"；*tyaktuṃ na śakyate* "他不能被捨棄"；*narau śakyāv iha‿ānetum* "這二人可以被帶來這裡" (PG 322, MG 211.c, WG 988)。

318. 未來被動分詞或義務分詞 (Future Passive Participle)

這些分詞主要表示：必須、義務、可能的意思，所以有時稱爲義務分詞。所加的接尾詞是 *-ya*、*-tavya*、*-anīya* (PG 323, MG 209, WG 961)。

319. 加 *-ya* (PG 324, MG 162.1, WG 963.b)

① *ā + ya > e-ya*。如： √ *dā > de-ya* √ *gā > ge-ya*

② *i*、*ī + ya > e-ya* 或 *ay-ya*。如：

√ *ji > je-ya*、*jay-ya* √ *bhī > bhe-ya*、*bhay-ya*

③ *u*、*ū + ya > av-ya* 或 *āv-ya*。如：

√ *śru > śrav-ya*、*śrāv-ya* √ *bhū > bhāv-ya*

④ *ṛ*、*ṝ + ya > ār-ya*。如： √ *kṛ > kār-ya*

⑤ 中間 *a* 有時保持不變，有時增強。如：

√ *dabh > dabh-ya* √ *vand > vand-ya* √ *sad > sad-ya*

但 √ *mad > mād-ya* √ *vac > vāc-ya*

⑥ 起首或中間的 *i*、*u* 後面跟著一個子音的時候，通常 *Guṇa* 增強。如：

√ *iṣ > iṣ-ya* √ *bhid > bhed-ya* √ *yuj > yoj-ya*。

⑦ 中間的 *ṛ* 保持不變。如：√ *dṛś > dṛś-ya*。

⑧ 使役與 *aya* 的名詞起源動詞的義務分詞去掉 *aya* 後，再加上 *ya*。如：

√ *cur > cor-ya*

⑨ 特例。如：

√ *śās > śiṣ-ya* *ā*-√ *labh > ālabh-ya* 或 *ālambh-ya* √ *vadh > vaddh-ya*

√ *i > i-tya* √ *śru > śru-tya* √ *kṛ > kṛ-tya*

320. 加 *-tavya*

詞根 *Guṇa* 增強後加上此詞尾。如：√ *vac > vak-tavya*；√ *labh > lab-dhavya*；√

vand > *vand-i-tavya*；√ *śī* > *śay-i-tavya* (PG 325, MG 162.2)。

321. 加 *-anīya* [*-aṇīya*]

詞根 *Guṇa* 增強後加上此詞尾。如：√ *ci* > *cay-anīya*；√ *bhū* > *bhav-anīya*。使役與 *aya* 的名詞起源動詞去掉 *aya* 後，再加上此詞尾。如：√ *bhū* > *bhāv-anīya* (PG 326, MG 162.3)。

322. 加 *tavya* 後所形成的義務分詞，常用以表示純粹未來的意思，如：*tena tvayā sukhinā bhavitavyam* "因此，你將會是快樂的" (PG 327, MG 209.a)。

第 三十一 課

323. 基數 (Cardinal) (PG 328, MG 104)

eka	1	*ek**ā**-daśa*	11	*eka-viṃśati*	21
dva	2	*dv**ā**-daśa*	12	*dvā-viṃśati*	22
tri	3	***trayo**-daśa*	13	***triṃ**-śat*	30
catur	4	*catur-daśa*	14	*catv**āriṃ**-śat*	40
pañca	5	*pañca-daśa*	15	*pañcā-śat*	50
ṣaṣ	6	***ṣoḍ**aśa*	16	*ṣaṣ-ṭi*	60
sapta	7	*sapta-daśa*	17	*sapta-ti*	70
aṣṭa	8	*aṣṭ**ā**-daśa*	18	*aśīti*	80
nava	9	*nava-daśa* *ūna-viṃśati*	19	*nava-ti*	90
daśa	10	*viṃśati*	20	*śata*	100

dviśata、*dve śate* 200　　*dvi-sahasra*、*dve sahasre* 2,000

sahasra 1,000　　*śata-sahasra*、*lakṣa* 100,000

324. 十位數之間的數字是將個位數置於十位數之前而形成，如：*pañca-viṃśati* 25。但要注意 11 是 *ek**ā**-daśa* 不是 *eka-daśa* (PG 329, MG 104.a)。

① 42、52、62、72、92 是 *dvi-catvāriṃśat* 或 *dvā-ca°* 等。注意 12 是 *dv**ā**-daśa*，82 是 *dvy-aśīti*。

② 43、53、63、73、93 是 *tri°* 或 *trayaś-catvā* 等。23 *trayo-viṃśati*、33 *trayas-triṃśat*，但 83 是 *try-aśīti*。

③ 16 *ṣoḍaśa*、26 *ṣaḍ-viṃśati*、96 *ṣaṇ-ṇava-ti*。

④ 48、58、68、78、98 是 *aṣṭa°* 或 *aṣṭā-catvā°* 等。28 *aṣṭ**ā**-viṃśati*、38 *aṣṭā-triṃśat*、88 *aṣṭā-śīti*。

		2	3	6	8
10	*daśa*	*dv**ād**°*	*trayod°*	*ṣo**ḍ**a°*	*aṣṭ**ād**°*
20	*viṃśati*	"	"	*ṣaḍv°*	"
30	*triṃ-śat*	"	*trayast°*	*ṣaṭt°*	"
40	*catv**ā**ri**ṃ**-śat*	*dvic°*	*tric°*	"	*aṣṭac°*
		dvāc°	*trayaśc°*		*aṣṭāc°*
50	*pañcā-śat*	"	"	"	"
60	*ṣaṣ-ṭi*	"	"	"	"
70	*sapta-ti*	"	"	"	"
80	*aśīti*	*dvya°*	*trya°*	*ṣaḍa°*	*aṣṭāś°*
90	*nava-ti*	*dvin°*	*trin°*	*ṣaṇṇ°*	*aṣṭan°*
		dvān°	*trayon°*		*aṣṭān°*
					aṣṭādhikan°
					aṣṭādhikān°

325. 在十位數之間的數字另有其他的表示方法，如：

① 使用 *ūna* [形] "缺乏的"，如：*ekonaviṃśati* 20 缺 1，即是 19。此用法除了個位

數爲 9 之外，並不常用。去掉 *eka* 爲 *ūnaviṃśati* 意思相同(PG 330, MG 104.b)。

② 在複合詞中使用 *adhika* 或 *uttara* [形] "比...多的/more"，如：*aṣṭādhikanavati* 或 *aṣṭādhikā navati* 是 98 (PG 330, MG 104.c)。

326. 如 § 325、326 所述，以相同方法形成 100 以上的基數，如：101 *ekaśatam*、108 *aṣṭāśatam*、105 *pañcādhikaṃ śatam*、107 *saptottaraṃ śatam* (PG 331)。

327. 基數的變格

① *eka* 的變化如：*sarva* (參考 § 233)，沒有雙數。*eka* 有時意指 "某一個 / a certain"；或意指 "一個 / a、an"，作爲不定冠詞 (PG 332, MG 105.1)。

② *dva* (僅有雙數) 相當規則，如：主、業、呼格：陽性 *dvau*，陰性及中性 *dve*；具、與、從格：*dvābhyām*；屬、處格：*dvayos* (PG 332, MG 105.2)。

③ *tri* 的陽性及中性相當規則，陰性詞幹爲 *tisṛ* (PG 332, MG 105.3)。如

tri	陽性	中性	陰性
主格	*tray-as*	*trīṇi*	*tis**r-as***
業格	*trīn*	"	"
具格	*tri-bhis*		*tisṛ-bhis*
與、從格	*tri-bhyas*		*tisṛ-bhyas*
屬格	***trayāṇām***		*tis**ṛ**-ṇām*
處格	*tri-ṣu*		*tisṛ-ṣu*

④ *catur* 強幹爲 *catvār*，陰性詞幹爲 *catasṛ* (PG 332, MG 105.4)

catur	陽性	中性	陰性
主格	*cat**vār**-as*	*cat**vār-i***	*cata**sr-as***
業格	*catur-as*	"	"

具格	*catur-bhis*	*catasṛ-bhis*
與、從格	*catur-bhyas*	*catasṛ-bhyas*
屬格	*catur-ṇām*	*catasṛ-ṇām*
處格	*catur-ṣu*	*catasṛ-ṣu*

⑤ 5-19 沒有性的區別，在複數時變化有一些不規則。如：

	5	6	7	8	9	10
主呼業格	*pañca*	*ṣaṭ*	*sapta*	*aṣṭau*	*nava*	*daśa*
具格	*pañca-bhis*	*ṣaḍ-bh°*	*sapta-bh°*	*aṣṭā-bh°*	*nava-bh°*	*daśa-bh°*
與從格	*pañca-bhyas*	*ṣaḍ-bh°*	*sapta-bh°*	*aṣṭā-bh°*	*nava-bh°*	*daśa-bh°*
屬格	*pañcā-n-ām*	*ṣaṇṇ-ām*	*sapta-n°*	*aṣṭā-n°*	*nava-n°*	*daśa-n°*
處格	*pañca-su*	*ṣaṭ-s°*	*sapta-s°*	*aṣṭā-s°*	*nava-s°*	*daśa-s°*

daśa 的複合詞變格亦如此。*aṣṭa* 也可以遵循 *pañca* 的變格（*aṣṭa*、*aṣṭa-bhis*、*aṣṭa-bhyas*、*aṣṭā-nām*、*aṣṭa-su*）。

⑥ 20 *viṃśati*、60 *ṣaṣṭi*、70 *saptati*、80 *aśiti*、90 *navati* 以 *i* 結尾的陰性詞幹變格。30 *triṃśat*、40 *catvāriṃśat*、50 *pañcāśat* 以 *t* 結尾的陰性詞幹變格。

⑦ 100 *śata*、1000 *sahasra*、10000 *ayuta*、100000 *lakṣa* 以中性詞幹變化（PG 332, MG 106, TsG 45）。

328. 數詞的用法

① 3-19 的數詞視爲複數形容詞來用，格、性、數與名詞一致。

② 19 以上的數詞通常以單數陰性名詞來處理，而將伴隨數詞的名詞作爲屬格或同格來處理，如：*śatena dāsīnām* 或 *śatena dāsībhiḥ* "有一百個女僕"（PG 333, MG 106.c）。

329. 序詞 (Ordinals) (PG 334, MG 107)

1st	*prathamaḥ*、[陰] *-ā*	11th	*ekādaśaḥ*
2nd	*dvitīyaḥ*、[陰] *-ā*	20th	*viṃśaḥ*、*viṃśati-tamaḥ*
3rd	*tṛtīyaḥ*、[陰] *-ā*	30th	*triṃśaḥ*、*triṃśat-tamaḥ*
4th	*caturthaḥ*、[陰] *-ī*	40th	*catvāriṃśaḥ*
	turīyaḥ、[陰] *-ā*		*catvāriṃśat-tamaḥ*
	turyaḥ、[陰] *-ā*		
5th	*pañca-maḥ*、[陰] *-ī*	50th	*pañcāśaḥ*、*pañcāśat-tamaḥ*
6th	*ṣaṣ-ṭhaḥ*	60th	*ṣaṣṭi-tamaḥ*
7th	*sapta-maḥ*	70th	*saptati-tamaḥ*
8th	*aṣṭa-maḥ*	80th	*aśīti-tamaḥ*
9th	*nava-maḥ*	90th	*navati-tamaḥ*
10th	*daśa-maḥ*	100th	*śata-tamaḥ*

19th *ekonaviṃśaḥ*、*ūnaviṃśaḥ*、*ekonaviṃśati-tamaḥ*、*ūnaviṃśati-tamaḥ*

330. *prathama*、*dvitīya*、*tṛtīya* 以 *-ā* 形成其陰性，其餘以 *ī*。序詞的變格與名詞相同 (PG 335)。

331. 數詞性的副詞 (PG 336, MG 108)

① 表次數 (Multiplicative)		② 表方式 (Manner)	
sa-kṛt	一次	*eka-dhā*	以一種方式
dvi-s	二次	*dvi-dhā*、*dvedhā*	以兩種方式
tri-s	三次	*tri-dhā*、*tre-dhā*	以三種方式
catus	四次	*catur-dhā*	以四種方式
pañca-kṛtvas、*-vāram*	五次	*pañca-dhā*	以五種方式
ṣaṭ-kṛtvas、*ṣaḍ-vāram*	六次	***ṣo-ḍhā***、*ṣaḍdhā*	以六種方式

③ 表分配 (Distributive)

eka-śaḥ	一次一個	*dvi-śaḥ*	一次一雙
tri-śaḥ	一次三個	*pañca-śaḥ*	以五計算
śata-śaḥ	以百計算		

第 三十二 課

332. 形容詞的比較級與最高級

形成比較級與最高級的方式有兩種：A. 在第一次衍生的形容詞後加接尾詞 *ıyas*、*iṣṭha*；B. 在第二次衍生的形容詞或名詞的弱幹 (如果其詞幹是雙詞幹)，或中幹 (如果其詞幹是三詞幹) 加上接尾詞 *tara*、*tama*。加上這些詞尾有比較級與最高級的意思，但有時僅是增強語氣而無比較的意思 (PG 337, MG 103, WG 466)。

333. A. 比較級的接尾詞是 *ıyas*，最高級是 *iṣṭha*。在其前的詞幹要重讀，通常以 *Guṇa* 來強化；而接尾詞之前的詞幹則須減少成一個音節 (PG 338, MG 103.2, WG 467)。

334. 詞幹 *Guṇa* 強化後，減少成一個音節的例子 (PG 339, MG 103.2)

	[比]	[最]
pāpa "壞的"	*pāp-īyas* "較壞的"	*pāp-iṣṭha* "最壞"
mahant "大的"	*mah-īyas* "較大"	*mah-iṣṭha* "最大的"
balin "強壯的"	*bal-īyas* "較強"	*bal-iṣṭha* "最強"
paṭu "善巧的"	*paṭ-īyas* "較善巧"	*paṭ-iṣṭha* "最善巧"
kṣipra "迅速的"	*kṣep-īyas* "較迅速"	*kṣep-iṣṭha* "最迅速"
vara "好的"	*var-īyas* "較好"	*var-iṣṭha* "最好"
sādhu "善的"	*sādh-īyas* "較善"	*sādh-iṣṭha* "最善"

335. 以下是一些特例：(PG 340, MG 103.2)

antika "近的"	*ned-īyas* "較近"	*ned-iṣṭha* "最近"
alpa "小的"	*kan-īyas* "較小"	*kan-iṣṭha* "最小"
	(*alpīyas*)	(*alpiṣṭha*)
guru "重的"	*gar-īyas* "較重"	*gar-iṣṭha* "最重"
dīrgha "長的"	*drāgh-īyas* "較長"	*drāgh-iṣṭha* "最長"
praśasya "善的"	*śre-yas* "較善"	*śre-ṣṭha* "最善"
priya "喜愛的"	*pre-yas* "較喜愛"	*pre-ṣṭha* "最喜愛"
bahu "多的"	*bhū-yas* "較多"	*bhūy-iṣṭha* "最多"
yuvan "年少的"	*yav-īyas* "較年少"	*yav-iṣṭha* "最年少"
vṛddha "老的"	*varṣ-īyas* "較老"	*varṣ-iṣṭha* "最老"
praśasya、*sādhu*、*vṛddha*	*jyā-yas* "較高"	*jye-ṣṭha* "最高"

336. *iṣṭha* 的變格與 *a* 結尾的形容詞一樣，陰性爲 *ā*；*īyas* 的變格較特殊，強幹 *īyāṃs*，[陰] *īyasī*。*jyā-yas* 及 *bhū-yas* 變格同此 (PG 341, MG 103.2.a, WG 469)。

337.B. 第二次衍生的接尾詞是 *tara* 及 *tama*，可以加到形容詞、名詞、動詞、不變化詞，幾乎不受限制的被使用(1)。詞幹的形式通常選取弱幹或中幹 (PG 342, MG 103.1, WG 471)。*as* 詞幹通常不變，*is*、*us* 各變成 *iṣ*、*uṣ*；其前的 *t* 變成 *ṭ*；如：*priyavāc* > *priyavāk-tara*、*priyavāk-tama*；*dhanin* > *dhani-tara*、*dhani-tama*；*vidvas* > *vidvat-tara*、*vidvat-tama*。

338. 有些實詞詞幹可以形成比較級或最高級的衍生詞(2)，如：*mātṛ-tama*

(1) 不受限制是指此接尾詞可以加在任何形式的形容詞後面；不管此形容詞是單一詞或複合詞，是母音結尾或子音結尾 (WG 471)。

(2) 在形容詞與名詞的分界線未確定的狀況下，這種情形是很自然的 (WG 473.a)。

"最像母親的"、*nṛ-tama* "最像男人的"、*gaja-tama* "最像大象的" (PG 343)。

339. 不變化詞加上 *tarām*、*tamām*

不變化詞加上 *tarām*、*tamām* 形成比較級與最高級，如：*su* "好" > *su-tarām* "較好"、*su-tamām* "最好" (PG 344, WG 473.c)。

340. 比較級與最高級的用法

比較級與從格併用，如：*putrāt* *kanyā tasya preyasī* "他喜愛女兒，勝於兒子"；*matir eva* *balād* *garīyasī* "智慧確實比力量重要"。最高級與屬或處格併用，如：*manuṣyeṣu kṣatriyaḥ śūratamaḥ* "在人類中，刹帝利是最勇敢的"。比較級常具有最高級的意義，如：*gar-īyān* "最尊貴的" (PG 345, MG 201.2.a, TsG 33)。

第 三十三 課

341. **複合詞** (A + B)

複合詞是由兩個或兩個以上的詞結合而成。形成複合詞的單詞數目可以無限制，但一般以 A + B 表示其基本形式。只有 B 須格變化；A 則保持詞幹的形式，若雙幹就用弱幹，三幹則用中幹。A 若是名詞，保留其性；若是形容詞，除了爲區別而用陰性，一般用陽性。爲了明確掌握梵語句子，有必要將複合詞分成幾個類別；最方便的分類就是如下的三種 (PG 346, MG 185, WG 1246, TsG 108)。

342. 複合詞可略分成三種，亦可細分爲六種 (PG 347, MG 186, WG 1247)

①. **並列複合詞** (*Dvandva*) (古譯：相違釋)

A 與 B 在句法上有同等的地位。其意思以 "和、與" 連接，如：*kṛta‿akṛtam* "已作與未作"、*deva-gandharva-mānuṣāḥ* "天、乾闥婆和人"。

343. ②. 限定複合詞：又可分成四類 (PG 347, MG 187-188, TsG 108)

❶ 格限定複合詞 (*Tatpuruṣa*) (古譯：依主、依士釋)：

A 與 B 之間有格的關係，如：*bodhi-sattva* [陽] "以菩提爲目標的有情"。

❷ 同格限定複合詞 (*Karmadhāraya*) (古譯：持業、同依釋)：

A 限定B，或A、B同格，如：*nīla‿utpala* [中] "青蓮華"、*rājarṣi* [陽] "王仙"。

❸ 數詞限定複合詞 (*Dvigu*) (古譯：帶數釋)：

A 是數詞，如：*tri-loka* [中] "三界"。

❹ 不變化複合詞 (*Avyayī-bhāva*)

A 是不變化的語助詞，B 是名詞；此複合詞作副詞用。

344. ③. 所有複合詞 (*Bahuvrīhi*) (古譯：有財釋)

與 ② 有相同的構造，擴充原義爲 "擁有" 或 "所屬" 的形容詞[1]，且修飾 A、B 以外的事物。如：*bahu-vrīhi* [陽] "很多米" 變成 *bahu-vrīhi* [形] "有很多米的" (PG 347, MG 187-189, TsG 108)。

345. 複合詞就像一個單詞一樣，可以成爲另一個複合詞的一部分。複合詞的分析 (除相違釋外)，不論有多長，必定以二分法來處理。如格限定複合詞 *pūrva-janma-kṛta* "前生所作的"，先分成 *kṛta* 與 *pūrva-janman*，然後再將 *pūrva-janman* 分成 *pūrva* 與 *janman* (PG 351, WG 1248)。

346. 連音

在複合詞中，詞幹末尾與另一詞幹起首的結合，是根據外連音的原則。但，

(1). 末尾爲 *is*、*us* 的詞幹在無聲喉、齒音、唇音前變成 *iṣ*、*uṣ*，如：*jyotiṣ-kṛt*

---

[1] *Bahuvrīhi* 必定是形容詞，且此複合詞與其所修飾的實詞在格、性、數須一致。每一種的限定複合詞都可以轉成所有複合詞 (*Bahuvrīhi*) (MG 189, WG 1247)。

[形] "創造火光的"、*jyotiṣ-mati* [陽] "光慧菩薩" (PG 352, MG 67, WG 185.a)。

(2). 末尾爲 *as* 的詞幹在相同的情況下，常常維持不變 (PG 352, WG 185.c)。

(3). 末尾爲 *i*、*u*、*ṛ* 的詞幹在起首爲 *s* 的詞幹前，*s* 變成反舌音 (PG 352, WG 186)。

(4). 代名詞通常採取中性的詞幹形式，人稱代名詞在單數最常用 *mad*、*tvad*；複數 *asmad*、*yuṣmad* (PG 352, MG 109)。

(5). *mahant* 在同格限定複合詞及所有複合詞 (*Bahuvrihi*) 之前時，變成 *mahā* (PG 352, MG 188.2.c)。

(6). A 部分常常保留格位，如：*parasmai-pada* [中] "爲他言"、*pāram-itā* [陰] "到彼岸"、*manasi-kāra* [陽] "作意" (PG 352, MG 187.a, WG 1250)。

347. 在複合詞中，B 的某些結尾會轉變成 *a*。如：

(1). 以 *an* 結尾的詞幹常失去 *n*，如：*akṣan* [中] "眼" > °*akṣa*；*ahan* [中] "日" > °*aha*；*mūrdhan* [陽] "頂門" > °*mūrdha*；*rājan* [陽] "王" > °*rāja*。

(2). *i* 或 *ī* 變成 *a*，如：*bhūmi* [陰] "大地" > °*bhūma*；*rātri* [陰] "夜" > °*rātra*；*sakhi* [陽] "朋友" > °*sakha*。

(3). *a* 加在最後子音之後，有時甚至加在 *u* 或雙母音之後，如：°*ahna* (< *ahan*)；°*gava* (< *go*) (PG 353)。

348. **並列複合詞** (*Dvandva*) (古譯：相違釋)

兩個或兩個以上的名詞、形容詞 (較少)、副詞 (更少) 結合成一個複合詞。A 與 B 在句法上有同等的地位，其意思以 "和、與" 連接 (PG 354, MG 186, WG 1252)。

名詞 + 名詞（可分成三種形式）

349. 表達個體

① 根據此複合詞所示二個或二個以上，而以雙數或複數形成變格；性別則依循 B 的性別。如：*pitā-putrau* "父與子"、*hasty-aśvāḥ* "許多象與馬"、*brāhmaṇa-kṣatriya-vaiśya-śūdrāḥ* "婆羅門、剎帝利、吠舍與首陀羅"（PG 355, MG 186.1, WG 1253.1.a）。

350. 表達集合體

② 當複合詞所表達的是集合體，而不是個體時，以中性單數形成變格，如：*sukha-duḥkham* "苦與樂"、*pātra-cīvaram* "衣與缽"（PG 355, MG 186.1, WG 1253.2.c）。

351.表達集合體的特例

③ 有些集合名詞保持 B 的性別，這種情形較少，如：*deśa-kālaḥ* "處與時"、*aho-rātraḥ* "日與夜"（TsG 109.3）。

352. 在古典梵語中，受到古老傳統的影響，由兩個神名所形成的並列複合詞，A 與 B 皆保留雙數，如：*dyāvā-pṛthivī* 及 *dyāvā-bhūmī* "天與地"（*dyāvā* 是吠陀語的雙數）、*mitrā-varuṇau*"密特拉與伐魯那"（*mitrā* 是吠陀語的雙數，這二個都是神名）；*agnīṣomau* "火神與酒神"（PG 356, MG 186.3.b, WG 1255, TsG 109.1.a）。

353. 由兩個親屬名詞所構成的並列複合詞，A 的形式用主格單數，如：*mātā-pitarau* "父母"（*mātṛ* "母親"）、*pitā-putrau* "父子"（*pitṛ* "父親"）。陽性的親屬名詞若用雙數時，可以包含陰性在內，如：*pitarau* "父母"、*bhrātarau* "兄妹"、*putrau* "兒女或兩個兒子"（MG 186.3.c, TsG 109.1.b）。

354. 如上所述，在並列複合詞中，A 與 B 的地位雖是同等，但所在位次之先後，一般是：重要的語詞在前，如：*yudhiṣṭhirājunau* "堅戰王與阿周那"。另一個最重要的原則是音節較少的放前，如：*vāg-agni* "語言神與火神" (TsG 109.I.4)。

355. 形容詞 + 形容詞

由形容詞 (包括過去分詞) 所形成的並列複合詞較少，如：*uttara-dakṣiṇa* "北方與南方"、*śītoṣṇa* "冷熱"、*sitāsita* "白黑"、*ghanāyata* "密疏"、*kṛtākṛta* "已作與未作" (PG 357, MG 186.2, WG 1257)。

356. 副詞 + 副詞

由副詞所形成的並列複合詞更少，如：*sāyaṃ-prātar* "在晚上與早晨"、*divā-naktam* "日夜" (MG 186.3, TsG 109.6)。

357. 限定複合詞

A 與 B 的關係有如下三種：A 與 B 之間含有格的關係；或 A 限定 B；或 A 與 B 同格。B 若是名詞，整個複合詞就是名詞；B 若是形容詞，整個複合詞就是形容詞 (PG 358, MG 187, WG 1262-1263, TsG 109.II)。

358. 格限定複合詞 (*Tatpuruṣa*) (古譯：依主、依士釋)

A 與 B 之間的格關係可以是任何種類，但是最常用的是屬格，最少的是業格。

(1). 業格：B 通常是動詞性的形容詞，如：*jaya-prepsu* [形] "希求勝利"、*varṣa-bhogya* [形] "應享用一年" (*bhogya* 是義務分詞)、*gṛhāgata* [形] "已到家的" (*āgata* 是過去分詞)、*grāma-prāpta* [形] "已到聚落的" (*prāpta* 是過去分詞)。

(2). 具格：*māsa-pūrva* [形] "早一個月的"、*svāmi-sadṛśa* [形] "與主人相似的"、*alpa‿ūna* [形] "缺一點點 = 幾乎完成的"、*ahi-hata* [形] "爲蛇所害的"、

deva-datta [形] "天所賜的"。

(3). 與格：*yūpa-dāru* [中] "作爲祭祀柱子用的木材"、*viṣṇu-bali* [陽] "供養給 Viṣṇu"、*prabhu-hita* [形] "對國王有益的"、*bodhi-sattva* [陽] "以菩提爲目標的衆生 = 菩薩"。

(4). 從格：*svarga-patita* [形] "從天而降的"、*bhavad-anya* [形] "與你不同的"。

(5). 屬格：*rāja-puruṣa* [陽] "國王的人"、*vyāghra-buddhi* [陰] "老虎的智慧"。

(6). 處格：*uro-ja* [形] "生於胸的"、*aśva-kovida* [形] "精於馬匹的"、*gṛha-jāta* [形] "生於家中的"、*pūrvāhṇa-kṛta* [形] "在午前作的" (PG 359-360, MG 187, WG 1264-1268, TsG 109.II.2)。

359. 如果格限定複合詞 (*Tatpuruṣa*) 的 B 是詞根形式的話，除了 *ā* 結尾的詞根須變成短音的 *a*，*i*、*u*、*ṛ* 結尾的詞根須加上 *t* 外，詞根不作任何改變。如：*vara-da* [形] "與願的" (√ *dā* "給與")、*viśva-ji-t* [形] "勝過一切的" (√ *ji* "勝")、*karma-kṛ-t* [形] "做工的" (√ *kṛ* "做") (PG 361, MG 187.b, WG 1269)。

360. 以下的語詞若作爲 B，則意思改變。

(1). *viśeṣa* [陽] "差別"、*antara* [中] "差異" 變成 "特別的、其他的"，如：*tejo-viśeṣa* [陽] "特別光亮"、*deśa‿antara* [中] "另外的國家"、*upāya‿antara* [中] "特別的方法"、*bhāṣya‿antara* [中] "特別的對話"。

(2). *artha* [陽] "對象、目的" 在複合詞的末端，通常以中性業格 (與格或處格較少用) 來表示副詞的意思，即 "爲了…的原故"。如：*damayanty-artham* "爲了 Damayantī 的原故"、*śayyā‿artham* "爲了臥具故" (PG 375, MG 187, WG 1302)。

同格限定複合詞 (*Karmadhāraya*)

A 與 B 同格：A 是名詞

361. 如：*rājarṣi* [陽] "王仙" (國王就是仙人)、*strī-jana* [陽] "婦女"、*megha-dūta* [陽] "雲使" (以雲爲使者)、*amātya-Rākṣasa* [陽] "首相 Rākṣasa " (頭銜與專有名詞的位置可以互調) (PG 363, MG 188.1, WG 1280)。

362. 表示譬喻

作爲譬喻的語詞放後面，如：*puruṣa-vyāghra* [陽] "人如虎" (像老虎一樣勇猛的人)、 *vāṅ-madhu* [中] "話如蜜" (像蜜一樣甜的話)、*pāda-padma* [中] "足如蓮" (像蓮花一樣可愛的足)。如果此複合詞是：名詞 + 形容詞的情形，則作爲譬喻的語詞放前面，如：*jalada-śyāma* [形] "黑如雲"、 *hima-śiśira* [形] "冷如冰" (PG 364, MG 188.1.b)。

A 限定 B：形容詞 + 名詞

363. 如：*kṛṣṇa-sarpa* [陽] "黑蛇"、*nīla‿utpala* [中] "青蓮"、*madhya‿ahna* [陽] "正午"、*ardha-mārga* [陽] "半路"、*vartamāna-kavi* [陽] "現存的詩人"。縱使 B 是陰性詞，A 亦不可以用陰性的形式，如：*rūpavad-bhāryā* [陰] "美麗的妻子"、*vṛddha-yoṣit* [陰] "老婦人"。如果形容詞是數詞的話，此類複合詞稱爲數詞限定複合詞 (*Dvigu*)；通常以中性或陰性 (*-ī*) 表示集合名詞，如：*tri-loka* [中] 或 *tri-lokī* [陰] "三界" (PG 363, MG 188.2, TsG 109.II.1.a)。

A 限定 B：形容詞 + 形容詞

364. 此時 A 具有副詞的性質，如：*mahā-nīla* [形] "非常地青"。*pūrva* [形] "以前的" 位於 B，不具如前所說含副詞性質；此時 *pūrva* 的意思是 "在以前"，且位在過去分詞的後面，如：*dṛṣṭa-pūrva* [形] "以前見過的" (MG 188.2.b, TsG 109.II.1.c)。

A 限定 B：A 是副詞或語助詞或介詞

365. 如：*su-jana* [陽] "好人"、*adhi-loka* [陽] "最高的世界"、*a-jñāta* [形] "不被了知的"、*yathā‿ukta* [形] "如同所說的"、*evaṃ-gata* [形] "如是離去的"。此類型的複合詞若是中性業格而作爲副詞用的話，則稱爲不變化複合詞（*Avyayī-bhāva*），如：*anu-rūpam* [副] "隨順、相似"、*yathā-śakti* [副] "隨能、如所能"、*sa-vinayam* [副] "有禮貌地"、*yāvaj-jīvam* [副] "盡形壽、乃至命終"（PG 365, MG 188.3, WG 1281）。

第 三十四 課

366. 所有複合詞（*Bahuvrīhi*）（古譯：有財釋）

此類複合詞是形容詞，其格、性、數與其所修飾的名詞一致。實際上，此類形容詞是從名詞結尾的限定複合詞轉變而成[1]；其意思擴充爲 "擁有" 或 "所屬"（參考 § 344），如：*indra-śatru* [陽]（持業釋）"以因陀羅爲敵"、[形]（有財釋）"擁有因陀羅爲敵或（某人的）敵人就是因陀羅"；*bhīma-parākrama* [陽]（持業釋）"令人怖畏的勇敢"、[形]（有財釋）"擁有令人怖畏的勇敢或（某人的）勇敢是令人怖畏的"；*tri-pad* [形] "有三足的"；*adho-mukha* [形] "意志消沈的、低頭的"；*a-putra* [形] "沒有兒子的"；*sa-bhārya* [形] "爲妻子所伴隨的"（*bhāryā*）；*tathā- vidha* [形] "如此種類的"（*vidhi* [陽]）；*dur-manās* [形] "惡心的"（PG 366, MG 189, WG 1292）。

367. 此複合詞既然是形容詞，故 B 必須作某些改變。*-a* 結尾的陽、中性詞幹在陰性時常常變成 *-ā*，如：*aputra* [形] "沒有兒子的"、[陽中] *aputra*、[陰] *aputrā*；有時也會變成 *-ī*，如：*dvi-pāda* [形] "兩足的"、[陰] *dvi-pādī*。有些名詞作爲 B 時會產生改變，如：*akṣi* [中] "眼睛" > °*akṣa*，[陰] °*akṣī*；*go* [陽陰] "

---

[1] 此類複合詞與限定複合詞的差別僅在重音的不同（PG 371, MG 189.a, WG 1293）。

牛" > °gu；*gandha* [陽] "香" > °*gandhi*；*jāyā* [陰] "妻" > °*jāni*；*prajā* [陰] "子孫" > °*prajas* (PG 367-368, TsG 109.III.a)。

368. 此類複合詞常用作實詞或專有名詞，如：*su-hṛd* [形] "有好心的" > [陽] "朋友"；*satya-śravās* [形] "有實名的" > [陽] 人名 (MG 189.b)。

369. 形容詞性的接尾詞 *-ka* 常加到此複合詞詞幹，以防止意思的曖昧，且協助其轉變成形容詞，特別是 *-ī*、*-ū*、*-ṛ* 結尾的陰性詞幹。如：*mṛta-bhartṛ-kā* [陰] "丈夫已死的人 = 寡婦"；*sa-patnī-ka* [形] "爲妻子所陪伴的" (PG 369, MG 189.j, WG 1307.a)。

370. 接尾詞 *-in* 加到 *-a* 結尾的詞幹，意思變成 "擁有"，如：*dharma* [陽] "義務" > *dharmin* [形] "有義務的"；*śīla* [陽中] "戒" > *śīlin* [形] "有戒的" (PG 370, MG 189.j, WG 1307.b)。

371. 形容詞若作爲 A 時，須採用陽性詞幹的形式，縱使 B 是陰性詞，如：*rūpavad-bhārya* (*bhāryā* [陰] "妻子") [形] "擁有美麗的妻子" (PG 373)。

372. 所有複合詞 (*Bahuvrīhi*) 若以過去分詞作爲 A 時，在句法上常等於絕對分詞或等於絕對處格。如：*tyakta-nagara* "已經離開城市的" = *nagaraṃ tyaktvā* [絕] "離開城市之後" 或 = *nagare tykte* [絕處] "當離開城市時" (PG 377, MG 189.d, WG 1308)。

373. 以同格限定複合詞爲基礎的所有複合詞 (*Bahuvrīhi*) 同樣有譬喻的用法，如：*candra‿ānana* [形] "面如月一般的"、*padma‿akṣa* [形] ([陰] °*akṣī*) "眼如蓮華一般的" (MG 189.e)。

374. 下面的語詞若作爲 B，則意思改變。

(1). *kalpa* [陽] "方式"、*prāya* [陽] "主要的部分" 變成 "如、幾乎"。例：*amṛta-kalpa* [形] "猶如甘露"、*māyā-marīcy-udaka-candra-kalpa* [形] "猶如幻焰水中月"、*prabhāta-prāya* [形] "幾近破曉"。

(2). *para*、*parama* [形] "最勝、主要的" 變成實詞 "專注於"，如：*cintā-para* [形] "沈思、專注於思慮"。

(3). *mātrā* [陰] "測量" 變成 "唯、僅"，如：*nāma-mātrā narāḥ* "這些人只是有名而已 = 名不副實"。如果在過去分詞的後面，意思爲 "一. . . 即"，如：*jāta-mātraḥ śatruḥ* "一生下來即是敵人"。上面的情形通常作爲中性實詞來使用，如：*jala-mātram* "只有水"。

(4). *ādi*、*ādya*、*ādika* [陽]、*prabhṛti* [陰] "始、最初" 變成 "其餘、. . . 等等"，主要作爲形容詞，其次爲實詞，如：(*devā*) *indra‿ādayaḥ* "因陀羅與其餘、或因陀羅等 (衆神) "。

(5). *puro-gama*、*pūrva*、*puraḥ-sara* [形] "先行" 變成 "以. . . 爲首、伴隨. . . "，如：*devā indra-purogamāḥ* "以因陀羅爲首的衆神"。*pūrva*、*puraḥ-sara* 在此複合詞末，亦可作副詞用，如：*smita-pūrvam* "帶著微笑、微笑地"，*bahumāna-puraḥsaram* "帶著尊敬、尊敬地"。

(6). 意思爲 "手" 的語詞，位在此複合詞末，則有 "手中有. . . " 之意。如：*śastra-pāṇi* "在某人的手中有武器"、*kuśa-hasta* "在某人的手中有苾芻草" (PG 375-356, MG 189, WG 1302)。

第 三十五 課

略論第二組動詞的一些特性

375. 第二組動詞變位：現在系統 (Present System)

在這組變位，要注意的有二部分：動詞詞幹有強弱的區分；詞尾與第一組的詞尾有明顯的差異。這些差異是：祈願式爲他言、第二人稱單數命令爲他言及第三人稱複數爲自言 (PG 383)。

376. 動詞詞幹的強弱。以下是四個語氣的強弱幹位置：

	現在陳述爲他言			未完成爲他言			命令爲他言			命令爲自言		
	單	雙	複	單	雙	複	單	雙	複	單	雙	複
1	+			+			+	+	+	+	+	+
2	+			+								
3	+			+			+					

+ 表示強幹，其他沒有標示或說明的語氣是弱幹 (PG 384, MG 126)。

377. 第二組詞尾與第一組詞尾比較：

	爲自言	現在陳述	未完成	命令
[二][雙]	第一組	*ethe*	*ethām*	*ethām*
	第二組	*āthe*	*āthām*	*āthām*
[三][雙]	第一組	*ete*	*etām*	*etām*
	第二組	*āte*	*ātām*	*ātām*
[三][複]	第一組	*ante*	*anta*	*antām*
	第二組	*ate*	*ata*	*atām*

第三類動詞及其他少數動詞爲他言：

	爲他言	現在陳述	未完成	命令
[三][複]	第一組	*anti*	*an*	*antu*
	第二組	*ati*	*us*	*atu*

第二人稱單數命令爲他言常常採用 *hi* 或 *dhi* 詞尾，其他詞尾兩組相同 (PG 385, MG 131)。

378. 祈願為他言的標誌

祈願為他言的標誌是 *yā*，用另外一組詞尾；但在第三人稱複數的詞尾是 *us*，其前的 *ā* 去掉而變成 *yus* (PG 386, MG 131)。

379. 現在分詞為自言

第二組動詞是以 *āna* [*āṇa*] 形成分詞，其前的詞幹所採用的形式是和第三人稱複數現在陳述式之前的詞幹相同；陰性常加長為 *ā*。如：√ *hu* "祭祀" > [三][複] *juhv-ate* > [現分][自] *juhv-āna*；[陰] *juhv-ānā* (PG 387, MG 158.a)。

詳論第二組動詞每一類的變化

380. *nu* 類 (5) (強幹 *no*；弱幹 *nu*)

將 *nu* [*ṇu*] 加到詞根，形成現在詞幹，強幹則加 *no* [*ṇo*] (MG 127.4, WG 697.A)。在第一人稱雙數及第一人稱複數詞尾的 *v* 及 *m* 之前，此類標誌的 *u* 可以去掉 (例外：當詞根以子音結尾則不能去掉)；*u* 在母音詞尾之前，根據其前是一個或二個子音而變成 *v* 或 *uv* (MG 134.C, WG 697.a)。如果詞根以母音結尾，則第二人稱命令的 *hi* 會去掉 (PG 388, MG 131.4.b)。

381. 母音結尾的詞根，如：√ *su* "壓" (PG 389, MG p. 98)

陳述式

	為他言			為自言		
	單	雙	複	單	雙	複
1.	*suno-mi*	*sunu-vas*	*sunu-mas*	*sunv-e*	*sunu-vahe*	*sunu-mahe*
		sun-vas	*sun-mas*		*sun-vahe*	*sun-mahe*
2.	*suno-ṣi*	*sunu-thas*	*sunu-tha*	*sunu-ṣe*	*sunv-āthe*	*sunu-dhve*
3.	*suno-ti*	*sunu-tas*	*sunv-anti*	*sunu-te*	*sunv-āte*	*sunv-**ate***

未完成過去時

1.	a-sunav-am	a-sunu-va	a-sunu-ma	a-sunv-i	a-sunu-vahi	a-sunu-mahi
		a-sun-va	a-sun-ma	a-sun-vahi	a-sun-mahi	
2.	a-suno-s	a-sunu-tam	a-sunu-ta	a-sunu-thās	a-sunv-āthām	a-sunu-dhvam
3.	a-suno-t	a-sunu-tām	a-sunv-an	a-sunu-ta	a-sunv-ātām	a-sunv-ata

命令式

1.	sunav-āni	sunav-āva	sunav-āma	sunav-ai	sunav-āvahai	sunav-āmahai
2.	sunu	sunu-tam	sunu-ta	sunu-ṣva	sunv-āthām	sunu-dhvam
3.	suno-tu	sunu-tām	sunv-antu	sunu-tām	sunv-ātām	sunv-atām

祈願式

1.	sunu-yām	sunu-yāva	sunu-yāma	sunv-īya	sunv-īvahi	sunv-īmahi
2.	sunu-yās	sunu-yātam	sunu-yāta	sunv-īthās	sunv-īyāthām	sunv-īdhvam
3.	sunu-yāt	sunu-yātām	sunu-yus	sunv-īta	sunv-īyātām	sunv-īran

現在分詞：[他] *sunv-ant*，[陰] *sunvatī*；[自] *sunv-āna*，[陰] *sunvānā*。

382. 子音結尾的詞根如：√ *āp* "獲得" (PG 390, WG 698)

陳述式

	爲他言			爲自言		
	單	雙	複	單	雙	複
1.	āpno-mi	āpnu-vas	āpnu-mas	āpnuv-e	āpnu-vahe	āpnu-mahe
2.	āpno-ṣi	āpnu-thas	āpnu-tha	āpnu-ṣe	āpnuv-āthe	āpnu-dhve
3.	āpno-ti	āpnu-tas	āpnuv-anti	āpnu-te	āpnuv-āte	āpnuv-ate

命令式

1.	*āpnav-āni*	*āpnav-āva*	*āpnav-āma*	*āpnav-ai*	*āpnav-āvahai*	*āpnav-āmahai*
2.	*āpnu-hi*	*āpnu-tam*	*āpnu-ta*	*āpnu-ṣva*	*āpnuv-āthām*	*āpnu-dhvam*
3.	*āpno-tu*	*āpnu-tām*	*āpnuv-antu*	*āpnu-tām*	*āpnuv-ātām*	*āpnuv-atām*

現在分詞：[他] *āpnuv-ant*，[陰] *āpnuvatī*；[自] *āpnuv-āna*，[陰] *āpnuv-ānā*。此時式的其他形式依循 √ *su* 的形式。

383. *nu* 類 (5) 不規則

√ *śru* "聽"：強幹 *śṛ-ṇo*，弱幹 *śṛ-ṇu*。√ *dhū* "搖動"：強幹 *dhu-no*，弱幹 *dhu-nu* (PG 391, MG 134.C, WG 711-712)。

第 三十六 課

384. *u* 類 (8) (強幹 *o*; 弱幹 *u*)

少數的詞根 (僅有六個) 已經以 *n* 結尾 (√ *kṛ* 是不規則的)，所以僅加上 *u* 作爲此類標誌。其變位類似 *nu* 類，強幹爲 *o*。此類標誌的 *u* 在第一人稱雙數及第一人稱複數詞尾的 *v* 及 *m* 之前可以去掉，猶如 *nu* 類 (例外：√ *kṛ* 在 *m*、*y*、*v* 之前一定要去掉 *u*) (PG 392, MG 127.5, WG 697.B)。

385. 如：√ *tan* "擴張"

陳述式

	爲他言 單	雙	複	爲自言 單	雙	複
1.	*tano-mi*	*tanu-vas*	*tanu-mas*	*tanv-e*	*tanu-vahe*	*tanu-mahe*
		tan-vas	*tan-mas*		*tan-vahe*	*tan-mahe*
2.	*tano-ṣi*	*tanu-thas*	*tanu-tha*	*tanu-ṣe*	*tanv-āthe*	*tanu-dhve*
3.	*tano-ti*	*tanu-tas*	*tanv-anti*	*tanu-te*	*tanv-āte*	*tanv-ate*

其餘全部類似 *nu* 類的母音詞根（PG 393, MG 134.E, WG 698.B）。

386. √ *kṛ* "做" 其強幹爲 *karo*，弱幹爲 *kuru*；類標誌 *u* 在第一人稱雙數及複數的 *v*、*m* 之前必刪除，在祈願爲他言的 *y* 之前也是如此（PG 394）。

陳述式

[他]	單	雙	複	[自]單	雙	複
1.	*karo-mi*	*kur-vas*	*kur-mas*	*kurv-e*	*kur-vahe*	*kur-mahe*
2.	*karo-ṣi*	*kuru-thas*	*kuru-tha*	*kuru-ṣe*	*kurv-āthe*	*kuru-dhve*
3.	*karo-ti*	*kuru-tas*	*kurv-anti*	*kuru-te*	*kurv-āte*	*kurv-**ate***

未完成過去時

1.	*a-karav-am*	*a-kur-va*	*a-kur-ma*	*a-kurv-i*	*a-kur-vahi*	*a-kur-mahi*
2.	*a-karo-s*	*a-kuru-tam*	*a-kuru-ta*	*a-kuru-thās*	*a-kurv-āthām*	*a-kuru-dhvam*
3.	*a-karo-t*	*a-kuru-tām*	*a-kurv-an*	*a-kuru-ta*	*a-kurv-ātām*	*a-kurv-ata*

命令式

1.	*karav-āni*	*karav-āva*	*karav-āma*	*kara-vai*	*karav-āvahai*	*karav-āmahai*
2.	*kuru*	*kuru-tam*	*kuru-ta*	*kuru-ṣva*	*kurv-āthām*	*kuru-dhvam*
3.	*karo-tu*	*kuru-tām*	*kurv-antu*	*kuru-tām*	*kurv-ātām*	*kurv-atām*

祈願式

1.	*kur-yām*	*kur-yāva*	*kur-yāma*	*kurv-īya*	*kurv-īvahi*	*kurv-īmahi*
2.	*kur-yāḥ*	*kur-yātam*	*kur-yāta*	*kurv-īthāḥ*	*kurv-īyāthām*	*kurv-īdhvam*
3.	*kur-yāt*	*kur-yātām*	*kur-yuḥ*	*kurv-īta*	*kurv-īyātām*	*kurv-īran*

現在分詞：[他] *kurv-ant*，[陰] *kurvatī*；[自] *kurv-āṇa*，[陰] *kurvāṇā*。

387. 若 √ *kṛ* 在接頭詞 *sam* (或 *pari*、*upa*) 之後，則 √ *kṛ* 前會插入 *s*。如：*saṃ-s-karoti*、*saṃ-s-kurute*、*sam-a-s-kurvan* (PG 395, MG 134.E, WG 1087.d)。

388. 一些副詞常與 √ *kṛ*、√ *as*、√ *bhū*、√ *dhā* 連用，如下：

①. *āvis* "在眼前"：*āviṣ-√ kṛ* "顯現"、*āvir-√ as* "出現"、*āvir-√ bhū* "出現"。

②. *puras* "在前方"：*puras-√ kṛ*、*puras-√ dhā* "放在前方、尊敬"。

③. *tiras* "通過"：*tiras-√ kṛ*、*tiras-√ dhā*、*tiras-√ bhū* "除去、消失、隱藏"。

④. *alam* "足夠、止"：*alaṃ-√ kṛ* "裝飾"。

⑤. *śrad* "心"：*śrad-√ dhā* "信受、信賴"。

⑥. *namas* [中] "禮敬"：*namas-√ kṛ* "禮敬、頂禮"。

⑦. *astam* (*asta* [中] "家" 的業格)：*astam-√ i* "日落"。(PG 396, MG 184.b, WG 1078)。

389. 實詞或形容詞可以與 √ *kṛ*、√ *bhū* 或其衍生詞結合，如同動詞的接頭詞一樣。如果實詞或形容詞的詞末是 *a*、*ā*、*i*，則變成 *ī*；如果是 *u*，則變成 *ū*。子音詞幹取用在子音詞尾之前的形式，當然須遵循連音規則；但是，*an* 詞幹改成 *ī*。如：*vaśa* [陽] "控制" > *vaśī-√ kṛ* "使服從、征服"；*vaśī-√ bhū* "變成有控制力"；*parikhā* [陰] "溝、坑" > *parikhī-√ kṛ* "轉變成壕溝"。這些動詞複合詞含有 "轉化" 的意思，如：*ratnī-bhūta* "轉化成寶石"，但 *ratna-bhūta* "是寶石" 是名詞複合詞 (PG 397, MG 184.b, WG 1094)。

390. 加上 *-tā* [陰]、*-tva* [中] 形成抽象名詞，意爲 "...狀態或性質"。如：*deva-tā* "神性、神的性質、神的狀態"；*amṛta-tva* "不死性"；*pañca-tva* "五性、〔分解成五大，所以其意爲〕死" (PG 398, MG 182, WG 1237, 1239)。

第三十七課

391. *nā* 類 (9) (強幹 *nā*；弱幹 *nī*)

將 *nā* [ṇā] 加到詞根，形成現在詞幹，強幹是加重音的 *nā* [ṇā]；弱幹是 *nī* [ṇī]；但在以母音爲首的詞尾前 *nī* [ṇī] 的 *i* 失去 (PG 399, MG 127.6, WG 717)。

392. √ *krī* "買"；強幹 *krī-ṇā*，弱幹 *krī-ṇī* (在母音前 *krī-ṇ*) (PG 400)

陳述式

[他]	單	雙	複	[自] 單	雙	複
1.	*krī-ṇā-mi*	*krī-ṇī-vas*	*krī-ṇī-mas*	*krī-ṇ-e*	*krī-ṇī-vahe*	*krī-ṇī-mahe*
2.	*krī-ṇā-si*	*krī-ṇī-thas*	*krī-ṇī-tha*	*krī-ṇī-ṣe*	*krī-ṇ-āthe*	*krī-ṇī-dhve*
3.	*krī-ṇā-ti*	*krī-ṇī-tas*	*krī-ṇ-anti*	*krī-ṇī-te*	*krī-ṇ-āte*	*krī-ṇ-**ate***

未完成過去時

1.	*a-krī-ṇā-m*	*a-krī-ṇī-va*	*a-krī-ṇī-ma*	*a-krī-ṇ-i*	*a-krī-ṇī-vahi*	*a-krī-ṇī-mahi*
2.	*a-krī-ṇā-s*	*a-krī-ṇī-tam*	*a-krī-ṇī-ta*	*a-krī-ṇī-thās*	*a-krī-ṇ-āthām*	*a-krī-ṇī-dhvam*
3.	*a-krī-ṇā-t*	*a-krī-ṇī-tām*	*a-krī-ṇ-an*	*a-krī-ṇī-ta*	*a-krī-ṇ-ātām*	*a-krī-ṇ-**ata***

命令式

1.	*krī-ṇ-āni*	*krī-ṇā-va*	*krī-ṇā-ma*	*krī-ṇ-ai*	*krī-ṇā-vahai*	*krī-ṇā-mahai*
2.	*krī-ṇī-hi*	*krī-ṇī-tam*	*krī-ṇī-ta*	*krī-ṇī-ṣva*	*krī-ṇ-āthām*	*krī-ṇī-dhvam*
3.	*krī-ṇā-tu*	*krī-ṇī-tām*	*krī-ṇ-antu*	*krī-ṇī-tām*	*krī-ṇ-ātām*	*krī-ṇ-**atām***

祈願式

1.	*krī-ṇī-yām*	*krī-ṇī-yāva*	*krī-ṇī-yāma*	*krī-ṇ-īya*	*krī-ṇ-īvahi*	*krī-ṇ-īmahi*
2.	*krī-ṇī-yās*	*krī-ṇī-yātam*	*krī-ṇī-yāta*	*krī-ṇ-īthāḥ*	*krī-ṇ-īyāthām*	*krī-ṇ-īdhvam*
3.	*krī-ṇī-yāt*	*krī-ṇī-yātām*	*krī-ṇī-yus*	*krī-ṇ-īta*	*krī-ṇ-īyātām*	*krī-ṇ-īran*

現在分詞：[他] *krī-ṇ-ant*，[陰] *krīṇatī*；[自] *krīṇ-āna*，[陰] *krīṇānā*。

393. 第二人稱單數命令爲他言的詞尾是 *hi*，而不是 *dhi*。子音結尾的詞根，則以 *āna* 取代類標誌 (*nā*)與詞尾 (*dhi*) 的結合；如：√ *math* "搖動" > *math-āna* (PG 401, MG 131.4.a, WG 722)。

394. 以 *ū* 結尾的詞根在類標誌之前縮短成 *u*；如：√ *pū* "淨化" > *pu-nā-ti*、*pu-nī-te*；√ *lū* "切" > *lu-nā-ti*、*lu-nī-te*；√ *dhū* "搖動" > *dhu-nā-ti*、*dhu-nī-te*。√ *grah* "受持" 變弱成爲 *gṛh*；如：*gṛh-ṇā-ti*。√ *jñā* "了知" 變弱成爲 *jā*；如：*jā- nā-ti* (PG 402, MG 134.F.1-2, WG 728-729)。

395. √ *manth* "搖動"、√ *bandh* "綁" 失去鼻音；如：*math-nā-ti*、*badh-nā-ti* (PG 403, MG 134.F.3, WG 730)。

396. 詞根類 (2)
在此類中，沒有類標誌；詞根本身就是現在詞幹，且人稱詞尾直接加到詞根；詞根的母音在強幹要 *Guṇa* (PG 404, MG 127.1, WG 611)。

397. 以母音結尾的詞根---以 *ā* 結尾
以 *ā* 結尾的詞根僅有爲他言的變化。在第三人稱複數未完成過去時爲他言中，詞尾可任選 *us* 爲以取代 *an*，且其前的 *ā* 省略 (PG 405, MG 131.6, WG 621.a)。

398. √ *yā* "行"

	陳述式			未完成過去時		
	單	雙	複	單	雙	複
1.	*yā-mi*	*yā-vas*	*yā-mas*	*a-yā-m*	*a-yā-va*	*a-yā-ma*
2.	*yā-si*	*yā-thas*	*yā-tha*	*a-yā-s*	*a-yā-tam*	*a-yā-ta*
3.	*yā-ti*	*yā-tas*	*yā-nti*	*a-yā-t*	*a-yā-tām*	*a-yān* (*a-yus*)

命令式				祈願式		
1.	*yāni*	*yā-va*	*yā-ma*	1.	*yā-yām*	*yā-yāva*	*yā-yāma*
2.	*yā-hi*	*yā-tam*	*yā-ta*	2.	*yā-yās*	*yā-yātam*	*yā-yāta*
3.	*yā-tu*	*yā-tām*	*yāntu*	3.	*yā-yāt*	*yā-yātām*	*yā-yus*

現在分詞：[他] *yānt*，[陰] *yānti* 或 *yāti* (PG 406)。

第三十八課

399. 以 *i* 或 *u* 結尾的詞根 (√ *i* "去" 例外) 在弱幹的母音詞尾前，各變成 *iy* 及 *uv* (PG 407)。

400. √ *i* "去" [他] (但 *adhi*-√ *i* "閱讀" [自]；*i* 如上的情形變成 *iy*) (PG 408, MG 134.A.3.d, WG 612)

陳述式

[他]	單	雙	複	[自]單	雙	複
1.	*e-mi*	*i-vas*	*i-mas*	*adhīy-e*	*adhī-vahe*	*adhī-mahe*
2.	*e-ṣi*	*i-thas*	*i-tha*	*adhī-ṣe*	*adhīy-āthe*	*adhī-dhve*
3.	*e-ti*	*i-tas*	*y-anti*	*adhī-te*	*adhīy-āte*	*adhīy-ate*

未完成過去時

1.	*āy-am*	*ai-va*	*ai-ma*	*a-dhyaiy-i*	*a-dhyai-vahi*	*a-dhyai-mahi*
2.	*ai-s*	*ai-tam*	*ai-ta*	*a-dhyai-thās*	*a-dhyaiy-āthām*	*a-dhyai-dhvam*
3.	*ai-t*	*ai-tām*	*āy-an*	*a-dhyai-ta*	*a-dhyaiy-ātām*	*a-dhyaiy-ata*

命令式

1.	*ay-āni*	*ay-āva*	*ay-āma*	*adhyay-ai*	*adhyay-āvahai*	*adhyay-āmahai*
2.	*i-hi*	*i-tam*	*i-ta*	*adhī-ṣva*	*adhīy-āthām*	*adhī-dhvam*
3.	*e-tu*	*i-tām*	*y-antu*	*adhī-tām*	*adhīy-ātām*	*adhīy-atām*

祈願式

1.	*i-yām*	*i-yāva*	*i-yāma*	*adhīyīya*	*adhīvahi*	*adhīyīmahi*
2.	*i-yās*	*i-yātam*	*i-yāta*	*adhīthās*	*adhīyāthām*	*adhīyīdhvam*
3.	*i-yāt*	*i-yātām*	*i-yus*	*adhīta*	*adhīyātām*	*adhīyīran*

現在分詞：[他] *yant*，[陰] *yatī*；[自] *adhīyāna*，[陰] *adhīyānā*。

401. √ *śī* "躺下" [自] 所有詞幹皆 *Guṇa* (PG 409, MG 134.A.1, WG 629)

	陳述式			未完成過去時		
	單	雙	複	單	雙	複
1.	*śay-e*	*śe-vahe*	*śe-mahe*	*a-śay-i*	*a-śe-vahi*	*a-śe-mahi*
2.	*śe-ṣe*	*śay-āthe*	*śe-dhve*	*a-śe-thās*	*a-śay-āthām*	*a-śe-dhvam*
3.	*śe-te*	*śay-āte*	*śe-r-ate*	*a-śe-ta*	*a-śay-ātām*	*a-śe-r-ata*

	命令式			祈願式		
1.	*śay-ai*	*śay-āvahai*	*śay-āmahai*	*śay-īya*	*śay-īvahi*	*śay-īmahi*
2.	*śe-ṣva*	*śay-āthām*	*śe-dhvam*	*śay-īthās*	*śay-īyāthām*	*śay-īdhvam*
3.	*śe-tām*	*śay-ātām*	*śer-atām*	*śay-īta*	*śay-īyātām*	*śay-īran*

現在分詞：[自] *śayāna*，[陰] *śayānā*。

402. 以 *u* 結尾的詞根，其強幹在以子音起首的詞尾前，採 *Vṛddhi* 增強，如：√ *stu* "稱讚" (PG 410, MG 134.A.1, WG 626)

陳述式

[他]	單	雙	複	[自] 單	雙	複
1.	*stau-mi*	*stu-vas*	*stu-mas*	*stuv-e*	*stu-vahe*	*stu-mahe*
2.	*stau-ṣi*	*stu-thas*	*stu-tha*	*stu-ṣe*	*stuv-āthe*	*stu-dhve*
3.	*stau-ti*	*stu-tas*	*stuv-anti*	*stu-te*	*stuv-āte*	*stuv-ate*

未完成過去時

1. *a-stav-am*	*a-stu-va*	*a-stu-ma*	*a-stuv-i*	*a-stu-vahi*	*a-stu-mahi*
2. *a-stau-s*	*a-stu-tam*	*a-stu-ta*	*a-stu-thās*	*a-stuv-āthām*	*a-stu-dhvam*
3. *a-stau-t*	*a-stu-tām*	*a-stuv-an*	*a-stu-ta*	*a-stuv-ātām*	*a-stuv-ata*

命令式

1. *stav-āni*	*stav-āva*	*stav-āma*	*stav-ai*	*stav-āvahai*	*stav-āmahai*
2. *stu-hi*	*stu-tam*	*stu-ta*	*stu-ṣva*	*stuv-āthām*	*stu-dhvam*
3. *stau-tu*	*stu-tām*	*stuv-antu*	*stu-tām*	*stuv-ātām*	*stuv-atām*

祈願式

1. *stu-yām*	*stu-yāva*	*stu-yāma*	*stuv-īya*	*stuv-īvahi*	*stuv-īmahi*
2. *stu-yās*	*stu-yātam*	*stu-yāta*	*stuv-īthās*	*stuv-īyāthām*	*stuv-īdhvam*
3. *stu-yāt*	*stu-yātām*	*stu-yus*	*stuv-īta*	*stuv-īyātām*	*stuv-īran*

現在分詞：[他] *stuv-ant*，[陰] *stuvatī*；[自] *stuvāna*，[陰] *stuvānā*。

403. √ *brū* "說" 在強幹中以子音起首的詞尾前，插入 *ī* (PG 412, MG 134.A.3, WG 632)

陳述式

[他] 單	雙	複	[自] 單	雙	複
1. *brav-ī-mi*	*brū-vas*	*brū-mas*	*bruv-e*	*brū-vahe*	*brū-mahe*
2. *brav-ī-ṣi*	*brū-thas*	*brū-tha*	*brū-ṣe*	*bruv-āthe*	*brū-dhve*
3. *brav-ī-ti*	*brū-tas*	*bruv-anti*	*brū-te*	*bruv-āte*	*bruv-ate*

未完成過去時

1. *a-brav-am*	*a-brū-va*	*a-brū-ma*	*a-bruv-i*	*a-brū-vahi*	*a-brū-mahi*
2. *a-brav-ī-s*	*a-brū-tam*	*a-brū-ta*	*a-brū-thās*	*a-bruv-āthām*	*a-brū-dhvam*
3. *a-brav-ī-t*	*a-brū-tām*	*a-bruv-an*	*a-brū-ta*	*a-bruv-ātām*	*a-bruv-ata*

命令式

1.	*brav-āni*	*brav-āva*	*brav-āma*	*brav-ai*	*brav-āvahai*	*brav-āmahai*
2.	*brū-hi*	*brū-tam*	*brū-ta*	*brū-ṣva*	*bruv-āthām*	*brū-dhvam*
3.	*brav-ī-tu*	*brū-tām*	*bruv-antu*	*brū-tām*	*bruv-ātām*	*bruv-atām*

祈願式

1.	*brū-yām*	*brū-yāva*	*brū-yāma*	*bruv-īya*	*bruv-īvahi*	*bruv-īmahi*
2.	*brū-yās*	*brū-yātam*	*brū-yāta*	*bruv-īthās*	*bruv-īyāthām*	*bruv-īdhvam*1.
3.	*brū-yāt*	*brū-yātām*	*brū-yus*	*bruv-īta*	*bruv-īyātām*	*bruv-īran*

現在分詞：[他] *bruv-ant*，[陰] *bruvatī*；[自] *bruvāṇa*，[陰] *bruvāṇā*。

404. *svayam* "自身" 是不變化詞，可以表示任何人稱及數 (如：我自身、他自身、你們本身)，其格位通常視爲主格來用；但也可以表示具格或屬格。有時亦用作 "自然地、自發地" 之意 (PG 413, MG 115.a, WG 513.a)。

第 三十九 課

405. 詞根類，續上：以子音結尾的詞根
第二人稱及第三人稱單數未完成式爲他言的詞尾一般要去掉，詞根之末依據詞尾的一般規則來處理 (§ 239, 242)。但以齒默音結尾的詞根，在第二人稱中有時去掉此默音，而不是加 *s*；另一方面，以 *s* 結尾的詞根或詞幹，在第三人稱中有時去掉 *s*，而不是加 *t* (PG 414)。

406. *c* 及 *j* 在 *t*、*th*、*s* (*s* 變成 *ṣ*) 前以 *k* 取代；在 *dh* 前以 *g* 取代。如：√ *vac* "說"，*vac-mi*、*vak-ṣi*、*vak-ti* (PG 415)。

407. √ *vid* "知道" (僅有爲他言) (PG 416)

	陳述式			未完成過去時		
	單	雙	複	單	雙	複
1.	*ved-mi*	*vid-vas*	*vid-mas*	*a-ved-am*	*a-vid-va*	*a-vid-ma*
2.	*vet-si*	*vit-thas*	*vit-tha*	*a-ves* 或 *a-vet*	*a-vit-tam*	*a-vit-ta*
3.	*vet-ti*	*vit-tas*	*vid-anti*	*a-vet*	*a-vit-tām*	*a-vid-us*

	命令式			祈願式		
1.	*ved-āni*	*ved-āva*	*ved-āma*	*vid-yām*	*vid-yāva*	*vid-yāma*
2.	*vid-dhi*	*vit-tam*	*vit-ta*	*vid-yās*	*vid-yātam*	*vid-yāta*
3.	*vet-tu*	*vit-tām*	*vid-antu*	*vid-yāt*	*vid-yātām*	*vid-yus*

408. 此詞根不必重覆也可形成完成時，但有現在時的意思（PG 417）。

	現在完成時爲他言		
	單	雙	複
1.	*ved-a*	*vid-va*	*vid-ma*
2.	*vet-tha*	*vid-athus*	*vid-a*
3.	*ved-a*	*vid-atus*	*vid-us*

完成分詞

[他] *vid-vāṃa*

[陰] *viduṣī*

409. √ *ad* "吃"（爲他言）在第二人稱及第三人稱單數未完成過去時的詞尾前，插入 *a*，如：*ādas*、*ādat*（PG 418, WG 621.c）。

410. √ *han* "殺"（爲他言）類似 *-an* 名詞詞幹的變格，如：

	陳述式			未完成過去時		
	單	雙	複	單	雙	複
1.	*han-mi*	*han-vas*	*han-mas*	*a-han-am*	*a-han-va*	*a-han-ma*
2.	*haṃ-si*	*ha-thas*	*ha-tha*	*a-han*	*a-ha-tam*	*a-ha-ta*
3.	*han-ti*	*ha-tas*	*ghn-anti*	*a-han*	*a-ha-tām*	*a-ghn-an*

	命令式			祈願式		
1.	*han-āni*	*han-āva*	*han-āma*	*han-yām*	*han-yāva*	*han-yāma*
2.	*ja-hi*	*ha-tam*	*ha-ta*	*han-yās*	*han-yātam*	*han-yāta*
3.	*han-tu*	*ha-tām*	*ghn-antu*	*han-yāt*	*han-yātām*	*han-yus*

現在分詞：[他] *ghnant*，[陰] *ghnatī* (PG 419, MG 134.A.3.c, WG 637)。

411. *ś*、*ṣ*、*kṣ* 在 *s* (*s* 則變成 *ṣ*) 前以 *k* 取代，在 *t*、*th* 之前以 *ṣ* 取代 (*t*、*th* 則變成 *ṭ*、*ṭh*)；在 *dh* 之前以 *ḍ* 取代 (*dh* 則變成 *ḍh*)。如：√ *dviṣ* "恨" (爲他言、爲自言) (PG 420, WG 620)

[他][陳]	單	雙	複	[未完]單	雙	複
1.	*dveṣ-mi*	*dviṣ-vas*	*dviṣ-mas*	*a-dveṣ-am*	*a-dviṣ-va*	*a-dviṣ-ma*
2.	*dvek-ṣi*	*dviṣ-ṭhas*	*dviṣ-ṭha*	*a-dve-ṭ*	*a-dviṣ-ṭam*	*a-dviṣ-ṭa*
3.	*dveṣ-ṭi*	*dviṣ-ṭas*	*dviṣ-anti*	*a-dve-ṭ*	*a-dviṣ-ṭām*	*a-dviṣ-an*

	命令式			祈願式		
1.	*dveṣ-āṇi*	*dveṣ-āva*	*dveṣ-āma*	*dviṣ-yām*	*dviṣ-yāva*	*dviṣ-yāma*
2.	*dviḍ-ḍhi*	*dviṣ-ṭam*	*dviṣ-ṭa*	*dviṣ-yās*	*dviṣ-yātam*	*dviṣ-yāta*
3.	*dveṣ-ṭu*	*dviṣ-ṭām*	*dviṣ-antu*	*dviṣ-yāt*	*dviṣ-yātām*	*dviṣ-yus*

412. √ *cakṣ* "見" (爲自言) (PG 421, WG 621.a)

[陳]	單	雙	複	[未完]單	雙	複
1.	*cakṣe*	*cakṣvahe*	*cakṣmahe*	*a-cakṣ-i*	*a-cakṣ-vahi*	*a-cakṣ-mahi*
2.	*cakṣe*	*cakṣāthe*	*caḍḍhve*	*a-caṣ-ṭhās*	*a-cakṣ-āthām*	*a-caḍ-ḍhvam*
3.	*caṣṭe*	*cakṣāte*	*cakṣate*	*a-caṣ-ṭa*	*a-cakṣ-ātām*	*a-cakṣ-ata*

413. √ *iś* "統治" (爲自言) 在以 *s* 及 *dh* 爲首的詞尾之前，加上 *i*；如：第

二人稱單數 *īśiṣe* (PG 422, MG 134.A.3.b, WG 630)。√ *vaś* "貪求" (爲他言) 在弱幹中縮成 *uś*；如：[三][複] *uśanti* (PG 422, MG 134.A.2.a, WG 638)。

414. √ *mṛj* "摩擦" (爲他言) 在強幹須 *Vṛddhi*；在弱幹中，以母音爲首的詞尾，也可 *Vṛddhi*。在處理詞根的子音時，此動詞依照 *ś* 結尾的詞根 (§ 411) 。如：[三][單][陳] *mārṣṭi*，[雙] *mṛṣṭas*，[複] *mṛjanti* 或 *mārjanti* (PG 423, MG 134.A.1.b, WG 627)。

[陳]	單	雙	複	[未完]單	雙	複
1.	*mārṣ-mi*	*mṛṣ-vas*	*mṛṣ-mas*	*a-mārṣ-am*	*a-mṛṣ-va*	*a-mṛṣ-ma*
2.	*mārṣ-ṣi*	*mṛṣ-ṭhas*	*mṛṣ-ṭha*	*a-mār-ṭ*	*a-mṛṣ-ṭam*	*a-mṛṣ-ṭa*
3.	*mārṣ-ṭi*	*mṛṣ-ṭas*	*mṛj-anti*	*a-mār-ṭ*	*a-mṛṣ-ṭām*	*a-mṛj-an*

第四十課

415. 詞根類：√ *ās* "坐" (爲自言)

[陳]	單	雙	複	[未完]單	雙	複
1.	*ās-e*	*ās-vahe*	*ās-mahe*	*ās-i*	*ās-vahi*	*ās-mahi*
2.	*ās-se*	*ās-āthe*	*ād-dhve*	*ās-thās*	*ās-āthām*	*ād-dhvam*
3.	*ās-te*	*ās-āte*	*ās-ate*	*ās-ta*	*ās-ātām*	*ās-ata*

命令式 [單] *ās-ai*、*ās-sva*、*ās-tām*；分詞 *āsīna* (PG 424)。

416. √ *śās* "教導" (爲他言) 弱幹遇到以子音起首的詞尾時，以 *śiṣ* 取代

[陳]	單	雙	複	[未完] 單	雙	複
1.	*śās-mi*	*śiṣ-vas*	*śiṣ-mas*	*a-śās-am*	*a-śiṣ-va*	*a-śiṣ-ma*
2.	*śās-si*	*śiṣ-ṭhas*	*śiṣ-ṭha*	*a-śās*	*a-śiṣ-ṭam*	*a-śiṣ-ṭa*
3.	*śās-ti*	*śiṣ-ṭas*	*śās-ati*	*a-śāt*	*a-śiṣ-ṭām*	*a-śās-us*

命令式 [單] *śās-āni*、*śā-dhi*、*śās-tu*；[一][雙] *śās-āva*；[三][複] *śās-atu* (PG 425, MG 134.A.4.a, WG 639)。

417. √ *as* "是" (爲他言) 在弱幹中，失去其母音 (若有增音，則保留母音)。在第二人稱單數陳述式中 *s* 被省略；在第二人稱及第三人稱單數未完成過去時 *ī* 加在詞尾前；[二][單][命] *edhi* (PG 426, MG 134.A.2.b, WG 636)。

	陳述式			未完成過去時			命令式		
	單	雙	複	單	雙	複	單	雙	複
1.	*as-mi*	*s-vas*	*s-mas*	*ās-am*	*ās-va*	*ās-ma*	*as-āni*	*as-āva*	*as-āma*
2.	*as-i*	*s-thas*	*s-tha*	*ās-ī-s*	*ās-tam*	*ās-ta*	*edhi*	*s-tam*	*s-ta*
3.	*as-ti*	*s-tas*	*s-anti*	*ās-ī-t*	*ās-tām*	*ās-an*	*as-tu*	*s-tām*	*s-antu*

祈願式 [三][單] *s-yām*；[三][複] *s-yus*；分詞 *sant*；[陰] *satī*。

418. *h* 結尾的詞根 (除了 √ *dih*、√ *duh*) 其 *h* 與 *t*、*th*、*dh* 結合成 *ḍh*，而後增長其前的 *a*、*i*、*u*；在 *s* 之前 *h* 變成 *k*；在第二人稱及第三人稱單數未完成式爲他言中 (此處已去掉詞尾)，*h* 變成 *ṭ*。如：√ *lih* "舔" [自][他] (PG 427)。

[他][未完]	單	雙	複	[自][命]單	雙	複
1.	*a-leh-am*	*a-lih-va*	*a-lih-ma*	*leh-ai*	*leh-āvahai*	*leh-āmahai*
2.	*a-leṭ*	*a-līḍham*	*a-līḍha*	*lik-ṣva*	*lih-āthām*	*līḍhvam*
3.	*a-leṭ*	*a-līḍhām*	*a-lih-an*	*līḍhām*	*lih-ātām*	*lih-atām*

419. √ *duh* "擠奶" [自][他]、√ *dih* '塗抹" [他] 最後的 *h* 代表較早的喉音，此喉音在變化時會再出現。

陳述式

[他]	單	雙	複	[自] 單	雙	複
1.	*doh-mi*	*duh-vas*	*duh-mas*	*duh-e*	*duh-vahe*	*duh-mahe*
2.	*dhok-ṣi*	*dug-dhas*	*dug-dha*	*dhuk-ṣe*	*duh-āthe*	*dhug-dhve*
3.	*dog-dhi*	*dug-dhas*	*duh-anti*	*dug-dhe*	*duh-āte*	*duh-ate*

未完成過去時

1.	*a-doh-am*	*a-duh-va*	*a-duh-ma*	*a-duh-i*	*a-duh-vahi*	*a-duh-mahi*
2.	*a-dhok*	*a-dug-dham*	*a-dug-dha*	*a-dug-dhās*	*a-duh-āthām*	*a-dhug-dhvam*
3.	*a-dhok*	*a-dug-dhām*	*a-duh-an*	*a-dug-dha*	*a-duh-ātām*	*a-duh-ata*

命令式 [自][單] *doh-ai*、*dhuk-ṣva*、*dug-dhām*；[一][雙] *doh-āvahai*；[複] *doh-āmahai*、*dhug-dhvam*、*duh-atām* (PG 428, WG 635)。

420. √ *rud* "悲泣"、√ *svap* "睡"、√ *an* "呼吸"、√ *śvas* "呼吸" (都是爲他言) 在所有以子音起首的詞尾前，加上 *i*，除了第二人稱及第三人稱單數未完成時的 *s* 及 *t* 要加上 *a* 或 *i* 之外 (PG 428, WG 635)。

	陳述式			未完成過去時		
	單	雙	複	單	雙	複
1.	*rod-i-mi*	*rud-i-vas*	*rud-i-mas*	*a-rod-am*	*a-rud-i-va*	*a-rud-i-ma*
2.	*rod-i-ṣi*	*rud-i-thas*	*rud--itha*	*a-rod-a-s* (*dīs*)	*a-rud-i-tam*	*a-rud-i-ta*
3.	*rod-i-ti*	*rud-i-tas*	*rud-anti*	*a-rod-a-t* (*dīt*)	*a-rud-i-tām*	*a-rud-an*

命令式 [單] *rod-āni*、*rud-i-hi*、*rod-i-tu*；祈願式 [一][單] *rud-yām*。

第 四十一 課

421. 重覆 (MG 129)

在梵語中有五種動詞採用重覆的方式，以形成其詞幹。這五種是：現在時的第三類動詞、完成時、不定過去時中的一種、意欲動詞、強意動詞。此五種中的每一種皆有其特殊的規則，我們將在適當的場合說明。以下的規則通用於此五類。

422. 重覆的共同規則 (PG 431, MG 129, WG 590)

(1). 重覆詞根的第一個音節，如：√ *budh* "醒" > ***bu***-*budh*。

(2). 無氣音取代送氣音，如：√ *bhid* "切" > ***bi***-*bhid*；√ *dhū* "搖動" > ***du***-*dhū*。

(3). 顎音取代喉音，*j* 取代 *h*，如：√ *kam* "愛" > ***ca***-*kam*；√ *khan* "掘" > ***ca***-*khan*；√ *gam* "去" > ***ja***-*gam*；√ *has* "笑" > ***ja***-*has*。

(4). 如果詞根的起首有一個以上的子音，唯第一個子音須重覆，如：√ *kruś* "呼叫" > ***cu***-*kruś*；√ *kṣip* "投" > ***ci***-*kṣip*。

(5). 如果詞根以擦音爲首，且擦音之後緊跟著一個清音的子音，則後者重覆。如：√ *stu* "稱讚" > ***tu***-*ṣṭu*；√ *sthā* "投" > ***ta***-*sthā*；√ *ścut* "滴" > ***cu***-*ścut*；√ *skand* "跳躍" > ***ca***-*skand*。但 √ *smṛ* "記憶" > ***sa***-*smṛ*，因爲 *m* 是濁音。

(6). 長母音在重覆的音節中縮短；如：√ *gāh* "跳入" > ***ja***-*gāh*；√ *krī* "買" > ***ci***-*krī*；√ *kūj* "鳴" > ***cu***-*kūj*。

(7). 詞根的中間母音 *e* > *i*；*o*、*au* > *u*；如：√ *sev* "尊敬" > ***si***-*ṣev*；√ *ḍhauk* "趨近" > ***ḍu***-*ḍhauk*。

(8). 如果詞根以 *e*、*ai*、*o* 結尾，則視爲 *ā* 結尾處理。如：√ *gai* "唱歌" > ***ja***-*gai*。

423. 現在時的第三類動詞[1] 重覆的規則 (3) (PG 431, MG 130)

ṛ、*ṝ* 在重覆時爲 *i* 所取代，如：√ *bhṛ* "忍受" > ***bi***-*bhar-ti*；√ *pṝ* "充滿" > ***pi***-*parti*。

---

[1] 此類詞根，唯少部分，在強幹時維持重音於詞幹音節上。大體而言，不論是強幹或以母音起首的詞尾的弱幹，重音皆位在重覆的音節 (PG 430, WG 642)。

424. 在強幹中，將詞根母音 *guṇa*，形成現在詞幹；如：√ *bhṛ* "忍受" > *bi-bhṛ*，強幹 *bi-bhar* (PG 432, MG 127.2, WG 644)。

425. 此類詞根在爲他言及爲自言時，第三人稱複數的詞尾失去 *n*；在爲他言第三人稱複數未完成式，最後的母音須 *Guṇa*，詞尾則取用 *us*。如：*a-bi-bhar-us* (PG 433, MG 132.6, WG 646)。

426. √ *bhṛ* "忍受"

陳述式

[他]	單	雙	複	[自] 單	雙	複
1.	*bibhar-mi*	*bibhṛ-vas*	*bibhṛ-mas*	*bibhr-e*	*bibhṛ-vahe*	*bibhṛ-mahe*
2.	*bibhar-ṣi*	*bibhṛ-thas*	*bibhṛ-tha*	*bibhṛ-ṣe*	*bibhr-āthe*	*bibhṛ-dhve*
3.	*bibhar-ti*	*bibhṛ-tas*	*bibhr-ati*	*bibhṛ-te*	*bibhr-āte*	*bibhr-ate*

未完成過去時

1.	*abibhar-am*	*abibhṛ-va*	*abibhṛ-ma*	*abibhr-i*	*abibhṛ-vahi*	*abibhṛ-mahi*
2.	*abibhar*	*abibhṛ-tam*	*abibhṛ-ta*	*abibhṛ-thās*	*abibhr-āthām*	*abibhṛ-dhvam*
3.	*abibhar*	*abibhṛ-tām*	*abibhar-us*	*abibhṛ-ta*	*abibhr-ātām*	*abibhr-ata*

命令式

1.	*bibhar-āṇi*	*bibhar-āva*	*bibhar-āma*	*bibhar-ai*	*bibharāvahai*	*bibharāmahai*
2.	*bibhṛ-hi*	*bibhṛ-tam*	*bibhṛ-ta*	*bibhṛ-ṣva*	*bibhr-āthām*	*bibhṛ-dhvam*
3.	*bibhar-tu*	*bibhṛ-tām*	*bibhr-atu*	*bibhṛ-tām*	*bibhr-ātām*	*bibhr-atām*

祈願式 [他][一][單] *bibhṛ-yām*、[自][一][單] *bibhr-īya*；現在分詞 [他] *bibhr-at*、[陰] *bibhratī*；[自] *bibhrāṇa* (PG 434)。

427. √ *dā* "給"、√ *dhā* "放置" 在弱幹中失去其母音，變成 *dad*、*dadh* (

dadh 在 *t*、*th* 前變成 *dhat*)。在第二人稱單數命令爲他言，變成 *dehi*、*dhehi*。

√ *dhā* "放置"

陳述式

[他]	單	雙	複	[自] 單	雙	複
1.	*dadhā-mi*	*dadh-vas*	*dadh-mas*	*dadh-e*	*dadh-vahe*	*dadh-mahe*
2.	*dadhā-si*	*dhat-thas*	*dhat-tha*	*dhat-se*	*dadh-āthe*	*dhad-dhve*
3.	*dadhā-ti*	*dhat-tas*	*dadh-ati*	*dhat-te*	*dadh-āte*	*dadh-ate*

未完成過去時

1.	*adadhām*	*adadh-va*	*adadh-ma*	*adadh-i*	*adadh-vahi*	*adadh-mahi*
2.	*adadhā-s*	*adhat-tam*	*adhat-ta*	*adhat-thās*	*adadh-āthām*	*adhad-dhvam*
3.	*adadhā-t*	*adhat-tām*	*adadh-us*	*adhat-ta*	*adadh-ātām*	*adadh-ata*

命令式

1.	*dadh-āni*	*dadh-āva*	*dadh-āma*	*dadh-ai*	*dadh-āvahai*	*dadh-āmahai*
2.	*dhe-hi*	*dhat-tam*	*dhat-ta*	*dhat-sva*	*dadh-āthām*	*dhad-dhvam*
3.	*dadhā-tu*	*dhat-tām*	*dadh-atu*	*dhat-tām*	*dadh-ātām*	*dadh-atām*

祈願式 [他][一][單] *dadh-yām*、[自][一][單] *dadh-īya*；現在分詞 [他] *dadh-at*、[陰] *dadhatī*；[自] *dadhāna* (PG 435, MG 134.B.1)。

428. √ *hā* "放棄" (爲他言) 在弱幹中，以母音爲首的詞尾及祈願中，失去 *ā*。其變位如下：陳述式 [三][單] *jahāti*、[三][複] *jah-ati*；未完成過去時 [三][單] *aja- hāt*、[三][複] *ajah-us*；命令式 [二][單] *jahī-hi* 或 *jahihi*；祈願式 [三][單] *jah-yāt*。在其他弱幹中，詞幹在子音詞尾之前是 *jahī* 或 *jahi*；如：*jahī-mas* 或 *jahi-mas* (PG 437, MG 134.B.2.a, WG 665)。

429. √ *mā* "測量" (爲自言) 及 √ *hā* "行走" (爲自言) 在子音詞尾前形成

mi-mī 及 *ji-hī*，在母音詞尾前爲 *mi-m* 及 *ji-h*。如：[三][陳] *mimī-te*、*mim-āte*、*mim-ate* (PG 438, MG 134.B.2, WG 663-664)。

430. √ *hu* "祭祀" (爲他言及爲自言) 的 [二][單][命]爲 *juhudhi*；[三][單][未完] *ajuhot*、*ajuhutām*、*ajuhavus* (PG 439, WG 652)。

431. √ *bhī* "怖畏" (爲他言) 在弱幹中可縮短其母音，如：*bibhī-mas* 或 *bi- bhi-mas*、*bibhī-yāt* 或 *bibhi-yāt*。√ *hrī* "慚愧" (爲他言) 在母音詞尾前，改弱幹 *jihrī* 爲 *jihriy*，如：[三][陳] *jihreti*、*jihrītas*、*jihriyati* (PG 440, WG 645, 679)。

第四十二課

432. 鼻音類 (7) (PG 441, MG 127.3, WG 683)

此類的所有詞根以子音結尾。在最後的子音前插入鼻音，除非本身已有鼻音 (如：√ *bhañj* "破壞")。在強幹插入重音的 *na* [*ṇa*]；弱幹插入 *n*。

433. 最後的子音與人稱詞尾的結合規則，與詞根類及重覆類的一致。

434. √ *yuj* "連結" 強幹爲 *yu-na-j*、弱幹爲 *yu-ñ-j*

陳述式

[自]	單	雙	複	[自] 單	雙	複
1.	*yu-na-j-mi*	*yuñj-vas*	*yuñj-mas*	*yuñj-e*	*yuñj-vahe*	*yuñj-mahe*
2.	*yu-na-k-ṣi*	*yuṅk-thas*	*yuṅk-tha*	*yuṅk-ṣe*	*yuñj-āthe*	*yuṅg-dhve*
3.	*yu-na-k-ti*	*yuṅk-tas*	*yuñj-anti*	*yuṅk-te*	*yuñj-āte*	*yuñj-ate*

未完成過去時

1.	*ayu-na-j-am*	*ayuñj-va*	*ayuñj-ma*	*ayuñj-i*	*ayuñj-vahi*	*ayuñj-mahi*
2.	*ayu-na-k*	*ayuṅk-tam*	*ayuṅk-ta*	*ayuṅk-thās*	*ayuñj-āthām*	*ayuṅg-dhvam*
3.	*ayu-na-k*	*ayuṅk-tām*	*ayuñj-an*	*ayuṅk-ta*	*ayuñj-ātām*	*ayuñj-ata*

命令式

1.	*yunaj-āni*	*yunaj-āva*	*yunaj-āma*	*yunaj-ai*	*yunaj-āvahai*	*yunaj-āmahai*
2.	*yuṅg-dhi*	*yuṅk-tam*	*yuṅk-ta*	*yuṅk-ṣva*	*yuñj-āthām*	*yuṅg-dhvam*
3.	*yu-na-k-tu*	*yuṅk-tām*	*yuñj-antu*	*yuṅk-tām*	*yuñj-ātām*	*yuñj-atām*

祈願式 [他][一][單] *yuñj-yām*、[自][一][單] *yuñj-īya*；現在分詞 [他] *yuñj-ant*、[陰] *yuñjatī*；[自] *yuñjāna* (PG 443)。

435. √ *rudh* "阻礙" 強幹 *ru-ṇa-dh*、弱幹 *ru-n-dh*

陳述式

[他]	單	雙	複	[自] 單	雙	複
1.	*ruṇadh-mi*	*rundh-vas*	*rundh-mas*	*rundh-e*	*rundh-vahe*	*rundh-mahe*
2.	*ruṇat-si*	*rund-dhas*	*rund-dha*	*runt-se*	*rundh-āthe*	*rund-dhve*
3.	*ruṇad-dhi*	*rund-dhas*	*rundh-anti*	*rund-dhe*	*rundh-āte*	*rundh-ate*

命令式

1.	*ruṇadh-āni*	*ruṇadh-āva*	*ruṇadh-āma*	*ruṇadh-ai*	*ruṇadh-āvahai*	*ruṇadh-āmahai*
2.	*rund-dhi*	*rund-dham*	*rund-dha*	*runt-sva*	*rundh-āthām*	*rund-dhvam*
3.	*ruṇad-dhu*	*rund-dhām*	*rundh-antu*	*runddh-tām*	*rundh-ātām*	*rund-atām*

未完成過去時 [他][單] *aru-ṇa-dh-am*、*aru-ṇa-t*、*aru-ṇa-t*；[自][一][單] *arundh-i* 。祈願式 [他][一][單] *rundh-yām*、[自][一][單] *rundh-īya*；現在分詞 [他] *rundhant*、[陰] *rundhatī*；[自] *rundhāna* (PG 444)。

436. √ *piṣ* "搗碎" (爲他言) √ *hiṃs* "傷害" (爲他言)

陳述式

	單	雙	複	單	雙	複
2.	*pi-na-k-ṣi*	*piṃṣ-ṭhas*	*piṃṣ-ṭha*	*hi-na-s-si*	*hiṃs-thas*	*hiṃs-tha*

未完成過去時

1.	*apinaṣ-am*	*apiṃṣ-va*	*apiṃṣ-ma*	*ahinas-am*	*ahiṃs-va*	*ahiṃs-ma*
2.	*apina-ṭ*	*apiṃṣ-ṭam*	*apiṃṣ-ṭa*	*ahina-s*	*ahiṃs-tam*	*ahiṃs-ta*
3.	*apina-ṭ*	*apiṃṣ-ṭām*	*apiṃṣ-an*	*ahina-s* (°*nat*)	*ahiṃs-tām*	*ahiṃs-an*

命令式

2.	*piṇḍ-ḍhi*	*piṃṣ-ṭam*	*piṃṣ-ṭa*	*hin-dhi*	*hiṃs-tam*	*hiṃs-ta*

437. √ *tṛh* "粉碎" (爲他言) 將 *tṛ-ṇa-h* 與 *ti*、*u* 結合，成 *tṛ-ṇe-ḍhi* 及 *tṛ-ṇe-ḍhu* (PG 446, WG 695)。

第 四十三 課

438. 完成時 (Perfect System)

在後期的語言中，完成時僅包含陳述式與分詞，它們都各有爲自言及爲他言。此種時式以重覆或迂迴的方式形成，所以可分成重覆、迂迴的兩大類。詞根遵循重覆的方法，衍生動詞則依照迂迴的方法，但有四個詞根卻採用迂迴 (PG 447, MG 135, WG 781)。

439. 重覆完成時 (或簡單未來時)

此類有幾個特色須注意：詞根重覆，有強、弱幹的區別，有另一組詞尾，經常使用連接母音 *i* (PG 447)。

440. 重覆：共同原則已如上述（§ 422），以下是完成時重覆的規則。

(1). 在重覆的音節中，*a* 取代 *ṛ*、*ṝ*、*ḷ*，如：√ *kṛ* "做" > *ca-kār-a*；√ *tṝ* "渡過" > *ta-tār-a*；√ *kḷp* "能夠" > *ca-kḷp-e*。

(2). 起首的 *a*、*ā* 變成 *ā*，如：√ *ad* "吃" > *ād-a*；√ *āp* "獲得" > *āp-a*。

(3). 以 *i* 起首的詞根變成 *ī*；如果原有的 *i Guṇa* 或 *Vṛddhi*，則在詞根與重覆音節之間插入 *y*。如：√ *iṣ* "貪愛" > [三][複] *īṣ-uḥ*、[一][單] *i-y-eṣ-a*。

(4). 以 *ya*、*va* 起首或含有此二者的詞根，重覆時變成 *i*、*u*；如：√ *yaj* "祭祀" > *i-yāj-a*；√ *vac* "說" > *u-vāc-a*（PG 448, MG 135, WG 782-785）。

441. 強幹---爲他言單數的三個人稱中，詞根音節通常是強幹（PG 449, MG 136, WG 793）。

(1). 短母音後面緊接著一個子音，此母音須 *Guṇa*；如：√ *iṣ* "貪愛" > *i-y-eṣ*；√ *budh* "醒" > *bu-bodh*；但 √ *jīv* "活" > *ji-jīv*。

(2). 在第一人稱單數時，以母音結尾的詞根，須 *Guṇa* 或 *Vṛddhi*；第二人稱單數時，須 *Guṇa*；在第三人稱單數時，須 *Vṛddhi*；如：√ *i* "去" > [一][單] *i-y-**āy**-a* 或 *i-y-**ay**-a*、[二][單] *i-y-**e**-tha*、[三][單] *i-y-**ay**-a*；√ *kṛ* "做" > [一][單] *ca-**kār**-a* 或 *ca-**kar**-a*、[二][單] *ca-**kar**-tha*、[三][單] *ca-**kār**-a*。

(3). 在第三人稱單數時，中間 *a* 後面緊接著一個子音，*a* > *ā*；但在第一人稱則可選擇。如：√ *han* "殺" > [一][單] *jaghān-a* 或 *jaghan-a*、[三][單] *jaghān-a*。

(4). 以 *ā* 或雙母音結尾的詞根，在第一、三人稱單數時變成 *au*；在第二人稱單數時，可以保留 *ā*。如：√ *dhā* "放置" > [一][三][單] *da-dhau*、[二][單] *dadhā-tha* 或 *dadh-i-tha*。但 √ *hvā* 或 √ *hve* "呼叫" 處理方法同 √ *hū*，如：[三][單] *ju-hāv-a*。

442. 完成時的人稱詞尾（PG 452, MG 136, WG 795）

[他]	單	雙	複	[自]單	雙	複
1.	*a*	*(i)-va*	*(i)-ma*	*e*	*(i)-vahe*	*(i)-mahe*
2.	*(i)-tha*	*a-thus*	*a*	*(i)-ṣe*	*āthe*	*(i)-dhve*
3.	*a*	*a-tus*	*us*	*e*	*āte*	*i-re*

443. 連合母音 *i* (PG 453, MG 136, WG 797)

(1). 以子音爲首的詞尾，通常藉著連合母音 *i* 將詞根與詞尾結合。

(2). 大部分的動詞在第二人稱單數爲他言時，*i* 省略；同樣的情形下，以 *ā*、*i*、*ī*、*u* 結尾的動詞，*i* 可有可無。

(3). √ *kṛ* "做"、√ *bhṛ* "忍受"、√ *sṛ* "行"、√ *vṛ* "選擇"、√ *dru* "跑"、√ *śru* "聽"、√ *stu* "稱讚"、√ *sru* "流" 這八個動詞絕對不可加 *i*。

444. 以 *i*、*ī*、*ṛ* 結尾的詞根在母音爲首的詞尾前，變成 *y*、*r* (如果 *i*、*ī*、*ṛ* 的前面有一個以上的子音則變成 *iy*、*ar*)。如：√ *nī* "帶領" > *ni-ny-i-va*；√ *śri* "依賴" > *śi-śriy-uḥ*；√ *kṛ* "做" > *ca-kr-uḥ*；√ *stṝ* "散播" > *ta-star-uḥ*。*u*、*ū*、*ṝ* 結尾的詞根則變成 *uv*、*ar*，如：√ *yu* "連結" > *yu-yuv-uḥ*；√ *kṝ* "散播" > *ca-kar-uḥ* (PG 454, MG 137.1, WG 797)。

445. 以 *i*、*ī* 結尾的詞根 (PG 455, MG 138.4, WG 800)

已 *Guṇa* 及 *Vṛddhi* 的母音 *e* 及 *ai*，在母音爲首的詞尾前分別變成 *ay* 及 *āy*，如：

√ *nī* 強幹 *ni-ne*、*ni-nai*，弱幹 *ni-nī*。

[他]	單數	雙數	複數	[自]單數	雙數	複數
1.	*ninaya* 或 *nināya*	*ninyiva*	*ninyima*	*ninye*	*ninyivahe*	*ninyimahe*
2.	*ninayitha* 或 *ninetha*	*ninyathus*	*ninya*	*ninyiṣe*	*ninyāthe*	*ninyidhve*
3.	*nināya*	*ninyatus*	*ninyus*	*ninye*	*ninyāte*	*ninyire*

√ *krī* "買"（爲他言）強幹 *ci-kre*、*ci-krai*，弱幹 *ci-krī*

	單數	雙數	複數
1.	*ci-kray-a* 或 *ci-krāy-a*	*ci-kriy-i-va*	*ci-kriy-i-ma*
2.	*ci-kray-itha* 或 *ci-kre-tha*	*ci-kriy-athus*	*ci-kriy-a*
3.	*ci-krāy-a*	*ci-kriy-atus*	*ci-kriy-us*

446. 以 *u*、*ū* 結尾的詞根（PG 456, MG 138.5, WG 800）

√ *stu* "稱讚"（爲他言）強幹 *tu-ṣṭo*、*tu-ṣṭau*，弱幹 *tu-ṣṭu*

	單數	雙數	複數
1.	*tu-ṣṭav-a* 或 *tu-ṣṭāv-a*	*tu-ṣṭu-va*	*tu-ṣṭu-ma*
2.	*tu-ṣṭo-tha*	*tu-ṣṭu-v-athus*	*tu-ṣṭu-v-a*
3.	*tu-ṣṭāv-a*	*tu-ṣṭu-v-atus*	*tu-ṣṭu-v-us*

447. √ *bhū* "是" 在完成時是不規則變化：其詞幹爲 *babhū*，在母音爲首的詞尾前加上 *v*（PG 450, 457, MG 139.7, WG 800.d）

[他]	單數	雙數	複數	[自] 單數	雙數	複數
1.	*babhū-v-a*	*babhū-v-i-va*	*babhū-v-i-ma*	*babhūv-e*	*babhūvi-vahe*	*babhūvi-mahe*
2.	*babhū-tha* 或 *babhū-v-i-tha*	*babhū-v-athus*	*babhū-v-a*	*babhūvi-ṣe*	*babhūv-āthe*	*babhūvi-dhve*
3.	*babhū-v-a*	*babhū-v-atus*	*babhū-v-us*	*babhūv-e*	*babhūv-āte*	*babhūvi-re*

448. 以 *ṛ* 結尾的詞根（PG 458, MG 138.2, WG 800.k）

(1). 不可以加連合母音 *i*，如：√ *kṛ* "做" 強幹 *ca-kar*、*ca-kār*，弱幹 *ca-kṛ*、*ca-kr*

[他]	單數	雙數	複數	[自] 單數	雙數	複數
1.	*ca-kar-a* 或 *ca-kār-a*	*ca-kṛ-va*	*ca-kṛ-ma*	*ca-kr-e*	*ca-kṛ-vahe*	*ca-kṛ-mahe*
2.	*ca-kar-tha*	*ca-kr-athus*	*ca-kr-a*	*ca-kṛ-ṣe*	*ca-kr-āthe*	*ca-kṛ-dhve*
3.	*ca-kār-a*	*ca-kr-atus*	*ca-kr-us*	*ca-kr-e*	*ca-kr-āte*	*ca-kr-ire*

√ *bhṛ*、√ *sṛ*、√ *vṛ* (§ 443) 其變位亦如是。

(2). 可以加 *i*，如：√ *dhṛ* "受持" 強幹 *da-dhar*、*da-dhār*，弱幹 *da-dhr* (PG 458)

[他]	單數	雙數	複數	[自] 單數	雙數	複數
1.	*dadhar-a* 或 *dadhār-a*	*dadhr-i-va*	*dadhr-i-ma*	*dadhr-e*	*dadhr-i-vahe*	*dadhr-i-mahe*

(3). 可以加 *i*，且 *ṛ* 前有一個以上的子音，如：√*smṛ* "記憶" (為他言) (PG 459)

	單數	雙數	複數
1.	*sa-smar-a* 或 *sasmār-a*	*sa-smar-i-va*	*sa-smar-i-ma*
2.	*sa-smar-tha*	*sa-smar-athus*	*sa-smar-a*
3.	*sa-smār-a*	*sa-smar-atus*	*sa-smar-us*

449. 以 *ā* 結尾的詞根 (包括 *e*、*ai*、*au*) (§ 441.4)
這些在第一人稱及第三人稱單數為他言中，取用 *au*；且在母音起首的詞尾及 *i* 之前 *ā* 消失。

(1). √ *dhā* "放置" 強幹 *da-dhā*、弱幹 *da-dh* (PG 460, MG 138.3, WG 800.e)

[他]	單數	雙數	複數	[自] 單數	雙數	複數
1.	*da-dhau*	*da-dh-i-va*	*da-dh-i-ma*	*da-dh-e*	*da-dh-i-vahe*	*da-dh-i-mahe*
2.	*da-dhā-tha* 或 *da-dh-i-tha*	*da-dh-athus*	*da-dh-a*	*da-dh-i-ṣe*	*da-dh-āthe*	*da-dh-i-dhve*
3.	*da-dhau*	*da-dh-atus*	*da-dh-us*	*da-dh-e*	*da-dh-āte*	*da-dh-ire*

(2). √ *pyā* "膨脹"、√ *hvā* "呼叫" 強幹 *pipaya*、*pipāya*，*juhava*、*juhāva*；弱幹 *pipi*、*juhu* (PG 460)。

450. 以子音結尾的詞根--- 短母音 + 子音，強幹時其中間母音須 *Guṇa*

(1). √ *tud* "打" 強幹 *tu-tod*，弱幹 *tu-tud* (PG 461, MG 138.1)

[他]	單數	雙數	複數	[自]單數	雙數	複數
1.	*tu-tod-a*	*tu-tud-i-va*	*tu-tud-i-ma*	*tu-tud-e*	*tu-tud-i-vahe*	*tu-tud-i-mahe*
2.	*tu-tod-i-tha*	*tu-tud-athus*	*tu-tud-a*	*tu-tud-i-ṣe*	*tu-tud-āthe*	*tu-tud-i-dhve*
3.	*tu-tod-a*	*tu-tud-atus*	*tu-tud-us*	*tu-tud-e*	*tu-tud-āte*	*tu-tud-ire*

(2). √ *dṛś* "見"、√ *bhid* "破壞" 強幹 *dadarś*、*bibhed*；弱幹 *dadṛś*、*bibhed*。[他][單] *dadarśa*、*dadarśitha* 或 *dadraṣṭha*、*dadarśa*；*bibheda*、*bibheditha*、*bibheda* (PG 461)。

451. 以子音結尾的詞根 --- 有中間母音 *a*

(1). 一個以上的子音 + *a*，如：√ *kram* "越過" 強幹 *cakram*、*cakrām* (§ 441.3)，弱幹 *cakram*。[他][單] *cakrama* 或 *cakrāma*、*cakramitha*、*cakrāma* (PG 464)。

(2). 一個子音 (不是送氣音、喉音、*h*) + *a* + 一個子音，在弱幹時以 *e* 爲其母音；當取用連合母音 *i* 時，第二人稱單數爲他言也可如此(PG 465, MG 138.6)。

√ *pac* "煮" 強幹 *pa-pac* 或 *pa-pāc*，弱幹 *pec*

[他]	單數	雙數	複數	[自]單數	雙數	複數
1.	*papaca* 或 *papāca*	*peciva*	*pecima*	*pece*	*pecivahe*	*pecimahe*
2.	*papaktha* 或 *pecitha*	*pecathus*	*peca*	*peciṣe*	*pecāthe*	*pecidhve*
3.	*papāca*	*pecatus*	*pecus*	*pece*	*pecāte*	*pecire*

(3). √ *khan* "掘"、√ *gam* "去"、√ *ghas* "吃"、√ *han* "殺"、√ *jan* "生" 這些詞根是例外，弱幹是 *ca-khn*、*ja-gm*、*ja-kṣ*、*ja-ghn*、*ja-jñ*。如：√ *gam* 強幹 *ja-gam* 或 *ja-gām*，弱幹 *ja-gm*。[他][單] *jagama* 或 *jagāma*、*jagantha*、*jagāma*；[一][雙] *ja-gm-iva*。[自][一][單] *ja-gm-e* (PG 467, MG 138.7)。

(4). *va* + 一個子音，以 *u* 重覆，弱幹時 *va* 縮成 *u*，強幹時維持完整的詞根形式。此類詞根，如：√ *vac* "說"、√ *vad* "說"、√ *vap* "散播"、√ *vaś* "欲求"、√ *vas* "住"、√ *vah* "吹"。如：√ *vac* 強幹 *u-vac* 或 *u-vāc*，弱幹 *ūc*，[他][單] *u-vac-a* 或 *u-vāc-a*、*u-vak-tha* 或 *u-vac-i-tha*、*u-vāc-a*；[一][雙] *ū-c-i-va* (< *u-uc-i-va*)。[自][一][單] *ūc-e* (PG 466, MG 138.8)。

(5). *ya* + 一個子音，以 *i* 重覆，弱幹時 *ya* 縮成 *i*，如：√ *yaj* "祭祀" 強幹 *i-yaj* 或 *i-yāj*，弱幹 *īj*，[他][單] *i-yaj-a* 或 *i-yāj-a*、*i-yaṣ-ṭha* 或 *i-yaj-i-tha*、*i-yāj-a*；[一][雙] *ī-j-i-va* (< *i-ij-i-va*)。[自][一][單] *īc-e* (PG 466, MG 138.8)。

(6). √ *vyadh* "刺"、√ *svap* "睡"，弱幹時將 *ya*、*va* 縮成 *i*、*u*。如：√ *svap* 強幹 *su-ṣvap* 或 *su-ṣvāp*，弱幹 *su-ṣup* (PG 468)。

452. 以子音結尾的詞根---母音起首

(1). √ *iṣ* "希求" 強幹 *i-y-eṣ*，弱幹 *īṣ*。[他][單] *i-y-eṣ-a*、*i-y-eṣ-i-tha*、*i-y-eṣ-a*；[雙] *īṣ-i-va*、*īṣ-athus*、*īṣ-atus*；[複] *īṣ-i-ma*、*īṣ-a*、*īṣ-us*。

(2). √ *uc* "喜愛" 強幹 *u-v-oc*，弱幹 *ūc*。√ *i* "去" 強幹 *i-y-e*，弱幹 *ī*；第三人稱複數 *i-y-us*。特例：少數以 *ṛ*、*ṝ* 起首的詞根在完成時，以 *ān* 形成重覆，如：√ *ṛc* "稱讚" 強幹 *ān-arc*，弱幹 *ān-ṛc*。

(3). √ *as* "是" 強幹 *ās*，弱幹 *ās*。√ *ad* "吃" 強幹 *ād*，弱幹 *ād*。但 √ *aś* "到達" (原本是 √ *aṃś*) 強幹 *ān-aṃś*，弱幹 *ān-aś* (PG 448.5, 462463, MG 139.6)。

不規則變化

453. √ *ah* "說" 唯見於完成時，但皆表示現在時的意思。僅有以下幾個形式 [二][單] *āttha*，[三][單] *āha*；[二][雙] *āhathus*，[三][雙] *āhatus*；[三][複] *āhus* (PG 469, MG 139.5, WG 801)。

454. √ *vid* "知道" 不須藉著重覆的方式形成其完成時，且只表示現在時的意思；強幹 *ved*，弱幹 *vid*；[他][單] *ved-a*、*vet-tha*、*ved-a*；[複] *vid-ma*、*vid-a*、*vid-us* (PG 469, MG 139.3, WG 801)。

455. √ *ci* "集起"、√ *cit* "知道"、√ *ji* "贏"、√ *hi* "推進" 其完成時的詞幹為 *ci-ki*、*ci-kit*、*ji-gi*、*ji-ghi* (PG 470, MG 139.4)。

456. 完成分詞 (Perfect Participle) (PG 471, MG 157)

(1). 為他言：將 *vāṃs* (中幹 *vat*、弱 *uṣ*) 加到弱幹，形成完成為他言分詞。當詞幹是單音節時，須插入連合母音 *i* (但在最弱幹不可插入 *i*)。

詞根	強詞幹	中間詞幹	弱詞幹
√ *iṣ*	*īṣ-i-vāṃs*	*īṣ-i-vat*	*īṣ-uṣ*
√ *pac*	*pec-i-vāṃs*	*pec-i-vat*	*pec-uṣ*
√ *vac*	*ūc-i-vāṃs*	*ūc-i-vat*	*ūc-uṣ*
√ *dā*	*dad-i-vāṃs*	*dad-i-vat*	*dad-uṣ*
√ *nī*	*ninī-vāṃs*	*ninī-vat*	*niny-uṣ*
√ *stu*	*tuṣṭu-vāṃs*	*tuṣṭu-vat*	*tuṣṭuv-uṣ*
√ *bhid*	*bibhid-vāṃs*	*bibhid-vat*	*bibhid-uṣ*
√ *gam*	*jagm-i-vāṃs*	*jagm-i-vat*	*jagm-uṣ*
	或 *jagan-vāṃs*	*jagan-vat*	
√ *han*	*jaghn-i-vāṃs*	*jaghn-i-vat*	*jaghn-uṣ*
	或 *jaghan-vāṃs*	*jaghan-vat*	
√ 1 *vid* "知道"	*vid-vāṃs*		
√ 2 *vid* "發現"	*vivid-vāṃs*		

(2). 為自言：將 *āna* 加到弱幹，形成完成為自言分詞；如：√ *budh* > *bu-budh-āna*；√ *dhā* > *da-dhāna*；√ *kṛ* > *ca-kr-āṇa*；√ *nī* > *ni-ny-āna*；√ *tan* > *ten-*

āna (PG 471, MG 159, WG 806)。

457. 迂迴完成時 (Periphrastic Perfect)

不能重覆的動詞 (幾乎都是含有 *aya* 的衍生詞：第十類動詞、使役動詞、名詞起 源動詞)，以迂迴的方式形成完成時。其步驟如下：先形成抽象陰性實詞的業格，再加上 √ *kṛ*、√ *as*、√ *bhū* 的完成時；但在古典梵語中最常用 √ *as*。如：*bodhayām āsa* "他已醒了" (PG 472, MG 140)。

458. 有少數的基本動詞採用迂迴完成時

(1). √ *ās* "坐"、√ *īkṣ* "見"、√ *ujjh* "放棄"、√ *edh* "增長"。如：*āsāṃ cakre* "他已坐下了" (MG 140.1)。

(2). √ *cakās* "照耀"、√ *jāgṛ* "醒"。如：*jāgarāṃ āsa* "他已醒了" (MG 140.2)。

(3). √ *bhṛ* "忍受"、√ *nī* "帶領"、√ *hve* "呼叫"，重覆與迂迴皆可，如：*bibharāṃ babhūva* 或 *ba-bhār-a* "他已忍了"；*nay-ām āsa* 或 *ni-nāy-a* "他已帶來了"；*hvayām āsa* 或 *ju-hāv-a* "他已叫了" (MG 140.3)。

459. 迂迴完成時的變位

為他言：加上 √ *kṛ*、√ *as*、√ *bhū* 的完成為他言，可形成迂迴完成時。若是迂迴為自言，僅能加上 √ *kṛ* 的完成為自言 (PG 473, MG 140)。

[他] 單數	雙數	複數
1. *bodhayām ās-a*	*bodhayām ās-i-va*	*bodhayām ās-i-ma*
2. *bodhayām ās-i-tha*	*bodhayām ās-athus*	*bodhayām ās-a*
3. *bodhayām ās-a*	*bodhayām ās-atus*	*bodhayām ās-us*

460. 完成時的用法 (PG 474, MG 213.a, WG 821-823)

完成時所說的事件是發生在遙遠的過去，但說話者本人未曾親身經歷。但在古典梵語中，完成時與未完成過去時在意思上已相混合。

第 四十四 課

461. 未來時 (Future System) (PG 475)

未來時可以分成三種：簡單未來時、迂迴未來時、條件式。

462. 簡單未來時 (Simple Future)

此時式包含陳述式及分詞，爲他言與爲自言，所有動詞皆可形成未來時。將 *sya* 或 *i-ṣya* 加到詞根，形成未來詞幹；大部分以母音結尾的詞根採用 *sya* (*ṛ* 除外)；半數以上子音結尾的詞根及衍生動詞採用 *i-ṣya*。其變位類似第一組動詞的現在陳述式 (PG 476, MG 151, WG 932-933)。

463. 母音結尾或中間是短母音的詞根須 *Guṇa*；如果子音結尾的詞根沒有使用 *i* 時，子音在 *sya* 之前的改變，如同詞根類、重覆類、鼻音類，在 *s* 之前一樣。如：√ *i* "去" > *e-ṣya-ti*；√ *budh* "醒" > *bhot-sya-te*；√ *rudh* "阻礙" > *rot-sya-ti*；√ *kṛ* "做" > *kar-i-ṣya-ti*；√ *bhū* "是" > *bhav-i-ṣya-ti* (PG 478, MG 151.a)。

464. 有些詞根有兩種形式：√ *dah* "燒" > *dhak-ṣya-ti*、*dah-i-ṣya-ti* (MG 151.a.1)。

465. 使役及 *aya* 的名詞起源動詞以 *ay-i-ṣya* 形成未來詞幹；如：√ *cur* "偷" > *cor-ay-i-ṣya-ti* (PG 480, MG 151.a.2)。

466. 簡單未來時的變位，如：√ *dā* "給" (MG 151.a)

[他] 單數	雙數	複數	[自] 單數	雙數	複數
1. *dā-syā-mi*	*dā-syā-vas*	*dā-syā-mas*	*dā-sy-e*	*dā-syā-vahe*	*dā-syā-mahe*
2. *dā-sya-si*	*dā-sya-thas*	*dā-sya-tha*	*dā-sya-se*	*dā-sy-ethe*	*dā-sya-dhve*
3. *dā-sya-ti*	*dā-sya-tas*	*dā-sy-anti*	*dā-sya-te*	*dā-sy-ete*	*dā-sy-ante*

467. 不規則變化 (MG 151.b)

(1). 一些中間有 *ṛ* 的詞根以 *ra* 形成 *Guṇa*，不是 *ar*；如：√ *dṛś* "見" > ***drak-ṣya-ti***；√ *sṛj* "創造" > ***srak-ṣya-ti***；√ *sṛp* "爬行" > ***srap-sya-ti***；√ *spṛś* "接觸" > *sp**rak-ṣ**ya-ti*。

(2). 少數的動詞在 *sya* 前插入鼻音；如：√ *naś* "壞滅" > *naṅk-ṣya-ti* 或 *naś-iṣya-ti*；√ *majj* "沈下" > ***maṅk-ṣya-ti***。

(3). √ *vas* "住" > ***vat-sya-ti***。

(4). √ *grah* "取" > *grah-**ī**-ṣya-ti*。

468. 未來分詞 (PG 481, MG 156, 158, WG 939)

爲他言、爲自言分詞由未來時詞幹形成，如同現在分詞是由現在詞幹形成一樣。如：

	[他][三][複]	[分]	[陰]	[他][分]
√ *dā*	*dā-sy-ant-i*	*dā-sy-ant*	*dā-syat-ī*	*dā-sya-māna*
√ *kṛ*	*kar-i-ṣy-ant-i*	*kar-iṣyant*	*kar-iṣyat-ī*	*kar-iṣya-māna*

469. 條件式 (Conditional) (PG 482, MG 153, WG 940f)

條件式是未來時的過去式，如同未完成過去時是現在時的過去一樣：就是將未來時轉成過去式。此種時式很少用。如：√ *bhū* [未] *bhav-i-ṣyāmi*；[他][條] *a-bhav-iṣy-am*、*a-bhav-iṣya-s*、*a-bhav-iṣya-t*；[自] *a-bhav-iṣy-e*。

470. 迂迴未來時 (Periphrastic Future) --- 僅有爲他言

此時式是將 √ *as* 的現在時加到動作者名詞 *-tṛ* 的主格單數，形成其變位。在所有數的第一人稱及第二人稱中，對應 √ *as* 的現在時加到 *tā* 之後。在第三人稱，動作者名詞以適當的數單獨使用，不須附加 √ *as* (PG 483, MG 152, WG 942-944)。

471. *tṛ* 前的詞根，大多數與在不定詞 *tum* 之前一樣。如：√ *gā* > *gātṛ*；√ *ji* > *je-tṛ*；√ *stu* > *sto-tṛ*；√ *bhū* > *bhav-i-tṛ*；√ *kṛ* > *kar-tṛ*；√ *kathaya* > *kathay-i-tṛ* (PG 484, MG 152.a, WG 943)。

472. 變化如下 (PG 485)

√ *bhū* [他] 單數	雙數	複數	√ *i* [他]單數	雙數	複數
1. *bhav-i-tāsmi*	*bhav-i-tā-svas*	*bhav-i-tā-smas*	*e-tāsmi*	*e-tā-svas*	*e-tā-smas*
2. *bhav-i-tāsi*	*bhav-i-tā-sthas*	*bhav-i-tā-stha*	*e-tāsi*	*e-tā-sthas*	*e-tā-stha*
3. *bhav-i-tā*	*bhav-i-tārau*	*bhav-i-tāras*	*e-tā*	*e-tārau*	*e-tāras*

473. 不定過去時 (Aorist System)

梵語的不定過去時有兩大類：第一大類是將詞尾加到詞根，連合母音 *a* 或有或無；第二大類是在詞根與詞尾之間插入擦音。此兩大類皆有增音，且用第二組詞尾。第一大類有三種：(1) 詞根、(2) *a*、(3) 重覆；第二大類有四種：(4) *s*、(5) *iṣ*、(6) *siṣ*、(7) *sa* (PG 486, MG 141, WG 824-827)。

474. (1). 詞根不定過去時---僅有爲他言 (PG 487, MG 148, WG 829)

此類不定過去時如同詞根類的未完成式。只限於 *ā* 結尾的少數詞根及 √ *bhū*。

√ *dā* [他] 單數	雙數	複數	√ *bhū* [他]單數	雙數	複數
1. *a-dā-m*	*a-dā-va*	*a-dā-ma*	*a-bhū-v-am*	*a-bhū-va*	*a bhū-ma*
2. *a-dā-s*	*a-dā-tam*	*a-dā-ta*	*a-bhū-s*	*a-bhū-tam*	*a-bhū-ta*
3. *a-dā-t*	*a-dā-tām*	*a-d-us*	*a-bhū-t*	*a-bhū-tām*	*a-bhū-v-an*

475. (2). *a* 不定過去時 (PG 488, MG 147)

與第六類動詞的未完成式相同，將 *a* 加到詞根，形成詞幹。

√ *sic* [他]單數	雙數	複數	[自] 單數	雙數	複數
1. *a-sic-am*	*a-sicā-va*	*a-sicā-ma*	*a-sic-e*	*a-sicā-vahi*	*a-sicā-mahi*
2. *a-sica-s*	*a-sica-tam*	*a-sica-ta*	*a-sica-thās*	*a-sic-ethām*	*a-sica-dhvam*
3. *a-sica-t*	*a-sica-tām*	*a-sic-an*	*a-sica-ta*	*a-sic-etām*	*a-sic-anta*

476. 不規則 (PG 488, MG 147.a)

①. √ *khyā* "說" > *a-khya-t*。②. √ *dṛś* "見" > *a-darś-a-t*。③. √ *as* "投' > *ās-tha-t*。④. √ *vac* "說" > *a-voc-a-t*、√ *pat* "落" > *a-pa-pt-a-t*。

477. (3). 重覆不定過去時 (PG 489, MG 149, WG 856)

此類除了 √ *dru* "跑"、√ *śri* "行" 外，大部分是 *aya* 的衍生詞 (即第十類動詞及使役動詞)。重覆詞根以形成詞幹，再加上 *a*。在古典梵語，約四十個動詞用此。

478. 其重覆的規則如下：

(1). 在重覆的音節中，*i* 取代 *a*、*ā*、*ṛ*、*ṝ*、*ḷ*。

(2). 重覆音節的母音須變成長音 (MG 149)。

479. 其變位如下 (MG 149)

√ *muc* "解脫"	單數	雙數	複數
[他]	1. *a-mūmuc-am*	*a-mūmucā-va*	*a-mūmucā-ma*
	2. *a-mūmuca-s*	*a-mūmuca-tam*	*a-mūmuca-ta*
	3. *a-mūmuca-t*	*a-mūmuca-tām*	*a-mūmuc-an*
[自]	1. *a-mūmuc-e*	*a-mūmucā-vahi*	*a-mūmucā-mahi*
	2. *a-mūmuca-thās*	*a-mūmuc-ethām*	*amūmuca-dhvam*
	3. *a-mūmuca-ta*	*a-mūmuc-etām*	*a-mūmuc-anta*

480. 不規則 (MG 149.a)

①. √ *rādh* "達成" > *a-rī-radh-a-t*。②. √ *vyadh* "刺" > *a-vī-vidh-a-t*。③. √ *dīp* "照耀" > *a-di-dīp-a-t*。④. √ *mīl* "眨眼" > *a-mi-mīl-a-t*。

481. (4). *s* 不定過去時 (PG 491, MG 143)

將 *s* 加到增音過的詞根，形成其詞幹。以母音 (*ā* 除外) 或子音結尾的詞根用此類。爲他言時，詞根 *Vṛddhi*；爲自言時，詞根 *Guṇa* (但中間母音及 *ṛ* 結尾的詞根不變)。

①. 母音結尾的詞根，如：√ *nī* "帶領"

[他] 單數	雙數	複數	[自] 單數	雙數	複數
1. *a-nai-ṣ-am*	*a-nai-ṣ-va*	*a-nai-ṣ-ma*	*a-ne-ṣ-i*	*a-ne-ṣ-vahi*	*a-ne-ṣ-mahi*
2. *a-nai-ṣ-īs*	*a-nai-ṣ-ṭam*	*a-nai-ṣ-ṭa*	*a-ne-ṣ-ṭhās*	*a-ne-ṣ-āthām*	*a-ne-**ḍh**vam*
3. *a-nai-ṣ-īt*	*a-nai-ṣ-ṭām*	*a-nai-ṣ-us*	*a-ne-ṣ-ṭa*	*a-ne-ṣ-ātām*	*a-ne-ṣ-ata*

②. 子音結尾的詞根，如：√ *chid* "切"

[他] 單數	雙數	複數	[自] 單數	雙數	複數
1. *acchait-s-am*	*acchait-s-va*	*acchait-s-ma*	*acchit-s-i*	*acchit-s-vahi*	*acchit-s-mahi*
2. *acchait-s-**ī**s*	*acchait-**tam***	*acchait-**ta***	*acchit-thās*	*acchit-s-āthām*	*acchid-dhvam*
3. *acchait-s-**īt***	*acchait-**tām***	*acchait-**s-us***	*acchit-ta*	*acchit-s-ātām*	*acchit-s-ata*

③. *ṛ* 結尾的詞根，如：√ *kṛ* "做"

[他] 單數	雙數	複數	[自] 單數	雙數	複數
1. *a-kār-ṣ-am*	*a-kār-ṣ-va*	*a-kār-ṣ-ma*	*a-kṛ-ṣ-i*	*a-kṛ-ṣ-vahi*	*a-kṛ-ṣ-mahi*
2. *a-kār-ṣ-īs*	*a-kār-ṣ-ṭam*	*a-kār-ṣ-ṭa*	*a-k**ṛ-thā**s*	*a-kṛ-ṣ-āthām*	*a-kṛ-**ḍh**vam*
3. *a-kār-ṣ-īt*	*a-kār-ṣ-ṭām*	*a-kār-ṣ-us*	*a-k**ṛ-ta***	*a-kṛ-ṣ-ātām*	*a-kṛ-ṣ-ata*

482. 不規則 (MG 144)

①. *n*、*m* 在詞綴 *s* 前變成隨韻，如：√ *man* "想" [自] > *a-maṃ-s-ta*；√ *ram* "嬉戲" [自] > *a-raṃ-s-ta*。

②. 在 √ *vas* "住" 中的 *s* 變成 *t*，如：√ *vas* [他] > *a-vāt-s-īt*。

③. 詞尾 *dhvam* 變成 *ḍhvam*，且詞綴 *s* 省略，如：*a-ne-ḍhvam*、*a-kṛ-ḍhvam*。

④. √ *dā* "給"、√ *dhā* "放置"、√ *sthā* "站立"。為他言時，其變位類似 (2) *a* 不定過去時；在為自言時，*ā* 變成 *i*。如：√ *dā* [自][單] *a-di-ṣ-i*、*a-di-thās*、*a-di-ta* (§ 481.3)。

⑤. √ *dṛś* "見"、√ *sṛj* "創造"、√ *spṛś* "接觸"。為他言時，詞根 *Vṛddhi*。如：√ *sṛj* [他][單] *a-**srāk**-ṣīt*、[雙] *a-**srāṣ**-ṭām*、[複] *a-**srāk**-ṣus*；[自][單] *a-sṛk-ṣ-i*、*a-sṛṣ- ṭhās*、*a-sṛṣ-ṭa*。

⑥. √ *dah* "燒"、√ *rudh* "阻礙" 較困難，所以列出其變位如下：

[他] 單數	雙數	複數	[自] 單數	雙數	複數
1. ***adhāk**-ṣ-am*	***adhāk**-ṣ-va*	***adhāk**-ṣ-ma*	***adhak**-ṣ-i*	***adhak**-ṣ-vahi*	***adhak**-ṣ-mahi*
2. ***adhāk**-ṣ-īs*	*adā**g-dham***	*adā**g-dha***	*ada**g-dhās***	***adhak**-ṣ-āthām*	***adhag**-dhvam*
3. ***adhāk**-ṣ-īt*	*adāg-dhām*	***adhāk**-ṣ-us*	*ada**g-dha***	***adhak**-ṣ-ātām*	***adhak**-ṣ-ata*

[他] 單數	雙數	複數	[自] 單數	雙數	複數
1. *arau**t**-s-am*	*arau**t**-s-va*	*arau**t**-s-ma*	*aru**t**-s-i*	*aru**t**-s-vahi*	*aru**t**-s-mahi*
2. *arau**t**-s-īs*	*arau**d-dham***	*arau**d-dha***	*aru**d-dhās***	*aru**t**-s-āthām*	*aru**d**-dhvam*
3. *arau**t**-s-īt*	*arau**d-dhām***	*arau**t**-s-us*	*aru**d-dha***	*aru**t**-s-ātām*	*aru**t**-s-ata*

483. (5). *iṣ* 不定過去時 (PG 492, MG 145)

與 (4) *s* 不定過去時的不同，在於此類加上有連合母音 *i* 的 *s* (*i-s* > *i-ṣ*)。

①. 母音結尾的詞根，僅有一個，如：√ *pū* "淨化"

[他] 單數	雙數	複數	[自] 單數	雙數	複數
1. *a-pāv-iṣ-am*	*a-pāv-iṣ-va*	*a-pāv-iṣ-ma*	*apav-iṣ-i*	*apav-iṣ-vahi*	*apav-iṣ-mahi*
2. *a-pāv-īs*	*a-pāv-iṣ-ṭam*	*a-pāv-iṣ-ṭa*	*apav-iṣ-ṭhās*	*apav-iṣ-āthām*	*apav-i-ḍhvam*
3. *a-pāv-īt*	*a-pāv-iṣ-ṭām*	*a-pāv-iṣ-us*	*apav-iṣ-ṭa*	*apav-iṣ-ātām*	*apav-iṣ-ata*

②. 子音結尾的詞根，爲他言時，中間母音 *Guṇa*，如：√ *budh* "醒"

[他] 單數	雙數	複數	[自] 單數	雙數	複數
1. *abodhiṣ-am*	*abodhiṣ-va*	*abodhiṣ-ma*	*abodhiṣ-i*	*abodhiṣ-vahi*	*abodhiṣ-mahi*
2. *abodh-īs*	*abodhiṣ-ṭam*	*abodhiṣ-ṭa*	*abodhiṣ-ṭhās*	*abodhiṣ-āthām*	*abodhi-ḍhvam*
3. *abodh-īt*	*abodhiṣ-ṭām*	*abodhiṣ-us*	*abodhiṣ-ṭa*	*abodhiṣ-ātām*	*abodhiṣ-ata*

484. 不規則 (MG 145.b)

√ *mad* "喝醉"、√ *vad* "說" 爲他言時，中間母音 *Vṛddhi*，如：*a-mād-iṣ-us*、*a-vād-īt*。

485. (6). *s-i-ṣ* 不定過去時---僅有爲他言 (PG 493, MG 146, WG 911)

此時式與 (5) *iṣ* 不定過去時的不同，是其前多加一個 *s*。僅六個動詞用此時式，且都是以 *ā* 結尾。

√ *yā* "行" [他] 單數	雙數	複數
1. *a-yā-siṣ-am*	*a-yā-siṣ-va*	*a-yā-siṣ-ma*
2. *a-yā-s-**īs***	*a-yā-siṣ-ṭam*	*a-yā-siṣ-ṭa*
3. *a-yā-s-**īt***	*a-yā-siṣ-ṭām*	*a-yā-siṣ-us*

486. (7). *sa* 不定過去時 (PG 494, MG 141.a, WG 917)

將 *sa* 加到增音過的詞根，形成其詞幹。少數以 *ś*、*h* 結尾且內含 *i*、*u*、*ṛ* 的詞根用此類，且 *i*、*u*、*ṛ* 保持不變。如：√ *diś* "指示"

[他] 單數	雙數	複數	[自]單數	雙數	複數
1. *a-dik-ṣ-am*	*a-dikṣā-va*	*a-dik-ṣā-ma*	*a-dikṣ-i*	*a-dikṣā-vahi*	*a-dikṣā-mahi*
2. *a-dik-ṣa-s*	*a-dikṣa-tam*	*a-dikṣa-ta*	*a-dikṣa-thās*	*a-dikṣ-āthām*	*a-dikṣa-dhvam*
3. *a-dik-ṣa-t*	*a-dikṣa-tām*	*a-dikṣ-an*	*a-dikṣa-ta*	*a-dikṣ-ātām*	*a-dikṣ-anta*

487. 不定過去時的被動 (PG 495-496, MG 155)

此時式的為自言也可用以表示被動，除了第三人稱單數 (有特別的形式) 外。第三人稱單數的形成如下：將 *i* 加到增音後的詞根，若詞根是母音結尾，則須 *vṛddhi*；若中間母音後面接一個子音 (但 *a* 變成 *ā*)，須 *Guṇa*。若以 *ā* 結尾，其後須插入 *ya*。如：√ *śru* "聽" > *a-śrāv-i*；√ *kṛ* "做" > *a-kār-i*；√ *pad* "去" > *apād-i*；√ *viś* "進入" > *a-veś-i*；√ *muc* "解脫" > *a-moc-i*；√ *jñā* "了知" > *a-jñā-y-i*。

488. 不規則 (MG 155.a)

①. √ *rabh* "取" > *a-rambh-i*。②. √ *pṝ* "充滿" > *a-pūr-i*。③. √ *gam* "去" > *a-gam-i*；√ *rac* "編輯" > *a-rac-i*；√ *vadh* "殺害" > *a-vadh-i*。④. *aya* 結尾的動詞，須捨棄 *aya*，如：√ *ruh* "生長" > [使] *rop-aya* > [不定過][被] *a-rop-i*。

第 四十五 課

489. 衍生動詞 (PG 497, WG 996-997)

衍生動詞有五組：被動動詞 (Passive)、使役動詞 (Causative)、意欲動詞 (Desiderative)、強意動詞 (Intensive)、名詞起源動詞 (Denominative)。

490. 被動 (Passive)

現在時被動、不定過去時被動、過去被動分詞、未來被動分詞皆已說明，請參考各條目 (PG 498, MG 154, WG 998)。

491. 使役 (Causative)

(1). 現在時的使役已說明如上。

(2). 完成時的使役皆是迂迴完成時，*ā* 結尾的衍生名詞是從使役詞幹形成；如：*dhārayāṃ cakāra*。

(3). 不定過去時的使役用重覆不定過去時，一般直接從詞根形成，且形式上與使役詞幹無關；如：√ *dhṛ* "受持" > *adīdharam*。在少數例子中，使役標誌前的詞根已呈現特別的形式，重覆不定過去時即由此形成，而不是從詞根；如：√ *sthā* > [使] *sthā-p-aya-ti* > [使][不定過] *atiṣṭhipat*。

(4). 兩種未來時的使役都是從使役詞幹形成，*i* 取代最後的 *a*；如：*dhāray-iṣyati*、*dhārayitāsmi*。

(5). 動詞性名詞及形容詞部分從使役詞幹形成，方法如同未來時；部分從使役強化過的詞根形成；如：被動分詞 *śrāvita*、義務分詞 *sthāpya*、不定詞 *joṣayitum*，絕對分詞 *sādayitvā*、*sādasthāpya*、*sādagamayya* (PG 507, WG 1045-1051)。

492. 使役被動

將使役詞幹的 *aya* 去掉後，再加被動標誌 *ya*，形成其使役被動詞幹；如：√ *dhṛ* > [使] *dhār-aya-ti* > [使][被] *dhār-ya-te* (PG 508, WG 1052)。

493. 重覆詞根後，加 *sa*，有時加 *iṣa*，形成意欲詞幹。在 *sa* 前，*i*、*u* 結尾的詞根變成 *ī*、*ū*；*ṛ*、*ṝ* 結尾的詞根變成 *īr* (在唇音之後變成 *ūr*)；如：√ *ci* "集" > *ci-cī-ṣa-ti*；√ *stu* "稱讚" > *tu-ṣṭū-ṣa-ti*；√ *tṝ* "越過" > *ti-tīr-ṣa-ti*；√ *mṛ* "死" > *mu-mūr-ṣa-ti*。在 *iṣa* 前，*ī*、*ū*、*ṝ* 結尾及中間有 *ṛ* 的詞根要 *Guṇa*；中間有 *u* 的詞根僅有一個例子須 *Guṇa*；如：√ *śī* "躺下" > *śi-śay-iṣa-ti*；√ *śṝ* "壓碎" > *śi- śar-iṣa-ti*；√ *nṛt* "跳舞" > *ni-nart-iṣa-ti*；√ *śubh* "美化" > *śu-śobh-iṣa-ti*；

√ *vid* "知道" > *vi-vid-iṣa-ti* 或 *vi-vit-sa-ti* (PG 504, MG 169, WG 1027)。

494. 意欲動詞的重覆規則 (PG 504-505, MG 170, WG 1030)

(1). 如果詞根有 *a*、*ā*、*ṛ*，重覆時變成 *i*；如：√ *dah* "燒" > *di-dhak-ṣa-ti*；√ *sthā* "站" > *ti-ṣṭhā-sa-ti*；√ *sṛj* "創造" > *si-sṛk-ṣa-ti*。如果 *ṛ* 前是唇音，重覆時變成 *ūr*；如：√ *bhṛ* "忍受" > *bu-bhūr-ṣa-ti*。

(2). 如果詞根有 *i*、*u*，重覆時不變。如：√ *viś* "進入" > *vi-vik-ṣa-ti*；√ *budh* "知道" > *bu-bhut-sa-ti*；√ *duh* "擠奶" > *du-dhuk-ṣa-ti*；√ *ruh* "增長" > *ru-ruk-ṣa-ti*。

(3). 有二或三個以母音起首的詞根，此母音變成 *i*。如：√ *aś* "吃" > *aś-iś-iṣa-ti*；√ *īkṣ* "見" > *ic-ikṣ-iṣa-ti*；√ *āp* "獲得" > *īp-sa-ti*。

495. 不規則 (MG 171)

(1). √ *gam* "去" > *ji-gāṃ-sa-ti* 或 *ji-gam-iṣa-ti*；√ *han* "殺" > *ji-ghāṃ-sa-ti*；√ *man* "想" > *mī-māṃ-sa-ti*。

(2). √ *grah* "取" > *ji-ghṛk-ṣa-ti*；√ *prach* "問" > *pi-pṛcch-iṣa-ti*；√ *svap* "睡" > *su-ṣup-sa-ti*。

(3). √ *dā* "給" > *di-**t**-sa-ti*；√ *dhā* "放置" > *dhi-**t**-sa-ti*；√ *mā* "測量" > *mi-**t**-sa-ti*；√ *pad* "去" > *pi-**t**-sa-ti*；√ *rabh* "抓取" > *ri-**p**-sa-ti*；√ *labh* "取" > *li-**p**-sa-ti*；√ *śak* "能夠" > *śi-k-ṣa-ti*。

(4). √ *ci* "集" > *ci-**kī**-ṣa-ti* 或 *ci-cī-ṣa-ti*；√ *ji* "贏" > *ji-**gī**-ṣa-ti*；√ *han* "殺" > *ji-**ghāṃ**-sa-ti*。

(5). √ *ghas* "吃" > *ji-gha**t**-sa-ti*。

496. 意欲動詞 (Desiderative) (PG 503, 506, WG 1032)

此類動詞含有 "想要" 的意思；如：*pibā-mi* "我喝水" > *pipāsā-mi* "我想要喝水"。

(1). 意欲現在時的變位，同其他 *a* 詞幹。

(2). 意欲完成時是迂迴完成；如：[他] *bu-bodh-iṣ-āṃ cakāra*。

(3). 不定過去時是 *iṣ* 的形式；如：[他] *a-bu-bodh-iṣ-īt*、[自] *a-bu-bodh-iṣ-iṣṭa*。

(4). 未來時以 *i* 形成；如：[他] *bu-bodh-iṣ-iṣyati*、[自] *bu-bodh-iṣ-iṣyate*。

(5). 意欲被動；如：*īpsyate* " (人們) 想要得到 (它) "。

497. 強意動詞 (Intensive)

此類動詞有加強語氣的意思，或表示動作的重覆。只有子音起首的單音節詞根才會形成此時式。此時式可分成兩類：第一類 (僅有爲他言) 重覆詞根形成詞幹，如：√ *bhū* "是" > *bo-bho-ti*，強幹時，在子音起首的詞尾前可以插入 *ī*；子音結尾的詞幹不會產生 *Guṇa*。第二類 (僅有爲自言) 將 *ay* 加到重覆後的詞幹，如：√ *bhū* "是" > *bo-bhū-ya-te* (PG 499-500, MG 172, WG 1002)。

498. 強意動詞的重覆規則 (PG 500, MG 173, WG 1002)。

(1). *a*、*ṛ* 以 *ā* 重覆，*i*、*ī* 以 *e* 重覆，*u*、*ū* 以 *o* 重覆；如：√ *nij* "清洗" > *nenek-ti*；√ *nī* "帶引" > *ne-nī-ya-te*；√ *budh* "知道" > *bo-budh-ī-ti*；√ *plu* "漂浮" > *po-plū-ya-te*；√ *tap* "使熱" > *tā-tap-ya-te*。

(2). 以 *am* 結尾的詞根，重覆鼻音，如：√ *kram* "越過" > *caṅ-kram-ī-ti*、*caṅ-kram-ya-te*。

(3). 有 *ṛ* 的詞根，在詞根與重覆之間插入 *ī*，如：√ *mṛ* "死" > *mar-ī-mar-ti*；√ *dṛś* "見" > *dar-ī-dṛś-ya-te*；√ *nṛt* "跳舞" > *nar-ī-nṛt-ya-te*。

499. 不規則 (PG 502, MG 174)

(1). √ *gṛ* "醒" > [三][單] *jā-gar-ti*、[三][複] *jā-gr-ati*。

(2). √ *dah* "燒" > [他] *dan-dah-ī-ti* [自] *dan-dah-ya-te*；√ *jabh* "咬" > *jañ-jabh-*

ya-te；√ *car* "移動" > *cañ-cūr-ya-te*。3. √ *pad* "去" > *pa-n-ī-pad-ya-te*；√ *drā* "跑" > *dar-i-drā-ti*。

500. 名詞起源動詞 (Denominative)

多數含 *ya* 的動詞是從名詞詞幹形成。其意思有："似"、"視爲"、"想要"、"作爲" 等。在 *ya* 前，最後的 *i*、*u* 變成 *ī*、*ū*；最後的 *a* 變成 *ā* 或 *ī*。如：*namas-ya-ti* "禮敬"、 *svāmī-ya-ti* "視爲主人"、*gopā-ya-ti* "似牧牛者，保護"、*rājā-ya-ti* "扮演國王"、*putrī-ya-ti* "想要兒子"。有使役重音 *aya* 的名詞起源動詞，印度學者歸爲第十類動詞，如：√ *mantra-ya* "考慮"、√ *kīrta-ya* "慶祝"、√ *varṇa-ya* "描寫"、√ *katha-ya* "敘述" (PG 509-510, MG 175)。

中　篇

〔輔助教材〕

梵語簡介及其學習之意義

從梵語教學法來說，首先應該熟悉古典梵語，然後再充實佛教混淆梵語的知識，這樣的學習步驟才是正確的。

「梵語」釋名

在中國或日本稱古代的印度語言爲梵語的原因，是根據印度的傳統。因爲印度人認爲此種語言是梵天（造物神）所創造的，所以將此語言稱爲梵語。其實，它的原來名稱是 *Saṃskṛta*，意思爲「雅語」，相對於「俗語」*Prākṛta* 來說，是古代的標準語言。

印度是個多語言的國家，在多種語言當中，一般都將屬於阿利安系的語言稱爲印度·阿利安語，它又可分爲古代、中期及近代。根據這種分類方法，廣義的梵語是指古代印度·阿利安語全體來說，狹義的是指古代印度·阿利安語中，屬於新層之古典梵語 (Classical Sanskrit)。

梵語的來源

在語言學上，梵語、伊朗語、歐洲的斯拉夫語、希臘語、日爾曼語等等都是屬於印歐語系。所以對於梵語的研究，歐洲人有極大的興趣也是由於有這種同一語系之近緣關係之故。根據語言學者最近的研究，推斷這些印歐的諸語言，在分化以前有單一的語言時期。換句話說，或許印度人及希臘人的祖先有在同一個地點居住 (推斷是從烏克蘭到喀爾巴仟山脈之帶狀的區域)，用共同語言的時期 (或許是紀元前三〇〇〇年以前)。經過這個單一的時代，伊朗及印度人祖先往東遷移其中移居伊朗高原而成立了祆教的宗教聖典——Avesta 是伊朗人。大約是西元一五〇〇年左右（有種種的假說），再越過興都庫山脈到西北印的印度河流域的上流居住的是印度阿利安祖先。進入印度的阿利安人成立了最初的梵語宗教文獻——吠陀(*Veda*),記載伊朗祆教聖典 Avesta 的語言 Avestic 和記載吠陀聖典的梵語有非常密切的關係。甚而言之,可以說當將 Avesta 聖典翻譯成梵語時,可以根據一定的規則,只要將一個一個音置換即可。

梵語的歷史

如前所述,印度・阿利安語可分爲古代、中期和近代三個發展階段。廣義的梵語是指古代的印度・阿利安語全部,在古代的印度・阿利安語當中,屬於最古層的是指記載婆羅門教的聖典——吠陀的語言。一般稱爲吠陀語(Vedic)。相對於此,西元前五～四世紀左右,印度文法家巴膩尼(*Pāṇini*),以當時知識份子的語言爲基礎,著作了一本文法書——八卷書(*Aṣṭādhyāyi*),而使古代印度文章語標準化。所以,一般都將古代的印度阿利安語中由巴膩尼(*Pāṇini*),所完成的屬於較新層的語言稱古典梵語(Classical Sanskrit),或略稱爲梵語,有別於記載吠陀聖典的梵語(吠陀語)。巴膩尼(*Pāṇini*),所整理的文法體系,經由 *Kātyāyana* 的增訂及 *Patañjali*(西元前二世紀)之註解而更加確立。直到二千年後的今天,古典梵語一直一成不變的傳承下來。

從西元三世紀到八世紀,可以說是印度古典文化的黃金時期,許多梵語詩歌、戲劇等文學作品,或是宗教、哲學作品都以古典梵語來書寫。此種風潮甚而影響到原先是以中期印度阿利安語來弘揚佛法的佛教徒,他們大約從西元前二世紀起也改用古典梵語來書寫佛教聖典。譬如二世紀左右馬鳴所作的《佛所行讚》,便是印度古典期之詩歌文學的濫觴,也是印度文學史上有名的傑作之一。此外,在部派佛教中,以西北印爲中心的說一切有部也是使用古典梵語;在大乘佛教的文獻中,屬於論藏的佛典,大都是以古典梵語來書寫。

佛教徒的梵語

此外，佛教徒使用的語言中，巴利語是屬於中期的阿利安語。它是記載南傳佛教的經律論三藏或註疏等的語言。另外，如《大事》、《普曜經》等佛之傳紀經典，或《法華經》等中的偈頌部分是使用佛教的混淆梵語（Buddhist Hybrid Sanskrit）來書寫，它形態是介於古典梵語與俗語之間 。因此，若要正確的解讀大乘經典，有關這種佛教混淆梵語的知識，是有學習的必要。但是從梵語教學法來說，首先應該熟古典梵語，然後再充實佛教混淆梵語的知識，這樣的學習步驟才是正確的。甚至，想要學習吠陀語的話，也是應該從古典梵語著手。所以說古典梵語是印度阿利安語的中心，能夠熟悉古典梵語不只是可以解讀古代印度的文學、哲學、宗教等文獻，對於其他的印度阿利安語也能事半功倍地學習。（惠敏摘譯自管沼晃《サンスクリット基礎と實踐》之序言，曾刊於《人生》雜誌 113 期，82，1，1）

梵語字母排列順序

印度文法家將字母作如下分類；且作爲字典、索引等的字母排列順序。下表所列字母順序是從上到下，從左到右 (PG 2, WG 7, MG 4)。

母音

詞首	詞中	轉寫
अ / अ	—	a
आ / आ	ा	ā
इ	ि	i
ई	ी	ī
उ	ु	u
ऊ	ू	ū
ऋ	ृ	ṛ
ॠ	ॄ	ṝ
ऌ	ॢ	ḷ
ए	े	e
ऐ	ै	ai
ओ	ो	o
औ	ौ	au

子音

	轉寫			轉寫	
क	k	喉音	प	p	唇音
ख	k-h	喉音	फ	p-h	唇音
ग	g	喉音	ब	b	唇音
घ	g-h	喉音	भ	b-h	唇音
ङ	ṅ	喉音	म	m	唇音
च	c	顎音	य	y	半母音
छ	c-h	顎音	र	r	半母音
ज	j	顎音	ल	l	半母音
झ / झ or झ	j-h	顎音	व	v	半母音
ञ	ń	顎音			
ट	ṭ	反舌音	श	ś (or ç)	擦音
ठ	ṭ-h	反舌音	ष	ṣ	擦音
ड	ḍ	反舌音	स	s	擦音
ढ	ḍ-h	反舌音	ह	h	擦音
ण	ṇ	反舌音			
त	t	齒音	ः	ḥ (Visarga)	
थ	t-h	齒音	ं	ṃ or ṁ (Anusvāra)	
द	d	齒音			
ध	d-h	齒音			
न	n	齒音			

梵語字母書寫順序

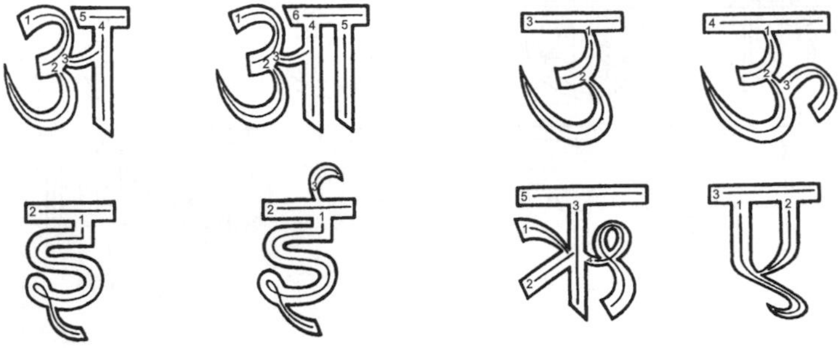

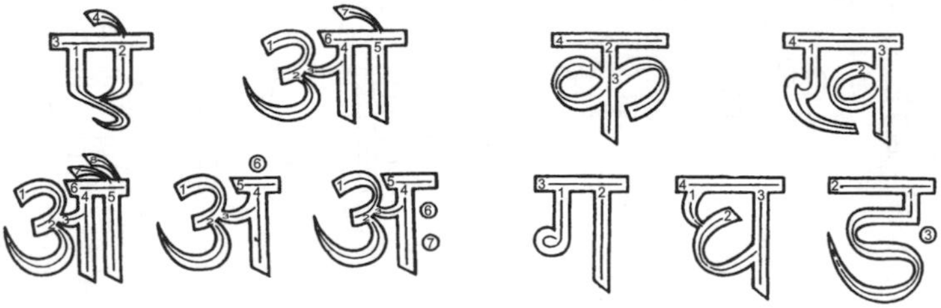

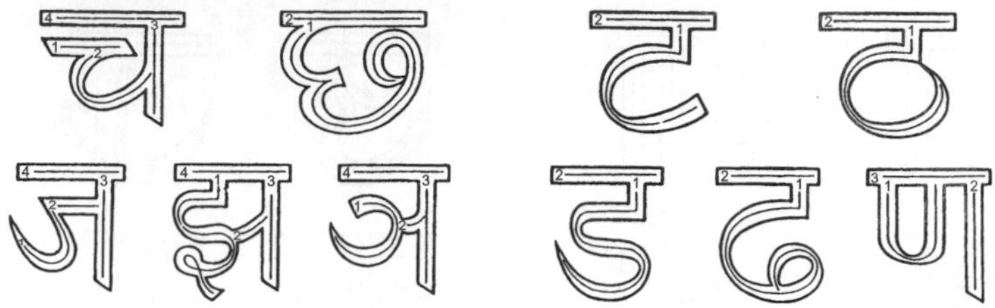

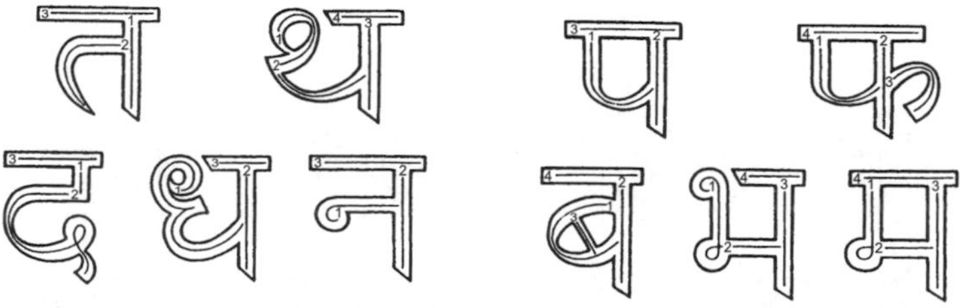

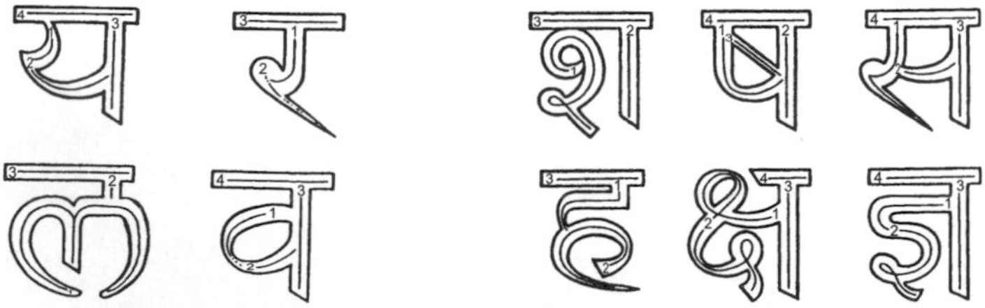

子音結合

क्क *k-ka,* क्ख *k-kha,* क्च *k-ca,* क्ण *k-ṇa,* क्त ***k-ta,*** क्त्य *k-t-ya,* क्त्व ***k-t-va,*** क्म *k-ma,* क्य *k-ya,* क्र *k-ra,* क्र्य *k-r-ya,* क्ल *k-la,* क्ष *k-ṣa,* क्ष्म *k-ṣ-ma,* क्ष्य *k-ṣ-ya,* क्ष्व *k-ṣ-va.* --- ख्य *kh-ya,* ख्र *kh-ra.* --- ग्य *g-ya,* ग्र *g-ra.* --- घ्म *gh-ma,* घ्र *gh-ra.* --- ङ्क *ṅ-ka,* ङ्क्ष *ṅ-k-ṣa,* ङ्ख *ṅ-kha,* ङ्ग *ṅ-ga,* ङ्घ *ṅ-gha,* ङ्ङ *ṅ-ṅa,* ङ्म *ṅ-ma.*

च्छ *c-cha,* च्ञ *c-ña,* च्म *c-ma,* च्य *c-ya.* --- छ्य *ch-ya.* --- ज्ज *j-ja,* ज्झ *j-jha,* ज्ञ ***j-ña,*** ज्म *j-ma,* ज्य *j-ya,* ज्र *j-ra,* ज्व *j-va.* --- ञ्च *ñ-ca,* ञ्छ *ñ-cha,* ञ्ज्य *ñ-j-ya.*

ट्ट *ṭ-ṭa,* ट्य *ṭ-ya.* --- ठ्य *ṭh-ya.* --- ड्ग *ḍ-ga.* --- ढ्य *ḍh-ya.* --- ण्ट *ṇ-ṭa,* ण्ठ *ṇ-ṭha,* ण्ड *ṇ-ḍa,* ण्ण ***ṇ-ṇa,*** ण्म *ṇ-ma,* ण्य *ṇ-ya,* ण्व *ṇ-va.*

त्क *t-ka,* त्क्र *t-k-ra,* त्त ***t-ta,*** त्त्य *t-t-ya,* त्त्र *t-t-ra,* त्त्व *t-t-va,* त्थ *t-tha,* त्प *t-pa,* त्प्र *t-p-ra,* त्म *t-ma,* त्म्य *t-m-ya,* त्य *t-ya,* त्र 或 त्र *t-ra,* त्र्य *t-r-ya,* त्व *t-va,* त्स *t-sa,* त्स्न *t-s-na,* त्स्न्य *t-s-n-ya.* --- थ्य *th-ya.* --- द्ग *d-ga,* द्ग्र *d-g-ra,* द्द ***d-da,*** द्ध ***d-dha,*** द्ब *d-ba,* द्भ ***d-bha,*** द्म *d-ma,* द्य *d-ya,* द्र *d-ra,* द्र्य *d-r-ya,* द्व *d-va.* --- ध्म *dh-ma,* ध्य *dh-ya,* ध्र *dh-ra,* ध्र्य *dh-r-ya,* ध्व *dh-va.* --- न्त *n-ta,* न्त्य *n-t-ya,* न्त्र *n-t-ra,* न्द *n-da,* न्द्र *n-d-ra,* न्ध *n-dha,* न्ध्र *n-dh-ra,* न्न *n-na,* न्प *n-pa,* न्प्र *n-p-ra,* न्म *n-ma,* न्य *n-ya,* न्र *n-ra,* न्स *n-sa.*

प्त *p-ta,* प्त्य *p-t-ya,* प्न *p-na,* प्प *p-pa,* प्म *p-ma,* प्य *p-ya,* प्र *p-ra,* प्ल *p-la,* प्व *p-va,* प्स *p-sa,* प्स्व *p-s-va.* --- ब्घ *b-gha,* ब्ज *b-ja,* ब्द *b-da,* ब्ध *b-dha,* ब्भ *b-bha,* ब्भ्य *b-bh-ya,* ब्य *b-ya,* ब्र *b-ra.* --- भ्य *bh-ya,* भ्र *bh-ra,* भ्व *bh-va.* --- म्न *m-na,*

म्प *m-pa,* म्प्र *m-p-ra,* म्ब *m-ba,* म्भ *m-bha,* म्म *m-ma,* म्य *m-ya,* म्र *m-ra,* म्ल *m-la,* म्व *m-va.*

य्य *y-ya,* य्व *y-va.* --- ल्क *l-ka,* ल्प *l-pa,* ल्म *l-ma,* ल्य *l-ya,* ल्ल *l-la,* ल्व *l-va,* ल्ह *l-ha.* --- व्न *v-na,* व्य *v-ya,* व्र *v-ra,* व्व *v-va.*

श्च *ś-ca,* श्न *ś-na,* श्य *ś-ya,* श्र *ś-ra,* श्र्य *ś-r-ya,* श्ल *ś-la,* श्व *ś-va,* श्श *ś-śa.* --- ष्ट *ṣ-ṭa,* ष्ठ *ṣ-ṭha,* ष्ण *ṣ-ṇa,* ष्ण्य *ṣ-ṇ-ya,* ष्प *ṣ-pa,* ष्प्र *ṣ-p-ra,* ष्म *ṣ-ma,* ष्य *ṣ-ya,* ष्व *ṣ-va.* --- स्क *s-ka,* स्ख *s-kha,* स्त *s-ta,* स्त्य *s-t-ya,* स्त्र *s-t-ra,* स्त्व *s-t-va,* स्थ *s-tha,* स्न *s-na,* स्न्य *s-n-ya,* स्प *s-pa,* स्फ *s-pha,* स्म *s-ma,* स्म्य *s-m-ya,* स्य *s-ya,* स्र *s-ra,* स्व *s-va,* स्स *s-sa.*

ह्ण *h-ṇa,* ह्न *h-na,* ह्म *h-ma,* ह्य *h-ya,* ह्र *h-ra,* ह्ल *h-la,* ह्व *h-va.*

文法術語解說

[一] 第一人稱 *uttama* (first person; 1°)

[二] 第二人稱 *madhyama* (second person; 2°)

[三] 第三人稱 *prathama* (third person; 3°)

大部分語言，包括英語，可分爲三種人稱，第一人稱，說話者用來指自己；第二人稱指聽話人，第三人稱，如：它、他、她。

[不及] 不及物動詞 *akarmaka* (intransitive; intr.)

不要求賓語、本身即能表達完整意思的動詞。

[不定] 不定詞 *kriyātmakakriyā* (infinitive; inf.)

[不定過] 不定過去時 *adyatanabhūtaḥ* (aorist; aor.)

adyatana adj., pertaining or referring to, today, current; *nī* f., a name given to the aorist tense, as it denotes an action done today or on the same day (AD 57a). The aorist has the special sense of the present perfect, being therefore appropriate in dialogues (MG 213.c). The aorist is now used to denote a past action generally without reference to any particular time, etc. (TC 136.c). This tense, besides its general meaning of a recent, indefinite past time, also implies the idea of continuousness. The imperfect cannot be used in this sense (AC 210, TsG 72). 在某些屈折語如希臘語中，動詞表示過去時 (tense) 或體 (aspect) 的形式，但這種形式沒有說明動作是否已經完成或是否正在進行中。

[中] 中性 *napuṃsakaliṅga* (neuter; n.)

[*na pumān na srī*] a hermaphrodite (neither man, nor woman) (AD

877a). *napuṃsaka*, lit. a word which is neither in the masculine nor in the feminine gender; a word in the neuter gender (AGD 214b). *liṅgam* a mark, sign, symble, distinguishing mark; sex; gender (AD 1366a). *liṅgam* gender; cf. *liṅga srīliṅgapuṃliṅganapuṃsakāni*; the gender of a word in sanskrit language does not depend on any specific prooperties of a thing; it simply depends on the current usage (AGD 333a).

[介] 介詞 *karmapravacanīya* (preposition; prep.)

Owing to the cases having a more independent meaning than in other Āryan languages, the number of prepositions is quite small, and their use is very limited in Sanskrit. They are nearly all postposotion, an they do not 'govern,' but only define the general sense of, the case to which they are added. Of the dozen Vedic postpositions, Sanskrit preserves only three in common use: *anu*, *prati*, *ā* (MG 176). 一種詞類，它的詞形通常沒有變化，與名詞短語連用，表示該短語和句中其它詞之間的關係。通常示置於它所支配的名詞前面。

[介副] 介詞性的副詞 (prepositional adverbs; prep.adv.)

[介絕] 介詞性的絕對分詞 (prepositional gerund; prep.ger.)

[分] 分詞 *kṛdaṃta* (participle; pt.)

Participles are constantly used in Sanskrit to qualify the main action, supplying the place of subordinate clauses. They may, as in Latin and Greek, express a relative, temporal, causal, concessive, or hypothetical sense. All these meanings are inherent in the participle, without the aid of particles, except that api is usually added when the sense is concessive (MG 206). 動詞非限定形式的傳統名稱。拉丁語中，分詞為動詞性形容詞，意思是說，它可以有形容詞修飾名詞的功能，同時又有動詞的某些特性，能區別時與態。

[及] 及物動詞 *sakarmaka* (transitive; tr.)

及物動詞：要求一個直接賓語的動詞。

[反代] 反身代名詞 *prativeṣṭita* (reflexive; refl.)

[比] 比較級 *tulanātmaka pratyaya* (comparative; compar.)

tulanā, comparison (AD 779a). *ātmaka* adj., (at the end of comp.) made up or composed of, of the nature or character of; *viṣa*°, poisonnous (AD 325b). *pratyaya* idea, a usage (AD 1086b).

[主] 主格 *kartṛ* (nominative; N.)

The nominative is far less frequently used in Sanskrit as the subject of a sentence than in other Indo-Eupopean languages (MG 196). A doer, one who does, makes, performs &c., an agent (AD 540b). The agent of an action, subject; name of a *kāraka* or instrument in general, of an action, which produces the fruit or result of an action without depending on any other instrument (AGD 109a).

[他] 為他言 *parasmaipada* (active; P.)

The active voice is called *parasmai-pada* (lit.'word for another') (MG 121). 主動語態 (active voice)：出現在動詞的語法主語進行某種動作或過程的句子中。

[代] 代名詞 *sarvanāman* (pronoun; pron.)

用來代替名詞或名詞短語。人稱代詞 (personal pronoun)：指示代詞 (demonstrative pronoun): this, that, these, those, some, such 這些專門用來指出或標示人、物。如果用作限定詞 (determiner)，則可以叫作指示形容詞; 如果用作名詞，則可叫作指示代詞。不定代詞 (indefinite pronoun)：不確指某人或某物的代詞 anybody, anything, something, nobody。反身代詞 (reflexive pronoun)：反指主體本身的一種人稱代詞，如：You can see for youself 中的 youself。

[未] 未來時 *syat, bhaviṣyanti* (future; fut.)

動詞的一種時態形式，指在將來的某一時間發生的動作。並且在任何情況下，並不總意味著將來的事情。還要注意：將來的事也並不總是用將來時表示。

[未分] 未來分詞 *syatpratyaya* (future participle; fut.pt.)

[未完] 未完成過去時 *laṅ, hyastanī* (imperfect; impf.)

The imperfect, in addition to describing the historical past, states past facts of which the speaker himself has been a witness (MG 213.b). 過去發生的延續動作或習慣性動作的一種時態。

[名] 名詞 *nāman* (nominal; nom.)

[名起] 名詞起源動詞 (denominative; den.)

[有財] 有財釋 *bahuvrīhi* (possessive; Bv.)

These compounds are essentially adjectives agreeing with a substantive expressed or understood; *bahuvrīhi* m., much rice (an example used by the Hindu grammarians to designated the class) (MG 189). One of the four principal kinds of compounds in Sanskrit. In it, two or more nouns in apposition to each other are compounded, the attributive member (whether a noun or an adjective) being placed first, and made to qualify another substantive, and neither of the two members separately, but the sence of the whole compound, qulifies that substantive (AD1159b). This compound is adjectival in character, but there are several instances of *bahuvrīhi* compoud which have come to be regarded and used as nouns (their application being restricted by usage to particular individuals) (AD 1159b, AGD 283b.)

[自] 爲自言 *ātmane-pada* (middle voice; Ā.)

The middle voice is called *ātmane-pada* (lit.'word for oneself') (MG 121). With verbs inflected in both voices, the chief force of the middle is this, that the action is performed for the benefit of the actor himself (PG 154). 表示所進行的動作施及他本人或這個動作是爲他本人而進行的。

[助] 語助詞 *nipāta* (particle; pcl.)

只具有語法意義而沒有詞匯意義的不變詞類，如 on, at。

[完] 完成時 *liṭ, parokṣā* (perfect; pf.)

The perfect is properly restricted to the statement of facts of the remote past, not coming within the experience of the speaker (MG 213a). *parokṣa* adj., out of or beyond the range of sight, invisible; abscence, invisibility, (in gram.) past time or tense (not witnessed by the speaker) (AD 991b). Lit. behind the eyes; remote; the term is found used by ancient grammarians and also referred to in the *Mahābhāṣya* as referring to the perfect tense called *liṭ* in *Pāṇini*'s grammar (AGD 244a). 現在這種時間關係通常被認為是一種體，而不是時的範疇。因為他都是指動作的類型和狀態 (如動作已經完成)，而不是指動作發生的時間。可替換的術語：simple perfect (簡單完成時), present perfect (現在完成時), first perfect (第一完成時)。完成體 (perfective aspect): 過去已完成的動作或將要完成的動作，強調動作的完成而不是動作的持續。

[完分] 完成分詞 *pūrvakālikakriyā* (perfect participle; pf.pt.)

[序] 序數 *pūraṇasaṃkhyā* (ordinal; ord.)

[形] 形容詞 *viśeṣaṇa* (adjective; adj.)
viśeṣaṇa adj., attributive, a word which particularizes, qualifies, or defines another, an adjective, attribute, epithet (AD 1472b). Attribute; adjective; any word which qualifies another (AGD 362a). 用來描寫或修飾名詞的一類詞，可作為名詞短語的附屬成分，也可作為表語。前者如：the tall man 中的 tall ; 後者如：the man is tall 中 tall。

[迂未] 迂迴未來時 *luṭ, śvastanī* (periphrastic future; periph.fut.)
The simple future is a general tense, referring to any future action, while the periphrastic future, which is much less frequently employed, is restricted to the remote future. Both can therefore often be employed in describing the same action, and they frequently interchange (MG 214).

[迂完] 迂迴完成時 (periphrastic perfect; periph.pf.)

[依主] 依主釋 *tatpuruṣa* (dependent determinative; Tp.)

The whole class of determinatives is called by the natives *tatpuruṣa* (the name is a specimen of the class, meaning 'his man') (PG 358). A dependent determinative is one in which the first menber depends on the last, the syntactical relation of the former to thelatter being that of an attribute in an oblique case; the man of him, his man (MG 187).

[使] 使役動詞 *preraṇārthaka, kārita* (causative; caus.)

使役動詞表示：主語使一個動作得以進行的動詞形式。*preraṇa* n., *ā* f. order, direction; sending, despatching (AD 1139a).

[具] 具格 *karaṇakāraka* (instrumental; I.)

The fundamental notion of the instrmenttal, which may be rendered by 'by' or 'with' expresses the agent, the instrument (means), or concomitant by or with which an action is performed (MG 199). Lit. instrument; the term signifies the most efficient means for accomplishing an act (AGD 108b). *karaṇam* doing, accomplishing; an instrument or means of an action; a cause or motive (AD 535b).

[呼] 呼格 *sambodhana* (vocative; V.)

Calling or address which is given as one of the additional senses of the nominative case affixes in addition to those given in the rule (AGD 408a). 屈折語中的一種格的形式，用來表示直接稱呼的人或人格化的事物。

[命] 命令式 *loṭ, pañcamī* (imperative; ipv.)

Besides the ordinary injunctive or exhortative sense, this mood has some special uses (MG 215). *kriyā* an action, action, the general idea expressed by a verb (AD 615b). *loṭ* a technical term used by *Pāṇini* to denote the imperative mood or its terminations (AD 1374a). *preṣaṇi* a term used by ancient grammarians for the imperative mood or *loṭ* of *Pāṇini* (AGD 279b). 表示命令、請求或禁止完成某象動作的一種句子或動詞形式。

[所代] 所屬代名詞 *matvarthayi* (possessive; poss.)

matvartha the sense of 'possession' in general; *matup* tad. affix *mat* changed in some cases to *vat*, applied to any noun or substantive in the sense of 'who possesses that', or 'which contains it', or in the sense of possession as popularly expressed (AGD 298b).

[附] 後附著形式 (enclitic; encl.)

[前綴] 前綴詞 *upasarga* (prefix; pref.)

加在詞根或詞幹前面的詞綴，如：unlikely 一詞的 un-。

[後綴] 後綴詞 *pratyaya* (suffix; suff.)

The word suffix means a syllable or more to be added in the end of a root or a word to give it a new form and meaning.

[持業] 持業釋 *karmadhāraya* (Kdh.)

Name technically given to a compound-formation of two words in apposition; the *karmadhāraya* is looked upon as a variety of the *tatpuruṣa* (AGD 110a). The whole class of determinatives is called by the natives *tatpuruṣa* (the name is a specimen of the class, meaning 'his man'); the second division, the descriptives, bears the special name *karmadhāraya*, a word of obscure meaning and application (PG 358).

[指] 指示詞 (demonstrative; dem.)

[相違] 相違釋 *dvandva* (coordinative; Dv.)

[祈] 祈願式 *liṅ, saptamī* (optative; opt.)

Besides its proper function this mood also expresses the various shades of meaning appropriate to the subjunctive (which has become obsolete in Sanskrit) (MG 216).

[衍] 衍生詞 *vyutpannaḥ śabdaḥ* (derivative; der.)

由一詞幹加一詞綴構成的詞。

[副] 副詞 *kriyāviśeṣaṇa* (adverb; adv.)

kriyā doing, accomplishment; activity; *kriyāviśeṣaṇa* an adverb, a predicative adjective (AD 616a). Determinant or modifier of a verbal activity; nouns used as *kriyāviśeṣaṇa* are put in the neuter gender, and in the N. or Ac. in the sg. num. (AGD 133b). 可用來修飾動詞、形容詞或其它副詞的一類詞，在英語中一個有副詞的作用但形式上不帶 ly 的詞，則叫做狀語 (adverbial 某些語法學家對起副詞作用但沒有 ly 的結尾的結構的稱呼，可表示地點、方式、時間、次數、程度。

[動] 動詞 *ākhyāta* (verb; vb.)

在句中執行謂語功能的一種詞類。根據語法上的詞形變化或根據助動詞的運用，動詞的定義可以規定爲：動詞是具有數 (number)、體 (aspect)、人稱

(person)、時 (tense)、式 (mood)、語態 (voice) 等範疇的詞。

詞根：The basic word of a verbal form, defined by the *Bhāṣyakāra* as *kriyāvacano dhātuḥ* or even as *bhāvavacano dhātuḥ*, a word denoting a verbal activity. *Pāṇini* has not defined the term as such, but he has given a long list of roots under ten groups, named *daśagaṇi*, which includes about 2200 roots which can be called primary roots as contrasted with secondary roots. The secondary roots can be divided into two main groups (1) roots derived from roots and (2) roots derived from nouns. The roots derived from roots can further be classified into three main subdivisions: (a) causative roots or *ṇijanta*, (b) desiderative roots or *sannanta*, (c) intensive roots or *yaṅanta* (AGD 207b, PG 55). 詞根：指把詞綴和派生詞綴都去掉後剩下的部分

[動作] 動作名詞 *dhātvarthaphalāśraya* (nomen actioins; nom.act.)

[動作者] 動作者名詞 *dhātvarthavyāpārāśraya* (nomen agentis; nom.ag.)

[基] 基數 (cardinal; card.)

回答多少的簡單數字，如一、二、三。

[專] 專有名詞 *saṃjñā* (proper noun; nom.prop.)

這單個人、地方或事物的名稱，它與普通名詞相對，後者指出該名詞表達的所有事物中的任何一個。

[帶數] 帶數釋 *dvigu* (Dg.)

[強] 強意動詞 *kriyāsamabhihāra* (intensive; int.)

These verbs are meant to convey an intensification or frequent repetition of the action expressed by the simple root (MG 172).

[從] 從格 *apādāna-kāraka, pañcamī* (ablative; Ab.)

apādānam (lit.'taking away, removal; ablation; a thing from which another is removes') (AD 153b). *apā-√dā* Ā., 'to take off or away' (MW 54b). The ablative primarily expresses the starting-point or source from which anything proceeds. It thus answers to the question 'whence ?' and may in general be translated by 'from' (MG 201, PG 112.3). 某些屈折語中的一種格 (case)，起狀語的作用，常常表示動作發生的方式、地點，表示動作賴以進行的工具。

[條] 條件式 *lṛṅ, kriyātipatti* (conditional; cond.)

lṛṅ, A technical term used by *Pāṇini* to denote the conditional mood or its terminations (AD 1370a). *kriyātipatti* lit. over-extension or excess of action; the word is, however, used in grammar in the sense of nonhappening of an expected action especially when it forms a condition of the conditional mood (AGD 133b). The conditional, as its form (an indicative past of the future) well indicates, is properly used to express a past condition, the unreality of which is implied, and is equivalent to the pluperfect (conditional) subjunctive in Latin or English (MG 218). 動詞的一種形式，這種形式的動詞表示條件或假設。conditional tense 條件式 = future in the past 未來過去時，指英語中像 would + 動詞不定式這種形式，現在通常認爲這個特徵是一種語氣，而不是一種時態。

[現] 現在時 *vartamāna, bhavantī* (present; pres.)

vartamānā a term used by ancient grammarians for the present tense, along with the term *vartamāna* (AGD 343a). *bhavaṃti* ancient term for the present tense or *laṭ* according to *Pāṇini* (AGD 290b). *bhavat* ancient term for the present tense found in the *Bṛhaddevatā* and othfer works. The term *vartamānā* for the present tense was also equally common (AGD 290b). 一般現在時，動詞的一種時態形式，表示與說話時同時發生的一個動作。英語語法傳統上所說的一般現在時，最好稱作非過去時，因爲它除了表達現在的動作之外，還能表達更多的概念。

[現分] 現在分詞 *satpratyaya, sant* (present participle; pres.pt.)

[處] 處格 *adhikaraṇakāraka, saptamī* (locative; L.)

The locative denotes either the place where an action occurs, or, with verbs of motion, the place whither an action is directed (MG 203). Support; a grammatical relation of the nature of a location; place of verbal activity (AGD 14b). Placing at the head of, appointing; relation, connection; agreement, concord, goverment or grammatical relation (as of subject and predicate etc.); location, place, the sense of the locative case (AD 62a).

[被] 被動語態 *karmavācya* (passive; pass.)

karma (in gram.) the object of an action (AD 541a). *vācya* adj., to be spoken, told or said, to be spoken to or addressed; *vacyam* the voice of a verb (AD 1409a).

[連] 連接詞 *saṃyoga* (conjunction; conj.)

用來連接幾個詞或幾個句子成分的詞，這類詞沒有屈折變化。可分成兩類，並列連接詞：把相同等級的項目連在一起，沒有句法上或語義上的含義，如：and, but, or, nor, for。從屬連接詞：1. 修飾連接詞：表示所導引的從句在意義上從屬於主句 when, if, because, although, while。2. 前置連接詞：在比較兩個成分時使用，以便完成一個句法結構，如：as, than. 3. 結合連接詞：表示所導引的從句在句法上從屬於主句，如：whether, what, how, that。

[陳] 陳述式 (indicative; ind.)

語法上沒有標記出語氣的簡單陳述句叫作陳述式 (indictive mood)。

[陰] 陰性 *srīliṅga, strī* (feminine; f.)

[最] 最高級 (superlative; superl.)

[單] 單數 *ekavacana* (singular; sg.)

[無語] 無語尾變化 *avyaya* (indeclinable; indec.)

Not liable to change, imperishable (AD 272a). (1) Indeclinable, lit. invariant, not undergoing a change. *Pāṇini* has used the word as a technical term and includes in it all such words as *svar, antar, prātar* etc. .... (AGD 47a); (2) non-losing, remaining intact; an indeclinable which shows no variation of form by the application of any gender or case-affix (AGD 47a).

[絕分] 絕對分詞 (gerund; ger.)

[陽] 陽性 *pulliṅga* (masculine; m.)

[意] 意欲動詞 (desiderative; des.)

指表示想要採取某個行動意願的動詞。

[感] 感嘆詞 *aṃtaḥkṣepaḥ, udrāraḥ* (interjection; interj.)

一種用來表示情感的詞。

[業] 業格 *karma-kāraka* (accusative; Ac.)

karman (√ *kṛ*) n., action, performance; in Gr. the object, opposed to *kartṛ* the subject (MW 258b). The accusative is casus objectivus, denoting chiefly the nearer or direct, sometimes however the more remote, object ; sometimes also he terminus ad quem, and extent of time and space (PG 104, MG 197). 賓格表示該詞是及物動詞的賓語。在英語中如果是名詞的話，則常常用詞序來表示這種關系，如果是代名詞的話，則用特殊形式來表示這種關係。某些語言的賓格可能有特殊的狀語意義，如表示時間的及地點的賓格。

[義務] 義務分詞 *kṛtya* (future passive participles; fpp.)

They correspond in sense to the Lat. gerundive inndus (MG 162). These express necessity, obligation, fitness, probabilty. The construction is the same as with the past pass.part (MG 209). 兼有動詞與形容詞特點的詞。英語中通常不分出這個詞類，但在拉丁語法中傳統上把這類詞描寫爲動詞、形容詞。

[過] 過去時 *bhūta* (past; p.)

All the three past tenses, imperfect, perfect, and aorist, besides the past participles in *ta* and *tavat* (and the historical present), are used promiscuously to express the historical or remote past, applying equally to facts which happened only once, or were repeates or continuous (MG 213). 表示說話時間以前已經發生的動作的動詞時態。past historic 歷史過去時在法語中用於正式書面文體的動詞過去時態，用來表示完成了的動作。

[過分] 過去分詞 *niṣṭhāpratyaya* (past participle; p.pt.)

[過被分] 過去被動分詞 (past passive participle; p.p.p)

[實] 實詞 *sattva* (substantive; subst.)

[疑代] 疑問代詞 (interrogative; inter.)

指用在句子或分句的開頭，以表示該句是一個疑問句的詞。疑問式：表示疑問的動詞形式或句子。然而並非所有的問題都是由疑問式、疑問句構成的。

[與] 與格 *sampradānakāraka* (dative; D.)

sampradā, to give, grant; *saṃpradānam,* giving or handing over completely ; donation (AD 1646b). *saṃpradānam* a *kāraka* relation or a relation between a noun and the verbal activity with which it is connected, of the type of the donation and the donee; the word is technically used in connection with the bearer of such a relation (AGD 406b).

[增] 增音 *sāgamaka, bhūtakaraṇa* (augment; augm.)

討論到動詞變位必須先考慮到 augament and reduplication (TsG 58)。The imperfect, the aorist, and the conditional prefix to the root accented a as their augament (MG 128). To augment something means to make it larger by adding something to it; increase (MMG 300.)

[數] 數詞 *saṃkhyā* (numeral; num.)

這表示數量的詞。數詞的兩個類型是基數詞和序數詞，前者回答多少的問題，後者表示一個序列中的次序。

[複] 複數 *bahuvacana* (plural; pl.)

表示數量在三個以上的數。

[複合] 複合詞 *samāsa* (compound; comp.)

指兩個或兩個以上的詞結合起來構成的新詞。

[鄰近] 鄰近釋 *avyayībhāva* (Av.)

Compounds of this kind, when used in the Ac.n. as adverbs, are treated by the Hindu grammarians as a special calss called *avyayībhāva* (indeclinable state) (MG 188.3.a). N. of one of the four principal kinds of compounds in Sanskrit, an adverbial or indeclinable compound (formed of an indeclinable, i.e. a preposition or an adverb, and a noun (AD 272a). The name of a compound so called on accunt of the words forming the compound, being similar to indeclinable. The peculiarity of the *avyayībhāva* compound is that the first member of the compound plays the role of the principal word (AGD 47b).

[雙] 雙數 *dvivacana* (dual; du.)

[關代] 關係代名詞 (relative; rel.)

Who, whom, whose, which, that 這樣的代詞，他們說明句中前面的先行詞。如在 The house that Jach built 中的 that，說明前面的 the house。

[屬] 屬格 *sambandha, ṣaṣṭhi* (genitive; G.)

Binding or joining together (MW 1177c). *sam-√ bandh*, to bind, tie, fix (MW 720a). The primary sense of the genitive is quasi-adjectival, since its qulification of another substance means 'belonging to' or 'connected with.' (MG 202).

古典梵語 (classical Skt.; cl.)

廣義的梵語：包括三種 1. 吠陀語：印度古代四吠陀的語言。2. 史詩梵語：兩大史詩的語言。3. 古典梵語：許多文學作品，宗教、哲學等。狹義的梵語：指古典梵語。4. 佛教梵語：有幾部佛教經典，原來用俗語寫成，後來逐漸梵語化，形成了另一種特殊的語言。

名詞、形容詞等變格表

總表	[陽][陰]	[中]	母音詞幹 -*a* [陽]	[中]	[陰]
[單]					
[主]	*s*	*m*	*kānta-ḥ*	*kānta-m*	*kāntā*
[業]	*am*	*m*	*kānta-m*		*kāntā-m*
[具]	*ā*		*kāntena*		*kānta-y-ā*
[與]	*e*		*kāntāya*		*kāntā-yai*
[從]	*as*		*kāntāt*		*kāntā-yāḥ*
[屬]	"		*kānta-sya*		*kāntā-yāḥ*
[處]	*i*		*kānte*		*kāntā-yām*
[呼]			*kānta*		*kānte*
[雙]					
[主][業][呼]	*au*	*ī*	*kāntau*	*kānte*	*kānte*
[具][與][從]	*bhyām*			*kāntā-bhyām*	
[屬][處]	*os*			*kānta-y-oḥ*	
[複]					
[主][呼]	*as*	*i*	*kāntāḥ*	*kāntā-n-i*	*kāntāḥ*
[業]	*as*	*i*	*kāntān*	*kāntā-n-i*	*kāntāḥ*
[具]	*bhis*		*kāntaiḥ*		*kāntā-bhiḥ*
[與][從]	*bhyas*		*kānte-bhyaḥ*		*kāntā-bhyaḥ*
[屬]	*ām*		*kāntā-n-ām*		*kāntā-n-ām*
[處]	*su*		*kānte-ṣu*		*kāntā-su*

左邊表格適用於子音詞幹及 *i*、*u* 的根本詞幹；但用於其他母音就有相當大的差異與調整。有一組詞尾，在所有種類的詞幹皆一樣，是雙數的 *bhyām*、*os*，複數的 *bhis*、*bhyas*、*ām*、*su*。

-*i*	[陽]	[中]	[陰]
[單]			
[主]	*śuci-ḥ*	*śuc-i*	*śuci-ḥ*
[業]	*śuci -m*	*śuc-i*	*śuci-m*
[具]	*śuci-n-ā*	*śuci-n-ā*	*śucy-ā*
[與]	*śuc-ay-e*	*śuci-n-e*	*śucy-ai*
[從][屬]	*śuc-eḥ*	*śuci-n-aḥ*	*śucy-āḥ*
[處]	*śuc-au*	*śuci-n-i*	*śucy-ām*
[呼]	*śuce*	*śuci*	*śuce*
[雙]			
[主][業][呼]	*śucī*	*śuci-n-ī*	*śucī*
[具][與][從]		*śuci-bhyām*	
[屬][處]	*śucy-oḥ*	*śuci-n-oḥ*	*śucy-oḥ*
[複]			
[主][呼]	*śucay-aḥ*	*śucī-n-i*	*śucay-aḥ*
[業]	*śucīn*	*śucī-n-i*	*śucīḥ*
[具]		*śuci-bhiḥ*	
[與][從]		*śuci-bhyaḥ*	
[屬]		*śucī-n-ām*	
[處]		*śuci-ṣu*	

-*u*	[陽]	[中]	[陰]
[單]			
[主]	*mṛdu-ḥ*	*mṛdu*	*mṛdu-ḥ*
[業]	*mṛdu-m*	*mṛdu*	*mṛdu-m*
[具]	*mṛdu-n-ā*	*mṛdu-n-ā*	*mṛdv-ā*
[與]	*mṛd-av-e*	*mṛdu-n-e*	*mṛdv-ai*
[從][屬]	*mṛd-oḥ*	*mṛdu-n-aḥ*	*mṛdv-āḥ*
[處]	*mṛd-au*	*mṛdu-ṇ-i*	*mṛdv-ām*
[呼]	*mṛdo*	*mṛdu*	*mṛdo*
[雙]			
[主][業][呼]	*mṛdū*	*mṛdu-n-ī*	*mṛdū*
[具][與][從]		*mṛdu-bhyām*	
[屬][處]	*mṛdv-oḥ*	*mṛdu-n-oḥ*	*mṛdv-oḥ*
[複]			
[主][呼]	*mṛdav-aḥ*	*mṛdū-n-i*	*mṛdav-aḥ*
[業]	*mṛdūn*	*mṛdū-n-i*	*mṛdūḥ*
[具]		*mṛdu-bhiḥ*	
[與][從]		*mṛdu-bhyaḥ*	
[屬]		*mṛdū-n-ām*	
[處]		*mṛdu-ṣu*	

注意一：*-i, -u* 的中性形容詞在 [與][從][屬][處][單] 及 [屬][處][雙] 可以用陽性的變格；陰性實詞與形容詞在 [與][從][屬][處][單] 可以用陽性的變格。

注意二：*-u* 的陰性形容詞也可以加上 *ī*，如：*bahu* > [陰] *bahv-ī*。

-ī [陰]	單音節	多音節	-ū 單音節	多音節
[單]				
[主]	*dhī-ḥ*	*nadī*	*bhū-ḥ*	*vadhū-ḥ*
[業]	*dhiy-am*	*nadī-m*	*bhuv-am*	*vadhū-m*
[具]	*dhiy-ā*	*nady-ā*	*bhuv-ā*	*vadhv-ā*
[與]	*dhiy-e / -ai*	*nady-ai*	*bhuv-e / -ai*	*vadhv-ai*
[從][屬]	*dhiy-aḥ / -āḥ*	*nady-āḥ*	*bhuv-aḥ / -āḥ*	*vadhv-āḥ*
[處]	*dhiy-i / -ām*	*nady-ām*	*bhuv-i / -ām*	*vadhv-ām*
[呼]	*dhīḥ*	*nadi*	*bhū-ḥ*	*vadhu*
[雙]				
[主][業][呼]	*dhiy-au*	*nady-au*	*bhuv-au*	*vadhv-au*
[具][與][從]	*dhī-bhyām*	*nadī-bhyām*	*bhū-bhyām*	*vadhū-bhyām*
[屬][處]	*dhiy-oḥ*	*nady-oḥ*	*bhuv-oḥ*	*vadhv-oḥ*
[複]				
[主][呼]	*dhiy-aḥ*	*nady-aḥ*	*bhuv-aḥ*	*vadhv-aḥ*
[業]	*dhiy-aḥ*	*nadīḥ*	*bhū-aḥ*	*vadhūḥ*
[具]	*dhī-bhiḥ*	*nadī-bhiḥ*	*bhū-bhiḥ*	*vadhū-bhiḥ*
[與][從]	*dhī-bhyaḥ*	*nadī-bhyaḥ*	*bhū-bhyaḥ*	*vadhū-bhyaḥ*
[屬]	*dhiy-ām / dhīnām*	*nadī-n-ām*	*bhuv-ām / bhūnām*	*vadhū-n-ām*
[處]	*dhī-ṣu*	*nadī-ṣu*	*bhū-ṣu*	*vadhū-ṣu*

注意一：*-ī, -ū* 單音節的詞在 [與][從][屬][處][單] 及 [屬][複] 可以用多音節的變格。

-tṛ 動作者名詞		親屬名詞	
[單]	[陽]	[陽]	[陰]
[主]	*dātā*	*pitā*	*mātā*
[業]	*dātār-am*	*pitar-am*	*mātar-am*
[具]	*dātr-ā*	*pitr-ā*	*mātr-ā*
[與]	*dātr-e*	*pitr-e*	*mātr-e*
[從][屬]	*dāt-ur*	*pit-ur*	*māt-ur*
[處]	*dāt-ari*	*pit-ari*	*māt-ari*
[呼]	*dātar*	*pitar*	*mātar*
[雙]			
[主][業][呼]	*dātār-au*	*pitar-au*	*mātar-au*
[具][與][從]	*dātṛ-bhyām*	*pitṛ-bhyām*	*mātṛ-bhyām*
[屬][處]	*dātr-oḥ*	*pitr-oḥ*	*mātr-oḥ*
[複]			
[主][呼]	*dātār-aḥ*	*pitar-aḥ*	*mātar-aḥ*
[業]	*dātṝn*	*pitṝn*	*mātṝḥ*
[具]	*dātṛ-bhiḥ*	*pitṛ-bhiḥ*	*mātṛ-bhiḥ*
[與][從]	*dātṛ-bhyaḥ*	*pitṛ-bhyaḥ*	*mātṛ-bhyaḥ*
[屬]	*dātṝ-n-ām*	*pitṝ-n-ām*	*mātṝ-n-ām*
[處]	*dātṛ-ṣu*	*pitṛ-ṣu*	*mātṛ-ṣu*

注意一：陽性的動作者名詞加上 *ī* 變成陰性，如：*dātṛ* > [陰] *dātr-ī* 變格如 *nadī*
。

	-ai	-o	-au
[單]	[陰]	[陰]	[陰]
[主][呼]	*rā-ḥ*	*gau-ḥ*	*nau-ḥ*
[業]	*rāy-am*	*gā-am*	*nāv-am*
[具]	*rāy-ā*	*gav-ā*	*nāv-ā*
[與]	*rāy-e*	*gav-e*	*nāv-e*
[從][屬]	*rāy-aḥ*	*go-ḥ*	*nāv-aḥ*
[處]	*rāy-i*	*gav-i*	*nāv-i*
[雙]			
[主][業][呼]	*rāy-au*	*gāv-au*	*nāv-au*
[具][與][從]	*rā-bhyām*	*go-bhyām*	*nau-bhyām*
[屬][處]	*rāy-oḥ*	*gav-oḥ*	*nāv-oḥ*
[複]			
[主][呼]	*rāy-aḥ*	*gāv-aḥ*	*nāv-aḥ*
[業]	*rāy-aḥ*	*gā-ḥ*	*nāv-aḥ*
[具]	*rā-bhiḥ*	*go-bhiḥ*	*nau-bhiḥ*
[與][從]	*rā-bhyaḥ*	*go-bhyaḥ*	*nau-bhyaḥ*
[屬]	*rāy-ām*	*gav-ām*	*nāv-ām*
[處]	*rā-su*	*go-ṣu*	*nau-ṣu*

子音詞幹：單一詞幹

齒音	*marut* [陽]	*jagat* [中]	*āpad* [陰]
[單][主][呼]	*marut*	*jagat*	*āpa***t**
[業]	*marut-am*	*jagat*	*āpad-am*
[具]	*marut-ā*	*jagat-ā*	*āpad-ā*
[與]	*marut-e*	*jagat-e*	*āpad-e*
[從][屬]	*marut-aḥ*	*jagat-aḥ*	*āpad-aḥ*
[處]	*marut-i*	*jagat-i*	*āpad-i*

[雙]			
[主][業][呼]	*marut-au*	*jagat-ī*	*āpad-au*
[具][與][從]	*maru**d**-bhyām*	*jaga**d**-bhyām*	*āpad-bhyām*
[屬][處]	*marut-oḥ*	*jagat-oḥ*	*āpad-oḥ*
[複]			
[主][業][呼]	*marut-aḥ*	*jaga**n**t-i*	*āpad-aḥ*
[具]	*maru**d**-bhiḥ*	*jaga**d**-bhiḥ*	*āpad-bhiḥ*
[與][從]	*maru**d**-bhyaḥ*	*jaga**d**-bhyaḥ*	*āpad-bhyaḥ*
[屬]	*marut-ām*	*jagat-ām*	*āpad-ām*
[處]	*marut-su*	*jagat-su*	*āpa**t**-su*

顎音	*vāc* [陰] "言語"	*ruj* [陰] "疾病"	*diś* [陰] "方向"
[單][主][呼]	*vāk*	*ruk*	*dik*
[業]	*vāc-am*	*ruj-am*	*diś-am*
[具]	*vāc-ā*	*ruj-ā*	*diś-ā*
[與]	*vāc-e*	*ruj-e*	*diś-e*
[從][屬]	*vāc-aḥ*	*ruj-aḥ*	*diś-aḥ*
[處]	*vāc-i*	*ruj-i*	*diś-i*
[雙]			
[主][業][呼]	*vāc-au*	*ruj-au*	*diś-au*
[具][與][從]	*vāg-bhyām*	*rug-bhyām*	*dig-bhyām*
[屬][處]	*vāc-oḥ*	*ruj-oḥ*	*diś-oḥ*
[複]			
[主][業][呼]	*vāc-aḥ*	*ruj-aḥ*	*diś-aḥ*
[具]	*vāg-bhiḥ*	*rug-bhiḥ*	*dig-bhiḥ*
[與][從]	*vāg-bhyaḥ*	*rug-bhyaḥ*	*dig-bhyaḥ*
[屬]	*vāc-ām*	*ruj-ām*	*diś-ām*
[處]	*vāk-ṣu*	*ruk-ṣu*	*dik-ṣu*

	反舌音	-h	-r	
	dviṣ [陽] "敵人"	*lih* [形] "舔"	*gir* [陰] "聲音"	*pur* [陰] "城市"
[單][主][呼]	*dviṭ*	*liṭ*	*gīr*	*pūr*
[業]	*dviṣ-am*	*lih-am*	*gir-am*	*pur-am*
[具]	*dviṣ-ā*	*lih-ā*	*gir-ā*	*pur-ā*
[與]	*dviṣ-e*	*lih-e*	*gir-e*	*pur-e*
[從][屬]	*dviṣ-aḥ*	*lih-aḥ*	*gir-aḥ*	*pur-aḥ*
[處]	*dviṣ-i*	*lih-i*	*gir-i*	*pur-i*
[雙]				
[主][業][呼]	*dviṣ-au*	*lih-au*	*gir-au*	*purau*
[具][與][從]	*dviḍ-bhyām*	*liḍ-bhyām*	*gīr-bhyām*	*pūr-bhyām*
[屬][處]	*dviṣ-oḥ*	*lih-oḥ*	*gir-oḥ*	*pu-roḥ*
[複]				
[主][業][呼]	*dviṣ-aḥ*	*lih-aḥ*	*gir-aḥ*	*pur-aḥ*
[具]	*dviḍ-bhiḥ*	*liḍ-bhiḥ*	*gīr-bhiḥ*	*pūr-bhiḥ*
[處]	*dviṭ-su*	*liṭ-su*	*gīr-ṣu*	*pūr-ṣu*

-s	*manas* [中] "心"	*havis* [中] "祭品"	*dhanus* [中] "弓"	*aṅgiras* [陽]
[單][主]	*manaḥ*	*haviḥ*	*dhanuḥ*	*aṅgirāḥ*
[呼]	*manaḥ*	*haviḥ*	*dhanuḥ*	*aṅgiraḥ*
[業]	*manaḥ*	*haviḥ*	*dhanuḥ*	*aṅgiras-am*
[具]	*manas-ā*	*haviṣ-ā*	*dhanuṣ-ā*	*aṅgiras-ā*
[處]	*manas-i*	*haviṣ-i*	*dhanuṣ-i*	
[雙]				
[主][業][呼]	*manas-ī*	*haviṣ-ī*	*dhanuṣ-ī*	
[具][與][從]	*mano-bhyām*	*havir-bhyām*	*dhanur-bhyām*	
[屬][處]	*manas-oḥ*	*haviṣ-oḥ*	*dhanuṣ-oḥ*	

[複]				
[主][業][呼]	*manāṃs-i*	*havīṃṣ-i*	*dhanūṃṣ-i*	*aṅgiras-aḥ*
[具]	*mano-bhiḥ*	*havir-bhiḥ*	*dhanur-bhiḥ*	*aṅgiras-bhiḥ*
[處]	*manas-su*	*haviṣ-ṣu*	*dhanuṣ-ṣu*	
	(*manaḥ-su*	*haviḥ-ṣu*	*dhanuḥ-ṣu*)	

子音詞幹：雙詞幹

-in	*dhanin* [形][陽]	*dhanin* [形][中]
[單][主]	*dhan-ī*	*dhan-i*
[業]	*dhanin-am*	*dhan-i*
[具]	*dhanin-ā*	*dhanin-ā*
[處]	*dhanin-i*	*dhanin-i*
[呼]	*dhan-in*	*dhan-in* 或 *dhani*
[雙][主][業][呼]	*dhanin-au*	*dhanin-ī*
[具][與][從]	*dhani-bhyām*	*dhani-bhyām*
[屬][處]	*dhanin-oḥ*	*dhanin-oḥ*
[複][主][業][呼]	*dhanin-aḥ*	*dhanīni*
[具]	*dhani-bhiḥ*	*dhani-bhiḥ*
[處]	*dhani-ṣu*	*dhani-ṣu*

-ant *jīvant* [現分] "正活著"

		[單]	[雙]	[複]
[陽]	[主][呼]	*jīvan*	*jīvant-au*	*jīvant-aḥ*
	[業]	*jīvant-am*	"	*jīvat-aḥ*
	[具]	*jīvat-ā*	*jīvad-bhyām*	*jīvad-bhiḥ*
	[處]	*jīvat-i*	*jīvat-oḥ*	*jīvat-su*
[中]	[主][業][呼]	*jīva*	*jīvat-ī*	*jīvant-i*
	[具]	*jīvat-ā*	*jīvad-bhyām*	*jīvad-bhiḥ*
	[處]	*jīvat-i*	*jīvat-oḥ*	*jīvat-su*

-mant, vant *śrīmant* "富有的"

	[單]	[雙]	[複]
[陽][主]	*śrīmān*	*śrīmant-au*	*śrīmant-aḥ*
[呼]	*śrīman*	"	"
[業]	*śrīmant-am*	"	*śrīmat-aḥ*
[具]	*śrīmat-ā*	*śrīmad-bhyām*	*śrīmad-bhiḥ*
[處]	*śrīmat-i*	*śrīmat-oḥ*	*śrīmat-su*
[中][主][業]	*śrīmat*	*śrīmat-ī*	*śrīmant-i*

-īyas *śreyas* "較幸運的"

	[單]	[雙]	[複]
[陽] [主]	*śreyān*	*śreyāṃs-au*	*śreyāṃs-aḥ*
[業]	*śreyāṃs-am*	"	*śreyas-aḥ*
[具]	*śreyas-ā*	*śreyo-bhyām*	*śreyo-bhiḥ*
[處]	*śreyas-i*	*śreyas-oḥ*	*śreyas-ṣu*
[呼]	*śreyan*	*śreyāṃs-au*	*śreyāṃs-aḥ*
[中] [主][業][呼]	*śreyaḥ*	*śreyas-ī*	*śreyāṃs-i*
[具]	*śreyas-ā*	*śreyo-bhyām*	*śreyo-bhiḥ*
[處]	*śreyas-i*	*śreyas-oḥ*	*śreyas-ṣu*

子音詞幹：三詞幹

-an *rājan* [陽] "王"

	[單]	[雙]	[複]
[主]	*rājā*	*rājān-au*	*rājān-aḥ*
[業]	*rājān-am*	"	*rājñ-aḥ*
[具]	*rājñ-ā*	*rāja-bhyām*	*rāja-bhiḥ*
[處]	*rājñ-i / rājan-i*	*rājñ-oḥ*	*rāja-su*
[呼]	*rājan*	*rājān-au*	*rājān-aḥ*

nāman [中] "名字"

	[單]	[雙]	[複]
[主][業]	*nāma*	*nāman-ī* / *nāmn-ī*	*nāmān-i*
[呼]	*nāman* / *nāma*	"	"
[具]	*nāmn-ā*	*nāma-bhyām*	*nāma-bhiḥ*
[處]	*nāman-i* / *nāmn-i*	*nāmn-oḥ*	*nāma-su*

ātman [陽] "我"

	[單]	[雙]	[複]
[主]	*ātmā*	*ātmān-au*	*ātmān-aḥ*
[呼]	*ātman*	"	"
[業]	*ātmān-am*	"	*ātman-aḥ*
[具]	*ātman-ā*	*ātma-bhyām*	*ātma-bhiḥ*

brahman [中] "梵我"

	[單]	[雙]	[複]
[主][業]	*brahma*	*brahmaṇ-ī*	*brahmāṇ-i*
[呼]	*brahman* / *brahma*	"	"
[具]	*brahmaṇ-ā*	*brahma-bhyām*	*brahma-bhiḥ*

-vāṃs *vidvāṃs* [完分] "了知的"

[陽]	[單]	[雙]	[複]	[中][單]	[雙]	[複]
[主]	*vidvān*	*vidvāṃs-au*	*vidvāṃs-aḥ*	*vidvat*	*viduṣ-ī*	*vidvāṃs-i*
[呼]	*vidvan*	"	"	"	"	"
[業]	*vidvāṃs-am*	"	*viduṣ-as*	"	"	"
[具]	*viduṣ-ā*	*vidvad-bhyām*	*vidvad-bhiḥ*	其餘與陽性同		
[處]	*viduṣ-i*	*viduṣ-oḥ*	*vidvat-su*			

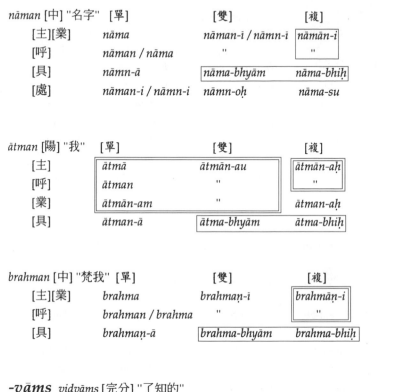

代名詞的變格

	第一人稱	第二人稱	指示代名詞 [陽]	[中]	[陰]
[單][主][呼]	*aham*	*tv-am*	*saḥ*	*ta-d*	*sā*
[業]	*mām*	*tvām*	*tam*	*ta-d*	*tām*
[具]	*ma-y-ā*	*tva-y-ā*	*tena*		*ta-yā*
[與]	*ma-hyam*	*tu-bhyam*	*ta-smai*		*ta-syai*
[從]	*mad*	*tvad*	*ta-smāt*		*ta-syāḥ*
[屬]	*ma-ma*	*tava*	*ta-sya*		*ta-syāḥ*
[處]	*ma-y-i*	*tva-y-i*	*ta-smin*		*ta-syām*
[雙]					
[主][業][呼]	*āvām*	*yuvām*	*tau*	*te*	*te*
[具][與][從]	*āvā-bhyām*	*yuvā-bhyām*		*tā-bhyām*	
[屬][處]	*āva-y-oḥ*	*yuva-y-oḥ*		*ta-y-oḥ*	
[複]					
[主]	*vay-am*	*yū-y-am*	*te*	*tāni*	*tāḥ*
[業]	*asmān*	*yuṣmān*	*tān*	*tāni*	*tāḥ*
[具]	*asmā-bhiḥ*	*yuṣmā-bhiḥ*	*taiḥ*		*tā-bhiḥ*
[與]	*asma-bhyam*	*yuṣma-bhyam*	*te-bhyaḥ*		*tā-bhyaḥ*
[從]	*asmad*	*yuṣmad*	*te-bhyaḥ*		*tā-bhyaḥ*
[屬]	*asmāka-m*	*yuṣmāka-m*	*te-ṣām*		*tā-sām*
[處]	*asmā-su*	*yuṣmā-su*	*te-ṣu*		*tā-su*

注意 1：第一、二人稱在 [單][業] 可用 *mā, tvā*；在 [單][與][屬] 可用 *me, te*；在 [雙][業][與][屬] 可用 *nau, vām*；在 [複][業][與][屬] 可用 *naḥ, vaḥ*。

注意 2：① 變格完全與 *ta* 一樣：*eta*、*ya*、*ka-tara*、*ka-tama*、*ya-tara*、*ya-tama*、*eka-tama*、*anya-tara*、*i-tara*。② 僅在 [中][主][業][呼][單] 不同 > *am*：*eka*、*ubhaya*、*sarva*、*viśva*。③ *ka* 僅在 [中][主][業][單] 不同 > *kim*。④ 在 [中][主][業][單] 一定用 *m*，在 [陽][中][從][處][單] 及 [陽][主][複] 可以遵循代名詞或依照形容詞的變化，如：*adhara*、*adhama*、*para*、*pūrva*、*uttara*、*dakṣiṇa*。

	[陽]	[中]	[陰]	[陽]	[中]	[陰]
[單][主][呼]	*a-y-am*	*i-d-am*	*i-y-am*	*a-s-au*	*a-d-aḥ*	*a-s-au*
[業]	*i-m-am*	*i-d-am*	*i-m-ām*	*a-m-u-m*	*a-d-aḥ*	*a-m-ū-m*
[具]	*an-ena*		*an-ayā*	*amu-n-ā*		*amu-y-ā*
[與]	*a-smai*		*a-syai*	*amu-ṣmai*		*amu-ṣyai*
[從]	*a-smāt*		*a-syāḥ*	*amu-ṣmāt*		*amu-ṣyāḥ*
[屬]	*a-sya*		*a-syāḥ*	*amu-ṣya*		*amu-ṣyāḥ*
[處]	*a-smin*		*a-syām*	*amu-ṣmin*		*amu-ṣyām*
[雙]						
[主][業][呼]	*i-m-au*	*i-m-e*	*i-m-e*	*amū*	*amū*	*amū*
[具][與][從]		*ā-bhyām*			*amū-bhyām*	
[屬][處]		*an-ay-oḥ*			*amu-y-oḥ*	
[複][主]	*i-m-e*	*i-m-āni*	*i-m-āḥ*	*amī*	*amūni*	*amū-ḥ*
[業]	*i-m-ān*	*i-m-āni*	*i-m-āḥ*	*amūn*	*amūni*	*amū-ḥ*
[具]	*e-bhiḥ*		*ā-bhiḥ*	*amī-bhiḥ*		*amū-bhiḥ*
[與][從]	*e-bhyaḥ*		*ā-bhyaḥ*	*amī-bhyaḥ*		*amū-bhyaḥ*
[屬]	*e-ṣām*		*ā-sām*	*amī-ṣām*		*amū-ṣām*
[處]	*e-ṣu*		*ā-su*	*amī-ṣu*		*amū-ṣu*

	[單][陽]	[中]	[陰]	[複][陽]	[中]	[陰]
[主][呼]	*ya-ḥ*	*ya-d*	*yā*	*ye*	*yāni*	*yāḥ*
[業]	*ya-m*	*ya-d*	*yā-m*	*yān*	*yāni*	*yāḥ*
[具]	*yena*		*ya-yā*	*yaiḥ*		*yā-bhiḥ*
[與]	*ya-smai*		*ya-syai*	*ye-bhyaḥ*		*yā-bhyaḥ*
[從]	*ya-smāt*		*ya-syāḥ*	*ye-bhyaḥ*		*yā-bhyaḥ*
[屬]	*ya-sya*		*ya-syāḥ*	*ye-ṣām*		*yā-sām*
[處]	*ya-smin*		*ya-syām*	*ye-ṣu*		*yā-su*

注意：三性[雙][主][業] *yau, ye, ye*；[具][與][從] *yā-bhyām*；[屬][處] *ya-y-oḥ*。

動詞變位表

現在時人稱語尾

	爲他言			爲自言		
[陳]	[單]	[雙]	[複]	[單]	[雙]	[複]
1.	*mi*	*vas*	*mas*	*e*	*vahe*	*mahe*
2.	*si*	*thas*	*tha*	*se*	*ethe* (I), *āthe* (II)	*dhve*
3.	*ti*	*tas*	*anti, ati* (3)	*te*	*ete* (I), *āte* (II)	*ante, ate* (3)
[未完]						
1.	*am*	*va*	*ma*	*e* (I), *i* (II)	*vahi*	*mahi*
2.	*s*	*tam*	*ta*	*thās*	*ethām* (I), *āthām* (II)	*dhvam*
3.	*t*	*tām*	*an, ur* (3)	*ta*	*etām* (I), *ātām* (II)	*anta, ata* (3)
[命]						
1.	*āni*	*āva*	*āma*	*ai*	*āvahai*	*āmahai*
2.	-(I), *hi* (II)	*tam*	*ta*	*sva*	*ethām* (I), *āthām* (II)	*dhvam*
3.	*tu*	*tām*	*antu, atu* (3)	*tām*	*etām* (I), *ātām* (II)	*antām, atām* (3)
[祈]						
1.(I)	*eyām*	*eva*	*ema*	*eya*	*evahi*	*emahi*
(II)	*yām*	*yāva*	*yāma*	*īya*	*īvahi*	*īmahi*
2.(I)	*es*	*etam*	*eta*	*ethās*	*eyāthām*	*edhvam*
(II)	*yās*	*yātam*	*yāta*	*īthās*	*īyāthām*	*īdhvam*
3.(I)	*et*	*etām*	*eyus*	*eta*	*eyātām*	*eran*
(II)	*yāt*	*yātām*	*yus*	*īta*	*īyātām*	*īran*

注意一：① *-a + m, v > -ām, āv*。

② (3) 表示第三類動詞。

③ (I) 表示第一組動詞，(II) 表示第二組動詞。

④ [命][他] (I) 2°*sg.*, 沒有詞尾；(II) 2°*sg.*, 子音 + *dhi*，母音 + *hi*。

(1, 4, 6, 10) √ *bhū*　　現在時的詞幹 *bhav-a*

[陳]	[單]	[雙]	[複]	[單]	[雙]	[複]
1.	*bhavā-mi*	*bhavā-vaḥ*	*bhavā-maḥ*	*bhav-e*	*bhavā-vahe*	*bhavā-mahe*
2.	*bhava-si*	*bhava-thaḥ*	*bhava-tha*	*bhava-se*	*bhav-ethe*	*bhava-dhve*
3.	*bhava-ti*	*bhava-taḥ*	*bhav-anti*	*bhava-te*	*bhav-ete*	*bhav-ante*
[未完]						
1.	*a-bhav-am*	*a-bhavā-va*	*a-bhavā-ma*	*a-bhav-e*	*a-bhavā-vahi*	*a-bhavā-mahi*
2.	*a-bhava-ḥ*	*a-bhava-tam*	*a-bhava-ta*	*a-bhava-thāḥ*	*a-bhav-ethām*	*a-bhava-dhvam*
3.	*a-bhava-t*	*a-bhava-tām*	*a-bhav-an*	*a-bhava-ta*	*a-bhav-etām*	*a-bhav-anta*
[命]						
1.	*bhav-āni*	*bhav-āva*	*bhav-āma*	*bhav-ai*	*bhav-āvahai*	*bhav-āmahai*
2.	*bhava*	*bhava-tam*	*bhava-ta*	*bhava-sva*	*bhav-ethām*	*bhava-dhvam*
3.	*bhava-tu*	*bhava-tām*	*bhav-antu*	*bhava-tām*	*bhav-etām*	*bhav-antām*
[祈]						
1.	*bhav-eyam*	*bhav-eva*	*bhav-ema*	*bhav-eya*	*bhav-evahi*	*bhav-emahi*
2.	*bhav-eḥ*	*bhav-etam*	*bhav-eta*	*bhav-ethāḥ*	*bhav-eyāthām*	*bhav-edhvam*
3.	*bhav-et*	*bhav-etām*	*bhav-eyuḥ*	*bhav-eta*	*bhav-eyātām*	*bhav-eran*

(2) √ *dviṣ*　　現在時的詞幹 *dveṣ, dviṣ*

[陳]	[單]	[雙]	[複]	[單]	[雙]	[複]
1.	*dveṣ-mi*	*dviṣ-vaḥ*	*dviṣ-maḥ*	*dviṣ-e*	*dviṣ-vahe*	*dviṣ-mahe*
2.	*dvek-ṣi*	*dviṣ-ṭhaḥ*	*dviṣ-ṭha*	*dvik-ṣe*	*dviṣ-āthe*	*dviḍ-ḍhve*
3.	*dveṣ-ṭi*	*dviṣ-ṭaḥ*	*dviṣ-anti*	*dviṣ-ṭe*	*dviṣ-āte*	*dviṣ-ate*
[未完]						
1.	*a-dveṣ-am*	*a-dviṣ-va*	*a-dviṣ-ma*	*a-dviṣ-i*	*a-dviṣ-vahi*	*a-dviṣ-mahi*
2.	*a-dveṭ*	*a-dviṣ-ṭam*	*a-dviṣ-ṭa*	*a-dviṣ-ṭhāḥ*	*a-dviṣ-āthām*	*a-dviḍ-ḍhvam*
3.	*a-dveṭ*	*a-dviṣ-ṭām*	*a-dviṣ-an*	*a-dviṣ-ṭa*	*a-dviṣ-ātām*	*a-dviṣ-ata*
[命]						
1.	*dveṣ-āṇi*	*dveṣ-āva*	*dveṣ-āma*	*dveṣ-ai*	*dveṣ-āvahai*	*dveṣ-āmahai*
2.	*dviḍ-ḍhi*	*dviṣ-ṭam*	*dviṣ-ṭa*	*dvik-ṣva*	*dviṣ-āthām*	*dviḍ-ḍhvam*
3.	*dveṣ-ṭu*	*dviṣ-ṭām*	*dviṣ-antu*	*dviṣ-ṭām*	*dviṣ-ātām*	*dviṣ-atām*
[祈]						
1.	*dviṣ-yām*	*dviṣ-yāva*	*dviṣ-yāma*	*dviṣ-īya*	*dviṣ-īvahi*	*dviṣ-īmahi*
2.	*dviṣ-yāḥ*	*dviṣ-yātam*	*dviṣ-yāta*	*dviṣ-īthāḥ*	*dviṣ-īyāthām*	*dviṣ-īdhvam*
3.	*dviṣ-yāt*	*dviṣ-yātām*	*dviṣ-yuḥ*	*dviṣ-īta*	*dviṣ-īyātām*	*dviṣ-īran*

(3) √*hu*　　現在時的詞幹 *ju-ho, ju-hu*

[陳]	[單]	[雙]	[複]	[單]	[雙]	[複]
1.	*juho-mi*	*juhu-vaḥ*	*juhu-maḥ*	*juhv-e*	*juhu-vahe*	*juhu-mahe*
2.	*juho-ṣi*	*juhu-thaḥ*	*juhu-tha*	*juhu-ṣe*	*juhv-āthe*	*juhu-dhve*
3.	*juho-ti*	*juhu-taḥ*	*juhv-ati*	*juhu-te*	*juhv-āte*	*juhv-ate*
[未完]						
1.	*a-juhav-am*	*a-juhu-va*	*a-juhu-ma*	*a-juhv-i*	*a-juhu-vahi*	*a-juhu-mahi*
2.	*a-juho-ḥ*	*a-juhu-tam*	*a-juhu-ta*	*a-juhu-thāḥ*	*a-juhv-āthām*	*a-juhu-dhvam*
3.	*a-juho-t*	*a-juhu-tām*	*a-juhav-uḥ*	*a-juhu-ta*	*a-juhv-ātām*	*a-juhv-ata*
[命]						
1.	*juhav-āni*	*juhav-āva*	*juhav-āma*	*juhav-ai*	*juhav-āvahai*	*juhav-āmahai*
2.	*juhu-dhi*	*juhu-tam*	*juhu-ta*	*juhu-ṣva*	*juhv-āthām*	*juhu-dhvam*
3.	*juho-tu*	*juhu-tām*	*juhv-atu*	*juhu-tām*	*juhv-ātām*	*juhv-atām*
[祈]						
1.	*juhu-yām*	*juhu-yāva*	*juhu-yāma*	*juhv-īya*	*juhv-īvahi*	*juhv-īmahi*
2.	*juhu-yāḥ*	*juhu-yātam*	*juhu-yāta*	*juhv-īthāḥ*	*juhv-īyāthām*	*juhv-īdhvam*
3.	*juhu-yāt*	*juhu-yātām*	*juhu-yuḥ*	*juhv-īta*	*juhv-īyātām*	*juhv-īran*

(5) √*su*　　現在時的詞幹 *su-no, su-nu*

[陳]	[單]	[雙]	[複]	[單]	[雙]	[複]
1.	*suno-mi*	*sunu-vaḥ*	*sunu-maḥ*	*sunv-e*	*sunu-vahe*	*sunu-mahe*
2.	*suno-ṣi*	*sunu-thaḥ*	*sunu-tha*	*sunu-ṣe*	*sunv-āthe*	*sunu-dhve*
3.	*suno-ti*	*sunu-taḥ*	*sunv-anti*	*sunu-te*	*sunv-āte*	*sunv-ate*
[未完]						
1.	*a-sunav-am*	*a-sunu-va*	*a-sunu-ma*	*a-sunv-i*	*a-sunu-vahi*	*a-sunu-mahi*
2.	*a-suno-ḥ*	*a-sunu-tam*	*a-sunu-ta*	*a-sunu-thāḥ*	*a-sunv-āthām*	*a-sunu-dhvam*
3.	*a-suno-t*	*a-sunu-tām*	*a-sunv-an*	*a-sunu-ta*	*a-sunv-ātām*	*a-sunv-ata*
[命]						
1.	*sunav-āni*	*sunav-āva*	*sunav-āma*	*sunav-ai*	*sunav-āvahai*	*sunav-āmahai*
2.	*sunu*	*sunu-tam*	*sunu-ta*	*sunu-ṣva*	*sunv-āthām*	*sunu-dhvam*
3.	*suno-tu*	*sunu-tām*	*sunv-antu*	*sunu-tām*	*sunv-ātām*	*sunv-atām*
[祈]						
1.	*sunu-yām*	*sunu-yāva*	*sunu-yāma*	*sunv-īya*	*sunv-īvahi*	*sunv-īmahi*
2.	*sunu-yāḥ*	*sunu-yātam*	*sunu-yāta*	*sunv-īthāḥ*	*sunv-īyāthām*	*sunv-īdhvam*
3.	*sunu-yāt*	*sunu-yātām*	*sunu-yuḥ*	*sunv-īta*	*sunv-īyātām*	*sunv-īran*

(7) √*rudh*　　現在時的詞幹 *ru-ṇa-dh, ru-n-dh*

[陳]	[單]	[雙]	[複]	[單]	[雙]	[複]
1.	*ru-ṇa-dh-mi*	*rundh-vaḥ*	*rundh-maḥ*	*rundh-e*	*rundh-vahe*	*rundh-mahe*
2.	*ru-ṇa-t-si*	*rund-dhaḥ*	*rund-dha*	*runt-se*	*rundh-āthe*	*rundh-dhve*
3.	*ru-ṇa-d-dhi*	*rund-dhaḥ*	*rundh-anti*	*rund-dhe*	*rundh-āte*	*rundh-ate*
[未完]						
1.	*a-ru-ṇa-dh-am*	*a-rundh-va*	*a-rundh-ma*	*a-rundh-i*	*a-rundh-vahi*	*a-rundh-mahi*
2.	*a-ru-ṇa-t*	*a-rund-dham*	*a-rund-dha*	*a-rund-dhāḥ*	*a-rundh-āthām*	*a-rundh-dhvam*
3.	*a-ru-ṇa-t*	*a-rund-dhām*	*a-rundh-an*	*a-rund-dha*	*a-rundh-ātām*	*a-rundh-ata*
[命]						
1.	*ru-ṇa-dh-āni*	*ru-ṇa-dh-āva*	*ru-ṇa-dh-āma*	*ru-ṇa-dh-ai*	*ru-ṇa-dh-āvahai*	*ru-ṇa-dh-mahai*
2.	*rund-dhi*	*rund-dham*	*rund-dha*	*runt-sva*	*rundh-āthām*	*rundh-dhvam*
3.	*ru-ṇa-d-dhu*	*rund-dhām*	*rundh-antu*	*rund-dhām*	*rundh-ātām*	*rundh-atām*
[祈]						
1.	*rundh-yām*	*rundh-yāva*	*rundh-yāma*	*rundh-īya*	*rundh-īvahi*	*rundh-īmahi*
2.	*rundh-yāḥ*	*rundh-yātam*	*rundh-yāta*	*rundh-īthāḥ*	*rundh-īyāthām*	*rundh-īdhvam*
3.	*rundh-yāt*	*rundh-yātām*	*rundh-yuḥ*	*rundh-īta*	*rundh-īyātām*	*rundh-īran*

(9) √*krī*　　現在時的詞幹 *krī-ṇā, krī-ṇī, krī-ṇ*

[陳]	[單]	[雙]	[複]	[單]	[雙]	[複]
1.	*krī-ṇā-mi*	*krī-ṇī-vaḥ*	*krī-ṇī-maḥ*	*krī-ṇ-e*	*krī-ṇī-vahe*	*krī-ṇī-mahe*
2.	*krī-ṇā-ṣi*	*krī-ṇī-thaḥ*	*krī-ṇī-tha*	*krī-ṇī-ṣe*	*krī-ṇ-āthe*	*krī-ṇī-dhve*
3.	*krī-ṇā-ti*	*krī-ṇī-taḥ*	*krī-ṇ-anti*	*krī-ṇī-te*	*krī-ṇ-āte*	*krī-ṇ-ate*
[未完]						
1.	*a-krī-ṇā-m*	*a-krī-ṇī-va*	*a-krī-ṇī-ma*	*a-krī-ṇ-i*	*a-krī-ṇī-vahi*	*a-krī-ṇī-mahi*
2.	*a-krī-ṇā-ḥ*	*a-krī-ṇī-tam*	*a-krī-ṇī-ta*	*a-krī-ṇī-thāḥ*	*a-krī-ṇ-āthām*	*a-krī-ṇī-dhvam*
3.	*a-krī-ṇā-t*	*a-krī-ṇī-tām*	*a-krī-ṇ-an*	*a-krī-ṇī-ta*	*a-krī-ṇ-ātām*	*a-krī-ṇ-ata*
[命]						
1.	*krī-ṇ-āni*	*krī-ṇā-va*	*krī-ṇā-ma*	*krī-ṇ-ai*	*krī-ṇā-vahai*	*krī-ṇā-mahai*
2.	*krī-ṇī-hi*	*krī-ṇī-tam*	*krī-ṇī-ta*	*krī-ṇī-ṣva*	*krī-ṇ-āthām*	*krī-ṇī-dhvam*
3.	*krī-ṇā-tu*	*krī-ṇī-tām*	*krī-ṇ-antu*	*krī-ṇī-tām*	*krī-ṇ-ātām*	*krī-ṇ-atām*
[祈]						
1.	*krī-ṇī-yām*	*krī-ṇī-yāva*	*krī-ṇī-yāma*	*krī-ṇ-īya*	*krī-ṇ-īvahi*	*krī-ṇ-īmahi*
2.	*krī-ṇī-yāḥ*	*krī-ṇī-yātam*	*krī-ṇī-yāta*	*krī-ṇ-īthāḥ*	*krī-ṇ-īyāthām*	*krī-ṇ-īdhvam*
3.	*krī-ṇī-yāt*	*krī-ṇī-yātām*	*krī-ṇī-yuḥ*	*krī-ṇ-īta*	*krī-ṇ-īyātām*	*krī-ṇ-īran*

附：常用不規則變化

√ *as* [他] "是"；分詞 *sant*；[陰] *satī*

[單]	[陳]	[未完]	[命]	[祈]
1.	*asmi*	*āsam*	*asāni*	*syām*
2.	*asi*	*āsīḥ*	*edhi*	*syāḥ*
3.	*asti*	*āsīt*	*astu*	*syāt*
[雙]				
1.	*svaḥ*	*āsva*	*asāva*	*ayāva*
2.	*sthaḥ*	*āstam*	*stam*	*syātam*
3.	*staḥ*	*āstām*	*stām*	*syātām*
[複]				
1.	*smaḥ*	*āsma*	*asāma*	*syāma*
2.	*stha*	*āsta*	*sta*	*syāta*
3.	*santi*	*āsan*	*santu*	*syuḥ*

完成時人稱詞尾

[他]	[單]	[雙]	[複]	[自][單]	[雙]	[複]
1.	*a*	(*i*)-*va*	(*i*)-*ma*	*e*	(*i*)-*vahe*	(*i*)-*mahe*
2.	(*i*)-*tha*	*a*-*thus*	*a*	(*i*)-*ṣe*	*āthe*	(*i*)-*dhve*
3.	*a*	*a*-*tus*	*us*	*e*	*āte*	*i*-*re*

附：常用不規則變化

√ *ah* "說" 唯見於完成時，但皆表示現在時的意思。僅有以下幾個形式

	[單]	[雙]	[複]
2.	*āttha*	*āhathuḥ*	
3.	*āha*	*āhatuḥ*	*āhuḥ*

詞 根 表

略號說明：

①. 詞根及動詞的各種時式、語氣、分詞、衍生詞的排列順序及略號：

現在陳述式、[未完] 未完成過去時、[命] 命令式、[祈] 祈願式；[簡完] 簡單完成時、[迂完] 迂迴完成時、[不定過] 不定過去時；[簡未] 簡單未來時 、[迂未] 迂迴未來時；[被] 被動動詞、[過被分] 過去被動分詞；[絕分] 絕對分詞、[不定] 不定詞；[使] 使役動詞、[意] 意欲動詞、[強] 強意動詞；[衍] 衍生詞。

②. 性、數、人稱、語態的略號：

[陽] 陽性、[中] 中性、[陰] 陰性；[單] 單數、[雙] 雙數、[複] 複數；[一] 第一人稱、[二] 第二人稱、[三] 第三人稱；[他] 爲他言、[自] 爲自言。1., 2., 3. 等標示詞根類別。

例 1：

√ *ad* "吃" 2. [他] *admi, atsi, atti;* [三][複] *adanti* / [未完] *ādam, ādaḥ, ādat;* [三][複] *ādan* / [命] *adāni, addhi, attu;* [三][複] *adantu* / [祈] *adyāt* // [未] *atsyati* / [被] *adyate* / [過被分] *jagdha* / [絕分] *jagdhvā* / [不定] *attum* / [使] *ādayati* // [衍] *anna* [中] "食物" //

案：√ *ad* "吃" 2.：表示第二類動詞。

[他] *admi, atsi, atti*：現在陳述式爲他言單數第一、二、三人稱。

例 2：

√ 2 *aś* "吃" 9. [他] *aśnāti* / [命] *aśnāni, aśāna, aśnātu* / [祈] *aśnīyāt* // [簡完] *āśa* / [不定過][iṣ] *āśīt* / [簡未] *aśiṣyati* / [被] *aśyate* / [過被分] *aśita* / [絕分] *aśitvā* / [

不定] *aśitum* / [使] *āśayati* / [意] *aśiśiṣati* // [衍] *aśana* [中] "食物" //

案：√ 2 *aś*：表示同爲 *aś* 詞根者，有一個以上；但類別及詞義則有異。

9.：表第九類動詞。

[他] *aśnāti*：現在陳述式爲他言第三人稱單數。

[命] *aśnāni, aśāna, aśnātu*：命令式單數第一、二、三人稱。

[不定] *aśitum*：不定詞。

[使] *āśayati*：使役動詞第三人稱單數。

[衍] *aśana* [中] "食物"：衍生詞中性。

A

√ *añc* 或 √ *ac* "彎曲" 1. [他] *añcati* // [被] *acyate* / [過被分] *añcita* / [使] *añcayati* // [衍] *aṅga* [中] "肢"; *paryaṅka* [陽] "跏趺" //

√ *añj* "塗油" 7. [他] *anakti* / [未完] *ānak* / [命] *anaktu* / [祈] *añjyāt* // [被] *ajyate* / [過被分] *akta* / [使] *añjayati* // [衍] *añjana* [中] "安繕那、眼藥"; *añjali* [陽] "合掌" //

√ *ad* "吃" 2. [他] *admi, atsi, atti;* [三][複] *adanti* / [未完] *ādam, ādaḥ, ādat;* [三][複] *ādan* / [命] *adāni, addhi, attu;* [三][複] *adantu* / [祈] *adyāt* // [未] *atsyati* / [被] *adyate* / [過被分] *jagdha* / [絕分] *jagdhvā* / [不定] *attum* / [使] *ādayati* // [衍] *anna* [中] "食物" //

√ *an* "呼吸" 2. [他] *aniti* // [未完] *ānam, ānaḥ* 或 *ānīḥ, ānat* 或 *ānīt* / [命] *anāni, anihi* / [祈] *anyāt* // [使] *ānayati* // [衍] *āna* [陽] "入息"; *ānāpāna* [陽] "入出息、安那般那" //

√ 1 *aś* 或 √ *aṅś* "達成" 5. *aśnoti, aśnute* / [未完][自] *āśnuvi, āśnuthāḥ, āśnuta* / [命][自] *aśnavai, aśnuṣva, aśnutām* / [祈][自] *aśnuvīta* // [完][他] *ānaṃśa,* [自] *ānaśe* // [衍] *aśva* [陽] "馬"; *aśru* [陽中] "淚" //

√ 2 *aś* "吃" 9. [他] *aśnāti* / [命] *aśnāni, aśāna, aśnātu* / [祈] *aśnīyāt* // [簡完] *āśa* / [不定過][iṣ] *āśīt* / [簡未] *aśiṣyati* / [被] *aśyate* / [過被分] *aśita* / [絕分] *aśitvā* / [不定] *aśitum* / [使] *āśayati* / [意] *aśiśiṣati* // [衍] *aśana* [中] "食物" //

√ 1 *as* "是" 2. [他][單] *asmi, asi, asti;* [雙] *svaḥ, sthaḥ, staḥ;* [複] *smaḥ, stha, santi* / [未完][單] *āsam, āsīḥ, āsīt;* [雙] *āsva, āstam, āstām;* [複] *āsma, āsta, āsan* / [命][單] *asāni, edhi, astu;* [雙] *asāva, stam, stām;* [複] *asāma, sta, santu* / [祈][單] *syām, syāḥ, syāt;* [雙] *syāva, syātam, syātām;* [複] *syāma, syāta, syuḥ* // [簡完][單] *āsa, āsitha, āsa;* [雙] *āsiva, āsathuḥ, āsatuḥ;* [複] *āsima, āsa, āsuḥ* // [衍] *asu* [陽] "生命"; *sārdhāṃ nyasati* "共住" //

√ 2 *as* "投" 4. [他] *asyati* // [簡完] *āsa, āsitha* 其餘同 √ *as* "是" / [不定過] [a] *āsthat;* [不定過][被] *āsi* / [簡未] *asiṣyati* / [被] *asyate* / [過被分] *asta* / [使] *āsayati* // [衍] *astra* [陽中] "矢"; *vyasana* [中] "惡習" //

Ā

√ *āp* "獲得" 5. [他] *āpnoti* / [未完] *āpnot* / [命] *āpnavāni, āpnuhi, āpnotu* / [祈] *āpnuyāt* // [簡完] *āpa* / [不定過][a] *āpat* / [簡未] *āpsyati* / [被] *āpyate* / [過被分] *āpta* / [絕分] *āptvā, °āpya* / [不定] *āptum* / [使] *āpayati* / [意] *īpsati* // [衍] *āpta* [過被分] "繫"：*kāmadhātvāpta* [形] "欲界繫" //

√ *ās* "坐" 2. [自] *āste* / [未完] *āsta* / [命] *āstām* / [祈] *āsīta* // [迂完] *āsāṃcakre* / [簡未] *āsiṣyate* / [被] *āsyate* / [過被分] *āsita* / [現分] *āsīna* / [不定] *āsitum* // [衍] *āsana* [中] "坐席" //

I

√ *i,* √ *ī,* √ *ay* "去" 2. [他][單] *emi, eṣi, eti;* [一][雙] *ivaḥ;* [三][複] *yanti* / [未完] [單] *āyam, aiḥ, ait;* [一][雙] *aiva;* [三][複] *āyan* / [命][單] *ayāni, ihi, etu;* [一][雙] *ayāva;* [三][複] *yantu* / [祈] *iyāt* // [簡完][單] *iyāya, iyetha, iyāya;* [一][雙] *īyiva;* [三][複] *īyuḥ* / [簡未] *eṣyati;* [迂未] *etā* / [被] *īyate* / [過被分] *ita* / [絕分] *itvā, °itya* / [不定] *etum* / [使] *āyayati* // [衍] *ayana* [中] "道路"; *āyu, āyus* [中] "命" //

adhi-√ *i* "閱讀" 2. [自] *adhīte* / [未完][三][單] *adhyaita;* [三][雙] *adhyaiyātām;* [三][複] *adhyaiyata* / [命][單] *adhyayai, adhīṣva, adhītām;* [雙] *adhyayāvahai, adhīyāthām, adhīyātām;* [複] *adhyayāmahai, adhīdhvam, adhīyatām* / [祈] *adhīyita* // [不定過][s][三][單] *adhyaiṣṭa;* [三][雙] *adhyaiṣātām;* [三][複] *adhyaiṣata* / [簡未] *adhyeṣyate* / [被] *adhīyate* / [過被分] *adhīta* / [使] *adhyāpayati* // [衍] *adhyāpaka*

[陽] "老師"; *adhyāya* [陽] "章、品" //

√ *idh* 或 √ *indh* "點燃" 7. [自][三][單] *inddhe;* [三][複] *indhate* / [未完] *ainddha* / [命] *inadhai, intsva, inddhām* / [祈] *indhīta* // [簡未] *indhiṣyate* / [被] *idhyate* / [過被分] *iddha* // [衍] *indhana* [中] "薪" //

√ *iṣ* "希求" 6. [他] *icchati* / [未完] *aicchat* // [簡完][單] *iyeṣa, iyeṣitha, iyeṣa;* [一][雙] *īṣiva;* [三][複] *īṣuḥ* / [不定過][iṣ] *aiṣīt* / [簡未] *eṣiṣyati* / [被] *iṣyate* / [過被分] *iṣṭa* / [不定] *eṣṭum* / [使] *eṣayati* // [衍] *icchā* [陰] "欲望"; *eṣaṇā* [陰] "希求" //

Ī

√ *īkṣ* "看" 1. [自] *īkṣate* / [未完] *aikṣata* // [迂完] *īkṣāṃcakre* / [不定過][iṣ] *aikṣiṣṭa;* [不定過][被] *aikṣi* / [簡未] *īkṣiṣyate* / [被] *īkṣyate* / [過被分] *īkṣita* / [不定] *īkṣitum* / [使] *īkṣayati* // [衍] *īkṣaṇa* [中] "見"; *īkṣikā* [陰] "觀察" //

U

√ *uṣ* "燃" 1. [他] *oṣati* / [未完] *auṣat* // [不定過][iṣ] *auṣīt* / [被] *uṣyate* / [過被分] *uṣṭa* // [衍] *uṣṇa* [中] "熱、暖"; *uṣman* [陽] "熱、暖" //

Ṛ

√ *ṛ,* √ *ṛch* "去" 6. [他] *ṛcchati* / [未完] *ārchat* // [簡完][單] *āra, āritha, āra;* [一][雙] *āriva;* [三][複] *āruḥ* / [過被分] *ṛta* / [使] *arpayati* // [衍] *ratha* [陽] "車"; *ari* [陽] "敵人" //

E

√ *edh* "增長" 1. [自] *edhate* / [未完] *aidhata* / [命] *edhatām* / [祈] *edheta* // [迂完] *edhāmāsa* / [過被分] *edhita* / [不定] *edhitum* / [使] *edhayati* / [意] *edidhiṣate* // [

衍] *edhatu* [陽陰] "幸福"; *edhas* [中] "幸福" //

K

√ *kam* "貪愛" [自] (沒有現在時) // [簡完] *cakame* 或 [迂完] *kāmayāṃcakre* / [簡末] *kāmayiṣyate* / [過被分] *kānta* / [使] *kāmayate* // [衍] *kāma* [陽] "貪愛"; *kamanīya* [形] "可愛" //

√ *kāś* "照耀" 1. [自] *kāśate* // [簡完] *cakāśe* / [過被分] *kāśita* / [使] *kāśayate* // [衍] *kāśyapa* [陽] "飲光、迦葉"; *ākāśa* [陽中] "虛空" //

√ *kṛ* "做" 8. *karomi, karoṣi, karoti; kurvaḥ, kuruthaḥ, kurutaḥ; kurmaḥ, kurutha, kurvanti* / [未完][單] *akaravam, akaroḥ, akarot;* [一][雙] *akurva;* [三][複] *akurvan*/ [命][單] *karavāṇi, kuru, karotu;* [一][雙] *karavāva;* [三][複] *kurvantu* / [祈] *kuryāt* // [簡完][他] *cakāra* / [不定過][s][單] *akārṣam, akārṣīḥ, akārṣīt;* [雙] *akārṣva, akārṣṭam, akārṣṭām;* [複] *akārṣma, akārṣṭa, akārṣuḥ* / [簡末] *kariṣyati;* [迂末] *kartā* // [自] *kurve, kuruṣe, kurute;* [一][雙] *kurvahe;* [三][複] *kurvate* / [未完][單] *akurvi, akuruthāḥ, akuruta;* [一][雙] *akurvahi;* [三][複] *akurvata*/ [命][單] *karavai, kuruṣva, kurutām;* [一][雙] *karavāvahai;* [三][複] *kurvatām* / [祈] *kurvīta* // [簡完] *cakre* / [不定過][s][單] *akṛṣi, akṛthāḥ, akṛta;* [一][雙] *akṛṣvahi;* [三][複] *akṛṣata;* [不定過][重] *acīkarat;* [不定過][被] *akāri* / [簡末] *kariṣyate* / [被] *kriyate* / [過被分] *kṛta* / [絕分] *kṛtvā, °kṛtya* / [不定] *kartum* / [使] *kārayati* / [意] *cikīrṣati* // [衍] *kārya* [中] "事業"; *kāraṇa* [中] "原因" //

√ *kṛt* "切" 6. [他] *kṛntati* // [簡完] *cakarta* / [簡末] *kartiṣyati* / [被] *kṛtyate* / [過被分] *kṛtta* / [使] *kartayati* / [意] *cikartiṣati* // [衍] *kartana* [中] "切斷"; *kṛntana* [中] "切離" //

√ *kṛṣ* "拉" 1. [他] *karṣati;* "犁地" 6. [他] *kṛṣati* // [簡完] *cakarṣa, cakarṣitha, cakarṣa; cakṛṣiva* / [簡末] *krakṣyati* / [被] *kṛṣyate* / [過被分] *kṛṣṭa* / [絕分] *kṛṣṭvā,*

°*kṛṣya* / [不定] *kraṣṭum* / [使] *karṣayati* // [衍] *karṣaka* [陽] "農夫"; *karṣū* [陰] "溝、畦" //

√ *kṝ*, √ *kir* "散播" 6. [他] *kirati* // [簡完] *cakāra* / [簡未] *kariṣyati* / [被] *kīryate* / [過被分] *kīrṇa* / [絕分] °*kīrya* // [衍] *kiraṇa* [陽] "塵、光線" //

√ *kḷp* "能夠" 1. [自] *kalpate* // [簡完] *cakḷpe* / [簡未] *kalpiṣyate* / [過被分] *kḷpta* / [使] *kalpayati* / [不定過] *acīkḷpat* // [衍] *kalpa* [形] "如、同": *māyamarīcyudaka-candrakalpa* "如幻、焰、水中月"; *karpanā* [陰] "妄分別" //

√ *kram* "越過" 1. *krāmati, kramate* // [簡完] *cakrāma, cakrame* / [不定過][iṣ] *akramīt* / [簡未] *kramiṣyati*, °*te* / [被] *kramyate* / [過被分] *krānta* / [絕分] *krāntvā*, °*kramya* / [使] *kramayati* 或 *krāmayati* / [意] *cikramiṣati* / [強] *caṅkramīti*, °*myate* // [衍] *krama* [陽] "進"; *caṅkrama* [陽] "經行" //

√ *krī* "買" 9. *krīṇāti, krīṇīte* // [簡完] *cikrāya* / [簡未] *kreṣyati, kreṣyate* / [被] *krīyate* / [過被分] *krīta* / [絕分] *krītvā*, °*krīya* / [不定] *kretum* / [意] *cikrīṣate* // [衍] *kraya* [陽] "買"; *kretṛ* [陽] "買者" //

√ *kṣaṇ* "殺" 8. *kṣaṇoti, kṣaṇute* // [過被分] *kṣata* // [衍] *kṣaṇana* [中] "損傷"; *kṣati* [陰] "害" //

√ *kṣi*, √ *kṣī* "破壞" 5. [他] *kṣiṇoti* // [被] *kṣīyate* / [過被分] *kṣita* / [使] *kṣayayati* 或 *kṣapayati* // [衍] *kṣaya* [陽] "滅除"; *kṣapaṇa* [中] "破壞" //

√ *kṣip* "投" 6. *kṣipati, kṣipate* / [命] *kṣipāṇi, kṣipai* // [簡完] *cikṣepa, cikṣipe* / [簡未] *kṣepsyati, kṣepsyate* / [被] *kṣipyate* / [過被分] *kṣipta* / [絕分] *kṣiptvā*, °*kṣipya* / [不定] *kṣeptum* / [使] *kṣepayati* / [意] *cikṣipsati* // [衍] *kṣipra* [形] "速疾"; *kṣepa* [陽] "投擲" //

√ *kṣubh* "動搖" 6. *kṣubhyati, kṣubhyate* // [簡完] *cukṣobha, cukṣubhe* / [過被分] *kṣubdha* 或 *kṣubhita* / [使] *kṣobhayati, kṣobhayate* // [衍] *kṣobha* [陽] "動搖"; *kṣobhaṇa* [形] "震動的" //

KH

√ *khan*, √ *khā* "掘" 1. *khanati, khanate* // [簡完] *cakhāna;* [三][複] *cakhnuḥ* / [簡未] *khaniṣyati* / [被] *khanyate* 或 *khāyate* / [過被分] *khāta* / [絕分] *khātvā* 或 *khanitvā*, °*khāya* / [不定] *khanitum* / [使] *khānayati* // [衍] *kha* [中] "孔"; *khanana* [中] "掘地" //

√ *khād* "吃" 1. [他] *khādati* // [簡完] *cakhāda* / [簡未] *khādiṣyate* / [被] *khādyate* / [過被分] *khādita* / [使] *khādayati* / [意] *cikhādiṣati* // [衍] *khāda* [陽] "食物"; *khādya* [中] "食物、膳" //

√ *khyā* "見、顯現、說" 2. [他] *khyāti* / [命][二][單] *khyāhi*, [三][單] *khyātu* // [簡完] *cakhyau;* [三][複] *cakhyuḥ* / [不定過][a] *akhyat* / [簡未] *khyāsyati* / [被] *khyāyate* / [過被分] *khyāta* / [絕分] °*khyāya* / [不定] *khyātum* / [使] *khyāpayati*, °*te* / [意] *cikhyāsati* // [衍] *khyāti* [陰] "顯現"; *khyāna* [中] "知覺" //

G

√ *gad* "說" 1. [他] *gadati* // [簡完] *jagāda* / [簡未] *gadiṣyati* / [被] *gadyate* / [過被分] *gadita* / [不定] *gaditum* / [使] *gādayati* / [意] *jigadiṣati* / [強] *jāgadyate* // [衍] *gada* [陽] "言語"; *gadya* [中] "長行" //

√ *gam*, √ *gach* "去" 1. [他] *gacchati* // [簡完] *jagāma* / [不定過][a] *agamat* / [簡未] *gamiṣyati;* [迂未] *gantā* / [被] *gamyate* / [過被分] *gata* / [絕分] *gatvā*, °*gamya* 或 °*gatya* / [不定] *gantum* / [使] *gamayati* / [意] *jigamiṣati* / [強] *jaṅganti; jaṅgamyate* // [衍] *gati* [陰] "趣、所歸趣"; *gamana* [中] "趣向" //

√ *gā*, √ *gai* "唱歌" 1. *gāyati*, °*te* // [簡完] *jagau, jage* / [不定過][siṣ] *agāsīt* / [簡未] *gāsyati* / [被] *gīyate* / [過被分] *gīta* / [絕分] *gītvā*, °*gīya* / [不定] *gātum* / [使] *gāpayati* // *gāya* [陽] "歌"; *geya* [中] "祇夜" //

√ *gāh* "跳入" 1. [自] *gāhate* // [簡完] *jagāhe* / [簡未] *gāhiṣyate* / [被] *gāhyate* / [過被

分] *gāḍha* 或 *gāhita* / [絕分] °*gāhya* / [使] *gāhayati* // [衍] *gambhīra* [形] "深、甚深"; *gahana* [中] "深林、稠林" //

√ *guh* "隱藏" 1. *gūhati*, °*te* // [簡完] *jugūha*/ [不定過][sa] *aghukṣat* / [被] *guhyate* / [過被分] *gūḍha* / [絕分] °*guhya* / [不定] *gūhitum* / [使] *gūhayati* // [衍] *guhā* [陰] "洞、窟、龕"; *guhya* [中] "祕密"：*guhyamantra* [陽] "密語" //

√ *grath* 或 √ *granth* "綁" 9. [他] *grathnāti* // [被] *grathyate* / [過被分] *grathita* / [絕分] °*grathya* / [使] *grathayati* 或 *granthayati* // *grantha* [陽] "書"：*prakaraṇa-grantha* [陽] "品類足論"; *granthi* [陽] "結、縛" //

√ *grah*, √ *grabh* "取" 9. *gṛhṇāti*, *gṛhṇīte* / [命] *gṛhāṇa*, *gṛhṇātu* // [簡完] *jagrāha*, *jagṛhe* / [不定過][iṣ] *agrahīt*, *agrahīṣṭa*; [重] *ajīgrahat* / [簡未] *grahīṣyati*, °*te*; [迂未] *grahītā* / [被] *gṛhyate* / [過被分] *gṛhīta* / [絕分] *gṛhītvā*, °*gṛhya* / [不定] *grahītum* / [使] *grāhayati*, °*te* / [意] *jighṛkṣati*, °*te* // *graha* [形] "取著、染著"; *grahaṇa* [中] "攝受、執持" //

√ *glai*, √ *glā* "疲倦" 1. [他] *glāyati* // [過被分] *glāna* / [使] *glāpayati* 或 *glapayati* // *glāna* [中] "疾病、有病之人"; *glānya* [中] "體力衰減、病" //

GH

√ *ghuṣ* "宣說、鳴叫" 1. *ghoṣati*, °*te* // [被] *ghuṣyate* / [過被分] *ghuṣṭa* / [絕分] °*ghuṣya* / [使] *ghoṣayati* // *ghoṣa* [陽] "音、聲"; *ghoṣaṇa* [陽中] "宣告" //

√ *ghrā* "嗅" 1. [他] *jighrati* // [簡完] *jagrau* / [被] *ghrāyate* / [過被分] *ghrāta* / [使] *ghrāpayati* // *ghrāṇa* [中] "鼻"; *ghrāti* [陰] "嗅、嗅覺" //

C

√ *cakṣ* "見" 2. [自][單] *cakṣe*, *cakṣe*, *caṣṭe*; [複] *cakṣmahe*, *caḍḍhve*, *cakṣate* // [簡完] *cacakṣe* / [簡未] *cakṣyate* / [絕分] °*cakṣya* / [不定] *caṣṭum* / [使] *cakṣayati* //

cakṣus [中] "眼"; *cakṣan* [中] "眼" //

√ *car* "行" 1. [他] *carati* // [簡完] *cacāra, cacartha;* [三][複] *ceruḥ* / [不定過][重] *acīcarat* / [簡未] *cariṣyati* / [被] *caryate* / [過被分] *carita* / [絕分] *caritvā, °carya* / [不定] *caritum* / [使] *cārayati* // *cakra* [中] "輪"; *cara* [陽] "間諜" //

√ *cal* "移動" 1. [他] *calati* // [簡完] *cacāla;* [三][複] *celuḥ* / [簡未] *caliṣyati* / [過被分] *calita* / [不定] *calitum* / [使] *calayati* 或 *cālayati* / [意] *cicaliṣati* // *cala* [形] "動搖、遷流"; *calana* [中] "動搖、不安定" //

√ *ci* "集起" 5. *cinoti, cinute* // [簡完] *cikāya, cikye* / [簡未] *ceṣyati, °te;* [迂未] *cetā* / [被] *cīyate* / [過被分] *cita* / [絕分] *citvā, °citya* / [不定] *cetum* / [使] *cāyayate* / [意] *cikīṣate* 或 *cicīṣati* // *kāya* [陽] "身"; *caya* [陽] "集、聚" //

√ *cint* "思量" 10. [他] *cintayati* // [迂完] *cintayāmāsa* / [被] *cintyate* / [過被分] *cintita* / [絕分] *cintayitvā, °cintya* // *cintā* [陰] "思量"; *cintana* [中] "思" //

√ *cur* "偷" 10. [他] *corayati* // [迂完] *corayāṃcakāra* / [不定過][重] *acūcurat* / [被] *coryate* / [過被分] *corita* // *cora* [陽] "賊": *corakāntāra* [陽] "怨賊難" //

CH

√ *chid* "切" 7. *chinatti;* [三][複] *chindanti* // [簡完] *ciccheda, cicchide* / [不定過][a] *acchidat;* [s] *acchaitsīt*/ [簡未] *cchetsyati, °te* / [被] *chidyate* / [過被分] *chinna* / [絕分] *chittvā, °chidya* / [不定] *chettum* / [使] *chedayati* // *chidra* [中] "孔"; *cheda* [陽] "斬、截" //

J

√ *jan*, √ *jā* "生" 4. [自] *jāyate* // [簡完] *jajñe* / [不定過][iṣ] *ajaniṣṭa;* [重] *ajījanat/* [簡未] *janiṣyate;* [迂未] *janitā* / [過被分] *jāta* / [使] *janayati, °te* / [意] *jijaniṣate* // *jana* [陽] "人、眾生"; *janaka* [陽] "父" //

√ *jāgṛ* "醒" 2. [他][單] *jāgarti;* [雙] *jāgṛtaḥ;* [複] *jāgrati* / [未完][單] *ajāgaram, ajāgaḥ, ajāgaḥ;* [雙] *ajāgṛtām;* [複] *ajāgaruḥ* / [命][單] *jāgarāṇi, jāgṛhi, jāgartu* // [簡完] *jajāgāra;* [迂完] *jāgarāmāsa* / [簡未] *jāgariṣyati* / [過被分] *jāgarita* / [使] *jāgarayati* //

√ *ji* "勝" 1. [他] *jayati* // [簡完][三][單] *jigāya;* [一][雙] *jigyiva;* [三][複] *jigyuḥ* / [不定過][ṣ] *ajaiṣīt* / [簡未] *jeṣyati* / [被] *jīyate* / [過被分] *jita* / [絕分] *jitvā, °jitya* / [不定] *jetum* / [使] *jāpayati* / [意] *jigīṣati* // *jina* [陽] "勝者"; *jetṛ* [陽] "祇陀"：*jetavana* [中] "勝林、誓多林、祇樹林" //

√ *jīv* "活" 1. [他] *jīvati* // [簡完][三][單] *jijīva;* [三][複] *jijīvuḥ* / [不定過][iṣ] *ajīvīt* / [簡未] *jīviṣyati* / [被] *jīvyate* / [過被分] *jīvita* / [絕分] *°jīvya* / [不定] *jīvitum* / [使] *jīvayati* / [意] *jijīviṣati* // *jīva* [陽] "命、壽"; *jīvita* [中] "生命": *jīvitād vyaparopayati* "奪命、斷命" //

√ *jṝ* "老化" 4. [他] *jīryati* // [簡完] *jajāra* / [被] *jīryate* / [過被分] *jīrṇa* / [使] *jarayati* // *jarā* [陰] "老、耆年"; *jarat* [陽] "老人" //

√ *jñā* "了知" 9. *jānāti, jānīte* // [簡完] *jajñau, jajñe* / [不定過][ṣ] *ajñāsīt* / [簡未] *jñāsyati;* [迂未] *jñātā* / [被] *jñāyate* / [不定過][root] *ajñāyi* / [過被分] *jñāta* / [絕分] *jñātvā, °jñāya* / [不定] *jñātum* / [使] *jñāpayati, °te* 或 *jñapayati, °te;* [使][過被分] *jñāpita* 或 *jñapta* / [意] *jijñāsate* // *jñapti* [陰] "白"：*jñaptikarman* [中] "白羯磨"; *jñāna* [中] "智慧" //

T

√ *tan* 或 √ *tā* "擴張" 8. *tanoti, tanute* // [簡完] *tatāna, tene* / [被] *tanyate* 或 *tāyate* / [過被分] *tata* / [絕分] *tatvā, °tāya* 或 *°tatya* / [使] *tānayati* // *tanaya* [陽] "子"; *tantra* [中] "本續" //

√ *tap* "熱" 1. *tapati, °te* 或 4. *tapyati, °te* // [簡完] *tatāpa, tepe* / [簡未] *tapsyati* / [被

] *tapyate* / [過被分] *tapta* / [絕分] *taptvā, °tapya* / [不定] *taptum* / [使] *tāpayati* // *tapas* [中] "苦行"; *tapana* [陽] "炎熱地獄" //

√ *tud* "打" 6. *tudati, °te* // [簡完] *tutoda* /[被] *tudyate* / [過被分] *tunna* / [使] *todayati* // *todana* [中] "刺痛"; *tottra* [中] " (驅趕家畜的) 棍棒" //

√ *tṛp* "滿足" 4. [他] *tṛpyati* // [簡完][三][單] *tatarpa;* [一][雙] *tatṛpiva* / [過被分] *tṛpta* / [使] *tarpayati* / [不定過][重] *atitṛpat* // *tṛpti* [陰] "滿足"; *tarpaṇa* [中] "能恢復體力的物質、飯、乳糜" //

√ *tṝ,* √ *tir,* √ *tur* "越過" 1. [他] *tarati* 或 6. [自] *tirate* // [簡完] *tatāra;* [三][複] *teruḥ* / [不定過][s] *atārṣīt;* [iṣ]*atārīt* / [簡未] *tariṣyati, °te* / [過被分] *tīrṇa* / [絕分] *tīrtvā, ° tīrya* / [不定] *tartum, taritum, tarītum* / [使] *tārayati, °te* / [意] *titīrṣati* // *taraṇa* [中] "通過"; *taruṇa* [形] "柔軟的" //

√ *tyaj* "捨棄" 1. *tyajati, °te* // [簡完] *tatyāja, tatyaje* / [不定過][s] *atyākṣīt* / [簡未] *tyakṣyati, °te* 或 *tyajiṣyati, °te* / [被] *tyajyate* / [過被分] *tyakta* / [絕分] *tyaktvā, ° tyajya* / [使] *tyājayati* / [意] *tityakṣati* // *tyāga* [陽] "施與"; *tyajana* [中] "厭捨" //

√ *tras* "驚怖" 1. [他] *trasati* 或 4. [自他] *trasyati. °te* //[簡完] *tatrāsa;* [三][複] *tatrasuḥ* 或 *tresuḥ* / [簡未] *trasiṣyati* / [過被分] *trasta* / [使] *trāsayati* // *trasana* [中] "怖畏"; *trāsa* [陽] "怖畏" //

√ *tvar* "速疾" 1. [自] *tvarate* // [簡完] *tatvare* / [過被分] *tvarita* / [使] *tvarayati* // *tvarā* [陰] "急速"; *tvarita* [中] "急速" //

D

√ *daṃś,* √ *daś* "咬" 1. [他] *daśati* // [簡完] *dadaṃśa* / [簡未] *daśiṣyati* / [被] *daśyate* / [過被分] *daṣṭa* / [絕分] *daṃṣṭvā, °daśya* / [使] *daṃśayati* // *daṃśa* [陽] "蚊"; *daṃṣṭra* [陽] "牙" //

√ *dah* "燒" 1. [他] *dahati* // [簡完][二][單] *dehitha* 或 *dadagdha;* [三][單] *dadāha* / [

不定過][s] *adhākṣīt* / [簡未] *dhakṣyati* / [被] *dahyate* / [過被分] *dagdha* / [絕分] *dagdhvā, °dahya* / [不定] *dagdhum* / [使] *dāhayati* / [意] *didhakṣati* // *dahana* [中] "燃燒"; *dāha* [陽] "熱、燒" //

√ *dā*, √ *dad* "給" 3. *dadāti, datte* // [簡完] *dadau, dade* / [不定過][s] (為他言用 [root]) *adāt*; (為自言詞尾前的 *ā* > *i*) *adita*, [三][複] *adiṣata* / [簡未] *dāsyati, °te*; [迂未] *dātā* / [被] *dīyate* / [過被分] *datta* / [絕分] *dattvā, °dāya* / [使] *dāpayati* / [意] *ditsati* // *dāna* [中] "布施、檀那"; *dātṛ* [陽] "施者" //

√ *div*, √ *dīv* "遊戲" 4. [他] *dīvyati* // [不定過][iṣ] *adevīt* / [簡未] *deviṣyati* / [過被分] *dyūta* / [不定] *devitum* / [使] *devayati* // *dīvana* [中] "賭博"; *devana* [中] "賭博" //

√ *diś* "指示" 6. *diśati, °te* // [簡完] *dideśa, didiśe* / [不定過][sa] *adikṣat* / [簡未] *dekṣyati, °te* / [被] *diśyate* / [過被分] *diṣṭa* / [絕分] *°diśya* / [不定] *deṣṭum* / [使] *deśayati* / [意] *didikṣati* // *diś* [陰] "方向"; *deśa* [陽] "處所、邊境" //

√ *dih* "塗敷" 2. [單] *dehmi, dhekṣi, degdhi*; [雙] *dihvaḥ, digdhaḥ, digdhaḥ*; [複] *dihmaḥ, digdha, dihanti* / [自][單] *dihe, dhikṣe, digdhe*; [雙] *dihvahe, dihāthe, dihāte*; [複] *dihmahe, dhigdhve, dihate* / [未完][單] *adeham, adhek, adhek*; [雙] *adihva, adigdham, adigdhām*; [複] *adihma, adigdha, adihan* / [自][單] *adihi, adigdhāḥ, adigdha*; [雙] *adihvahi, adihāthām, adihātām*; [複] *adihmahi, adhigdhvam, adihata* / [命][單] *dehāni, digdhi, degdhu*; [雙] *dehāva, digdham, digdhām*; [複] *dehāma, digdha, dihantu* / [自][單] *dehai, dhikṣva, digdhām*; [雙] *dehāvahai, dihāthām, dihātām*; [複] *dehāmahai, dhigdhvam, dihatām* / [祈][他] *dihyāt*; [自] *dihīta* // [簡完][他] *dideha*; [自] *didihe* / [被] *dihyate* / [過被分] *digdha* / [絕分] *°dihya* / [使] *dehayati* // *deha* [陽中] "身體"; *dehī* [陰] "城壘" //

√ *duh* "擠奶" 2. [類似 √ *dih*] *dogdhi* / [未完] *adhok* / [命] *dogdhu* / [祈][他] *duhyāt* // [簡完][他] *dudoha*; [自] *duduhe* / [不定過][sa] *adhukṣat, adhukṣata* [重] *adūduhat* / [簡未] *dhokṣyate* / [被] *duhyate* / [過被分] *dugdha* / [絕分] *dugdhvā* / [

不定] *dogdhum* / [使] *dohayati* / [意] *dudhukṣati* // *duhitṛ* [陰] "女人"; *dohana* [中] "擠乳" //

√ *dṛś* "見" 1. [他] *paśyati* // [簡完][單] *dadarśa;* [三][複] *dadṛśuḥ* / [不定過][s] *adrākṣīt;* [root] *adarśat;* [重] *adīdṛśat* / [簡未] *drakṣyati;* [迂未] *draṣṭā* / [被] *dṛśyate* / [過被分] *dṛṣṭa* / [絕分] *dṛṣṭvā,* °*dṛśya* / [不定] *draṣṭum* / [使] *darśayati* / [意] *didṛkṣate* // *darśana* [中] "觀視"; *dṛṣṭi* [陰] "見" //

√ *dyut* "照耀" 1. [自] *dyotate* // [簡完] *didyute* / [不定過][a] *adyutat* / [使] *dyotayati* // *dyuti* [陰] "光輝"; *dyoti* [陰] "光輝" //

√ *dru* "跑" 1. [他] *dravati* // [簡完][單] *dudrāva, dudrotha, dudrāva;* [一][雙] *dudruva* / [不定過][重] *adudruvat* / [過被分] *druta* / [絕分] °*drutya* / [不定] *drotum* / [使] *drāvayati* // *drava* [陽] "騰躍"; *dravya* [中] "實有、實物" //

√ *druh* "傷害" 4. [他] *druhyati* // [簡完][單] *dudroha, dudrohitha, dudroha;* [一][雙] *dudruhiva* / [不定過][a] *adruhat* / [過被分] *dugdha* // *druh* [陰] "傷害"; *droha* [陽] "傷害" //

√ *dviṣ* "恨" 2. [他] *dveṣṭi* // [過被分] *dviṣṭa* / [不定] *dveṣṭum* / [使] *dveṣayati* // *dviṣ* [陰] "敵意"; *dveṣa* [陽] "憎惡、瞋恚" //

√ *dhā,* √ *dadh* "放置" 3. [單] *dadhāti;* [雙] *dhattaḥ;* [複] *dadhati* / [自][單] *dhatte;* [雙] *dadhāte;* [複] *dadhate* / [未完][單] *adadhāt;* [雙] *adhattām;* [複] *adadhuḥ* / [自][單] *adhatta;* [雙] *adadhātām;* [複] *adadhata* / [命][單] *dadhāni, dhehi, dadhātu;* [雙] *dhattām;* [複] *dadhatu* / [自][單] *dadhai, dhatsva, dhattām;* [雙] *dadhātām;* [複] *dadhatām* / [祈][他] *dadhyāt;* [自] *dadhīta* // [簡完][他] *dadhau;* [自] *dadhe* / [不定過] (爲他言用[root]) *adhāt;* (爲自言詞尾前的 *ā* > *i*) *adhita;* [不定過][被] *adhāyi* / [簡未] *dhāsyati,* °*te* / [被] *dhīyate* / [過被分] *hita* / [絕分] °*dhāya* / [不定] *dhātum* / [使] *dhāpayati* / [意] *dhitsati* // *dhātu* [陽] "界"; *praṇidhāna* [中] "誓願、本願" //

√ *dhāv* "跑、洗" 1. *dhāvati, °te* // [簡完] *dadhāva* / [被] *dhāvyate* / [過被分] *dhāvita* "跑著"; *dhauta* "已洗" / [使] *dhāvayati* // *dhāvana* [中] "疾驅、洗"; *dhāvitṛ* [陽] "跑者" //

√ *dhū*, √ *dhu* "搖動" 5. *dhunoti, dhunute;* 9. *dhunāti, dhunīte* // [簡完] *dudhāva* / [簡未] *dhaviṣyati* / [被] *dhūyate* / [過被分] *dhūta* / [使] *dhūnayati* / [強] *dodhavīti; dodhūyate* // *dhūta* [中] "頭陀"; *dhūma* [陽] "煙" //

√ *dhṛ* "受持" (沒有現在時) // [簡完] *dadhāra, dadhre* / [不定過][重] *adīdharat* / [簡未] *dhariṣyati, °te* / [被] *dhriyate* / [過被分] *dhṛta* / [絕分] *dhṛtvā* / [不定] *dhartum* / [使] *dhārayati, °te* // *dharma* [陽] "法"; *dhāraṇī* [陰] "陀羅尼" //

√ *dhmā*, √ *dham* "吹" 1. [他] *dhamati* // [簡完][單] *dadhmau* / [不定過][siṣ] *adhmāsīt* / [被] *dhamyate* 或 *dhmāyate* / [過被分] *dhmāta* / [絕分] *°dhmāya* / [使] *dhmāpayati* // *dhamani* [陰] "口笛、血管"; *vyādhmātaka* [中] "膨脹" //

N

√ *nad* "鳴" 1. [他] *nadati* // [簡完][單] *nanāda, neditha, nanāda;* [三][複] *neduḥ* / [過被分] *nadita* / [使] *nadayati* 或 *nādayati* / [強] *nānadyate* // *nada* [陽] "叫聲、河"; *nadī* [陰] "河" //

√ *nam* "敬禮" 1. [他] *namati* // [簡完][單] *nanāma;* [三][複] *nemuḥ* / [不定過][siṣ] *anaṃsīt;* [重] *anīnamat* / [簡未] *naṃsyati* / [被] *namyate* / [過被分] *nata* / [絕分] *natvā, °namya* / [不定] *namitum* 或 *nantum* / [使] *namayati* 或 *nāmayati* / [意] *ninaṃsati* // *namas* [中] "敬禮、南無"; *pariṇata* [過被分] "迴向" //

√ *naś* "毀滅" 4. [他] *naśyati* // [簡完][單] *nanāśa;* [三][複] *neśuḥ* / [不定過][a] *anaśat;* [重] *anīnaśat* / [簡未] *naśiṣyati* 或 *naṅkṣyati* / [過被分] *naṣṭa* / [使] *nāśayati* // *naśana* [中] "消滅"; *nāśa* [陽] "消除" //

√ *nah* "綁" 4. *nahyati, °te* // [被] *nahyate* / [過被分] *naddha* / [絕分] *°nahya* / [使]

nāhayati // *nahana* [中] "束縛"; *saṃnāhaṃ saṃnahyati* "被弘誓鎧" //

√ *nī* "帶領" 1. *nayati, °te* // [簡完][單] *nināya* / [不定過][s] *anaiṣīt* / [簡未] *neṣyati;* [迂未] *netā* / [被] *nīyate* / [過被分] *nīta* / [絕分] *nītvā, °nīya* / [不定] *netum* / [使] *nāyayati* / [意] *ninīṣati, °te* / [強] *nenīyate* // *vinaya* [陽] "毘尼"; *nayana* [中] "目" //

√ *nṛt* "跳舞" 4. [他] *nṛtyati* // [簡完][單] *nanarta;* [三][複] *nanṛtuḥ* / [簡未] *nartiṣyati* / [被] *nṛtyate* / [過被分] *nṛtta* / [使] *nartayati* / [意] *ninartiṣati, °te* / [強] *narīnartti; narīnṛtyate* // *nṛtta* [中] "舞、倡伎"; *nṛtya* [中] "舞、伎樂" //

P

√ *pac* "熟、煮" 1. *pacati, °te* // [簡完][單] *papāca;* [迂完] *pece* / [簡未] *pakṣyati* / [被] *pacyate* /[過被分] *pakva* /[絕分] *paktvā*/ [使] *pācayati* / [強] *pāpacyate* // *pakva* [中] "熟食"; *vipāka* [陽] "異熟" //

√ *pat* "落" 1. [他] *patati* // [簡完][單] *papāta;* [三][複] *petuḥ* / [不定過][重] *apaptat* / [簡未] *patiṣyati* / [過被分] *patita* / [絕分] *patitvā, °patya* / [不定] *patitum* / [使] *pātayati* / [意] *pitsati* // *patana* [中] "墜落"; *pattra* [中] "葉" //

√ *pad* "去" 4. [自] *padyate* // [迂完] *pede* / [不定過][root] *apādi* / [簡未] *patsyate* / [過被分] *panna* / [絕分] *°padya* / [不定] *pattum* / [使] *pādayate* / [意] *pitsate* / [強] *panīpadyate* // *pada* [陽中] "足跡"; *patti* [陽] "步兵" //

√ 1 *pā* "飲" 1. [他] *pibati* // [簡完][單][一] *papau,* [二] *papitha* 或 *papātha;* [三][複] *papuḥ* / [不定過][root] *apāt;* [被] *apāyi* / [簡未] *pāsyati* / [被] *pīyate* / [過被分] *pīta* / [絕分] *pītvā, °pāya* / [不定] *pātum* / [使] *pāyayati* / [意] *pipāsati* / [強] *pepīyate* // *pātra* [中] "應器、鉢"; *pānīya* [中] "水、汁" //

√ 2 *pā* "保護" 2. [他] *pāti* // [不定過][siṣ] *apāsīt* / [不定] *pātum* // *pati* [陽] "主人、丈夫"; *pāla* [陽] "保護者、王" //

√ *puṣ* "增長" 4. [他] *puṣyati*, 9. *puṣṇāti* // [簡完][單] *pupoṣa* / [被] *puṣyate* / [過被分] *puṣṭa* / [使] *poṣayati* // *puṣpa* [中] "花"; *poṣa* [陽] "長養、養育者" //

√ *pū* "淨化" 9. *punāti, punīte* // [簡完][單] *pupāva, pupuve* / [被] *pūyate* / [過被分] *pūta* / [絕分] °*pūya* / [使] *pāvayati* // *pavana* [陽] "風"; *pāvaka* [陽] "火" //

√ *pūr*, √ *pṝ* "充滿" 3. [他] *piparti*; [複] *piprati* // [簡完][單] *papāra, pupūre* / [被] *pūryate* / [過被分] *pūrta* 或 *pūrṇa* / [絕分] °*pūrya* / [使] *pūrayati* // *pur* [陰] "城"; *pūraṇa* [中] "圓滿" //

√ *prach* "問" 6. [他] *pṛcchati* // [簡完][單] *papraccha*; [三][複] *papracchuḥ* / [不定過][s] *aprākṣīt, apraṣṭa* / [簡未] *prakṣyati* / [被] *pṛcchyate* / [過被分] *pṛṣṭa* / [絕分] *pṛṣṭvā*, °*pṛcchya* / [不定] *praṣṭum* / [意] *pipṛcchiṣati* // *pṛcchā* [陰] "質問"; *pṛcchaka* [陽] "能發問者" //

√ *prī* "喜愛" 9. *prīṇāti, prīṇīte* // [不定過][s] *apraiṣīt* / [過被分] *prīta* / [使] *prīṇayati* // *prayas* [中] "享樂"; *priya* [形] "可愛、愛樂" //

PH

√ *phal* "結果" 1. [他] *phalati* // [簡完] *paphāla* / [過被分] *phalita* 或 *phulla* / [使] *phālayati* // *phala* [中] "果報、果實"; *phāla* [陽中] "花束" //

B

√ *bandh* "綁" 9. [他] *badhnāti* // [簡完] *babandha, babandhitha* 或 *babanddha, babandha* / [簡未] *bhantsyati* / [被] *badhyate* / [過被分] *baddha* / [絕分] *baddhvā*, °*badhya* / [不定] *banddhum* / [使] *bandhayati* // *bandha* [陽] "繫縛"; *bandhu* [陽] "親、眷屬" //

√ *budh* "醒" 1. *bodhati*, °*te*; 4. [自] *budhyate* // [簡完] *bubudhe* / [不定過][s] *abhutsi, abuddhāḥ, abuddha*; *abodhiṣam* / [簡未] *bhotsyate* / [被] *budhyate* / [過被分]

buddha / [絕分] *buddhvā, °budhya* / [不定] *boddhum* / [使] *bodhayati* / [意] *bubhutsate* // *buddha* [陽] "佛、覺者"; *bodhi* [陽陰] "菩提、覺" //

√ *brū* "說" 2. [他][單] *bravīmi, bravīṣi, bravīti;* [雙] *brūvaḥ, brūthaḥ, brūtaḥ;* [複] *brūmaḥ, brūtha, bruvanti* / [自][單] *brūte;* [複] *bruvate* / [未完][單] *abravam, abravīḥ, abravīt;* [三][雙] *abrūtām;* [三][複] *abruvan* / [命][單] *bravāṇi, brūhi, bravītu;* [雙] *bravāva, brūtam, brūtām;* [複] *bravāma, brūta, bruvantu* / [祈] *brūyāt* //

BH

√ *bhakṣ* "吃" 1. [他] *bhakṣati* // [被] *bhakṣyate;* [被][不定過] *abhakṣi* / [過被分] *bhakṣita* / [不定] *bhakṣitum* / [使] *bhakṣayati* // *bhakṣya* [中] "食物"; *bhakṣa* [陽] "食、食物" //

√ *bhaj* "分配、尊敬" 1. *bhajati, °te* // [簡完] *babhāja, babhaktha;* [三][複] *bhejuḥ; bheje* / [不定過] *abhākṣīt, abhakta* / [未] *bhajiṣyati, °te* / [被] *bhajyate* / [過被分] *bhakta* / [絕分] *bhakttvā, °bhajya* / [不定] *bhaktum* / [使] *bhājayati, °te* / [意] *bhikṣati, °te* // *bhajana* [中] "尊敬"; *bhakti* [陰] "信、敬重" //

√ *bhañj* "打碎" 7. [他] *bhanakti* / [未完] *abhanak* / [命] *bhanaktu* / [祈] *bhañjyāt* // [簡完] *babhañja* / [不定過][s] *abhāṅkṣīt,* [不定過][被] *abhāji* / [簡未] *bhaṅkṣyati;* [迂未] *bhaṅktā* / [被] *bhajyate* / [過被分] *bhagna* / [絕分] *bhaṅkttvā, °bhajya* // *bhaṅga* [陽] "滅、壞"; *bhañjana* [中] "降伏" //

√ *bhā* "照耀" 2. [他] *bhāti;* [三][複] *bhānti* / [未完] *abhāt;* [三][複] *abhān* 或 *abhuḥ* // [簡完] *babhau* / [未]][簡] *bhāsyati* / [過被分] *bhāta* // *bhā* [陰] "光明"; *bhānu* [陽] "日、光明" //

√ *bhāṣ* "說" 1. [自] *bhāṣate* // [簡完] *babhāṣe* / [不定過][iṣ] *abhāṣiṣṭi* / [未]][簡] *bhāṣiṣyate* / [被] *bhāṣyate* / [過被分] *bhāṣita* / [絕分] *bhāṣitvā, °bhāṣya* / [不定]

bhāṣitum / [使] *bhāṣayati, °te* // *bhāṣya* [中] "釋論"; *bhāṣā* [陰] "言、語" //

√ *bhid* "破壞" 7. *bhinatti, bhintte* // [簡完] *bibheda, bibhide* / [簡未] *bhetsyati, °te* / [被] *bhidyate* / [過被分] *bhinna* / [絕分] *bhittvā, °bhidya* / [不定] *bhettum* / [使] *bhedayati* // *bheda* [陽] "破壞、變壞"; *bhedana* [中] "破壞" //

√ *bhī*, √ *bhīṣ* "怖畏" 3. [他] *bibheti;* [三][複] *bibhyati* / [未完] *abibhet;* [三][複] *abibhayuḥ* // [簡完] *bibhāya* / [不定過][s] *abhaiṣīt* / [被] *bhīyate* / [過被分] *bhīta* / [不定] *bhetum* / [使] *bhāyayati* 或 *bhīṣayate* / [強] *bebhīyate* // *bhī* [陰] "驚畏、畏"; *bhaya* [中] "恐怖、怖畏" //

√ *bhuj* "受用" 7. *bhunakti, bhuṅkte* // [簡完] *bubhuje* / [簡未] *bhokṣyati, °te* / [被] *bhujyate* / [過被分] *bhukta* / [絕分] *bhukttvā* / [不定] *bhoktum* / [使] *bhojayati, °te* / [意] *bubhukṣate* / [強] *bobhujīti; bobhujyate* // *bhoga* [陽] "受用、資具"; *bhojana* [中] "食物、餚膳" //

√ *bhū* "是、成爲" 1. *bhavati, °te* // [簡完] *babhūva* / [不定過][root] *abhūt;* [不定過][被] *abhāvi* / [簡未] *bhaviṣyati;* [迂未] *bhavitā* / [被] *bhūyate* / [過被分] *bhūta* / [絕分] *bhūtvā, °bhūya* / [不定] *bhavitum* / [使] *bhāvayati, °te* / [意] *bubhūṣati, °te* / [強] *bobhavīti* // *bhū* [陰] "大地"; *bhūti* [陰] "有、眞實" //

√ *bhṛ* "任持" 3. [他] *bibharti;* [三][複] *bibhrati;* 1. *bharati, °te* / [命] *bibharāṇi, bibhṛhi, bibhartu* // [簡完] *babhāra, babhartha; babhṛva;* [迂完] *bibharāṃbabhūva* / [未] *bhariṣyati* / [被] *bhriyate* / [過被分] *bhṛta* / [絕分] *°bhṛtya* / [不定] *bhartum* / [使] *bhārayati* / [意] *bubhūrṣati* / [強] *barībharti* // *bhartṛ* [陽] "丈夫"; *bhāryā* [陰] "妻" //

√ *bhrajj* "油煎" 6. [他] *bhṛjjati* // [被] *bhṛjjyate* / [過被分] *bhṛṣṭa* / [絕分] *bhṛṣṭvā* / [使] *bharjjayati* //

√ *bhram* "漫遊" 4. [他] *bhrāmyati;* 1. *bhramati, °te* // [簡完] *babhrāma; babhramuḥ* 或 *bhremuḥ* / [未] *bhramiṣyati* / [過被分] *bhrānta* / [絕分] *bhrāntvā, °bhramya* 或

°bhrāmya / [不定] *bhrāntum* 或 *bhramitum* / [使] *bhrāmayati* 或 *bhramayati* / [強] *bambhramīti; bambhramyate* // *bhrama* [陽] "旋轉"; *bhrami* [陰] "旋" //

M

√ *majj* "沈" 1. [他] *majjati* // [簡完] *mamajja* / [不定過][s] *amāṅkṣīt* / [未] *maṅkṣyati* / [過被分] *magna* / [絕分] *°majjya* / [不定] *majjitum* / [使] *majjayati* / [意] *mimaṅkṣati* // *majjan* [陽] "骨髓"; *majjana* [中] "沐浴" //

√ *mad*, √ *mand* "沈醉" 4. [他] *mādyati* // [不定過][s] *amādīt* / [過被分] *matta* / [使] *mādayati* 或 *madayati* // *mada* [陽] "醉、樂著"; *pramatta* [形] "放逸" //

√ *man* "想" 4., 8. [自] *manyate, manute* // [簡完] *mene* / [不定過][s] *amaṃsta* / [簡未] *maṃsyate* / [被] *manyate* / [過被分] *mata* / [絕分] *matvā, °manya* 或 *°matya* / [不定] *mantum* / [使] *mānayate* / [意] *mīmāṃsate* // *mati* [陰] "意、慧"; *mantra* [陽] "眞言、咒" //

√ *manth*, √ *math* "搖動" 1., 9. [他] *manthati* (*mathati*), *mathnāti* // [簡完] *mamantha, mamanthitha* / [簡未] *manthiṣyati* / [被] *mathyate* / [過被分] *mathita* / [絕分] *°mathya* / [使] *manthayati* // *mathana* [中] "攪拌"; *mathanī* [陰] "鑽" //

√ *mā* "測量" 2. [他] *māti;* 3. [自] *mimīte* // [簡完] *mamau, mame* / [不定過][被] *amāyi* / [被] *mīyate* / [過被分] *mita* / [絕分] *mitvā, °māya* / [不定] *mātum* / [使] *māpayati* / [意] *mitsati* // *māyā* [陰] "幻像"; *mātṛ* [陽] "測量者" //

√ *muc*, √ *mokṣ* "解開" 6. *muñcati, °te* // [簡完] *mumoca, mumuce* / [不定過][a] *amucat, amukta;* [重] *amūmucat* / [簡未] *mokṣyati, °te* / [被] *mucyate* / [過被分] *mukta* / [絕分] *mukttvā, °mucya* / [不定] *moktum* / [使] *mocayati, °te* / [意] *mumukṣati* 或 *mokṣate* // *mukti* [陰] "解脫"; *mokṣa* [陽] "解脫" //

√ *muh* "迷惑" 4. [他] *muhyati* // [簡完] *mumoha, mumohitha* 或 *mumogdha* 或 *mumoḍha* / [過被分] *mugdha* 或 *mūḍha* / [使] *mohayati* / [強] *momuhyate* // *mu-*

dhā [副] "癡迷"; *moha* [陽] "愚痴" //

√ *mṛ* "死" 6. [他] (沒有現在時) // [簡完] *mamāra, mamartha; mamriva* / [不定過][重] *amīmarat* / [簡未] *mariṣyati* / [被] *mriyate* / [過被分] *mṛta* / [絕分] *mṛtvā* / [不定] *martum* / [使] *mārayati* / [意] *mumūrṣati* / [強] *marīmarti* // *maraṇa* [中] "命終"; *mṛtyu* [陽] "死" //

√ *mṛj* "摩擦" 2. [他][單] *mārṣṭi;* [雙] *mṛṣṭaḥ;* [複] *mṛjanti* / [未完][單] *amārṭ;* [三][雙] *amṛṣṭām;* [三][複] *amṛjan* / [命][單] *mārjāni, mṛḍḍhi, mārṣṭu;* [三][雙] *mṛṣṭām* ; [三][複] *mṛjantu* / [祈] *mṛjyāt* // [簡完] *mamārja; mamṛjuḥ* / [不定過][root] *amārjīt;* [s] *amārkṣīt;* [sa] *amṛkṣat* / [簡未] *mārkṣyate* / [被] *mṛjyate* / [過被分] *mṛṣṭa* / [絕分] °*mṛjya,* °*mārjya* / [不定] *marṣṭum* 或 *mārṣṭum* 或 *mārjitum* / [使] *mārjayati* /[強] *marmṛjyate* // *mṛjā* [陰] "沐浴、清潔"; *mārjāra* [陽] "貓" //

√ *mnā* "提到" 1. [他] *manati* // [不定過][s] *amnāsīt* / [被] *mnāyate* / [過被分] *mnāta* //

√ *mlai* 1., √ *mlā* 4. "枯萎" [他] *mlāyati* // [簡完] *mamlau* / [不定過][s] *amlāsīt* / [過被分] *mlāna* / [使] *mlāpayati* 或 *mlapayati* // *mlāna* [形] "萎、枯" //

Y

√ *yaj* "祭祀" 1. *yajati,* °*te* // [簡完] *iyāja, īje* / [不定過][s] *ayākṣīt, ayaṣṭa* / [簡未] *yakṣyati* / [被] *ijyate* / [過被分] *iṣṭa* / [絕分] *iṣṭvā* / [不定] *yaṣṭum* / [使] *yājayati* / [意] *yiyakṣati* // *yajana* [中] "祭祀"; *yajña* [陽] "祭祀、施食" //

√ *yam,* √ *yach* "阻止、達到" 1. [他] *yacchati* // [簡完] *yayāma, yayantha; yemuḥ* / [簡未] *yamiṣyati* / [被] *yamyate* / [過被分] *yata* / [絕分] *yatvā,* °*yamya* / [不定] *yantum* 或 *yamitum* / [使] *yamayati* 或 *yāmayati* // *yati* [陰] "詩行的中間停頓"; *yāma* [陽] "停止、終結" //

√ *yā* "行" 2. [他] *yāti* / [未完][單] *ayāt;* [三][複] *ayān* 或 *ayuḥ* / [命][單] *yātu* / [祈]

yāyāt // [簡完] *yayau* / [不定過][s] *ayāsīt* / [簡未] *yāsyati;* [迂未] *yātā* / [被] *yāyate* / [過被分] *yāta* / [絕分] *yātvā,* °*yāya* / [不定] *yātum* / [使] *yāpayati* / [意] *yiyāsati* // *yāna* [中] "乘、車輿"; *yāma* [陽] "分、更" //

√ *yu* "連結" 2. [他] *yauti;* [三][複] *yuvanti* / [未完][單] *ayaut;* [三][複] *ayuvan* / [命][單] *yautu;* [三][複] *yuvantu* / [祈] *yuyāt* // [過被分] *yuta* // *yuvan* [形] "年少"; *yotra* [中] "繩、綱" //

√ *yuj* "連結" 7. *yunakti, yuṅkte* // [簡完] *yuyoja, yuyuje* / [不定過][a] *ayujat, ayukta;* [重] *ayūyujat* / [簡未] *yokṣyati,* °*te* / [被] *yujyate* / [過被分] *yukta* / [絕分] *yuktvā,* °*yujya* / [不定] *yoktum* / [使] *yojayati,* °*te* / [意] *yuyukṣati* // *yoga* [陽] "軛、成就"; *yuga* [中] "軛、相應" //

R

√ *rakṣ* "保護" 1. *rakṣati,* °*te* // [簡完] *rarakṣa* / [不定過][s] *arakṣīt* / [簡未] *rakṣiṣyati;* [迂未] *rakṣitā* / [被] *rakṣyate* / [過被分] *rakṣita* / [絕分] °*rakṣya* / [不定] *rakṣitum* / [使] *rakṣayati* // *rakṣaṇa* [中] "守護"; *rakṣin* [陽] "守護者、門監" //

√ *rañj,* √ *raj* "染著" 4. [他] *rajyati* // [被] *rajyate* / [過被分] *rakta* / [絕分] °*rajya* / [使] *rañjayati* // *rāga* [陽] "貪愛"; *rajata* [中] "銀" //

√ *rabh,* √ *rambh* "取" (*ā*-√ *rabh* "開始") 1. [自] *rabhate* // [簡完] *rebhe* / [不定過][被] *arambhi* / [簡未] *rapsyate* / [被] *rabhyate* / [過被分] *rabdha* / [絕分] °*rabhya* / [不定] *rabdhum* / [使] *rambhayati* / [意] *ripsate* // *ārambha* [陽] "發起" //

√ *ram* "嬉戲、歡娛" 1. [自] *ramate* // [簡完] *reme* / [不定過][s] *araṃsīt* / [簡未] *raṃsyate* / [被] *ramyate* / [過被分] *rata* / [絕分] *ratvā,* °*ramya* / [不定] *rantum* / [使] *ramayati* / [意] *riraṃsate* // *ramaṇīya* [形] "甚可愛樂"; *rati* [陰] "欣樂、遊戲" //

√ *rāj* "照耀" 1. *rājati,* °*te* // [簡完] *rarāja, reje* / [使] *rājayati* // *rājan* [陽] "王"; *rā-*

ṣṭra [中] "國土、境" //

√ *ru* "鳴" 2. [他] *rauti; rutaḥ; ruvanti* // [簡完] *rurāva; ruruvuḥ* / [不定過][重] *arūruvat* / [過被分] *ruta* / [不定] *rotum* / [使] *rāvayati* / [強] *roravīti; rorūyate* // *rava* [陽] "音、雷"; *rāva* [陽] "咆吼、叫聲" //

√ *rud* "悲泣" 2. [他][單] *roditi;* [複] *rudanti* / [未完][單] *arodam, arodaḥ* 或 *arodīḥ, arodat* 或 *arodīt;* [一][雙] *arudiva;* [三][複] *arudan* / [命][單] *rodāni, rudihi, roditu;* [一][雙] *rodāva;* [三][複] *rudantu* / [祈] *rudyāt* // [簡完] *ruroda* / [不定過][sa] *arudat* / [簡未] *rodiṣyati* / [被] *rudyate* / [過被分] *rudita* / [絕分] *ruditvā, °rudya* / [不定] *roditum* / [使] *rodayati* / [意] *rurudiṣati* / [強] *rorudyate* // *rudra* [陽] "暴惡"; *rodana* [中] "哀、哭" //

√ *rudh* "阻止" 7. *ruṇaddhi, runddhe* // [簡完] *rurodha, rurudhe* / [不定過][a] *arudhat, aruddha;* [s] *arautsīt* / [簡未] *rotsyati* / [被] *rudhyate* / [過被分] *ruddha* / [絕分] *ruddhvā, °rudhya* / [不定] *roddhum* / [使] *rodhayati* / [意] *rurutsati* // *nirodha* [陽] "滅盡、寂靜"; *rodha* [陽] "阻止、妨害" //

√ *ruh* "生長" 1. [他] *rohati* // [簡完] *ruroha* / [不定過][sa] *arukṣat;* [a] *aruhat* / [簡未] *rokṣyati* / [被] *ruhyate* / [過被分] *rūḍha* / [絕分] *°ruhya* / [不定] *roḍhum* / [使] *rohayati* 或 *ropayati* / [意] *rurukṣati* // *roha* [陽] "生長、增加"; *ropa* [陽] "栽培" //

L

√ *labh* "取" 1. [自] *labhate* // [簡完] *lebhe* / [簡未] *lapsyate* / [被] *labhyate* / [過被分] *labdha* / [絕分] *labdhvā, °labhya* / [使] *lambhayati* / [意] *lipsate* // *labhya* [形] "所得、證得"; *lābha* [陽] "得、獲得" //

√ *likh* "寫" 6. [他] *likhati* // [簡完] *lilekha* / [被] *likhyate* / [過被分] *likhita* / [絕分] *likhitvā, °likhya* / [使] *lekhayati* // *likhana* [中] "書寫"; *lekha* [陽] "書信" //

√ *lū* "切" 9. *lunāti, lunīte* // [簡完] *lulāva, luluve* / [過被分] *lūna* // *lavana* [中] "割取"; *lāvaka* [陽] "穫草人" //

V

√ *vac* "說" 2. [他][單] *vacmi, vakṣi, vakti; vacvaḥ, vakthaḥ, vaktaḥ; vacmaḥ, vaktha, vadanti* / [未完][單] *avacam, avak, avak; avacva, avaktam, avaktām; avacma, avakta, avadan* / [命][單] *vacāni, vagdhi, vaktu;* [一][雙] *vacāva* / [祈] *vacyāt* // [簡完] *uvāca; ūcuḥ* / [不定過][a] *avocat;* [不定過][被] *avāci* / [簡未] *vakṣyati;* [迂未] *vaktā* / [被] *ucyate* / [過被分] *ukta* / [絕分] *uktvā, °ucya* / [不定] *vaktum* / [使] *vācayati* / [意] *vivakṣati* // *vacana* [中] "言語"; *vāc* [陰] "言語" //

√ *vad* "說" 1. [他] *vadati* // [簡完] *uvāda; ūduḥ* / [不定過][iṣ] *avādīt*/ [簡未] *vadiṣyati* / [被] *udyate* / [過被分] *udita* / [絕分] *uditvā, °udya* / [不定] *vaditum* / [使] *vādayati* / [意] *vivadiṣati* // *vāda* [陽] "言說"; *vādin* [陽] "論師、說" //

√ *vap* "散播" 1. [他] *vapati* // [簡完] *uvāpa; uvapitha* 或 *uvaptha; ūpuḥ* / [不定過][s] *avāpsīt*/ [簡未] *vapiṣyati* 或 *vapsyati* / [被] *upyate* / [過被分] *upta* / [使] *vāpayati* // *vāpī* [陰] "池"; *vaptṛ* [陽] "播種者" //

√ *vaś* "欲求" 2. [他][單] *vaśmi, vakṣi, vaṣṭi;* [一][雙] *uśvaḥ ;* [三][複] *uśanti* / [未完][單] *avaśam, avaṭ, avaṭ;* [一][雙] *auśva* / [命] *vaśāni, uḍḍhi, vaṣṭu* / [祈] *uśyāt* // [使] *vaśayati* // *vaśa* [陽] "願望、勢力"; *vaśitā* [陰] "自在、得自在" //

√ 1 *vas* "穿衣" 2. [自] *vaste* // [簡完] *vavase* /[過被分] *vasita* / [絕分] *vasitvā, °vasya* / [不定] *vasitum* / [使] *vāsayati* // *vasana* [中] "衣服"; *vastra* [中] "衣服" //

√ 2 *vas* "居住" 1. [他] *vasati* // [簡完] *uvāsa; ūṣuḥ* / [不定過][s] *avātsīt*/ [簡未] *vatsyati* / [被] *uṣyate* / [過被分] *uṣita* / [絕分] *uṣitvā, °uṣya* / [不定] *vastum* / [使] *vāsayati* // *vāsa* [陽] "居處"; *vāsanā* [陰] "習氣、薰習" //

√ *vah* "運載" 1. *vahati, °te* // [簡完] *uvāha; ūhuḥ* / [不定過][s] *avākṣīt;* [不定過][被]

avāhi / [簡未] *vakṣyati* / [被] *uhyate* / [過被分] *ūḍha* / [絕分] °*uhya* / [不定] *voḍhum* / [使] *vāhayati* / [強] *vāvahīti* // *vaha* [中] "運載"; *vahana* [中] "船、舟" //

√ 1 *vid* "知道" 2. [他][單] *vedmi, vetsi, vetti; vidvaḥ, vitthaḥ, vittaḥ; vidmaḥ, vittha, vidanti* / [未完][單] *avedam, avet* 或 *aveḥ, avet; avidva, avittam, avittām; avidma, avitta, avidan* 或 *aviduḥ* / [命][單] *vedāni, viddhi, vettu; vedāva, vittam, vittām; vedāma, vitta, vidantu* / [祈] *vidyāt* // [簡完] *viveda;* [迂完] *vidāṃcakāra* / [不定過][iṣ] *avedīt* / [簡未] *vediṣyati* / [被] *vidyate* / [過被分] *vidita* / [絕分] *viditvā* / [不定] *veditum* / [使] *vedayati* / [意] *vividiṣati* // [現][完] *veda, vettha, veda; vidva, vidathuḥ, vidatuḥ; vidma, vida, viduḥ* // *vidyā* [陰] "明、學問"; *vedanā* [陰] "受、知覺" //

√ 2 *vid* "發現" 6. *vindati,* °*te* // [簡完] *viveda, vivide* / [不定過][a] *avidat, avidata* / [簡未] *vetsyati,* °*te* / [被] *vidyate* "有" / [過被分] *vitta* 或 *vinna* / [絕分] *vittvā,* °*vidya* / [不定] *vettum* / [使] *vedayati* / [意] *vivitsati* // *vedana* [中] "財產"//

√ *viś* "進入" 6. [他] *viśati* // [簡完] *viveśa* / [不定過][sa] *avikṣat;* [不定過][被] *aveśi ;* [重] *avīviśat* / [簡未] *vekṣyati* / [被] *viśyate* / [過被分] *viṣṭa* / [絕分] °*viśya* / [不定] *veṣṭum* / [使] *veśayati* / [意] *vivikṣati* // *veśana* [中] "進入"; *veśman* [中] "住處、舍宅" //

√ 1 *vṛ* "覆蓋" 5. *vṛṇoti, vṛṇute* // [簡完] *vavāra, vavartha; vavṛva; vavruḥ; vavre* / [被] *vriyate* / [過被分] *vṛta* / [絕分] °*vṛtya* / [不定] *varitum* 或 *varītum* / [使] *vārayati* // *varṇa* [陽] "覆蓋、膚色"; *vara* [陽] "妨害" //

√ 2 *vṛ* "選擇" 9. [自] *vṛṇīte* // [簡完] *vavre* / [不定過][root] *avṛta* / [被] *vriyate* / [過被分] *vṛta* / [不定] *varītum* / [使] *varayati* // *vara* [陽] "選擇、願望"; *varaṇa* [中] "選擇、願望" //

√ *vṛt* "存在" 1. [自] *vartate;* (在不定過去時與未來時有爲他言) // [簡完] *vavṛte* / [

不定過][a] *avṛtat* / [簡未] *vartiṣyate* 或 *vartsyate* / [過被分] *vṛtta* / [絕分] °*vṛtya* / [不定] *vartitum* / [使] *vartayati* // *varti* [陰] "燈"; *vartman* [中] "道、行路" //

√ *vṛdh* "生長" 1. [自] *vardhate;* (在不定過去時與未來時有爲他言) // [簡完] *vavṛdhe* / [不定過][a] *avṛdhat, avardhiṣṭa;* [重] *avīvṛdhat* / [簡未] *vartsyati* / [過被分] *vṛddha* / [不定] *vardhitum* / [使] *vardhayati,* °*te* // *vṛddhi* [陰] "增長"; *vṛddha* [陽] "老者、上座" //

√ *vyadh,* √ *vidh* "刺穿" 4. [他] *vidhyati* // [簡完] *vivyādha; vividhuḥ* / [被] *vidhyate* / [過被分] *viddha* / [絕分] *viddhvā,* °*vidhya* / [使] *vyadhayati* // *vedha* [陽] "貫通、中"; *vyādhi* [陽] "疾病" //

√ *vraj* "行" 1. [他] *vrajati* // [簡完] *vavrāja, vavrajitha* / [不定過][iṣ] *avrājīt* / [簡未] *vrajiṣyati* / [被] *vrajyate* / [過被分] *vrajita* / [絕分] *vrajitvā,* °*vrajya* / [不定] *vrajitum* / [使] *vrājayati* // *pravrajyā* [陰] "出家"; *pravrajana* [中] "出家" //

√ *vraśc* "切" 6. [他] *vṛścati* // [被] *vṛścyate* / [過被分] *vṛkṇa* / [絕分] *vṛṣṭvā,* °*vṛścya* // *vṛka* [陽] "狼"; *vraścana* [中] "切" //

Ś

√ *śaṃs* "稱讚" 1. [他] *śaṃsati* // [簡完] *śaśaṃsa* / [不定過][iṣ] *aśaṃsīt* / [簡未] *śaṃsiṣyati* / [被] *śasyate* / [過被分] *śasta* / [絕分] *śastvā,* °*śasya* / [不定] *śaṃsitum* / [使] *śaṃsayati* // *śaṃsa* [陽] "讚嘆"; *śastra* [中] "祈願" //

√ *śak* "能夠" 5. [他] *śaknoti* // [簡完] *śaśāka; śekuḥ* / [不定過][a] *aśakat* / [簡未] *śakṣyati* / [被] *śakyate* / [過被分] *śakta* 或 *śakita* / [意] *śikṣati* // *śakra* [陽] "帝釋"; *śakti* [陰] "能力、力量" //

√ *śap* "詛咒" 1. *śapati,* °*te* // [簡完] *śaśāpa, śepe* / [簡未] *śapiṣyati* / [被] *śapyate* / [過被分] *śapta* / [使] *śāpayati* // *śāpa* [陽] "詛咒"; *śapatha* [陽] "詛咒" //

√ *śam* "息滅" 4. [他] *śāmyati* // [簡完] *śaśāma; śemuḥ* / [不定過][重] *aśiśamat* / [過被分] *śānta* / [使] *śamayati* 或 *śāmayati* // *śamatha* [陽] "舍摩他、止"; *śama* [陽] "心的寂靜、寂滅" //

√ *śās*, √ *śiṣ* "命令" 2. [他] *śāsti;* [一][雙] *śiṣvaḥ;* [三][複] *śāsati* / [未完][單] *aśāsam, aśāt* 或 *aśāḥ, aśāt;* [一][雙] *aśiṣva;* [三][複] *aśāsuḥ* / [命][單] *śāsāni, śādhi, śāstu; śāsāva, śiṣṭam, śiṣṭām; śāsāma, śiṣṭa, śāsatu* / [祈] *śiṣyāt* // [簡完] *śaśāsa* / [不定過][a] *aśiṣat* / [簡未] *śāsiṣyati* / [被] *śāsyate* 或 *śiṣyate* / [過被分] *śāsita* 或 *śiṣṭa* / [絕分] *śāsitvā* / [不定] *śāstum* // *śiṣya* [陽] "學生"; *śāstṛ* [陽] "大師" //

√ *śiṣ* "殘留" 7. [他] *śinaṣṭi;* [一][雙] *śiṃṣvaḥ;* [三][複] *śiṃṣanti* / [命][單] *śinaṣāṇi, śiṃḍḍhi, śinaṣṭu* // [被] *śiṣyate* / [過被分] *śiṣṭa* / [絕分] *śiṣṭvā,* °*śiṣya* / [使] *śeṣayati* // *anupadhiśeṣa* [形] "無餘依" //

√ *śī* "躺下" 2. [自] *śaye, śeṣe, śete; śevahe, śayāthe, śayāte; śemahe, śedhve, śerate* / [未完] *aśayi, aśethāḥ, aśeta; aśevahi, aśayāthām, aśayātām; aśemahi, aśedhvam, aśerata* / [命] *śayau, śeṣva, śetām; śayāvahai, śayāthām, śayātām; śayāmahai, śedhvam, śeratām* / [祈] *śayīta* // [簡完] *śiśye* / [不定過][iṣ] *aśayiṣṭa* / [簡未] *śayiṣyate* / [過被分] *śayita* / [使] *śāyayati* / [意] *śiśayiṣate* // *śayyā* [陰] "床"; *śayana* [中] "臥具、床榻" //

√ *śuc* "悲傷" 1. [他] *śocati* // [簡完] *śuśoca* / [不定過][a] *aśucat* / [簡未] *śociṣyati* / [絕分] *śocitvā* / [不定] *śocitum* / [使] *śocayati* // *śoka* [陽] "憂惱"; *śocana* [中] "愁" //

√ *śri* "行" 1. *śrayati,* °*te* // [簡完] *śiśrāya, śiśriye* / [不定過][重] *aśiśriyat* / [簡未] *śrayiṣyati,* °*te* / [被] *śrīyate* / [過被分] *śrita* / [絕分] *śrayitvā,* °*śritya* / [不定] *śrayitum* // *śaraṇa* [中] "歸趣、庇護"; *śālā* [陰] "舍、堂" //

√ *śru* "聽" 5. [他] *śṛṇoti;* [三][雙] *śṛṇutaḥ;* [三][複] *śṛṇvanti* // [簡完] *śuśrāva, śuśrotha, śuśrāva;* [一][雙] *śuśruva;* [三][複] *śuśruvuḥ* / [不定過][s] *aśrauṣit;* [不

定過][被] *aśrāvi* / [簡未] *śroṣyati;* [迂未] *śrota* / [被] *śrūyate* / [過被分] *śruta* / [絕分] *śrutvā, °śrutya* / [不定] *śrotum* / [使] *śrāvayati* / [意] *śuśrūṣate* // *śrotra* [中] "耳"; *śrāvaka* [陽] "聲聞" //

√ *śvas,* √ *śuṣ* "呼吸" 2. [他] *śvasiti* // [簡完] *śaśvāva* / [簡未] *śvasiṣyati* / [過被分] *śvasta* 或 *śvasita* / [絕分] *°śvasya* / [不定] *śvasitum* / [使] *śvāsayati* // *āśvāsa* [陽] "入息"; *praśvāsa* [陽] "出息" //

S

√ *sañj,* √ *saj* "執著" 1. [他] *sajati* // [簡完] *sasañja* / [不定過][s] *asāṅkṣīt* / [被] *sajyate* / [過被分] *sakta* / [絕分] *°sajya* / [不定] *saktum* / [使] *sañjayati* // *saṅga* [陽] "執著、染著"; *sakti* [陰] "貪著" //

√ *sad* "沈沒、坐" 1. [他] *sīdati* // [簡完] *sasāda, seditha* 或 *sasattha; seduḥ* / [不定過][a] *asadat* / [簡未] *satsyati* / [被] *sadyate* / [過被分] *sanna* / [絕分] *°sadya* / [不定] *sattum* / [使] *sādayati* // *sad* [形] "坐"; *sadana* [中] "場所、住所" //

√ *sah* "忍受" 1. [自] *sahate* // [簡未] *sahiṣyate;* [迂未] *soḍhā* / [被] *sahyate* / [過被分] *soḍha* / [絕分] *°sahya* / [不定] *soḍhum* / [使] *sāhayati* // *sahana* [中] "忍耐"; *saha* [陽] "忍" //

√ *sic* "澆" 6. *siñcati, °te* // [簡完] *siṣeca, siṣice* / [不定過][a] *asicat, °ta* / [簡未] *sekṣyati, °te* / [被] *sicyate* / [過被分] *sikta* / [絕分] *siktvā, °sicya* / [使] *secayati, °te* // *seka* [陽] "灑掃"; *secana* [中] "洗" //

√ 1 *sidh* "擊退" 1. [他] *sedhati* // [簡完] *siṣedha* / [不定過][iṣ] *asedhīt* / [簡未] *sedhiṣyati* 或 *setsyati* / [被] *sidhyate* / [過被分] *siddha* / [不定] *seddhum* / [使] *sedhayati* //

√ 2 *sidh* "成就、成功" 4. [他] *sidhyati* // [使] *sādhayati* //

√ *su* "壓" 5. *sunoti, sunute* // [簡完] *suṣāva, suṣuve* / [簡未] *soṣyati* / [被] *sūyate* / [

過被分] *suta* / [絕分] °*sutya* / [使] *sāvayati* // *sava* [陽] "蘇摩酒的壓榨"; *sotu* [陽] "蘇摩酒的壓榨" //

√ *sū* "產生" 2. [自] *sūte* / [未完] *asūta* / [命][單] *suvai, sūṣva, sūtām* / [祈] *suvīta* // [簡完] *suṣuve* / [簡未] *saviṣyate* 或 *soṣyate* / [被] *sūyate* / [過被分] *sūta* // *sūnu* [陽] "兒子"; *sūra* [陽] "太陽" //

√ *sṛ* "行" 1. [他] *sarati* // [簡完] *sasāra, sasartha; sasṛva; sasruḥ* / [簡未] *sariṣyati* / [過被分] *sṛta* / [絕分] °*sṛtya* / [不定] *sartum* / [使] *sārayati* // *saraṇa* [中] "流轉"; *saras* [中] "池、湖" //

√ *sṛj* "射出" 6. [他] *sṛjati* // [簡完] *sasarja* / [不定過][s] *asrākṣīt* / [簡未] *srakṣyati* / [被] *sṛjyate* / [絕分] *sṛṣṭvā*, °*sṛjya* / [不定] *sraṣṭum* / [使] *sarjayati* / [意] *sisṛkṣati* // *sṛṣṭi* [陰] "創造"; *sraṣṭṛ* [陽] "創造者" //

√ *sṛp* "爬行" 1. [他] *sarpati* // [簡完] *sasarpa;* [一][雙] *sasṛpiva* / [簡未] *srapsyati* / [被] *sṛpyate* / [過被分] *sṛpta* / [使] *sarpayati* / [意] *sisṛpsati* // *sarpa* [陽] "蛇"; *sarpatā* [陰] "蛇的狀態" //

√ *stambh,* √ *stabh* "支持" 9. [他] *stabhnāti* / [使] *stabhnāni, stabhāna, stabhnātu* // [簡完] *tastambha* / [不定過][被] *astambhi* / [被] *stabhyate* / [過被分] *stabdha* / [絕分] *stabdhvā*, °*stabhya* / [不定] *stabdhum* / [使] *stambhayati* // *stabdha* [過被分] "傲慢"; *stambha* [陽] "柱、貢高" //

√ *stu* "稱讚" 2. *stauti* 或 *stavīti* / [未完] *astaut* 或 *astavīt* / [命] *stautu* 或 *stavītu* / [祈] *stuyāt* 或 *stuvīta* // [簡完] *tuṣṭāva* / [不定過][iṣ] *astāvīt;* [s] *astauṣīt, astoṣṭa* / [簡未] *stoṣyati* / [被] *stūyate* / [過被分] *stuta* / [絕分] *stutvā*, °*stutya* / [不定] *stotum* / [使] *stāvayati* / [意] *tuṣṭūṣati* // *stava* [陽] "稱讚"; *stotra* [中] "歌頌" //

√ *stṛ* "覆蓋" 5. *stṛṇoti;* 9. *stṛṇāti* // [簡完] *tastāra, tastare* / [簡未] *stariṣyati* / [被] *stīryate* / [過被分] *stṛta* / [絕分] *stṛtvā*, °*stṛtya* / [使] *stārayati* // *stīrṇa* [過被分] "布地" //

√ *sthā* "站立" 1. *tiṣṭhati* // [簡完] *tasthau* / [不定過][root] *asthāt*, [不定過][被] *a-sthāyi* / [簡未] *sthāsyati* / [被] *sthīyate* / [過被分] *sthita* / [絕分] *sthitvā*, *°sthāya* / [不定] *sthātum* / [使] *sthāpayati* / [意] *tiṣṭhāsati* // *sthāna* [中] "住"; *sthira* [形] "安住" //

√ *spṛś* "碰觸" 6. [他] *spṛśati* // [簡完] *pasparśa; paspṛśuḥ* / [不定過][s] *asprākṣīt* / [簡未] *sprakṣyati* / [被] *spṛśyate* / [過被分] *spṛṣṭa* / [絕分] *spṛṣṭvā*, *°spṛśya* / [不定] *spraṣṭum* / [使] *sparśayati* / [意] *pispṛkṣati* // *spraṣṭavya* [中] "觸"; *sparśana* [中] "感觸" //

√ *smi* "微笑" 1. [自] *smayate* // [簡完] *siṣmiye* / [不定過][iṣ] *asmayiṣṭa* / [過被分] *smita* / [絕分] *smitvā*, *°smitya* / [使] *smāpayati* 或 *smāyayati* // *smaya* [陽] "驚異"; *smita* [中] "含笑" //

√ *smṛ* "記得" 1. [他] *smarati* // [簡完] *sasmāra* / [簡未] *smariṣyati* / [被] *smaryate* / [過被分] *smṛta* / [絕分] *smṛtvā*, *°smṛtya* / [不定] *smartum* / [使] *smārayati* // *smara* [陽] "憶念"; *smṛti* [陰] "聖傳文學" //

√ *syand*, √ *syad* "流、滴" 1. [自] *syandate* // [簡完] *sasyande* / [被] *syandyate* / [過被分] *syanna* / [使] *syandayati* // *syanda* [陽] "流、滴"; *syandana* [陽] "車" //

√ *sru* "流" 1. [他] *sravati* // [簡完] *susrāva* / [簡未] *sraviṣyati* / [過被分] *sruta* // *sravaṇa* [中] "流"; *srotas* [中] "流、相續" //

√ *svaj* "擁抱" 1. [自] *svajate* // [簡完] *sasvaje* / [過被分] *svakta* / [不定] *svaktum* //

√ *svap* "睡" 2. [他] *svapiti* // [簡完] *suṣvāpa; suṣupuḥ* / [不定過][s] *asvāpsīt* [不定過][被] *asvāpi* / [簡未] *svapsyati* / [被] *supyate* / [過被分] *supta* / [絕分] *suptvā* / [不定] *svaptum* / [使] *svāpayati* / [意] *suṣupsati* // *svapna* [陽] "睡"; *svapana* [中] "睡眠" //

H

√ *han* "殺" 2. [他] *hanti;* [三][雙] *hataḥ;* [三][複] *ghnanti* / [未完] *ahan; aghnan* / [命] *hanāni, jahi, hantu; ghnantu* / [祈] *hanyāt* // [簡完] *jaghāna* / [不定過][a] *avadhīt* / [簡未] *haniṣyati* / [被] *hanyate* / [過被分] *hata* / [絕分] *hatvā, °hatya* / [不定] *hantum* / [使] *ghātayati* / [意] *jighāṃsati* // *arhat* [陽] "阿羅漢"; *ghāta* [陽] "殺" //

√ *hā* "放棄" 3. [他] *jahāti; jahati* / [命] *jahāni, jahīhi, jahātu; jahatu* // [簡完] *jahai, jahitha* 或 *jahātha* / [不定過][root] *ahāt;* [s] *ahāsīt* / [簡未] *hāsyati* / [被] *hīyate* / [過被分] *hīna* / [絕分] *hitvā, °hāya* / [不定] *hātum* / [使] *hāpayati* /[意] *jihāsati* // *hāni* [陰] "退墮"; *hāna* [中] "放棄" //

√ *hiṃs* "傷害" 8. [他] *hinasti* / [未完] *ahinat; ahiṃsan* / [命] *hinasāni, hindhi, hinastu* / [祈] *hiṃsyāt* // [簡完] *jihiṃsa* / [不定過][iṣ] *ahiṃsīt* / [簡未] *hiṃsiṣyati* / [被] *hiṃsyate* / [過被分] *hiṃsita* / [使] *hiṃsayati* // *hiṃsā* [陰] "害"; *hiṃsra* [陽] "恚害心" //

√ *hu* "祭祀" 3. *juhoti* // [簡完] *juhāva;* [迂完] *juhavāṃcakāra* / [不定過][s] *ahaiṣīt* / [簡未] *hoṣyati* / [被] *hūyate* / [過被分] *huta* / [絕分] *hutvā* / [不定] *hotum* / [使] *hāvayati* / [意] *juhūṣati* / [強] *johavīti* // *juhū* [陰] "匙"; *hotra* [中] "祭祀" //

√ *hṛ* "取" 1. *harati, °te* // [簡完] *jahāra, jahartha; jahruḥ* / [不定過][s] *ahārṣīt, ahṛta;* [不定過][被] *ahāri* / [簡未] *hariṣyati; hartā* / [被] *hriyate* / [過被分] *hṛta* / [絕分] *hṛtvā, °hṛtya* / [使] *hārayati* / [意] *jihīrṣati, °te* / [強] *jarīharti* // *haraṇa* [中] "奪、取"; *āhāra* [陽] "食物" //

√ *hrī* "慚愧" 3. [他] *jihreti; jihrītaḥ; jihriyati* / [未完] *ajihret* / [命] *jihretu* / [祈] *jihrīyāt*// [簡完] *jihrāya; jihriyuḥ* / [過被分] *hrīṇa* 或 *hrīta* / [使] *hrepayati* / [強] *jehrīyate* // *hrī* [陰] "恥、慚愧"; *hrepaṇa* [中] "羞愧" //

√ *hvā,* √ *hve,* √ *hū* "呼叫" 1. *hvayati, °te* // [簡完] *juhāva; juhuvuḥ* / [簡未] *hvāsya-*

te / [被] *hūyate* / [過被分] *hūta* / [絕分] *hūtvā, °hūya* / [不定] *hvātum* / [使] *hvāyayati* // [強] *johavīti* // *havana* [中] "祈願"; *hotrā* [陰] "祈念" //

古典梵語韻律(Metre)略說

梵語文體分為散文(*Gadya,* "Prose")和韻文(*Padya* , " Verse or Metrical Composition")兩種;韻律即是處理韻文的規則。就作詩法而言,古典梵語與吠陀詩篇的作詩法有相當大的差異,即:更人工化、規則更嚴格、韻律的種類更多樣化。

古典梵語的韻律可分為兩種:1. 以音節(*Akṣara,* "Syllable")的數目計算。2. 以所包含的音量(*Mātrā,* "Morae")數目計算。幾乎所有的梵語詩皆包含四行(或稱為韻腳 *Pāda,* "Foot"),俗稱「四句偈」。這些偈頌一般可分成前半偈與後半偈。

音節(Syllable)有長(*Guru,* "Heavy")、短(*Laghu,* "Light")之分。此下將以"–"表長音節,"⌣"表短音節,"⩦"表長短音節皆可,","表停頓(*Yati,* "Caesura")。長音節包括二種情況,第一種是長母音(Long by Nature),如:*senā*(– –)。第二種(Long by Position)又可分成二類:其一、短母音之後緊接著二個子音,如:<u>*gat*</u>*vā*(– –,第一個音節以一個子音結束)、<u>*satt*</u>*va*(– ⌣,第一個音節以二個子音結束);其二、短母音之後緊接著隨韻或止聲,如:*aṃśa*(– ⌣)、*duḥkha*(– ⌣)。短母音算一個音量(Morae),長母音(Long by Nature or Position)算兩個音量。(請參 § 48)

1. 以音節計算之韻律(*Akṣara-cchandaḥ*)

以音節計算的韻律包括兩大類:A. 前半偈與後半偈在結構上是一致的,但第一、第三韻腳與第二、第四韻腳則不同。B. 四個韻腳在結構上完全一致。

A. 輸盧迦(*Śloka*)

輸盧迦(*Śloka* < √ *śru* "聽")是從吠陀(*Veda*)的 *Anuṣṭubh* 韻律發展而來,

爲史詩偈頌，也可視爲印度偈頌之上乘；在古典梵語詩中，較其他任何韻律更常使用。可分爲前、後二個半偈，每個半偈有二個韻腳 (*Pāda*)，每個韻腳有八個音節；一偈共有三十二個音節。

若將半偈分成四個音步 (Foot)，每一音步有四個音節，我們發現僅在第二音步與第四音步才有韻律的限定。第四音步必須是抑揚格 ("Iambic" ⏑ – ⏑ ⏓)，第二音步可有四種不同形式 (如下一段所示)；第一、第三音步形式不拘 (但不可以是 ⏓ ⏑ ⏑ ⏓ 的形式)。第二音步最常出現的形式是 ⏑ – – ⏓ (在 *Nala* 詩篇中，1732 半偈中有 1442 是這種形式)。典型的輸盧迦形式如下所示：

⏓ ⏓ ⏓ ⏓ | ⏑ – – ⏓ | | ⏓ ⏓ ⏓ ⏓ | ⏑ – ⏑ ⏓ | |

例：दुःखान्तं　कर्तुकामेन　सुखान्तं　गन्तुमिच्छता ।

duḥkhāntaṃ kartukāmena sukhāntaṃ gantum icchatā /

– – – – | ⏑ – – ⏑ | ⏑ – – – | ⏑ – ⏑ – | |

श्रद्धामूलं　दृढीकृत्य　बोधौ　कार्या　मतिर्दृढा ॥

śraddhāmūlaṃ dṛḍhīkṛtya bodhau kāryā matir dṛḍhā //

– – – – | ⏑ – – ⏑ | – – – – | ⏑ – ⏑ – | |

欲令苦滅盡，欲得極樂者，（欲令諸苦滅盡，欲得極樂的人，）

信根堅固已，安心於菩提。（令信根堅固後，應將心堅固地安置於菩提中。）

只有在第二音步是 ⏑ – – ⏓ 時，第一音步方可採用所有形式；當第二音步是其他三種形式時，第一音步必須受限制。如下所示：

	I.	II.	III.	IV.
1.	⏓ ⏓ ⏓ ⏓ |	⏑ – – ⏓ | |	⏓ ⏓ ⏓ ⏓ |	⏑ – ⏑ ⏓ | |
2. ①	⏓ – ⏑ – |	⏑ ⏑ ⏑ ⏓ | |	（同	上）

② ⏓ ⏑ – – | ⏑ ⏑ ⏑ ⏓ || （同　上）

3. ⏓ – ⏑ – | – ⏑ ⏑ ⏓ || （同　上）

4. ⏓ – ⏑ – | –, – – ⏓ || （同　上）

第一種形式 (典型的) 稱爲 *Pathyā*，其餘三種稱爲 *Vipulā*，上面的順序是依照其出現的頻率排列。從 *Kālidāsa*、*Māgha*、*Bhāravi*、*Bilhaṇa* 這些詩人的作品中選出2579半偈，可以發現上表依序的四個形式出現次數如下：2289、116、89、85。

一個韻腳的結束與一個詞的結束一致 (有時僅與複合詞的詞末一致)，整個偈頌包含一個完整的句子。結構是不會延續到下個韻腳。有時候我們發現三個半偈結合成一組。

B. 四個韻腳在結構上一致

1. 從吠陀的 *Triṣṭubh* 韻律 (一個韻腳有十一個音節) 發展出很多種類，最普遍的形式是：
   a. *Indravajrā* : – – ⏑ | – – ⏑ | ⏑ – ⏑ | – – ||
   b. *Upendravajrā* : ⏑ – ⏑ | – – ⏑ | ⏑ – ⏑ | – – ||
   c. *Upajāti* (前二者之混合體) : ⏓ – ⏑ | – – ⏑ | ⏑ – ⏑ | – ⏓ ||
   d. *Śālinī* : – – – | –,– ⏑ | – – ⏑ | – – ||
   e. *Rathoddhatā* : – ⏑ – | ⏑ ⏑ ⏑ | – ⏑ – | ⏑ – ||
2. *Jagatī* 韻律 (一個韻腳有十二個音節) 中最普遍的形式是：
   a. *Vaṃśastha* : ⏑ – ⏑ | – – ⏑ | ⏑ – ⏑ | – ⏑ – ||
   b. *Drutavilambita* : ⏑ ⏑ ⏑ | – ⏑ ⏑ | – ⏑ ⏑ | – ⏑ – ||
3. *Śakvarī* 韻律 (一個韻腳有十四個音節) 中最普遍的形式是：
   Vasantatilakā : – – ⏑ | – ⏑ ⏑ | ⏑ – ⏑ | ⏑ – ⏑ | – ⏓ ||

4. *Atiśakvarī* 韻律（一個韻腳有十五個音節）中最普遍的形式是：

Mālinī : ⏑ ⏑ ⏑ | ⏑ ⏑ ⏑ | – –, – | ⏑ – – | ⏑ – ⏓ | |

5. *Atyaṣṭi* 韻律（一個韻腳有十七個音節）中最普遍的形式是：

a. *Śikhariṇī* : ⏑ – – | – – –, | ⏑ ⏑ ⏑ | ⏑ ⏑ – | – ⏑ ⏑ | ⏑ – | |

b. *Hariṇī* : ⏑ ⏑ ⏑ | ⏑ ⏑ –, | – – – | –, ⏑ – | ⏑ ⏑ – | ⏑ – | |

c. *Mandākrāntā* : – – – | –, ⏑ ⏑ | ⏑ ⏑ ⏑ | –, – ⏑ | – – ⏑ | – ⏓ | |

6. *Atidhṛti* 韻律（一個韻腳有十九個音節）中最普遍的形式是：

Śārdūlavikrīḍita : – – – | ⏑ ⏑ – | ⏑ – ⏑ | ⏑ ⏑ –, | – – ⏑ | – – ⏑ | ⏓ | |

7. *Prakṛti* 韻律（一個韻腳有二十一個音節）中最普遍的形式是：

Sragdharā : – – – | – ⏑ – | –, ⏑ ⏑ | ⏑ ⏑ ⏑ | ⏑ –, – | ⏑ – – | ⏑ – – | |

Triṣṭubh 韻律的 *Indravajrā* 例子如下：

गोष्टे गिरिं सव्यकरेण धृत्वा रुष्टेनद्रवज्राहतिमुक्तवृष्टौ ।

goṣṭe girim̥ savyakareṇa dhṛtvā ruṣṭendravajrāhatim uktavṛṣṭau /

– – ⏑ | – – ⏑ | ⏑ – ⏑ | – – | | – – ⏑ | – – ⏑ | ⏑ – ⏑ | – – | |

यो गोकुलं गोपकुलं च सुस्थं चक्रे स नो रक्षतु चक्रपाणिः ॥

yo gokulam̥ gopakulam̥ ca susthaṃ cakre sa no rakṣatu cakrapāṇiḥ //

– – ⏑ | – – ⏑ | ⏑ – ⏑ | – – | | – – ⏑ | – – ⏑ | ⏑ – ⏑ | – – | |

2．以音量計算之韻律

A. 唯以音量總和來規定的韻律（*Mātrā-chandaḥ*）

Vaitālīya 韻律在半偈中（Half-verse），包含三十個音量，奇數韻腳有十四個，偶數韻腳有十六個；半偈包含二十一個音節。其形式如下：

奇數韻腳： ⏑ ⏑ – | ⏑ ⏑ – | ⏑ – ⏑ | ⏓ || (4 + 4 + 4 + 2 = 14)
(或 – ⏑ ⏑)

揚抑抑 或 抑抑揚

偶數韻腳： ⏑ ⏑ – | – ⏑ ⏑ | – | ⏑ – ⏑ | ⏓ || (4 + 4 + 2 + 4 + 2 = 16)
(或 – ⏑ ⏑)

例：कुशलं खलु तुभ्यमेव तत् वचनं कृष्णयदभ्यधामहम् ।

kuśalaṃ khalu tubhyam eva tat vacanaṃ kṛṣṇayadabhyadhām aham /

⏑⏑ – | ⏑⏑ – | ⏑ – ⏑ | – || ⏑⏑ – | – ⏑⏑ | – | ⏑ – ⏑ | – ||

उपदेशपराः परेष्वपि स्वविनाशाभिमुखेषु साधवः ॥

upadeśaparāḥ pareṣv api svavināśābhimukheṣu sādhavaḥ //

⏑⏑ – | ⏑⏑ – | ⏑ – ⏑ | – || ⏑⏑ – | – ⏑⏑ | – | ⏑ – ⏑ | – ||

B. 限定每一音步之音量數的韻律 (*Gaṇa-cchandaḥ*)

Āryā 或 *Gāthā*: 的半偈有七又二分之一音步，每音步包含四個音量 (共有三十個音量)。四個音量可以取用：⏑ ⏑ ⏑ ⏑ ，– – ，– ⏑ ⏑ ，⏑ ⏑ – 形式；在第二、第四音步可以變成 ⏑ – ⏑；第六音步出現 ⏑ ⏑ ⏑ ⏑ 或 ⏑ – ⏑；第八音步是單音節 (短或長音節皆可)。下半偈的第六音步包含單一的短音節，因此下半偈僅有二十七個音量。

例：प्रतिपक्षेणापि पतिं सेवन्ते भर्तृवत्सलाः साध्व्यः ।

pratipakṣeṇāpi patiṃ sevante bhartṛvatsalāḥ sādhvyaḥ /

⏑⏑ – | – – | ⏑ ⏑ – || – – | – – | ⏑ – ⏑ | – – | – ||

I. II. III. IV. V. VI. VII. VIII.

(4 + 4 + 4 + 4 + 4 + 4 + 4 + 2 = 30)

अन्यसरितां शतानि हि समुद्रगाः प्रापयन्त्यब्धिम् ॥

anyasaritāṃ śatāni hi samudragāḥ prāpayanty abdhim //

– ⏑ ⏑ | ⏑ – ⏑ | – ⏑ ⏑ | | ⏑ – ⏑ | – –| ⏑ | – – | – | |

I. II. III. IV. V. VI. VII. VIII.

（4 + 4 + 4 + 4 + 4 + 1 + 4 + 2 = 27）。

下　篇

〔習題與解答等〕

習 題

第一課

一、詞彙

（一）、動詞

√ *car* (*carati*) [不及] "去、徘徊、放牧"；
[及] "實行、託付"

√ *dah* (*dahati*) "燒、焚"

√ *nam* (*namati*) [不及] "鞠躬、彎身"；
[及] "尊敬"

√ *rakṣ* (*rakṣati*) "保護"

√ *yaj* (*yajati*) "祭 (神)"，與業格併用；
"以 (供物) 來祭拜"，與具格併用；
"祠祀"

√ *jīv* (*jīvati*) "活"

√ *tyaj* (*tyajati*) "離去、放棄"

√ *dhāv* (*dhāvati*) "跑"

√ *pac* (*pacati*) "煮"

√ *pat* (*patati*) "落下、飛"

√ *vad* (*vadati*) "說"

√ *vas* (*vasati*) "居住、棲身"

√ *śaṃs* (*śaṃsati*) "讚美"

√ *vah* (*vahati*) [不及] "流動、吹動、前進"；[及] "攜帶"

（二）、副詞與連接詞

atas、*itas* [副] "從此、因此"	*tatas* [副] "從彼處、因此"	*yatas* [副] "何處、自此"
atra、*iha* [副] "此處、今"	*tatra* [副] "彼處"	*yatra* [副] "於何處"
ittham [副] "如是"	*tathā* [副] "如是"	*yathā* [副] "譬如"
kutas [副] "爲什麼？"	*kutra*、*kva* [副] "哪裡？"	*katham* [副] "如何？"
kadā [副] "何時？"	*adhunā* [副] "現在"	*adya* [副] "今日"
evam [副] "如此、像這樣"	*eva* [副] "正好"	*tadā* [副] "那時"
sarvatra [副] "處處"	*iti* [接] "如此"	*ca* [接] "和、且"
yadā [接] "當..的時候"	*sadā* [副] "總是"	*tu* [接] "然、而、復"

punar [副] "再、又、復"

二、習題

अद्य जीवामः ।१। सदा पचथः ।२। अत्र रक्षति ।३।
अधुना रक्षामि ।४। यदा धावथ तदा पतथ ।५। क्व यजन्ति ।६।
तत्र चरथः ।७। कुतः शंससि ।८। त्यजामि कथम् ।९।
पुनः पतावः ।१०। दहसि ।११। पुनर्वदन्ति ।१२।
तत्र वसावः ।१३। सर्वत्र जीवन्ति ।१४।

第二課

一、詞彙

（一）、動詞

√ *gam* (*gacchati*) "去"
√ *guh* (*gūhati*) "隱藏"
√ *ghrā* (*jighrati*) "聞、嗅"
√ *ji* (*jayati*) [及][不及] "征服、勝利"
√ *dru* (*dravati*) "跑"
√ *nī* (*nayati*) "帶領、引導"
√ *pā* (*pibati*) "飲、喝"
√ *bhū* (*bhavati*) "成為、存在、是"
√ *vṛṣ* (*varṣati*) "下雨、似下雨般地落下"
√ *yam* (*yacchati*) "給與、供給"
√ *sad* (*sīdati*) "坐"
√ *smṛ* (*smarati*) "記得、想起"
√ *sthā* (*tiṣṭhati*) [及] "立、在、住"

（二）、名詞

gajaḥ [陽] "大象"
gandhaḥ [陽] "氣味、香味"
grāmaḥ [陽] "村、村莊"
naraḥ [陽] "人"
nṛpaḥ [陽] "王"
putraḥ [陽] "兒子"
kṣīram [中] "乳"
gṛham [中] "屋、家"
jalam [中] "水"
dānam [中] "布施物、禮品、檀那"
nagaram [中] "城市"

（三）、感嘆詞

he "表示驚訝、恐怖、讚嘆...願望等"

二、習 題

सदा देवान् स्मरन्ति ।१। गृहं गच्छामः ।२।
जलं पिबति पुत्रः ।३। नृपौ जयतः ।४।
कदा फलानि यच्छथः ।५। कुत्राधुना गजं नयामि ।६।
नयन्ति देवाः ।७। नयथ हे देवाः ।८।
नरः फले यच्छति ।९। अधुना जिघ्रामि गन्धम् ।१०।
देवं यजावः ।११। पुत्र ग्रामं गच्छन्ति ।१२।
तत्र गृहे भवतः ।१३। सर्वत्र दानानि वर्षन्ति नृपाः ।१४।

第 三 課

一、詞 彙

（一）、動 詞

√ *iṣ* (*icchati*) "希望、想要"
√ *kṛt* (*kṛntati*) "割"
√ *kṛṣ* (*kṛṣati*) "耕"
√ *kṣip* (*kṣipati*) "用力投擲、投、拋"
√ *diś* (*diśati*) "指示、指出"
√ *prach* (*pṛcchati*) "問、詢問"
√ *muc* (*muñcati*) "釋放、解開"
√ *lip* (*limpati*) "塗敷"
√ *lup* (*lumpati*) "毀壞"
√ *vid* (*vindati*) "發現"
√ *viś* (*viśati*) "進入"
√ *vraśc* (*vṛścati*) "割"
√ *sic* (*siñcati*) "滴、使微濕"
√ *sṛj* (*sṛjati*) "創造"
√ *spṛś* (*spṛśati*) "碰觸、洗"

（二）、名 詞

kaṭaḥ [陽] "蓆"

kuntaḥ [陽] "矛"

bālaḥ [陽] "小孩、男孩"

mārgaḥ [陽] "路"

meghaḥ [陽] "雲"

śaraḥ [陽] "箭"

kṣetram [中] "田地"

dhanam [中] "錢、財富"

lāṅgalam [中] "犁"

viṣam [中] "毒物"

sukham [中] "幸運、快樂"

hastaḥ [陽] "手"

二、習 題

धनानि गृहेषु गूहन्ति ।१।

कुन्तान् हस्ताभ्यां क्षिपामः ।२।

नृपाय नरौ मार्गं दिशतः ।३।

मार्गेण ग्रामं गच्छावः ।४।

सुखेनेह गृहे तिष्ठति पुत्रः ।५।

जलं सिञ्चति मेघः ।६।

धनेन सुखमिच्छन्ति नराः ।७।

हस्तयोः फले तिष्ठतः ।८।

जलं हस्तेन स्पृशसि ।९।

नरौ कटे सीदतः ।१०।

क्षेत्राणि लाङ्गलैः कृषन्ति ।११।

नगरं नृपौ विशतः ।१२।

नरः पुत्रेण मार्गे गच्छति ।१३।

नरान्सृजति देवः ।१४।

第四課

一、詞 彙

（一）、動 詞

√ *ruh* (*rohati*) "生長"

（二）、名 詞

agniḥ [陽] "火；阿耆尼 (神名)"

asiḥ [陽] "劍"

kaviḥ [陽] "詩人"

ariḥ [陽] "敵人"

ṛṣiḥ [陽] "仙人"

giriḥ [陽] "山脈"

janaḥ [陽] "人；人們"　　　　　duḥkham [中] "痛苦、不幸、災難"

pāṇiḥ [陽] "手"　　　　　　　　pāpam [中] "罪"

Rāmaḥ [陽] "羅摩 (人名)"　　　vṛkṣaḥ [陽] "樹木"

śivaḥ [陽] "濕婆 (神名)"　　　satyam [中] "眞理；正直"

hariḥ [陽] "哈利 (神名)"

二、習 題

सदा देवा जनान्मुञ्चन्ति पापात् ।१।　　नृपस्य पुत्रौ क्व वसतः ।२।

ऋषिर्दुःखात्पुत्रं रक्षति ।३।　　　　नृपो ऽसिनारेः पाणी कृन्तति ।४।

कवयो हरिं शंसन्ति ।५।　　　　　अरयो जनानां धनं लुम्पन्ति ।६।

जलं गिरेः पतति ।७।　　　　　　शरान्विषेण लिम्पथ ।८।

वृक्षा गिरौ रोहन्ति ।९।　　　　　ऋष्योः पुत्रौ तत्र मार्गे तिष्ठतः ।१०।

हरिः कविभ्यां दानानि यच्छति ।११।　ऋषिभी रामो वसति ।१२।

अग्निनारीणां गृहाणि नृपा दहन्ति ।१३।　हरिं क्षीरेण यजतः ।१४।

第 五 課

一、詞 彙

(一)、動 詞

√ as (asyati) "投、擲"　　　　　ā-√ gam (āgacchati) "來"

ā-√ ruh (ārohati) "爬、登"　　　√ kup (kupyati) "生氣"；與屬格或與格併用

√ tṛ (tarati) "渡過"　　　　　　√ krudh (krudhyati) "生氣"；與屬格或與格併用

√ naś (naśyati) "死、毀滅"　　　√ paś (paśyati) "看見"

√ likh (likhati) "抓、寫"　　　　√ lubh (lubhyati) "渴望"；與處格或與格併用

√ śuṣ (śuṣyati) "使乾涸"　　　　√ hū, √ hvā (hvayati) "呼喚"

√ snih (snihyati) "喜好於、傾向於"；與屬格或處格併用

（二）、名 詞

annam [中] "食物、草料"

udadhiḥ [陽] "海洋"

pattram [中] "葉子、信"

pādaḥ [陽] "腳、基部；一季、區域"

binduḥ [陽] "水滴"

maṇiḥ [陽] "珠寶"

rāśiḥ [陽] "聚、豐富"

viṣṇuḥ [陽] "毗濕奴 (神名)"

śikharaḥ [陽] "頂點"

sūktam [中] "吠陀的詩頌"

aśvaḥ [陽] "馬"

guruḥ [陽] "老師、值得尊敬者"

paraśuḥ [陽] "斧"

bāhuḥ [陽] "手臂"

bhānuḥ [陽] "太陽"

ratnam [中] "珠寶"

vāyuḥ [陽] "風"

śatruḥ [陽] "敵人"

śiṣyaḥ [陽] "學生"

二、習 題

कवयो धने लुभ्यन्ति ।१।

ऋषिः सूक्तानि पश्यति ।२।

गुरू शिष्ययोः क्रुध्यतः ।३।

नृपा अरिभ्यः कुप्यन्ति ।४।

अग्निरुदधौ तिष्ठति ।५।

परशुना वृक्षान्कृन्तथ ।६।

जलस्य बिन्दवो गिरेः पतन्ति ।७।

विष्णुमृषिर्यजति नृपाय ।८।

नृपो ऽश्वमारोहति ।९।

क्षेत्रेषु जलं शुष्यति ।१०।

गुरवः शिष्याणां स्निह्यन्ति ।११।

नृपाणां शत्रवो ऽसिना नश्यन्ति ।१२।

बालो गुरवे पत्त्रं लिखति ।१३।

जना मणीनां राशीनिच्छन्ति ।१४।

आ गिरेर्वृक्षा रोहन्ति ।१५।

बाहुभ्यां जलं नरास्तरन्ति ।१६।

बालौ गृहे ह्वयति नरः ।१७।

कवेः पुत्रौ ग्रामस्य मार्गे गजं पश्यतः ।१८।

第 六 課

一、詞 彙

（一）、動詞

ā-√ *kram* (*ākrāmati*) "跨過、攻擊"

√ *ṛ* (*ṛcchati*) "去、攻擊"

√ *dīv* (*dīvyati*) "遊戲"

√ *bhram* (*bhrāmyati*) "漫遊"

√ *vyadh* (*vidhyati*) "刺穿"

√ *śram* (*śrāmyati*) "變成很疲倦"

ā-√ *cam* (*ācāmati*) "飲、漱口"

√ *tam* (*tāmyati*) "悲傷"

√ *tuṣ* (*tuṣyati*) "喜歡、樂於"；與具格併用

√ *mad* (*mādyati*) "喝醉"

√ *śam* (*śāmyati*) "息滅"

√ *hṛ* (*harati*) "偷、掠奪"

（二）、名詞

akṣaḥ [陽] "骰子"

aliḥ [陽] "蜜蜂"

ṛkṣaḥ [陽] "熊"

kṣatriyaḥ [陽] "勇士"

netram [中] "眼睛"

mukham [中] "嘴、臉"

vasu [中] "財富"

adharmaḥ [陽] "非法"

aśru [中] "眼淚"

kopaḥ [陽] "生氣"

nṛpatiḥ [陽] "國王"

madhu [中] "蜂蜜"

mṛtyuḥ [陽] "死"

二、習 題

ऋक्षा मधुने लुभ्यन्ति ।१।

ऋषिरधुना पाणिना जलमाचामति ।२।

नृपा अक्षैस्तत्र दीव्यन्ति ।३।

अलिर्मधुना माद्यति ।४।

नरा विषेणासीं लिम्पन्ति ।५।

रामः क्षत्रियान्परशुनाक्रामति ।६।

गुरूञ्शिष्यांश्च शंसामः ।७।

अरयो जनानां वसूनि हरन्ति ।८।

नरौ मृत्युमृच्छतः ।९।

बालस्य नेत्राभ्यामश्रूणि पतन्ति ।१०।

जलेनाग्निः शाम्यति ।११।

ऋषेरश्वौ श्राम्यतः ।१२।

गुरुः शिष्यस्य पापात्ताम्यति ।१३।

गजा नगरे भ्राम्यन्ति ।१४।

मधुना क्षीरेण च तुष्यन्ति बालाः ।१५।

第 七 課

一、詞 彙

(一)、動 詞

ā-√ nī (ānayati) "帶來、引導"　　　√ kathaya (kathayati) "敘述、告訴"

√ kṣal (kṣālayati) "洗"　　　√ gaṇaya (gaṇayati) "計算"

√ cur (corayati) "偷"　　　√ taḍ (tāḍayati) "打"

√ tul (tolayati) "稱重、考慮"　　　√ daṇḍaya (daṇḍayati) "處罰"

√ pīḍ (pīḍayati) "使痛苦、折磨"　　　√ pūj (pūjayati) "尊敬"

√ pṛ (pārayati) "克服邪惡、戰勝"

(二)、名 詞

janakaḥ [陽] "父親"　　　daṇḍaḥ [陽] "杖、處罰"

puṇyam [中] "功德、優點"　　　phalam [中] "果實、獎勵、報酬"

rāmāyaṇam [中] " 羅摩耶那 (書名)"　　　rūpakam [中] "金塊、金條"

lokaḥ [陽] "世界、人類"　　　sādhuḥ [陽] "聖者"

suvarṇam [中] "黃金"　　　sūtaḥ [陽] "御者"

stenaḥ [陽] "賊"

(三)、副 詞

iva "例如、像"；放在所修飾之詞的後面

二、習 題

स्तेनः सुवर्णं नृपस्य गृहाच्चेरयति ।१। गुरुर्दण्डेन शिष्यांस्ताडयति ।२।

सूतो ऽश्वान्पीडयति ।३।

ऋषिर्जलेन पाणी क्षालयति ।४।

ग्रामाज्जनान्नगरं नयन्ति ।५।

नरौ रूपकाणि गणयतः ।६।

नृपाच्छत्रूणां दण्डो भवति ।७।

रामस्य पुत्रौ जनेभ्यो रामायणं कथयतः ।८।

सुवर्णं पाणिभ्यां तोलयामः ।९।

जनकः पुत्रान्कोपाद्दण्डयति ।१०।

गृहाल्लोका आगच्छन्ति ।११।

पुण्येन साधुर्दुःखानि पारयति ।१२।

देवानिव नृपतीं लोकः पूजयति ।१३।

第八課

一、詞彙

（一）、動詞

√ *arthaya* (*arthayate*) "向...詢問"；與兩個業格併用

√ *kamp* (*kampate*) "發抖、顫抖"

√ *bhāṣ* (*bhāṣate*) "說"

√ *yudh* (*yudhyate*) "戰鬥"；戰鬥的對象用具格

√ *ruc* (*rocate*) "取悅"；和與格或屬格併用

√ *sah* (*sahate*) "忍受"

ā-√ *rabh* (*ārabhate*) "握住、開始"

√ *īkṣ* (*īkṣate*) "看"

√ *jan* (*jāyate*) "生"；能生者用處格

√ *mṛ* (*mriyate*) "死"

√ *yat* (*yatate*) "奮鬥、努力"；和與格併用

√ *labh* (*labhate*) "獲得、接受"

√ *vand* (*vandate*) "敬禮、尊敬"

√ *śikṣ* (*śikṣate*) "學習"

√ *sev* (*sevate*) "服侍、尊敬"

（二）、名詞

anarthaḥ [陽] "災難、變故"

kalyāṇam [中] "利益、拯救"

dvijaḥ [陽] "再生族"

dharmaḥ [陽] "權利、法則、美德"

udyogaḥ [陽] "勤勉"

taruḥ [陽] "樹"

dvijātiḥ [陽] "再生族"

dhairyam [中] "堅定"

paśuḥ [陽] "野獸"
manuṣyaḥ [陽] "人"
vanam [中] "森林"
vīciḥ [陽] "波浪"
śūdraḥ [陽] "首陀羅"
balam [中] "力"
yajñaḥ [陽] "供品、祭祀"
vinayaḥ [陽] "服從、毗奈耶"
śāstram [中] "學術、論"
hitam [中] "利益"

（三）、副 詞

na "不"

二、習 題

वायोर्बलेन तरवः कम्पन्ते ।१। असिनाद्यारयो म्रियन्त इत्यत्र नृपो भाषते ।२। वसूनां राशीन्नृपतीन्कवयो ऽर्थयन्ते ।३। शास्त्रे अधुना शिक्षामह इति पत्त्रे हरिर्लिखति ।४। पापाद्दुःखं जायते ।५। शिष्याणां विनय उद्योगश्च गुरुभ्यो रोचेते ।६। अधर्माय न धर्माय यतेथे ।७। विष्णोः सूक्ते ऋषी लभेते ।८। अत्रर्षिर्भानुं वन्दते ।९। अग्नी ईक्षते बालः ।१०। धनेन पशूं लभध्वे यज्ञाय ।११। सदा गुरोः पादौ बालाः सेवन्ते ।१२। फले अत्र मनुष्यस्य पाण्योस्तिष्ठतः ।१३। सहेते अनर्थं साधू ।१४। वनेष्विहर्क्षा वसन्ति ।१५। क्षत्रिया ऋषी सेवन्ते ।१६।

第 九 課

一、詞 彙

（一）、動 詞

ava-√ gam (*avagacchati*) "了解"
ava-√ ruh (*avarohati*) "降落"
pari-√ nī (*pariṇayati*) "結婚"
parā-√ ji (*parājayate*) "被征服"
ava-√ tṛ (*avatarati*) "降落"
ud-√ pat (*utpatati*) "向上飛"
upa-√ nī (*upanayati*) "介紹、收...爲徒"
pra-√ pad (*prapadyate*) "尋求...的保護"

√ *bhikṣ* (*bhikṣate*) "乞討"　√ *mṛgaya* (*mṛgayate*) "尋找"

√ *vṛt* (*vartate*) "存在"　√ *śubh* (*śobhate*) "卓越、出色"

sam-√ *gam* (*saṃgacchate*) "聚集、相遇"；與具格併用

(二)、名 詞

iṣuḥ [陽] "箭"　*kanyā* [陰] "女兒、少女"

gaṅgā [陰] "恆河"　*gṛhasthaḥ* [陽] "一家之主、在家"

chāyā [陰] "樹蔭、影子"　*prayāgaḥ* [陽] " Prayāga (城名)"

bhayam [中] "恐懼"　*bhāryā* [陰] "妻子、女人"

bhāṣā [陰] "言詞、語言"　*bhikṣā* [陰] "施捨、乞討"

yamunā [陰] " Yamuna river (河名)"　*raṇaḥ, raṇam* [陽中] "戰爭"

rathyā [陰] "街道"　*vidyā* [陰] "知識、學問"

vihagaḥ [陽] "鳥"　*vyādhaḥ* [陽] "獵人"

śaraṇam [中] "保護"　*saṃdhyā* [陰] "黎明"

svargaḥ [陽] "天上"　*hṛdayam* [中] "心"

(三)、形容詞

kṛṣṇa、°*ā* [陰] "黑色的"　*pāpa*、°*ā* [陰] "惡的"

prabhūta、°*ā* [陰] "豐富、很多"

(四)、副 詞

saha "與...共"；與具格併用　*sahasā* "突然地、迅速地"

二、習 題

रत्नं रत्नेन संगच्छते ।१। यदा विहगा व्याधं पश्यन्ति तदा सहसोत्पतन्ति ।२। सत्यं

हृदयेषु मृगयन्त ऋषयः ।३। हरेः कन्यां रामः परिणयति ।४। विष्णोर्हरेश्च भार्ये कन्याभिः सहागच्छतः ।५। रामो विष्णुश्च देवाञ्शरणं प्रपद्येते ।६। भिक्षया रामस्य शिष्यौ वर्तेते ।७। यदा जना गङ्गायां म्रियन्ते तदा स्वर्गं लभन्ते ।८। कन्याया अन्नं यच्छत्यृषेर्भार्या ।९। वन ऋक्षेष्विषून्मुञ्चन्ति व्याधाः कृष्णौ च म्रियेते ।१०। द्विजातीनां भाषां शूद्रा नावगच्छन्ति ।११। हे शिष्या नगरस्य रथ्यासु साधूनां भार्याभ्यो ऽद्य भिक्षां लभध्वे ।१२। अत्र च्छा-यायां प्रभूता विहगास्तिष्ठन्ति ।१३। क्षत्रियस्य बालावृषिरुपनयति ॥१४॥

第十課

一、詞彙

（一）、動詞

√ *kṛ* ([被] *kriyate*) "做"

√ *khan* (*khanati*; [被] *khāyate*, *khanyate*) "掘"

√ *gā* (*gāyati*; [被] *gīyate*) "唱"

√ *grah* ([被] *gṛhyate*) "取"

√ *daṃś* (*daśati*; [被] *daśyate*) "咬"

√ 2 *dā* (*dyati*; [被] *dīyate*) "切割"

√ *dīv* (*dīvyati*; [被] *dīvyate*) "玩"

√ 1 *dhā* ([被] *dhīyate*) "放置"

√ 2 *dhā* (*dhayati*; [被] *dhīyate*) "啜"

√ *dhyā* (*dhyāyati*; [被] *dhyāyate*) "思慮"

√ *pā* ([被] *pīyate*) "飲"

√ *pṝ* ([被] *pūryate*) "充滿"

√ *bandh* ([被] *badhyate*) "綁、捕抓"

√ *mā* ([被] *mīyate*) "測量"

√ *vac* ([被] *ucyate*) "說"

√ *vap* (*vapati*; [被] *upyate*) "撒播"

√ *śās* ([被] *śiṣyate*) "統治、處罰"

√ *śru* ([被] *śrūyate*) "聽"

√ *stu* ([被] *stūyate*) "稱讚"

√ *svap* ([被] *supyate*) "睡覺"

√ *hā* ([被] *hīyate*) "放棄"

√ *hū*, *hvā* (*hvayati*; [被] *hūyate*) "呼叫"

ā-√ *hvā* "召喚"

（二）、名詞

ājñā [陰] "命令"

āśā [陰] "希望"

kāṣṭham [中] "束薪" 　　gītam [中] "歌"

ghaṭaḥ [陽] "鍋、容器" 　ghṛtam [中] "酥油"

dhānyam [陽] "穀物" 　　pāśaḥ [陽] "繩套、羅網"

bhāraḥ [陽] "負擔" 　　bhikṣuḥ [陽] "乞士、苾芻"

bhṛtyaḥ [陽] "僕人" 　　mālā [陽] "花環"

rājyam [陽] "領域、王國" śiśuḥ [陽] "小孩"

sarpaḥ [陽] "蛇" 　　　vidheya 、°ā [陰] "順從的"

二、習 題

रामेण पुत्रावद्योपनीयेते इति श्रूयते ।१। ऋषिर्नृपेण धर्मं पृच्छ्यते ।२। घटौ घृतेन पूर्येते ।३। विहगाः पाशैर्बध्यन्ते ।४। जनैर्नगरं गम्यते ।५। हे शिष्या गुरुणाह्वयध्वे ।६। नरैः क-टाः क्रियन्ते ।७। कविभिर्नृपाः सदा स्तूयन्ते ।८। प्रभूता भिक्षा गृहस्थस्य भार्यया भिक्षुभ्यो दीयते ।९। कन्याभ्यां गीतं गीयते ।१०। स्तेनैर्लोकानां वसु चोर्यते ।११। इषुभी रण ऽरयो नृपतिना जीयन्ते ।१२। हे देवौ साधुभिः सदा स्मर्येथे ।१३। दण्डेन बालाः शिष्यन्ते ।१४। प्रभूतः काष्ठानां भारो नरेणोह्यते ।१५। अश्वेन जलं पीयते ।१६। धर्मेण राज्यं शिष्यते नृपेण ।१७। सर्पेण दश्येते नरौ ।१८। सूतेनाश्वस्ताड्यते ॥१९॥

第 十一 課

一、詞 彙

(一)、動 詞

ava-√ kṛt (avakṛntati) "切斷、使減少" 　ā-√ hṛ (āharati, -te) "拿來、帶來"

upa-√ viś (upaviśati) "就座" 　　　　√ paṭh (paṭhati) "背誦、讀"

pra-√ viś (praviśati) "進入"

（二）、名詞

arthaḥ [陽] "目的、意義、財富"
indraḥ [陽] "因陀羅 (神名)"
indrāṇī [陰] "女神名"
kāvyam [中] "詩篇"
granthaḥ [陽] "文學作品、書"
jananī [陰] "母親"
dāsī [陰] "女僕"
devī [陰] "女神、女王"
nagarī [陰] "城市"
nārī [陰] "女人、妻子"
patnī [陰] "妻子"
putrī [陰] "女兒"
pustakam [中] "書"
pūraḥ [陽] "洪水"
pṛthivī [陰] "陸地、地面"
brāhmaṇaḥ [陽] "僧侶、婆羅門"
matsyaḥ [陽] "魚"
vāpī [陰] "水槽"
sabhā [陰] "會議"
senā [陰] "軍隊"
stotram [陰] "讚頌歌"

二、習題

नृपतिर्नगरीं सेनयाजयत् ।१। कवयः सभायां काव्यान्यपठन् ।२। दास्यो ऽन्नमानयन् ।३। देवीर्देवांश्च हरिरपूजयत् ।४। साधोः पत्न्या भिक्षवे रूपकाणि दीयन्ते ।५। नदीषु मत्स्यान-पश्याम ।६। पुस्तकं पुत्र्या अयच्छद्विष्णुः ।७। नगर्या रथ्यासु गजावभ्राम्यताम् ।८। पृथिव्याः प्रभूता विहगा उदपतन् ।९। गृहं नद्याः पूरेणोह्यते ।१०। पात्नीभिर्नरा नगर आगच्छन् ।११। यदा शिवो विष्णुश्च ग्रन्थमपठतां तदार्थं नावागच्छाव ।१२। शिष्या गुरोर्गृहं प्रावि-शन्नुपाविशंश्च कटयोः पृथिव्याम् ॥१३॥

第十二課

一、詞彙

（一）、動詞

upa-√ diś (*upadiśati*) "教導"
√ *kḷp* (*kalpate*) "適宜、照料"；和與格併用

√ *vid* (*vindati, vindate*) "獲得"

（二）、名 詞

kalahaḥ [陽] "爭吵"

gopaḥ [陽] "牧羊人、保護者"

dhṛtiḥ [陰] "勇敢、果斷"

buddhiḥ [陰] "智"

bhāgaḥ [陽] "部分"

bhūmiḥ [陰] "地"

muktiḥ [陰] "拯救、解脫"

raśmiḥ [陽] "光線、韁繩"

vraṇaḥ [陽] "傷口"

śrutiḥ [陰] "聽聞、天啓文學"

svapnaḥ [陽] "睡覺、夢"

kīrtiḥ [陰] "榮耀、名聲"

jātiḥ [陰] "身世、階級、種類"

pārthivaḥ [陽] "王子"

bhaktiḥ [陰] "信愛、尊敬"

bhūtiḥ [陰] "繁榮、祝福"

makṣikā [陰] "蚊"

yaṣṭiḥ [陰] "手杖、棍"

rātriḥ [陰] "夜晚"

śāntiḥ [陰] "寂靜"

smṛtiḥ [陰] "傳統、聖傳文學"

hanuḥ [陰] "顎"

（三）、形容詞

nīca、°*ā* [陰] "低的"

laghu、°*ghvī* [陰] "輕的"

mukhya、°*ā* [陰] "主要的、第一的"

二、習 題

मक्षिका व्रणमिच्छन्ति धनमिच्छन्ति पार्थिवाः।
नीचाः कलहमिच्छन्ति शान्तिमिच्छन्ति साधवः ॥१॥

शान्त्यर्षय इह शोभन्ते ।१। श्रुतौ बह्वीषु स्मृतिषु च धर्म उपदिश्यते ।२। रात्र्यां स्वप्नं न लभामहे ।३। बह्वीं कीर्तिं धृत्याविन्दन्नृपतिः ।४। पुण्येन मुक्तिं लभध्वे ।५। बहूनिषून्रणे ऽरिष्वक्षिपन्नृपतिः ।६। हन्वामश्वां लघ्वा यष्ट्याताडयम् ।७। नृपतेर्बुद्ध्या क्षत्रियाणां कलहो

ऽशाम्यत् ।८। शूद्राणां जातयो नीचा गण्यन्ते ।९। द्विजातीनां जातिषु ब्राह्मणा मुख्याः ।१०। धर्मो भूत्यै कल्पते ।११। जात्या क्षत्रियौ वर्तेथे ।१२। भूमेर्भागं ब्राह्मणायायच्छत्पार्थिवः ।१३। अश्वा अश्राम्यन्भूमावपतंश्च ॥१४॥

第 十三 課

一、詞 彙

（一）、動 詞

ati-√ kram (*atikramati, atikramate*) "經過、踰越"

adhi-√ sthā "登上、站在...之上、統治"

api-√ dhā "覆蓋、掩藏"

ud-√ jan (*ujjāyate*) "出生、生自"；和從格併用

ni-√ sev (*niṣevate*) "居住、專心於、照料"

nis-√ pad (*niṣpadyate*) "種植、生自"；和從格併用

pra-√ jan (*prajāyate*) "出現、發生"

pra-√ bhū "發生、統治"

prati-√ bhāṣ (*pratibhāṣate*) "回答"；說話的對象用業格

prati-√ sidh (*pratiṣedhati*) "阻止、禁止"

prati-√ han "妨礙、傷害、冒犯"

√ rac (*racayati*) "整理、編輯"

vi-√ naś (*vinaśyati*) "消失、毀滅"

sam-√ nah (*saṃnahyati*) "束緊、裝備"

（二）、名 詞

anujñā [陰] "許可"

īśvaraḥ [陽] "神、主人"

kapotaḥ [陽] "鴿子"

karṇaḥ [陽] "耳朵"

kāmaḥ [陽] "愛、慾望"
krodhaḥ [陽] "生氣"
dhīḥ [陰] "理解、見識"
padmaḥ, padmam [陽中] "蓮花"
mahārājaḥ [陽] "大王"
mekhalā [陰] "腰帶"
rathaḥ [陽] "貨車"
vasatiḥ [陰] "住處"
samudraḥ [陽] "海洋"
hrīḥ [陰] "謙虛、害羞"
kāraṇam [中] "理由、原因"
jālam [中] "網、陷阱"
nāśaḥ [陽] "毀滅"
puruṣaḥ [陽] "人"
muniḥ [陽] "智者、苦行者"
mohaḥ [陽] "迷惑、痴"
lobhaḥ [陽] "慾望、貪心"
śrīḥ [陰] "幸運、財富、財富之神"
sṛṣṭiḥ [陰] "創造、所造物"

（三）、形容詞

kṛtsna、°*ā* [陰] "全部的"
dhīra、°*ā* [陰] "堅定、踏實的"
cāru、°*ru* [陰] "美麗的"
śveta、°*ā* [陰] "白的"

二、習 題

लोभात्क्रोधः प्रभवति लोभात्कामः प्रजायते ।
लोभान्मोहश्च नाशश्च लोभः पापस्य कारणम् ।२।

नृपतिर्ऋषिणा पापात्प्रत्यषिध्यत ।१। हरेर्भार्यायां चारवः पुत्रा अजायन्त ।२। धीरं पुरुषं श्रियः सदा निषेवन्ते ।३। पार्थिवस्याज्ञां शत्रू अत्यक्रमेताम् ।४। पद्मं श्रिया वसतिः ।५। धियो बलेन पुरुषा दुःखानि पारयन्ति ।६। रथो ऽध्यष्ठीयत रामेण ।७। कवेर्गृहं श्रियाशोभत ।८। शिशू आहूयेथां जनन्या ।९। भानुमैक्षतर्षिः ।१०। गुरोरनुज्ञया कटे शिष्यावुपाविशताम् ।११। मुनिरीश्वरस्य सृष्टिं ध्यायति ।१२। क्षेत्रेषु धान्यं निष्पद्यते ।१३। गुरवो ग्रन्थान्रचयन्ति शिष्याश्च पुस्तकानि लिखन्ति ॥१४॥

第十四課

一、詞彙

（一）、動詞

abhi-√ as (*abhyasyati*) "重複、學習"

ā-√ diś (*ādiśati*) "命令"

√ dṛś ([被] *dṛśyate*) "似乎、看"

ni-√ vas (*nivasati*) "居住於、居住"

ni-√ sad (*niṣīdati*) "使自己就座"

pra-√ as (*prāsyati*) "向前投"

pra-√ vṛt (*pravartate*) "發生"

√ śuc (*śocati*) "使悲傷"

（二）、名詞

atithiḥ [陽] "客人"

anṛtam [中] "謊言"

abhyāsaḥ [陽] "學習、背誦"

ādeśaḥ [陽] "命令"

āsanam [中] "座位"

juhūḥ [陰] "湯匙"

pāṭhaḥ [陽] "演講、課"

prajā [陰] "臣民"

bhūḥ [陰] "地面"

bhūṣaṇam [中] "裝飾品"

bhrūḥ [陰] "眉毛"

vadhūḥ [陰] "女人、妻子"

vediḥ [陰] "祭壇"

śvaśrūḥ [陰] "岳母"

stutiḥ [陰] "讚頌歌、讚頌"

snuṣā [陰] "媳婦"

（三）、形容詞

apara、°*ā* [陰] "較低的、其他的"

para、°*ā* [陰] "最高的、其他的"

vakra、°*ā* [陰] "彎曲的"

sundara、°*ā* [陰] "美麗的"

（四）、副詞

adhastāt "在下面"；與屬格併用

ciram "長"；指時間

dīrgham "甚遠"

mā "不"；表禁止的語助詞

vā "或"；後置詞　　*hrasvam* "附近"

二、習 題

धर्मं चरत माधर्मं सत्यं वदत मानृतम् ।
दीर्घं पश्यत मा ह्रस्वं परं पश्यत मापरम् ॥३॥

जयतु महाराजश्चिरं च कृत्स्नां भुवमधितिष्ठतु ।१। प्रयागं गच्छतं सुखेन च तत्र निवसतम् ।२। सुन्दर्या भ्रुवौ वक्रे दृश्येते ।३। गुरव आसने निषीदन्तु भुवि शिष्याः ।४। स्नुषाभिः सह श्वश्रूणां कलहः प्रावर्तत ।५। हे क्षत्रियाः कुन्तान्क्षिपतेषून्मुञ्चत पापाञ्शत्रून्दण्डयतेति क्रोधान्नृपतिरभाषत ।६। अतिथिं पृच्छतु रात्रौ कुत्र न्यवस इति ।७। श्वश्र्वाः कोपाच्छोचतः स्नुषे ।८। वध्वाः स्निह्यत्यृषिः ।९। पाठस्याभ्यासाय शिष्यावागच्छतामिति गुरोराज्ञा ।१०। जुह्वाग्नौ घृतं प्रास्यानि ।११। हे वधु वाप्या जलमानय ।१२। जुह्वां घृतं तिष्ठति ।१३। भ्रुवोरधस्तान्नेत्रे वर्तेते ॥१४॥

第 十五 課

一、詞 彙

（一）、動 詞

anu-√ gam (*anugacchati*) "跟隨"

ā-√ śri (*āśrayate*) "向...尋求保護"；與業格併用

vi-√ vad (*vivadate*) "討論、爭論"

sam-ā-√ car (*samācarati*) "做、實踐"

（二）、名 詞

ācāryaḥ [陽] "老師"　　*kartṛ* [陽] "作者"；"正在作的"

kālaḥ [陽] "時間"　　*kṛpā* [陰] "仁慈、憐憫"

dātṛ [陽] "布施者"；"慷慨的"　　*durjanaḥ* [陽] "流氓"

draṣṭṛ [陽] "見者"；"正在看的"　　*dhātṛ* [陽] "創造者"

niścayaḥ [陽] "決定、確信"
netṛ [陽] "領導者"
paṇḍitaḥ [陽] "學者"
padam [中] "步調"
prāyaścittam [中] "苦行、贖罪"
bhartṛ [陽] "支持者、保存者、主人"
rakṣitṛ [陽] "保護者"
vyavahāraḥ [陽] "審訊、訴訟案件"
śāstṛ [陽] "處罰者、統治者"
sraṣṭṛ [陽] "創造者"
namas [中] "尊敬"；常常作爲不變化詞，禮敬的對象用與格

（三）、形容詞

daridra、°*ā* [陰] "貧窮的"
vara、°*ā* [陰] "最好的、較好的"；和從格併用

二、習 題

दुर्जनस्य च सर्पस्य वरं सर्पो न दुर्जनः ।
सर्पो दशति कालेन दुर्जनस्तु पदे पदे ॥४॥

आचार्यं लभस्व प्रायश्चित्तं समाचरेति पापं द्विजातय आदिशन्ति ।१। काव्यानि रचयाम कीर्तिं विन्दाम नृपतीनाश्रयामहै श्रियं लभामहा इति कवयो वदन्ति ।२। स्वसुर्गृहे कन्ये न्यवसताम् ।३। नृपे रक्षितरि सुखेन प्रजा वसन्ति ।४। धर्माय देवान्यजावहा अर्थाय कीर्तये च सभासु पण्डितैः सह विवदावहा इति ब्राह्मणस्य पुत्रयोर्निश्चयः ।५। मुक्तय ईश्वरः सृष्टेः कर्ता मनुष्यैर्भक्त्या सेव्यताम् ।६। नृपतयः प्रजानां रक्षितारो दुर्जनानां च शास्तारो वर्तन्ताम् ।७। शास्त्रस्य कर्त्रे पाणिनये नमः ।८। लोकस्य स्रष्टृभ्यो वसूनां दातृभ्यो देवेभ्यो नमो नमः ॥९॥

第 十六 課

一、詞 彙

（一）、動 詞

√ *man* (*manyate*) "想、認爲"

√ *mud* (*modate*) "喜歡"

√ *śaṃs* (*śaṃsati*) "頌揚、稱讚、顯示"

√ *smṛ* (*smarati;* [被] *smaryate*) "記得、考慮、教導"

（二）、名 詞

go [陽陰] "公牛、母牛"；[陰] "演說"

gotvam [中] "牛性、魯鈍"

ghāsaḥ [陽] "草料"

jāmātṛ [陽] "女婿"

duhitṛ [陰] "女兒"

paṅkam [中] "泥、沼澤"

pitṛ [陽] " [單] 父親；[雙] 雙親；[複] 祖靈"

prayoktṛ [陽] "使用者、安排者"

budhaḥ [陽] "智者"

bhrātṛ [陽] "兄弟"

mātṛ [陰] "母親"

māsaḥ [陽] "月份"

yugmam [中] "一雙"

rakṣaṇam [中] "保護"

śrāddham [中] "祭品"

（三）、形容詞

adhika、°*ā* [陰] "較多的、較大的、最大的"

kāmadugha、°*ā* [陰] "如願的"；[陰][名] "如意牛"

duṣprayukta、°*ā* [陰] "不善用"

prayukta、°*ā* [陰] "所用的"

śreṣṭha、°*ā* [陰] "最好"

sā [代][陰] "她、它"

（四）、副詞與接續詞

cet [接] "如果"

nityam [副] "總是、恆常地"

yadi [接] "如果"

samyak [副] "徹底地、正當地"

二、習 題

गौर्गौः कामदुघा सम्यक् प्रयुक्ता स्मर्यते बुधैः ।
दुष्प्रयुक्ता पुनर्गोत्वं प्रयोक्तुः सैव शंसति ॥५॥

भर्तारं भर्तुश्च पितरं मातरं च पत्नी देवानिव पूजयेत् ।१। गा रक्षेद्गवां रक्षणेन पुण्यं भवतीति द्विजातयो मन्यन्ते ।२। यदा प्रयाग आगच्छेव तदा पित्रे पत्त्रं लिखेव ।३। पितृभ्यो मासे मासे श्राद्धं यच्छेयुः ।४। ग्राममद्य गच्छेतमिति मातरौ पुत्रावभाषेताम् ।५। गोः क्षीरेण शिशवो मोदन्ताम् ।६। गामतिथये पचेमेत्यृषिर्भार्यामवदत् ।७। दुहितरं पितरौ रक्षेतां स्वसारं भ्रातरो मातृः पुत्राश्च रक्षेयुः ।८। यदि शास्त्रमभ्यस्येयं तदा गुरवस्तुष्येयुः ।९। हे स्वसः पित्रोर्गृहे तिष्ठेः ।१०। बाहुभ्यां नदीं न तरेत् ।११। हे शिशवः पितॄन्सेवध्वं भ्रातॄणां स्निह्यत ॥१२॥

第十七課

一、詞彙

（一）、動詞

anu-√ sthā (*anutiṣṭhati*) "完成"

abhi-√ nand (*abhinandati*) "喜歡、喜悅於"；與業格併用

prati-√ īkṣ (*pratikṣate*) "期望"

√ ram (*ramate*) "使自己快樂"

vi-√ ram (*viramati*) "停止"；與從格併用

（二）、名詞

udyānam [中] "花園"

jīvitam [中] "生活"

pāśupālyam [中] "牧牛"

bhakṣaṇam [中] "吃"

maraṇam [中] "死亡"

yuddham [中] "戰役"

kṛṣiḥ [陰] "農業"

nideśaḥ [陽] "命令"

purohitaḥ [陽] "僧侶"

bhṛtakaḥ [陽] "僕人"

mitram [中] "朋友"

vāṇijyam [中] "貿易"

vidhiḥ [陽] "規定、命運"　　　　　　*śvaśuraḥ* [陽] "岳父"
bhadram [中] "財富、運氣"

（三）、形容詞

bhadra、°*ā* [陰] "好的、愉快的、親愛的"
saṃdigdha、°*ā* [陰] "可疑的、不穩的"

二、習 題

नाभिनन्देत मरणं नाभिनन्देत जीवितम् ।
कालमेव प्रतीक्षेत निदेशं भृतको यथा ॥६॥

भ्रातरि स्तेनाः शरानमञ्चन् ।१। यदि नराः श्रुतेः स्मृतेश्च विधीननुतिष्ठेयुस्तदा साधुभिः शस्येरन् ।२। वैश्याः कृष्या वाणिज्येन पाशुपाल्येन वा वर्तेरन् ।३। संदिग्धां नावं नारोहेत् ।४। यदि गङ्गाया वारिणि म्रियेध्वं तदा स्वर्गं लभेध्वम् ।५। जामातरः श्वशुरान्स्नुषाः श्वश्रूर्दुहितरश्च पुत्राश्च पितरौ सेवेरन् ।६। ब्राह्मणैर्नावोदधिर्न तीर्येत ।७। शत्रुभिर्न पराजयेथा इति नृपतिं प्रजा वदन्ति ।८। नृपती अरिभिर्युध्येयाताम् ।९। नौषु युद्धमभवत् ।१०। बालावुद्याने रमेयाताम् ॥१२॥

第十八課

一、詞 彙

（一）、動 詞

adhi-√ i "研讀"；[使] (*adhyāpayati*) "教"
apa-√ nī "帶走"；[使] (*apanāyati*) "帶走"
abhi-√ vad；[使] (*abhivādayati*) "打招呼"
√ *aś* "吃"；[使] (*āśayati*) "使...吃"
ā-√ jñā；[使] (*ājñāpayati*) "命令"

√ *kḷp*；[使] (*kalpayati, -te*) "作、任命、指定"

√ *jan*；[使] (*janayati*) "生子"

√ *dā* "給"；[使] (*dāpayati*) "使...給"

√ *dṛś* "看"；[使] (*darśayati*) "顯示"

ni-√ vid；[使] (*nivedayati*) "通知"；與與格併用

pari-√ dhā；[使] (*dhāpayati*) "使..穿衣"；用兩個業格

√ *prath*；[使] (*prathayati*) "散佈"

pra +√ sthā (*pratiṣṭhate*) "出發"；[使] (*prasthāpayati*) "送"

√ *mṛ* "死"；[使] (*mārayati*) "殺"

√ *yaj* "祭祈"；[使] (*yājayati*) "使祭祈"

√ *vid* "知道"；[使] (*vedayati*) "通知"；與與格併用

√ *vṛdh* (*vardhate*) "種植"；[使] (*vardhayati, -te*) "使種植、生長"

√ *vyath*；[使] (*vyathayati*) "使痛苦"

√ *śru* "聽"；[使] (*śrāvayati*) "宣說"；說話的對象用業格

√ *sthā* "站立"；[使] (*sthāpayati*) "放、任命、停止"

(二)、名 詞

amṛtam [中] "甘露、不死藥"

karaḥ [陽] "手、象鼻、光線、稅"

kāśī [陰] " Benares 的城市 (城名)"

daśarathaḥ [陽] "羅摩的父親 (人名)"

dūtaḥ [陽] "信差、使者"

manorathaḥ [陽] "希求"

vidhiḥ [陽] "梵"

vedaḥ [陽] "學問、知識"

upanayanam [中] "入會儀式、授職儀式"

kālidāsaḥ [陽] "詩人的名字 (人名)"

guṇaḥ [陽] "品質、優秀"

dāsaḥ [陽] "男僕"

pāṭaliputram [中] " Patnā 的城市 (城名)"

vastram [中] "衣服"

vṛkaḥ [陽] "狼"

（三）、形容詞

navīna、°*ā* [陰] "新的"　　*sva*、°*ā* [陰] "自己的"

二、習 題

सूत । अधुना स्थापय रथम् ।१। यथाज्ञापयति देवः ।२। दशरथश्चारून्पुत्रानजनयत् ।३। कालिदासस्य काव्यं मां श्रावयेः ।४। वैश्यान्करान्दापयेन्नृपः ।५। उपनयने बालान्नवीनानि वस्त्राणि परिधापयेयुः ।६। भ्रातरो ऽस्मान्नगरं प्रास्थापयन् ।७। स्वसार आगच्छन्तीति मह्यं न्यवेद्यत ।८। वायोर्बलेन तरवो ऽपात्यन्त ।९। क्षत्रिया युद्धे ऽरीन्मारयन्ति ।१०। कवयो ऽस्माकं गुणान्प्रथयेयुः कीर्तिं च वर्धयेयुरिति पार्थिवैरिष्यते ।११। अहं प्रयागे निवसामि रामः काश्यां तिष्ठति ।१२। ग्रन्थो ऽस्माभी रच्यते पुस्तकं रामेण लेख्यामः ॥१३॥

第 十九 課

一、詞 彙

（一）、動詞

√ *ās* "坐"；[使] (*āsayati*) "放"

√ *pā* "喝"；[使] (*pāyayati*) "給與水"

√ *pā* "保護"；[使] (*pālayati*) "保護"

√ *prī* "喜歡"；[使] (*prīṇayati*) "使喜歡、取悅"

√ *bhī* "懼怕"；[使] (*bhīṣayate, bhāyayate*) "恐嚇"

√ *vac* "說"；[使] (*vācayati*) "使說、閱讀"

√ *sah* (*sahate*) "忍受"

√ *sidh* (*sidhyati*) "成就、成功"；[使] (*sādhayati*) "執行、獲得"

√ *han* "殺"；[使] (*ghātayati*) "使殺"

√ *hvā* "喊叫"；[使] (*hvāyayati*) "使喊"

（二）、名 詞

kāryam [中] "事業"

kṛṣṇaḥ [陽] " Kṛṣṇa (神名) "

kausalyā [陰] " Kausalyā (人名) "

gatiḥ [陰] "步法、避難所"

caraṇaḥ, caraṇam [陽中] "腳、腿"

chattram [中] "雨傘"

dugdham [中] "牛奶"

devakī [陰] " Kṛṣṇa 的母親 (神名)"

pṛthvī [陰] "地"

sahāyaḥ [陽] "同伴、協助者"

śrī "〔作爲專有名詞的前綴時，意思爲〕有名的、可敬的"

（三）、形容詞

anya "其他的"

itara "其他的"

viśva "全部的"

sarva "全部的"

svādu "甜的"

（四）、不變化詞

api "也、縱使"

vinā "沒有"；與業格或具格併用，後置詞

二、習 題

सहायेन विना नैव कार्यं किमपि सिध्यति ।
एकेन चरणेनापि गतिः कस्य प्रवर्तते ॥७॥

मयि त्वयि च पितरौ स्निह्यतः ।१। यः पृथिवीं पालयति स पार्थिव उच्यते ।२। कस्यै देव्यै स्तोत्रं रचयेम ।३। गुरुर्युष्मानाह्वाययत् ।४। या अस्मान्दुग्धं पाययन्ति ता धेनूर्मा घातयत ।५। युष्मन्मम दुःखं भवति ।६। साधवः पुण्यैः सह स्वर्गं लभन्ते न त्वितरे जनाः ।७। वयमेतत्पुस्तकं नेच्छामस्तदन्यस्मै कस्मैचिद्दीयताम् ।८। त्वदन्यो न को ऽप्यस्माभिः शस्यते ।९। या देवकी वसुदेवस्य पत्न्यभवत्तस्यां कृष्णो ऽजायत ।१०। तव पित्रा सह नगर्या आगच्छाम ।११। यूयं पितॄञ्श्राद्धैः प्रीणयथ वयं जलेन ।१२। विश्वे देवास्त्वा पालयन्तु ।१३।

अन्येषां काव्यैरेष कविः कीर्तिमसाधयत् ।१४।

第二十課

一、詞彙

（一）、動詞

√ *ās* "坐"；[使] (*āsayati*) "放"

√ *ruh* "生長"；[使] (*rohayati* 或 *ropayati*) "使生長、種植"

√ *labh*；[使] (*lambhayati*) "使...取、給"

（二）、名詞

upaniṣad [陰] " 奧義書 (書名)"

upavītam [中] "聖帶、印度三種較高種姓所披戴的"

taḍit [陰] "閃電"

dṛṣad [陰] "石頭"

nirvṛtiḥ [陰] "滿足、幸福"

poṣakaḥ [陽] "支持者"

bhūbhṛt [陽] "國王、山脈"

marut [陽] "風、[複] 風神"

vātaḥ [陽] "風"

viśvāsaḥ [陽] "信任"

vṛtraḥ [陽] " Vṛtra (惡魔名)"

śatam [中] "百"

śarad [陰] "秋天、年"

samidh [陰] "束薪"

sarit [陰] "河"

suhṛd [陽] "朋友"

（三）、形容詞

kuśala、°*ā* [陰] "熟練的、善巧的"

trivṛt "三倍的"

durlabha、°*ā* [陰] "難發現或難到達的、困難的"

bhakta、°*ā* [陰] "專心的、忠實的"

（四）、不變化詞

paścāt "在後"；與屬格併用

二、習 題

ते पुत्रा ये पितुर्भक्ताः स पिता यस्तु पोषकः ।
तन्मित्रं यत्र विश्वासः सा भार्या यत्र निर्वृतिः ॥८॥

हे शिष्य समिधो वनादाहर ।१। उपनिषत्सु मुक्तेर्मार्ग उपदिश्यते ।२। आपदि सुहृदो ऽस्मान्पालयेयुः ।३। विश्वस्यां भुवि पापा भूभृद्भिर्दण्ड्यन्ताम् ।४। समिद्भिरग्निं यजेत ।५। पुण्येन जगती जयेः ।६। त्वं जीव शरदः शतम् ।७। भूभृतः शिखरं वयमारोहाम यूयमधस्तादतिष्ठत ।८। काश्चित्सरितः समुद्रेण काश्चिदन्याभिः सरिद्भिः संगच्छन्ते ।९। रात्रौ तडिददृश्यत ।१०। भक्ताः सुहृदो ऽस्मान्सुखं लम्भयन्ति ।११। अश्रुभिर्नार्यो बालाश्च मनोरथान्साधयन्ति ।१२। शरदि कासुचित्सरित्सु पद्मानि दृश्यन्ते ॥१३॥

第二十一課

一、詞 彙

（一）、動 詞

ud-√ sṛj (*utsṛjati*) "放出、發出 (聲音) "

√ druh (*druhyati*) "抱有敵意、傷害"

√ bhṛ (*bharati, °te*) "任持、支持"

pra-√ hṛ (*praharati*) "打擊、攻打"

√ dam [使] (*damayati*) "馴服、強迫"

√ dhṛ [使] (*dhārayati*) "任持、支持"

pari-√ svañj (*pariṣvajate*) "擁抱"

（二）、名 詞

andhraḥ [陽] " Andhra (種族名)"

ṛc [陰] "梨俱吠陀的詩頌、[複] 梨俱吠陀 (書名)"

auṣadham [中] "藥"

kaunteyaḥ [陽] " Kaunteya (人名)"

dṛś [陰] "見、眼睛"

dviṣ [陽] "敵人"

bāṣpaḥ [陽] "眼淚"

madhulih [陽] "蜜蜂"

mādhuryam [中] "甘甜、美妙"

ruj [陰] "疾病"

samrāj [陽] "大王"

sāmantaḥ [陽] "諸侯、臣下"

snātakaḥ [陽] "〔結束學生期而進入家住期時，所舉行的沐浴儀式的〕沐浴者"

svādhyāyaḥ [陽] "一個人背誦聖典"

（三）、形容詞

ākrānta、[陰] °*ā* "被攻擊的、被蹂躪的"

īśvara、°*ā* [陰] "富有的"

kāmaduh "滿願的"、[陰][實] "如意牛"

dakṣiṇa、°*ā* [陰] "右方、南方"

nīruj (= *nis-ruj*) "無病、健康的"

pathya、°*ā* [陰] "適當的、有益的"；與屬格併用

baliṣṭha、°*ā* [陰] "最強的、最有力的"

ruddha、[陰] °*ā* "被圍繞、被緊縛"

vidviṣṭa、°*ā* [陰] "所憎恨的"

vṛddha、°*ā* [陰] "老的"

vyādhita、°*ā* [陰] "病的"

sameta、°*ā* [陰] "一起前來、擁有、伴隨"

（四）、副 詞

kadācana, kadācit, kadāpi "任何時候、曾經"

二、習 題

दरिद्रान्भर कौन्तेय मा प्रयच्छेश्वरे धनम् ।
व्याधितस्यौषधं पथ्यं नीरुजस्तु किमौषधैः ॥९॥

मरुतः सर्वाभ्यो दिग्भ्यो वहन्ति ।१। सम्राजो ऽपि राज्यं द्विड्भिर्व्यनाश्यत ।२। तव वाक्षु कालिदास माधुर्यं वर्तते ।३। यदा दिशो दहन्ति तदा शिष्यान्नाध्यापयेत् ।४। बाष्पै रुद्धाभ्यां दृग्भ्यां पिता पुत्रमैक्षत पर्यष्वजत च ।५। ऋत्विजां वाक् कामधुक् सा सर्वान्नराणां मनोरथान्पूरयति ।६। सर्वासु दिक्षु द्विषो ऽदृश्यन्त ।७। परिव्राड्वाचं नोत्सृजेत् ।८। मित्रध्रुक् सर्वेषां विद्विष्टः ।९। स्रग्भिरुपानद्भ्यां समेताः शिष्या गुरुं नोपतिष्ठेरन् ।१०। रुग्भिराक्रान्ता बहवो जना म्रियन्ते ।११। दक्षिणस्यां दिशि कृष्णो ऽन्ध्राणां सम्राडभवत् ।१२। मधुलिड्भिरेष बालो ऽदश्यत ॥१३॥

第 二十三 課

一、詞 彙

（一）、動 詞

√ *sañj* (*sajati*) "執著、被固定在"；與處格併用；[被] (*sajjate, sajyate*)

（二）、名 詞

apsaras [陰] "天堂的女神"
kṣitipaḥ [陽] "國王"
cakṣus [中] "眼精"
cāraḥ [陽] "間諜"
jyotis [中] "光線、星星、天體"
dvār [陰] "門"
nālī [陰] "水管"
pur [陰] "城市"
prāṇin [陽] "生物"
urvaśī [陰] " Urvaśī (神名)"
gir [陰] "聲音、歌"
candramas [陽] "月亮"
jyā [陰] "弓弦"
taḍāgaḥ [陽] "池塘"
dhanus [中] "弓"
payas [中] "牛奶"
purūravas [陽] "是 Urvaśī 所愛的人 (人名)"
bharatakhaṇḍaḥ [陽] "印度"

manas [中] "心"

yajus [中] "祈禱文"

vaṇij [陽] "商人"

sumanas [陰] "花"

sthānam [中] "地點、場所、位置"

havis [中] "祭品"

mantrin [陽] "首相"

yaśas [中] "名聲"

vayas [中] "年齡"

sūryaḥ [陽] "太陽"

svāmin [陽] "主人"

(三)、形容詞

ākṛṣṭa、°*ā* [陰] "彎曲的"

tapasvin "受苦的、實行苦行的";[陽][實] "苦行者"

tejasvin "勇敢的"

mṛta、°*ā* [陰] "已死的"

prathama 、°*ā* [陰] "第一的"

sthita、°*ā* [陰] "站立的"

(四)、不變化詞

vai "確實";強調前面的詞

二、習 題

गन्धेन गावः पश्यन्ति वेदैः पश्यन्ति वै द्विजाः ।
चारैः पश्यन्ति क्षितिपाश्चक्षुर्भ्यामितरे जनाः ॥१०॥

आ कर्णमाकृष्टेन धनुषा द्विट्सु शरान्मुञ्चन्ति क्षत्रियाः ।१। सूर्यश्च चन्द्रमाश्च जगतो ज्योतिषी ।२। धनी वणिग्द्वारि स्थितेभ्यस्तपस्विभ्यो वसु दापयेत् ।३। यज्ञेषु य ऋत्विजो यजूंषि पठन्ति ते ऽध्वर्यव उच्यन्ते ।४। विश्वस्या भुवः सम्राट् पुरूरवा उर्वशीमप्सरसं पर्यणयत्तस्यां च पुत्रो ऽजायत ।५। कामस्य धनुषि ज्यायाः स्थाने ऽलयः शराणां स्थाने सुमनसस्तिष्ठन्ति ।६। प्राणिनां मनांसि जीविते सजन्ति ।७। पुरि वारि तडागान्नाल्या पार्थिवो ऽनाययत् ।८। मन्त्रिणः स्वामिने कदापि न द्रुह्येयुः ।९। एतस्या धेन्वाः पयो बालान्पितरा-

वपाययताम् ।१०।

第二十三課

一、詞彙

（一）、動詞

apa-√ sṛ (*apasarati*) "離開"；[使] (*apasārayati*) "乘車而去"

√ *nind* (*nindati*) "責備"

√ *rāj* (*rājate*) "照耀、統治"

（二）、名詞、形容詞、副詞

ādityaḥ [陽] "太陽"

garīyāṃs [比] "最可敬"

dadat [現分] "正在布施的"

prakāśin [形]、°*nī* [陰] "光亮的、閃爍的"

bhūta [形]、°*ā* [陰] "已成的"；[中][實] "衆生"

śreyāṃs [比] "較好的、最好的"；[中][實] "拯救、解脫"

sant [形]、*sat* [中] "現在的、存在的"；[陽][實] "好人"；*satī* [陰] "忠實的妻子"

vatsaḥ [陽] "小牛"

śvas [副] "明天"

hi [副] "當然、的確"

二、習題

तिष्ठन्तं गुरुं शिष्यो ऽनुतिष्ठेद्गच्छन्तमनुगच्छेद्धावन्तमनुधावेत् ।१। गरीयसः श्रेयसे पूजयेत् ।२। धनिनस्तपस्विभ्यो धनं ददतः शस्यन्ते ।३। स्निह्यन्तीं भार्यां त्यजन्निन्द्यते ।४। जीवतः पुत्रस्य मुखं पश्यन्तौ पितरौ तुष्यतः ।५। भ्रात्रो रामो यशसा गरीयान् ।६। एतेषां वणिजां धनानि महान्ति वर्तन्ते ।७। कुप्यते मा कुप्यत ।८। उद्याने पतद्भ्यो विहगेभ्यो धान्यं किरतीः कन्या अपश्यम् ।९। पित्रोर्जीवतोर्भ्रातरः स्वसारश्च तयोर्धनस्य स्वामिनो न भवेयुः ।१०। धेनुं धयन्तं वत्सं मापसारय ।११। गुरुषु पिताचार्यो माता च गरीयांसः ।१२। त्वयि जीवति सुखेन वयं जीवामः ॥१३॥

第二十四課

一、詞 彙

(一)、動詞

ava-√ chid "切下"

ud-√ vij (*udvejayati*) "怖畏"

√ *mṛj* [使] (*mārjayati*) "摩、擦"

√ *varṇaya* [名起] (*varṇayati*) "描述、稱讚"

(二)、名 詞

ātman [陽] "靈魂、神識"；[反代] "自身"

karman [中] "行爲、儀式、命運"

carman [中] "皮膚、皮革"

janman [中] "誕生、父親"

tīram [中] "岸邊"

triṣṭubh [陰] "韻律的名稱"

dinam [中] "天、日"

devakulam [中] "神殿"

narakaḥ [陽] "地獄"、音譯："那落迦"

pakṣin [陽] "鳥、禽"

pātram [中] "容器、鉢"

brahman [中] "神聖的言詞、咒語、神聖的知識、淨行、遍滿萬物的絕對眞理"

brahman [陽] "宇宙的創造者、梵人格化的神"

bhasman [中] "灰燼"

yatiḥ [陽] "苦行者、隱遁者"

rājan [陽] "國王"

loman [中] "髮"

varṣam [中] "年"

samāgamaḥ [陽] "集會、大會"

sīman [陰] "邊界、外圍"

hantṛ [陽] "殺人者"

(三)、形容詞

āyuṣmant "長壽的"：常常作爲敬稱詞："長者、尊者"

iyant "如是多的、齊此"

kiyant "如何大？如何多？"

kṛpaṇa、°*ā* [陰] "貧窮的"

tāvant "如是多的"

dvitīya、°*ā* [陰] "第二"

priyakarman "親切的"

priyavāc "親切地說著"　　*balavant* "有力的、強壯的"
bhagavant、°*vatī* [陰] "幸運的、可敬的"
bhāsvant "光輝的、光亮的"　　*matimant* "聰明的、有智慧的"
yāvant "如是多的、乃至"　　*rūkṣa*、°*ā* [陰] "粗的"
vibhu、°*bhvī* [陰] "遍在的、豐富的、強力的"
ita、°*ā* [陰] "所殺的"

（四）、副 詞

prāyeṇa "大部分、一般"

二、習 題

यावन्ति हतस्य पशोश्चर्मणि लोमानि विद्यन्ते तावन्ति वर्षाणि हन्ता नरके वसेत् ।१। भृत्या बलवन्तं राजानमायुष्मन्निति वदन्तु ।२। भास्वन्तं सूर्यं दिने दिने द्विजातयः पूजयन्तु ।३। कियतो मासान्भवान्काश्यां न्यवसत् ।४। के चिद्यतयो भस्मना शरीरं मार्जयन्ति ।५। कर्म बलवदिति मतिमतो दरिद्रान्पश्यतो मे मतिः ।६। त्वयि राज्ञि तिष्ठत्यस्माकं सर्वासां च प्रजानां सुखं न विनश्येत् ।७। एकस्मिञ्जन्मनि ये शूद्रा अजायन्त त आत्मनां धर्मान्सम्यगनुतिष्ठन्तो द्वितीये जन्मनि द्विजातयो भवेयुः ।८। ग्रामे परिव्राण्न तिष्ठेद्वने परिभ्रमन्ब्रह्म ध्यायेत् ।९। एतस्यां पुरि श्रीमतो राज्ञोः समागमो ऽजायत ।१०। ब्रह्मा जगतः स्रष्टा वेदेषु श्रूयते ॥११॥

第 二十五 課

一、詞 彙

（一）、動 詞

astam-√ *gam* (*astaṃgacchati*) "落下"　*ud*-√ *gam* (*udgacchati*) "升起"
√ *spṛh* (*spṛhayati*) "渴望"；與與格併用

（二）、名 詞

gauravam [中] "重量、尊敬"
jagat [中] "群生"
takṣaśilā [陰] " Takṣaśilā (城名) "
tiryañc [陽中] "旁生、畜生"
tvaṣṭṛ [陽] " Tvaṣṭṛ (神名) "
pariṣad [陰] "集會、徒衆"
bhṛgukaccham [中] " Bhṛgukaccha (地名) "
maghavan [陽] "因陀羅"
yuvan [陽中] "年少"；[陰] *yuvati*
vipākaḥ [陽] "成熟、報酬"
śramaḥ [陽] "倦怠、勞苦"
siṃhaḥ [陽] "獅子"
snānam [中] "沐浴"
hariṇaḥ [陽] "山羊"

（三）、形容詞

adhīta、°*ā* [陰] "所研讀的、有學問的"
tasthivāṃs、°*ā* [陰] "已站立的"；[中][實] "不動"
triśīrṣan "三頭的"
daṣṭa、°*ā* [陰] "被咬、所噬"
vanavāsin "住在森林的"
vidvāṃs "有學問的、聰明的"

二、習 題

प्राच्यां दिशि ज्योतींष्युद्गच्छन्ति प्रतीच्यामस्तंगच्छन्ति ।१। विद्वद्भिरेव विदुषां श्रमो ज्ञायते ।२। त्वष्टुस्त्रिशीर्षाणं पुत्रं मघवामारयत् ।३। अहनी एव क्षत्रियावयुध्येताम् ।४। शुना दष्टो द्विजातिः स्नानमाचरेत् ।५। काश्या आजग्मुषो भ्रातॄनपश्याम ।६। येन वेदा अधीतास्तं युवानमपि गुरुं गणयन्ति ।७। पापाः कर्मणां विपाकेन द्वितीये जन्मनि तिर्यक्षु जायन्त इति स्मृतिः ।८। विद्वांसो विद्वद्भिः सह समागमाय स्पृहयन्ति ।९। कियद्भिरहोभिः काश्याः प्रयागमगच्छत ।१०। प्राचां देशे पाटलिपुत्रं नाम महन्नगरं विद्यत उदीचां तक्षशिला प्रतीचां भृगुकच्छम् ॥११॥

第 二十六 課

一、詞 彙

（一）、動 詞

√ *ṛ* "去"；[使] (*arpayati*) "送、放置、給與"

√ *guh* (*gūhati*)；[使] (*gūhayati*) "隱藏"

√ *tṛp* (*tṛpyati*) "滿足、喜樂"

vi-√ *lap* (*vilapati*) "抱怨"

（二）、名 詞

akṣan, akṣi [中] "眼睛"

adrohaḥ [陽] "友誼、不欺詐"

asuraḥ [陽] "惡魔、阿修羅"

cittam [中] "注意、思想、心"

dadhyañc [陽] " Dadhyañc (人名)"；最弱幹 °*dhīc*

devatā [陰] "神性、神格者"

pad [陽] "腳"

pālanam [中] "保護"

mānavaḥ [陽] "人"

vratam [中] "義務、責任"

（三）、形容詞

kāṇa、°*ā* [陰] "獨眼的"

catuṣpad "四足的"

dvipad "兩足的"

niyata "決定、必定、永遠"

śiva、°*ā* [陰] "親切的、幸福的、吉祥的"

二、習 題

बलवन्तावनड्वाहौ लाङ्गलं वहेताम् ।१। शिवास्ते पन्थानः ।२। लक्ष्मीर्विष्णोर्भार्या ।३। हृद्येष पुमान्परं ब्रह्म ध्यायति ।४। बाहुभ्यां भूभृत्कृत्स्नं जगदजयत् ।५। केन पथा भवान्सख्या सहागच्छत् ।६। पदा मामस्पृशत्सखा ।७। पुम्भिः सह स्त्रीरागमयद्राजा ।८। हे युवन्पन्थानं मे दर्शय ।९। अद्भिः पादौ क्षालयत्येष परिव्राट् ।१०। स्त्री पत्ये रूपकाण्यर्पयति

।११। एकेनाक्ष्णा यो न किंचित्पश्यति तं काणं वदन्ति ।१२। द्यौः पिता पृथिवी च माता वो रक्षताम् ।१३। एते पुमांसो हृदयेषु पापं गूहयन्ति ।१४। ब्रह्मघ्ना न संभाषेत न च तमध्यापयेद्याजयेद्वा ।१५। असुरेभ्यो भयाद्मानवा देवताः पालनं प्रार्थयन्त ताभिश्च शिवाभिः पापा असुरा अघात्यन्त ।१६। महानुदीचां राजा दरिद्रैः पथि तिष्ठद्भिः शिष्यैः संभाषमाणस्तेभ्यो भिक्षां यच्छति ॥१७॥

第 二十七 課

一、詞 彙

（一）、動 詞

ava-√ gaṇaya；[使]（avagaṇayati）"無視" ava-√ tṝ（avatarati）"下來、趣入"

ud-√ car；[使]（uccārayati）"發聲、說" ud-√ tṝ（uttarati）"出來"

upa-√ īkṣ（upekṣate）"輕視、忽視" upa-√ bhuj "享受"

pari-√ bhū（paribhavati）"輕視、輕蔑" √ pī, pyā（pyāyate）"變成胖的"

√ bhakṣ（bhakṣayati）"吃" √ bhañj "壞滅、打碎"

√ majj（majjati）"沈、溺" √ yuj；[使]（yojayati）"繫、束以馬具"

√ lag（lagati）"固著、黏著" vi-√ kṛ（vikirati）"散播"

√ sad（sidati）"坐下、懈退"

（二）、名 詞

aśvinau [陽][雙] "雙馬神" ācāraḥ [陽] "威儀、行爲、習慣"

ṛṇam [中] "債物" kailāsaḥ [陽] "開拉沙山"

kṣudh [陰] "饑餓" brahmacaryam [中] "梵行"

bhojanam [中] "吃飯時間、餐" bhujyuḥ [陽] " Bhujyu（人名）"

madhuparkaḥ [陽] "甜的飲料" muktā [陰] "眞珠"

rākṣasaḥ [陽] "羅刹" lābhaḥ [陽] "獲得"

vivāhaḥ [陽] "結婚、婚禮"
śakaṭaḥ [陽] "車子"
halaḥ, halam [陽中] "犁"
vyādhiḥ [陽] "疾病"
śayyā [陰] "床"
hāraḥ [陽] "鍊子、花環"

（三）、形容詞

kṣīṇa "減少的、虧減"
pīna "胖的"
hīna "不足、下劣、狹小"
tīvra、°*ā* [陰] "大的、猛利、極重"
brahmacārin "修梵行"；[陽] "梵行者"

二、習 題

यानि कर्माण्यस्मिं लोके क्रियन्ते तेषां फलं कर्त्रामुष्मिं लोक उपभुज्यते ।१। अयं नः पिता रथादवतीर्णः सखया सह संभाषमाणस्तिष्ठति ।२। आचारेण हीनं पुमांसं विद्वांसमप्यवग-णयन्ति सन्तः ।३। उदधौ मग्नं म्रियमाणं भुज्युमश्विनौ नावोदहरताम् ।४। एभ्यः क्षुधा सीदद्भ्यो भिक्षुभ्यो ऽन्नं प्रयच्छ ।५। पथ्यस्माकं रथो भग्नः ।६। युध्यमानानमूननडुहः पश्य ।७। भवता विकीर्णं धान्यमिमे विहगा भक्षयन्ति ।८। आभिरद्भिः पाणी प्रक्षालय ।९। इदम् आसनमिमा आपः स्नानायायं मधुपर्क इदं भोजनमिमानि वस्त्राणीयं शय्येति गृह-स्थो ऽतिथिं गृहमागच्छन्तं वदेत् ॥१०॥

第 二十八 課

一、詞 彙

（一）、動 詞

apa-√ rudh "圍攻"
upa-√ stṛ "散佈"
pra-√ tṝ；[使] (*pratārayati*) "欺騙"
pra-√ viś (*praviśati*) "滲入、進入"
ava-√ śiṣ "殘留"
√ palāya (*palāyate*) "逃走"
pra-√ ruh (*prarohati*) "生長"
pra-√ vṛt；[使] (*pravartayati*) "繼續"

√ *bhuj* "受用、吃"
vi-ā-√ *pad*；[使] (*vyāpādayati*) "殺"
sam-√ *man* "尊敬"
√ *muh* (*muhyati*) "迷惑、愚痴"
sam-√ *nah* (*saṃnahyati*) "武裝、被"

（二）、名 詞

antaḥ [陽] "邊際"；處格："最後"
kharaḥ [陽] "驢"
caritam [中] "行爲、生活"
pauraḥ [陽] "臣民、市民"
yavanaḥ [陽] "希臘人、外國人"
saunikaḥ [陽] "士兵"
hastin [陽] "大象"
indraprastham [中] " 德里 (城名)"
guhā [陰] "洞、窟"
pṛthvīrājaḥ [陽] " Pṛthvīrāja (人名)"
prāsādaḥ [陽] "樓閣、宮殿"
śṛgālaḥ [陽] "豺、野干"
saunyam [中] "軍隊"

（三）、形容詞

bhūyas "更、增"；[中][單] 作爲副詞 "大部分"
snigdha "親愛的、親厚的"

二、習 題

श्रीमतो राज्ञः संमतैरेभिः कविभिरिष्टानि वसूनि लब्धानि ।१। कुतो भवानागत इति द्वारि स्थितः परिव्राड्गृहस्य पतिना पृष्टः ।२। श्वभिर्गृहीतो हरिणो व्याधैर्व्यापादितः ।३। मूढः खरः शृगालस्य स्निग्धाभिर्वाग्भिः प्रतारितः सिंहस्य गुहायामागतस्तेन हतः ।४। क्षेत्रेषु सिक्ताभिर्मेघानामद्भिर्धान्यं प्ररूढम् ।५। काश्यामुषितैर्भ्रातृभिः शास्त्राणि सम्यगधी-तानीति तेषामाचार्येण लिखितात्पत्त्रादवगम्यते ।६। उदीच्यादिशो यवनेष्वागच्छत्सु पृथ्वी-राज इन्द्रप्रस्थात्सैन्येन सह निष्क्रान्तः ।७। पथि संगच्छमानैर्द्विड्भिः सह महद्युद्धं संजातम् ।८। तस्मिन्राजा पराजितः शरैर्विद्धो हस्तिनो भूमौ पतितो यवनैर्जीवन्नेव गृहीतः पश्चा-

च्चासिना घातितः ॥९॥

第 二十九 課

一、詞 彙

（一）、動 詞

adhi-√ kṛ "置於頭上、任命 (與處格併用) "

ā-√ dā "取"

√ āp "到達、獲得"

√ cint (*cintayati*) "思量"

√ cyu (*cyavate*) "退墮、命終"

ni-√ as (*nyasyati*) "託付"

nis-√ nī (*nirṇayati*) "確定、決定"

pra-√ i "出發、死"

pra-√ cal (*pracalati*) "震動、前進"

pra-√ vraj (*pravrajati*) "出發、離開家成爲四處雲遊的修行者"

vi-√ bhaj (*vibhajati, -te*) "分配"

sam-ā-√ i "結合"

sam-ā-√ dhā "放置在...之上"

（二）、名 詞

abhiprāyaḥ [陽] "志向、計畫"

āharaṇam [中] "取來"

kapiḥ [陽] "獮猴"

karin [陽] "象"

jayaḥ [陽] "勝利"

durdaśā [陰] "不幸、災難"

pakṣaḥ [陽] "羽、側面、黨派"

bhekaḥ [陽] "蛙"

laṅkā [陰] " 斯里蘭卡 (國名)"

śūraḥ [陽] "英雄、勇健者"

sādhanam [中] "手段、設備"

setuḥ [陽] "橋"

hanumant [陽] "猴王的名字"

hutabhuj [陽] "火"

（三）、形容詞

ahita "不適當的、無益"

āpta "可靠的、可信賴的"

ubha [雙] "雙"

nitya、°*ā* [陰] "恆常的"

kṣudra、°*ā* [陰] "小"

mūrdhaga "在頭上"

（四）、介 詞

prati "對著"；後置詞，對象用業格

二、習 題

गुरावुषित्वा वेदमधीत्य स्त्रीं परिणीय पुत्रं जनयित्वा नित्यानि कर्माण्यनुष्ठाय यज्ञानिष्ट्वा दानानि च दत्त्वा प्रेत्य ब्राह्मणो न च्यवते ब्रह्मणो लोकात् ।१। भुक्त्वा पीत्वा चैते नराः सुप्ताः ।२। धीमतां मन्त्रिणामागमनं स्वामिने निवेद्य भृत्यो निष्क्रान्तः ।३। सख्या हनुमता-न्यैश्च कपिभिः समेतो ऽपां भर्तरि सेतुं बद्ध्वा लङ्कां प्रविश्य च रामो रावणं हतवान् ।४। कृत्स्नं वनं दग्ध्वा हुतभुगधुना शान्तः ।५। बलवतो मरुत आदाय मघवा गवामाहरणाय निर्गतः ।६। शिष्यानाहूय गुरुस्तैः सम्यग्वन्दितस्तानृचो यजूंषि चाध्यापितवान् ।७। हविषे-ष्ट्वर्त्विग्भ्यो भूयो धनं यजमानेन दत्तम् ।८। त्वां मुक्त्वा न केनापि तादृग्दुःखं सोढम् ।९। गूढैश्चारैः शत्रूणां वलं विदित्वा कार्याणि मन्त्रिषु न्यस्य सैन्य आप्ताञ्शूरानधिकृत्य राजा युद्धाय निर्गच्छेत् ॥१०॥

第 三十 課

一、詞 彙

（一）、動 詞

apa-ā-√ kṛ "支付"

abhi-√ gam (*abhigacchati*) "拜訪、參加"

√ arh (*arhati*) "有權利、值得"

ava-√ gāh (*avagāhate*) "潛入"；與業格併用

√ tap (*tapati, -te*) "燒、苦惱"；[被] "受苦、行苦行"

√ nṛt (*nṛtyati*) "跳舞"

pra-√ bhū "能夠"

pra-√ vṛt (*pravartate*) "繼續"

vi-√ dhā "命令、安排"

sam-√ āp "獲得、完成"

（二）、名 詞

kṛṣīvalaḥ [陽] "農夫"

tapas [中] "熱、苦行"

nṛttam [中] "舞蹈、跳舞"

samājaḥ [陽] "同伴、集會"

gītam [中] "歌、吟詠"

nāṭakam [陽] "戲曲、腳本"

vapus [中] "身體"

sāman [中] "吠陀詩句"；[複] "沙摩吠陀"

（三）、形容詞

taruṇa、°*ī* [陰] "柔軟、幼"

priyavādin "親切地說"

yajñiya "適合於祭祀的"

samartha、°*ā* [陰] "有能力的、堪能"

svayambhū "獨自存在"；[陽][實] "梵"

puṣṭa "肥胖的、胖的"

phalavant "有果實的"

vihita "所任命的"

（四）、副 詞

alam "足夠、非常"；與具格併用 "足夠、除去"；與與格併用 "適合於"

svairam "隨意"

二、習 題

सर्वे पौराः कालिदासेन रचितं नाटकं द्रष्टुमागच्छन् ।१। सर्वान्द्विषो बाहुभ्यां जेतुं स्वामी समर्थ इति प्रियवादिनो भृत्या राजानमुक्तवन्तः ।२। पापान्यपमार्ष्टुमपो ऽवगाह्यर्चः पठनी-याः सामानि वा गेयानि ।३। तीव्रं तपस्तप्तुं यतिर्वनाय प्रस्थितः ।४। अश्वमारोढुमधुना मे पथि श्रान्तस्य मतिर्जाता ।५। पितृभ्यो दातव्यमृणमपाकर्तुं ब्राह्मणः पुत्रं जनयेत् ।६। स्वर्गं लब्धुं भूयसो यज्ञान्यष्टुमर्हसि ।७। सर्वासु दिक्षु स्वैरं चरितुं यज्ञियो ऽश्वो भवद्भिर्मोक्तव्य

इति राज्ञादिश्यत ।८। भवतां भाषा नावगन्तुं शक्यते ।९। पुष्टावनड्वाहौ शकटे योक्तुं कृषीवल आदेष्टव्यः ।१०। स्वयंभुवा जगत्स्रष्टुं मनः कृतम् ॥११॥

解答

第一課

1 *adya jīvāmaḥ*
今天我們活著。

2 *sadā pacathaḥ*
你倆常常煮飯。

3 *atra rakṣati*
他在這裡保護。

4 *adhunā rakṣāmi*
現在我保護。

5 *yadā dhāvatha tadā patatha*
你們一跑就跌倒。

6 *kva yajanti*
他們去哪裡祭拜？

7 *tatra carathaḥ*
你倆去那裡。

8 *kutaḥ śaṃsasi*
你爲什麼稱讚？

9 *tyajāmi katham*
我如何離開？

10 *punaḥ patāvaḥ*
我倆再次跌倒。

11 *dahasi*
你燒。

12 *punar vadanti*
他們再次說話。

13 *tatra vasāvaḥ*
我倆住在那裡。

14 *sarvatra jīvanti*
他們在各處生活。

第二課

1 *sadā devān smaranti*
他們常常憶念諸神。

2 *gṛhaṃ gacchāmaḥ*
我們回家。

3 *jalaṃ pibati putraḥ*
兒子喝水。

4 *nṛpau jayataḥ*
兩個國王贏。

5 *kadā phalāni yacchathaḥ*
你倆何時供應果實？

6 *kutrādhunā gajaṃ nayāmi*
現在我要把大象帶到哪裡？

7 *nayanti devāḥ*

8 *nayatha he devāḥ*

諸神帶領。

9 *naraḥ phale yacchati*
人供應兩個果實。

10 *adhunā jighrāmi gandham*
現在我聞到香味。

11 *devaṃ yajāvaḥ*
我倆祭神。

12 *putra grāmaṃ gacchanti*
兒子啊！他們去村莊了。

13 *tatra gṛhe bhavataḥ*
那裡有兩間房子。

14 *sarvatra dānāni varṣanti nṛpāḥ*
國王們把禮物散發到各處。

第 三 課

1 *dhanāni gṛheṣu gūhanti*
他們把錢藏在家裡。

2 *kuntān hastābhyāṃ kṣipāmaḥ*
我們用雙手擲矛。

3 *nṛpāya narau mārgaṃ diśataḥ*
二人向國王指示道路。

4 *mārgeṇa grāmaṃ gacchāvaḥ*
我倆由路到村莊。

5 *sukheneha gṛhe tiṣṭhati putraḥ*
此刻兒子愉快地站在家裡。

6 *jalaṃ siñcati meghaḥ*
雲滴水。

7 *dhanena sukham icchanti narāḥ*
人們以財富來希求幸福。

8 *hastayoḥ phale tiṣṭhataḥ*
兩個水果放在雙手上。

9 *jalaṃ hastena spṛśasi*
你用手碰水。

10 *narau kaṭe sīdataḥ*
兩人坐在蓆子上。

11 *kṣetrāṇi lāṅgalaiḥ kṛṣanti*
他們以犁耕地。

12 *nagaraṃ nṛpau viśataḥ*
兩個國王進城。

13 *naraḥ putreṇa mārge gacchati*
人帶著兒子走在街上 。

14 *narān sṛjati devaḥ*
神創造眾生。

第四課

1 *sadā devā janān muñcanti pāpāt*
諸神常常拯救衆生遠離罪惡。

2 *nṛpasya putrau kva vasataḥ*
國王的兩個兒子住在哪裡？

3 *ṛṣir duḥkhāt putraṃ rakṣati*
仙人保護兒子遠離災難。

4 *nṛpo´sināreḥ pāṇī kṛntati*
國王用劍砍斷敵人的雙手。

5 *kavayo hariṃ śaṃsanti*
詩人們稱讚 Hari。

6 *arayo janānāṃ dhanaṃ lumpanti*
敵人掠奪人們的財富。

7 *jalaṃ gireḥ patati*
水從山上落下。

8 *śarān viṣeṇa limpatha*
你們用毒來塗敷箭。

9 *vṛkṣā girau rohanti*
樹長在山上。

10 *ṛṣyoḥ putrau tatra mārge tiṣṭhataḥ*
仙人倆的兩個兒子站在路那裡。

11 *hariḥ kavibhyāṃ dānāni yacchati*
Hari 將禮物送給兩個詩人。

12 *ṛṣibhī rāmo vasati*
Rama 與諸仙人住在一起。

13 *agnināriṇāṃ gṛhāṇi nṛpā dahanti*
國王們用火燒敵人們的房子。

14 *hariṃ kṣīreṇa yajataḥ*
他倆用牛奶供俸 Hari。

第五課

1 *kavayo dhane lubhyanti*
詩人們渴望財富。

2 *ṛṣiḥ sūktāni paśyati*
仙人看見吠陀的讚美詩。

3 *gurū śiṣyayoḥ krudhyataḥ*
兩位老師對兩個學生生氣。

4 *nṛpā aribhyaḥ kupyanti*
國王們對敵人們生氣。

5 *agnir udadhau tiṣṭhati*
火神站在海中。

6 *paraśunā vṛkṣān kṛntatha*
你們用斧頭砍樹。

7 *jalasya bindavo gireḥ patanti*
水滴從山上落下。

8 *viṣṇum ṛṣir yajati nṛpāya*
仙人爲國王祭拜 Visnu。

9 *nṛpo 'śvam ārohati*
國王上馬。

10 *kṣetreṣu jalaṃ śuṣyati*
在田中的水乾了。

11 *guravaḥ śiṣyāṇāṃ snihyanti*
老師們喜愛學生們。

12 *nṛpāṇāṃ śatravo 'sinā naśyanti*
國王們的敵人中劍而死。

13 *bālo gurave pattraṃ likhati*
男孩寫信給老師。

14 *janā maṇīnāṃ rāśīn icchanti*
人們想要大量的珠寶。

15 *ā girer vṛkṣā rohanti*
樹木生長直到山上。

16 *bāhubhyāṃ jalaṃ narās taranti*
人們以手臂渡過水。

17 *bālau gṛhe hvayati naraḥ* 人在房間叫兩個男孩。

18 *kaveḥ putrau grāmasya mārge gajaṃ paśyataḥ*
詩人的兩個兒子在村莊的路上看見了大象。

第六課

1 *ṛkṣā madhune lubhyanti*
熊群想要蜂蜜。

2 *ṛṣir adhunā pāṇinā jalam ācāmati*
仙人現在用手喝水。

3 *nṛpā akṣais tatra dīvyanti*
諸王在那裡用骰子玩。

4 *alir madhunā mādyati*
蜜蜂因蜂蜜而醉了。

5 *narā viṣeṇāsīṃ limpanti*
眾人用毒塗劍。

6 *rāmaḥ kṣatriyān paraśunākrāmati*
Rama 用斧頭攻擊眾剎帝利。

7 *gurūñ śiṣyāṃś ca śaṃsāmaḥ*
我們稱讚眾老師與學生。

8 *arayo janānāṃ vasūni haranti*
敵群掠奪人們的錢財。

9 *narau mṛtyum ṛcchataḥ*
兩人死了。

10 *bālasya netrābhyām aśrūṇi patanti*
眼淚從男孩的雙眼落下。

11 *jalenāgniḥ śāmyati*
火因水而熄滅。

12 *ṛṣer aśvau śrāmyataḥ*
仙人的兩匹馬疲倦了。

13 *guruḥ śiṣyasya pāpāt tāmyati*
老師因學生的罪而傷心。

14 *gajā nagare bhrāmyanti*
象群於城中漫遊。

15 *madhunā kṣīreṇa ca tuṣyanti bālāḥ*
男孩們喜歡蜂蜜與牛奶。

第七課

1 *stenaḥ suvarṇaṃ nṛpasya gṛhāc corayati* 賊從國王的家偷黃金。

2 *gurur daṇḍena śiṣyāṃs tāḍayati* 老師用棍子打學生。

3 *sūto ´śvān pīḍayati* 車夫使馬匹痛苦。

4 *ṛṣir jalena pāṇī kṣālayati* 仙人用水洗雙手。

5 *grāmāj janān nagaraṃ nayanti* 他們帶領群眾從村莊到城市。

6 *narau rūpakāṇi gaṇayataḥ* 兩人計算金塊。

7 *nṛpāc chatrūṇāṃ daṇḍo bhavati* 因國王故，敵人受處罰。

8 *rāmasya putrau janebhyo rāmāyaṇaṃ kathayataḥ*
Rama 的兩個兒子向衆人說 Ramayana。

9 *suvarṇaṃ pāṇibhyāṃ tolayāmaḥ* 我們用雙手稱黃金。

10 *janakaḥ putrān kopād daṇḍayati* 父親因為生氣處罰兒子。

11 *gṛhāl lokā āgacchanti* 人們從家裡來。

12 *puṇyena sādhur duḥkhāni pārayati* 聖者藉善行戰勝災難。

13 *devān iva nṛpatīṃ lokaḥ pūjayati* 世人尊敬國王如同衆神。

第八課

1 *vāyor balena taravaḥ kampante* 樹林因風力而搖動。

2 *asinādyārayo mriyanta ity atra nṛpo bhāṣate*
國王於此說：敵人們今天因中劍而死。

3 *vasūnāṃ rāśīn nṛpatīn kavayo 'rthayante* 詩人們向國王要求很多的錢財。

4 *śāstre adhunā śikṣāmaha iti pattre harir likhati*

Hari 在信上寫著：現在我們學習二聖典。

5 *pāpād duḥkhaṃ jāyate* 苦來自惡。

6 *śiṣyāṇāṃ vinaya udyogaś ca gurubhyo rocete*

學生們的順從與勤勉取悅師長。

7 *adharmāya na dharmāya yatethe* 你倆爲非法奮鬥不是爲正法。

8 *viṣṇoḥ sūkte ṛṣī labhete* 兩位仙人從 Visnu 取得讚歌。

9 *atrārṣir bhānuṃ vandate* 仙人在此禮拜太陽。

10 *agnī īkṣate bālaḥ* 小男孩觀看兩〔堆〕火。

11 *dhanena paśūṃ labhadhve yajñāya* 爲了祭祀，你們用錢取得家畜。

12 *sadā guroḥ pādau bālāḥ sevante* 男孩們常常禮拜老師的雙足。

13 *phale atra manuṣyasya pāṇyos tiṣṭhataḥ* 兩個果實在人的雙手中。

14 *sahete anarthaṃ sādhū* 兩聖者忍受災難。

15 *vaneṣv iharkṣā vasanti* 熊住在此樹林。

16 *kṣatriyā ṛṣī sevante* 刹帝利款待兩位仙人。

第九課

1 *ratnaṃ ratnena saṃgacchate* 物以類聚。

2 *yadā vihagā vyādhaṃ paśyanti tadā sahasotpatanti*

當鳥兒看到獵人時，就迅速飛起。

3 *satyaṃ hṛdayeṣu mṛgayanta ṛṣayaḥ* 諸仙人在心中尋找眞理。

4 *hareḥ kanyāṃ rāmaḥ pariṇayati* Rama 娶 Hari 的女兒。

5 *viṣṇor hareś ca bhārye kanyābhiḥ sahāgacchataḥ*

Visnu 與 Hari 的妻子伴隨女兒們前來。

6 *rāmo viṣṇuś ca devāñ śaraṇaṃ prapadyete*
Rama 與 Visnu 尋求衆神的保護。

7 *bhikṣayā rāmasya śiṣyau vartete* Rama 的兩個學生以乞食過日。

8 *yadā janā gaṅgāyāṃ mriyante tadā svargaṃ labhante*
當人死於恆河，就能生天。

9 *kanyāyā annaṃ yacchaty ṛṣer bhāryā* 仙人的妻子給女兒食物。

10 *vana ṛkṣeṣv iṣūn muñcanti vyādhāḥ kṛṣṇau ca mriyete*
獵人向林中的熊群射箭，而兩隻黑色的死了。

11 *dvijātīnāṃ bhāṣāṃ śūdrā nāvagacchanti* 首陀羅們不了解再生族的言語。

12 *he śiṣyā nagarasya rathyāsu sādhūnāṃ bhāryābhyo 'dya bhikṣāṃ labhadhve*
諸學生啊！你們今天在城市的路上，可獲得來自諸聖者之妻的施捨。

13 *atra cchāyāyāṃ prabhūtā vihagās tiṣṭhanti* 在這樹蔭下有很多鳥。

14 *kṣatriyasya bālāv ṛṣir upanayati* 仙人收刹帝利的兩個小孩爲徒。

第十課

1 *rāmeṇa putrāv adyopanīyete iti śrūyate*
據說：Rama 今天收兩個男孩爲徒。

2 *ṛṣir nṛpeṇa dharmaṃ pṛcchyate* 仙人被國王問法。

3 *ghaṭau ghṛtena pūryete* 兩個容器被酥油灌滿。

4 *vihagāḥ pāśair badhyante* 鳥群被繩套抓住。

5 *janair nagaraṃ gamyate* 人群入城。

6 *he śiṣyā guruṇāhūyadhve* 學生們啊！你們被老師傳喚。

7 *naraiḥ kaṭāḥ kriyante* 草蓆被人們做。

8 *kavibhir nṛpāḥ sadā stūyante* 國王們常爲諸詩人所稱讚。

9 *prabhūtā bhikṣā gṛhasthasya bhāryayā bhikṣubhyo dīyate*

許多的施捨品被主人的妻子布施給乞士們。

10 *kanyābhyāṃ gītaṃ gīyate* 二位女孩唱歌。

11 *stenair lokānāṃ vasu coryate* 世人的財富爲賊所竊。

12 *iṣubhī raṇe 'rayo nṛpatinā jīyante* 在戰爭中，敵人被國王以箭征服。

13 *he devau sādhubhiḥ sadā smaryethe* 雙神啊！你倆常爲諸聖者所憶念。

14 *daṇḍena bālāḥ śiṣyante* 以木杖處罰小孩子。

15 *prabhūtaḥ kāṣṭhānāṃ bhāro nareṇohyate* 很多的束薪重擔被人帶走。

16 *aśvena jalaṃ pīyate* 水被馬喝。

17 *dharmeṇa rājyaṃ śiṣyate nṛpeṇa* 國王以法治國。

18 *sarpeṇa daśyete narau* 兩人爲蛇所咬。

19 *sūtenāśvas tāḍyate* 馬被車夫打。

第 十一 課

1 *nṛpatir nagarīṃ senayājayat* 國王以軍隊贏了城鎮。

2 *kavayaḥ sabhāyāṃ kāvyāny apaṭhan* 詩人們在會議中誦詩。

3 *dāsyo 'nnam ānayan* 衆女僕帶來了食物。

4 *devīr devāṃś ca harir apūjayat* Hari 尊敬衆女神與衆男神。

5 *sādhoḥ patnyā bhikṣave rūpakāṇi dīyante* 聖者之妻布施金條給乞士。

6 *nadīṣu matsyān apaśyāma* 我們看見了諸河中的魚。

7 *pustakaṃ putryā ayacchad viṣṇuḥ* Visnu 送書給女兒了。

8 *nagaryā rathyāsu gajāv abhrāmyatām* 兩頭大象漫遊於城市的路上。

9 *pṛthivyāḥ prabhūtā vihagā udapatan* 許多鳥兒從地面飛起了。

10 *gṛham nadyāḥ pūreṇohyate* 房子爲河流的洪水所沖走。

11 *patnībhir narā nagara āgacchan* 人們與其妻來到城中了。

12 *yadā śivo viṣṇuś ca grantham apaṭhatāṃ tadārthaṃ nāvāgacchāva*

當 Śiva 與 Visnu 讀誦文學作品時，我倆不了解意思。

13 *śiṣyā guror gṛhaṃ prāviśann upāviśaṃś ca kaṭayoḥ pṛthivyām*
學生們進入了老師的家，而且坐於地上的兩張草蓆。

第 十二 課

(1) *makṣikā vraṇam icchanti dhanam icchanti pārthivāḥ /*
nīcāḥ kalaham icchanti śāntim icchanti sādhavaḥ //
蚊子喜歡傷口，王子喜歡財富；
卑下者喜歡爭吵，聖者喜歡寂靜。

1 *śāntyarṣaya iha śobhante* 諸仙人於此因寂靜而喜樂。

2 *śrutau bahvīṣu smṛtiṣu ca dharma upadiśyate*
法在天啓與許多的聖傳文學中被教導。

3 *rātryāṃ svapnaṃ na labhāmahe* 在晚上我們睡不著。

4 *bahvīṃ kīrtiṃ dhṛtyāvindan nṛpatiḥ* 國王因勇敢而獲得很多的榮耀。

5 *puṇyena muktiṃ labhadhve* 你們因道德而獲得解脫。

6 *bahūn iṣūn raṇe 'riṣv akṣipan nṛpatiḥ*
國王向戰場中的敵人射許多的箭。

7 *hanvām aśvāṃ laghvā yaṣṭyātāḍayam* 我以輕木棍打在馬的顎上。

8 *nṛpater buddhyā kṣatriyāṇāṃ kalaho 'śāmyat*
諸戰士的爭吵爲國王的智力所平息。

9 *śūdrāṇāṃ jātayo nīcā gaṇyante* 首陀羅們的階級被認爲是低賤的。

10 *dvijātīnāṃ jātiṣu brāhmaṇā mukhyāḥ*
再生族的階級中，婆羅門是首要的。

11 *dharmo bhūtyai kalpate* 法有助於繁榮。

12 *jātyā kṣatriyau vartethe* 你倆因出身，而成爲刹帝利。

13 *bhūmer bhāgaṃ brāhmaṇāyāyacchat pārthivaḥ*
王子把土地的一部分給婆羅門。

14 *aśvā aśrāmyan bhūmāv apataṃś ca* 馬群疲倦了，而且倒在地上。

第十三課

(2) *lobhāt krodhaḥ prabhavati lobhāt kāmaḥ prajāyate /*
lobhān mohaś ca nāśaś ca lobhaḥ pāpasya kāraṇam //
瞋從貪生起，愛從貪生起；
痴與毀滅從貪生起，貪爲惡源。

1 *nṛpatir ṛṣiṇā pāpāt pratyaṣidhyata*
國王被仙人阻止 (造) 惡。

2 *harer bhāryāyāṃ cāravaḥ putrā ajāyanta*
Hari 的妻子生下了許多漂亮的兒子。

3 *dhīraṃ puruṣaṃ śriyaḥ sadā niṣevante* 幸運女神常眷顧勇敢的人。

4 *pārthivasyājñāṃ śatrū atyakrametām* 兩個敵人踰越了王子的命令。

5 *padmaṃ śriyā vasatiḥ* 蓮花是幸運女神的住處。

6 *dhiyo balena puruṣā duḥkhāni pārayanti* 人類以智力戰勝諸苦難。

7 *ratho 'dhyaṣṭhīyata rāmeṇa* 馬車爲 Rama 所控制。

8 *kaver gṛhaṃ śriyāśobhata* 詩人的家因幸運女神而輝煌。

9 *śiśū āhūyethāṃ jananyā* 兩位小孩啊！你倆被母親召喚。

10 *bhānum aikṣatarṣiḥ* 仙人看見了太陽。

11 *guror anujñayā kaṭe śiṣyāv upāviśatām*
因爲老師的許可，兩位學生坐在草蓆上。

12 *munir īśvarasya sṛṣṭiṃ dhyāyati* 智者沈思神的創造。

13 *kṣetreṣu dhānyaṃ niṣpadyate* 穀物種在田上。

14 *guravo granthān racayanti śiṣyāś ca pustakāni likhanti*
老師們編書，而學生們抄書。

第十四課

(3) *dharmaṃ carata mādharmaṃ satyaṃ vadata mānṛtam /*
dīrghaṃ paśyata mā hrasvaṃ paraṃ paśyata māparam //
應行法，不應行非法；應說眞理，不應說謊。
應遠矚，不應短視；應高瞻，不應低視。

1 *jayatu mahārājaś ciraṃ ca kṛtsnāṃ bhuvam adhitiṣṭhatu*
願大王勝利，且長期地統領整個土地。

2 *prayāgaṃ gacchataṃ sukhena ca tatra nivasatam*
你倆應去 Prayāga 城，且快樂地住在那裡。

3 *sundaryā bhruvau vakre dṛśyete*
美人的雙眉看起來是彎的。

4 *gurava āsane niṣīdantu bhuvi śiṣyāḥ*
老師們應坐在椅子，學生應在地上。

5 *snuṣābhiḥ saha śvaśrūṇāṃ kalahaḥ prāvartata*
婆媳間的爭吵生起了。

6 *he kṣatriyāḥ kuntān kṣipateṣūn muñcata pāpāñ śatrūn daṇḍayateti krodhān nṛpatir abhāṣata*
國王因生氣而說：諸刹帝利啊！你們應擲矛、射箭，處罰邪惡的敵人。

7 *atithiṃ pṛcchatu rātrau kutra nyavasa iti*

他應問客人：晚上你住哪裡？

8 *śvaśrvāḥ kopāc chocataḥ snuṣe*
兩媳婦因爲婆婆生氣，所以悲傷。

9 *vadhvāḥ snihyaty ṛṣiḥ*
仙人深愛妻子。

10 *pāṭhasyābhyāsāya śiṣyāv āgacchatām iti guror ājñā*
老師的命令：兩個學生應爲課程的學習而來。

11 *juhvāgnau ghṛtaṃ prāsyāni*
我應用湯匙把酥油投入火中。

12 *he vadhu vāpyā jalam ānaya*
老婆啊！你從水槽拿水來。

13 *juhvāṃ ghṛtaṃ tiṣṭhati*
酥油在湯匙中，或湯匙中有酥油。

14 *bhruvor adhastān netre vartete*
雙眉之下有雙眼，或雙眼在雙眉下。

第 十五 課

(4) *durjanasya ca sarpasya varaṃ sarpo na durjanaḥ /*
sarpo daśati kālena durjanas tu pade pade //
對流氓與蛇而言，蛇比流氓好；
蛇依時咬人，但流氓步步〔傷人〕。

1 *ācāryaṃ labhasva prāyaścittaṃ samācareti pāpaṃ dvijātaya ādiśanti*
再生族命令罪人：你去找老師修苦行吧！

2 *kāvyāni racayāma kīrtiṃ vindāma nṛpatīn āśrayāmahai śriyaṃ labhāmahā iti*

kavayo vadanti

詩人們說：讓我們編輯詩篇，獲得榮耀，歸依國王，獲得財富。

3 *svasur gṛhe kanye nyavasatām* 兩個女兒住在姊姊家。

4 *nṛpe rakṣitari sukhena prajā vasanti*

當國王是保護者時，臣民快樂地住。

5 *dharmāya devān yajāvahā arthāya kīrtaye ca sabhāsu paṇḍitaiḥ saha vivadāvahā iti brāhmaṇasya putrayor niścayaḥ*

婆羅門的兩個兒子如此決定：爲法，我倆應祭拜衆神；爲法義與榮耀，在會議中我倆應與諸學者辯論。

6 *muktaya īśvaraḥ sṛṣṭeḥ kartā manuṣyair bhaktyā sevyatām*

人們爲解脫，應以信敬來禮敬自在主、創造者、造物主。

7 *nṛpatayaḥ prajānāṃ rakṣitāro durjanānāṃ ca śāstāro vartantām*

國王應是人民的保護者，且是惡人的處罰者。

8 *śāstrasya kartre pāṇinaye namaḥ*

敬禮論書的作者 Pāṇini。

9 *lokasya sraṣṭṛbhyo vasūnāṃ dātṛbhyo devebhyo namo namaḥ*

敬禮世界的諸創造者，敬禮財富的諸布施者，敬禮諸神。

第 十六 課

(5) *gaur gauḥ kāmadughā samyak prayuktā smaryate budhaiḥ /*
duṣprayuktā punar gotvaṃ prayoktuḥ saiva śaṃsati //
智者教導：善用語言，將是如意牛；
但不善用，它確實能顯示使用者的愚鈍。

1 *bhartāraṃ bhartuś ca pitaraṃ mātaraṃ ca patnī devān iva pūjayet*

妻子應尊敬丈夫、及丈夫的父母如諸神。

2 *gā rakṣed gavāṃ rakṣaṇena puṇyaṃ bhavatīti dvijātayo manyante*

再生族想：人應保護牛群，因守護牛群而有功德。

3 *yadā prayāga āgaccheva tadā pitre pattraṃ likheva*

當我倆來到 Prayāga 時，應寫信給父親。

4 *pitṛbhyo māse māse śrāddhaṃ yaccheyuḥ*

他們應每個月送祭品給祖靈。

5 *grāmam adya gacchetam iti mātarau putrāv abhāṣetām*

兩位母親告訴兩兒子：今天你倆應去村落。

6 *goḥ kṣīreṇa śiśavo modantām*

小孩子應喜歡牛奶。

7 *gām atithaye pacemety ṛṣir bhāryām avadat*

仙人告訴妻子：讓我們煮牛肉給客人吧！

8 *duhitaraṃ pitarau rakṣetāṃ svasāraṃ bhrātaro mātṝḥ putrāś ca rakṣeyuḥ*

雙親應保護女兒，兄長應保護妹妹，兒子應保護母親。

9 *yadi śāstram abhyasyeyaṃ tadā guravas tuṣyeyuḥ*

如果我學論典的話，老師們應該高興。

10 *he svasaḥ pitror gṛhe tiṣṭheḥ*

姊姊啊！妳應該在雙親的家。

11 *bāhubhyāṃ nadīṃ na taret*

人不應以雙臂渡河。

12 *he śiśavaḥ pitṝn sevadhvaṃ bhrātṝṇāṃ snihyata*

小孩們啊！你們應尊敬祖靈，敬愛兄長。

第十七課

(6) *nābhinandeta maraṇaṃ nābhinandeta jīvitam /*
kālam eva pratīkṣeta nideśaṃ bhṛtako yathā //
不應樂於死，不應樂於生；
應等待時節，如同僕人期待命令。

1 *bhrātari stenāḥ śarān amañcan*
盜賊向兄長射箭。

2 *yadi narāḥ śruteḥ smṛteś ca vidhīn anutiṣṭheyus tadā sādhubhiḥ śasyeran*
如果人們實行天啓與聖傳文學的規定，則爲聖者所讚揚。

3 *vaiśyāḥ kṛṣyā vāṇijyena pāśupālyena vā varteran*
吠舍應以農、商、牧維生。

4 *saṃdigdhāṃ nāvaṃ nārohet*
不應登上可疑的船。

5 *yadi gaṅgāyā vāriṇi mriyedhvaṃ tadā svargaṃ labhedhvam*
如果你們死在恆河的水中，你們能升天。

6 *jāmātaraḥ śvaśurān snuṣāḥ śvaśrūr duhitaraś ca putrāś ca pitarau severan*
女婿應尊敬岳父，媳婦應尊敬岳母，女兒、兒子應尊敬雙親。

7 *brāhmaṇair nāvodadhir na tīryeta*
衆婆羅門不應以船渡海。

8 *śatrubhir na parājayethā iti nṛpatiṃ prajā vadanti*
臣民告訴國王：你不應被敵人打敗。

9 *nṛpatī aribhir yudhyeyātām*
兩位國王與敵人打戰。

10 *nauṣu yuddham abhavat*

船上有戰爭。

11 *bālāv udyāne rameyātām*

兩男孩於花園中玩樂。

第十八課

1 *sūta, adhunā sthāpaya ratham* 2 *yathājñāpayati devaḥ*

神如是命令：御者！現在停車。(一、二題一起翻)

3 *daśarathaś cārūn putrān ajanayat* 十車王生了許多漂亮的兒子。

4 *kālidāsasya kāvyāṃ māṃ śrāvayeḥ* 請你告訴我們 Kālidāsa 的詩。

5 *vaiśyān karān dāpayen nṛpaḥ* 國王應令吠舍納稅。

6 *upanayane bālān navīnāni vastrāṇi paridhāpayeyuḥ*

在入會儀式中，應該讓孩子穿新衣。

7 *bhrātaro 'smān nagaraṃ prāsthāpayan* 兄長送我到城市。

8 *svasāra āgacchantīti mahyaṃ nyavedyata* 我被告知：姊姊們來了。

9 *vāyor balena taravo 'pātyanta* 樹因風力而搖動。

10 *kṣatriyā yuddhe 'rīn mārayanti* 刹帝利在戰場中被殺。

11 *kavayo 'smākaṃ guṇān prathayeyuḥ kīrtiṃ ca vardhayeyur iti pārthivair iṣyate*

王子們希求：願詩人們讚頌我們的功德，增長名聲。

12 *ahaṃ prayāge nivasāmi rāmaḥ kāśyāṃ tiṣṭhati*

我住在 Prayāga，羅摩在 Kāśī。

13 *grantho 'smābhī racyate pustakaṃ rāmeṇa lekhyāmaḥ*

我們編書，羅摩抄書。

第 十九 課

(7) *sahāyena vinā naiva kāryaṃ kim api sidhyati /*
ekena caraṇenāpi gatiḥ kasya pravartate //
沒有同伴，任何事絕不成就；
以一條腿，任何路也不能去。

1 *mayi tvayi ca pitarau snihyataḥ* 父母深愛我與你。

2 *yaḥ pṛthivīṃ pālayati sa pārthiva ucyate* 凡保護國土者，則稱爲王侯。

3 *kasyai devyai stotraṃ racayema* 我們應該爲哪一個女神作讚詩？

4 *gurur yuṣmān āhvāyayat* 老師叫你們。

5 *yā asmān dugdhaṃ pāyayanti tā dhenūr mā ghātayata*
不要殺讓我們有奶喝的牛。

6 *yuṣman mama duḥkhaṃ bhavati* 我的痛苦是因爲你。

7 *sādhavaḥ puṇyaiḥ saha svargaṃ labhante na tv itare janāḥ*
聖者們以功德到天堂，但其他人不能。

8 *vayam etat pustakaṃ necchāmas tad anyasmai kasmai cid dīyatām*
我們不喜歡這本書，把它給其餘的任何人。

9 *tvad anyo na ko 'py asmābhiḥ śasyate*
除了你之外，其餘任何人不被我們稱許。

10 *yā devakī vaśudevasya patny abhavat tasyāṃ kṛṣṇo 'jāyata*
Devakī 是 Vasudeva 的妻子，生下了 Kṛṣṇa。

11 *tava pitrā saha nagaryā āgacchāma* 我們與你的父親從城來。

12 *yūyaṃ pitṝñ śrāddhaiḥ prīṇayatha vayaṃ jalena*
你們以祭品取悅祖先，我們以水。

13 *viśve devās tvā pālayantu* 願所有的神保護你。

14 *anyeṣāṃ kāvyair eṣa kaviḥ kīrtim asādhayat*
這個詩人以其他的詩篇獲得了名譽。

第二十課

(8) *te putrā ye pitur bhaktāḥ sa pitā yas tu poṣakaḥ /*
tan mitraṃ yatra viśvāsaḥ sā bhāryā yatra nirvṛtiḥ //
對父親忠誠的才是兒子；但，能養育者才是父親。
信任之所在即是朋友；喜樂之所在即是妻子。

1 *he śiṣya samidho vanād āhara* 學生啊！你從森林取木材。
2 *upaniṣatsu mukter mārga upadiśyate* 解脫之道在奧義書中被教。
3 *āpadi suhṛdo 'smān pālayeyuḥ* 災難中，朋友應該保護我們。
4 *viśvasyāṃ bhuvi pāpā bhūbhṛdbhir daṇḍyantām*
願所有國土中的罪犯被諸王處罰。
5 *samidbhir agniṃ yajeta* 應該以柬薪祭火。
6 *puṇyena jagatī jayeḥ* 你應該以功德贏得兩個世界。
7 *tvaṃ jīva śaradaḥ śatam* 願你活到百歲。
8 *bhūbhṛtaḥ śikharaṃ vayam ārohāma yūyam adhastād atiṣṭhata*
我們爬到山頂，你們在山腳下了。
9 *kāścit saritaḥ samudreṇa kāś cid anyābhiḥ saridbhiḥ saṃgacchante*
有些河流與大海相聚，有些則與其他河相聚。
10 *rātrau taḍid adṛśyata* 在晚上，閃電被看到了。
11 *bhaktāḥ suhṛdo 'smān sukhaṃ lambhayanti* 忠實的朋友們使我們快樂。
12 *aśrubhir nāryo bālāś ca manorathān sādhayanti*
女人與小孩以淚水獲得欲望。

13 *śaradi kāsu cit saritsu padmāni dṛśyante*
在秋天，一些河中可看到蓮花。

第二十一課

(9) *daridrān bhara kaunteya mā prayaccheśvare dhanam /*
vyādhitasyauṣadhaṃ pathyaṃ nīrujas tu kim auṣadhaiḥ //
昆蒂之子啊！你應該幫助窮人，不應布施財富給富者。
對病人而言，藥是有用的；但對無病的人而言，藥有何用呢？

1 *marutaḥ sarvābhyo digbhyo vahanti* 風從每一個角落吹來。
2 *samrājo 'pi rājyaṃ dviḍbhir vyanāśyata* 連國王的王國也爲敵人所滅了。
3 *tava vākṣu kālidāsa mādhuryaṃ vartate*
kālidāsa ! 在你的言語中，有著甜蜜。
4 *yadā diśo dahanti tadā śiṣyān nādhyāpayet*
當各角落起火時，就不應該教學生。
5 *bāṣpai ruddhābhyāṃ dṛgbhyāṃ pitā putram aikṣata paryaṣvajata ca*
父親以充滿淚水的雙眼看了兒子，且擁抱了兒子。
6 *ṛtvijāṃ vāk kāmadhuk sā sarvān narāṇāṃ manorathān pūrayati*
僧侶的話就是如意牛，她滿足人們的所有希求。
7 *sarvāsu dikṣu dviṣo 'dṛśyanta* 在所有的方向，可以看到敵人。
8 *parivrāḍ vācaṃ notsṛjet* 遊行僧不應該說話。
9 *mitradhruk sarveṣāṃ vidviṣṭaḥ* 背叛朋友者爲所有的人所憎惡。
10 *sragbhir upānadbhyāṃ sametāḥ śiṣyā guruṃ nopatiṣṭheran*
在兩隻鞋上〔裝扮〕有花環的學生不可以親近老師。
11 *rugbhir ākrāntā bahavo janā mriyante* 很多爲疾病所襲擊的人們死去。

12 *dakṣiṇasyāṃ diśi kṛṣṇo 'ndhrāṇāṃ samrāḍ abhavat*
旃陀羅的黑色大王是在南方。

13 *madhuliḍbhir eṣa bālo 'daśyata* 這個男孩爲蜜蜂所咬。

第二十二課

(10) *gandhena gāvaḥ paśyanti vedaiḥ paśyanti vai dvijāḥ /*
cāraiḥ paśyanti kṣitipāś cakṣurbhyām itare janāḥ //
牛以香味而見，再生族確實以吠陀而見；
國王以間諜而見，其他人則以雙眼而見。

1 *ā karṇam ākṛṣṭena dhanuṣā dviṭsu śarān muñcanti kṣatriyāḥ*
刹帝利們以拉到耳際的彎弓向敵人射箭。

2 *sūryaś ca candramāś ca jagato jyotiṣī*
太陽與月亮是世界的兩個天體。

3 *dhanī vaṇig dvāri sthitebhyas tapasvibhyo vasu dāpayet*
有錢的商人應該布施財物給站在門口的苦行者。

4 *yajñeṣu ya ṛtvijo yajūṃṣi paṭhanti te 'dhvaryava ucyante*
在祭祀中，凡是讀頌祈禱文的僧侶，就被稱爲 Adhvaryu。

5 *viśvasyā bhuvaḥ samrāṭ purūravā urvaśīm apsarasaṃ paryaṇayat tasyāṃ ca putro 'jāyata*
大地之王 Purūrava 娶了 Urvaśī 神，且 Urvaśī 生了兒子。

6 *kāmasya dhanuṣi jyāyāḥ sthāne 'layaḥ śarāṇāṃ sthāne sumanasas tiṣṭhanti*
在愛神的弓中，蜜蜂取代弦的位置；花取代箭的位置。

7 *prāṇināṃ manāṃsi jīvite sajanti*
衆生的心執著生活。

8 *puri vāri taḍāgān nālyā pārthivo 'nāyayat*
王子以水管將城中的水引入了池塘。

9 *mantriṇaḥ svāmine kadāpi na druhyeyuḥ*
臣相在任何時候也不應該冒犯主人。

10 *etasyā dhenvāḥ payo bālān pitarāv apāyayatām*
雙親讓孩子喝這頭牛的奶。

第 二十三 課

1 *tiṣṭhantaṃ guruṃ śiṣyo 'nutiṣṭhed gacchantam anugacched dhāvantam anudhāvet*
學生跟著老師站、行、跑。

2 *garīyasaḥ śreyase pūjayet*
為了解脫，應該供養可敬者。

3 *dhaninas tapasvibhyo dhanaṃ dadataḥ śasyante*
布施財物給苦行者的富人應該被讚美。

4 *snihyantīṃ bhāryāṃ tyajan nindyate*
捨離喜愛的妻子者被人譴責。

5 *jīvataḥ putrasya mukhaṃ paśyantau pitarau tuṣyataḥ*
當雙親看見活著的兒子的臉時，很滿足。

6 *bhrātro rāmo yaśasā garīyān*
在兩兄弟中，羅摩因名聲而較受尊敬。

7 *eteṣāṃ vaṇijāṃ dhanāni mahānti vartante*
這些商人的財富增多。

8 *kupyate mā kupyata*
你不可對正在發怒的人生氣。

9 *udyāne patadbhyo vihagebhyo dhānyaṃ kiratīḥ kanyā apaśyam*
在花園中，我看到了女兒們在散播穀物給飛落地上的鳥兒。

10 *pitror jīvator bhrātaraḥ svasāraś ca tayor dhanasya svāmino na bhaveyuḥ*
對活著的父母而言，兄弟與姊妹不應該是雙親之財產的擁有者。

11 *dhenuṃ dhayantaṃ vatsaṃ māpasāraya*
你不可以讓正在吸奶的小牛離開母牛。

12 *guruṣu pitā cāryo mātā ca garīyāṃsaḥ*
在諸值得尊敬者中，父親、師長、母親是最可敬的。

13 *tvayi jīvati sukhena vayaṃ jīvāmaḥ*
當你正活著時，我們快樂地活著。

第 二十四 課

1 *yāvanti hatasya paśoś carmaṇi lomāni vidyante tāvanti varṣāṇi hantā narake vaset*
在已被殺的野獸皮上發現有多少的毛髮；屠夫便應該拘留在地獄那樣多的年歲。

2 *bhṛtyā balavantaṃ rājānam āyuṣmann iti vadantu*
僕人們應對有力的國王說：萬歲！。

3 *bhāsvantaṃ sūryaṃ dine dine dvijātayaḥ pūjayantu*
再生族應該每天祭拜耀眼的太陽。

4 *kiyato māsān bhavān kāśyāṃ nyavasat*
你住在 Kāśī 幾個月？

5 *ke cid yatayo bhasmanā śarīraṃ mārjayanti*
每一個苦行者以灰塵擦拭身體。

6 *karma balavad iti matimato daridrān paśyato me matiḥ*

當我看到聰明的窮人時，想著：業是多麼強大。

7 *tvayi rājñi tiṣṭhaty asmākaṃ sarvāsāṃ ca prajānāṃ sukhaṃ na vinaśyet*

當你是國王的時候，我們與一切臣民的快樂將不會消失。

8 *ekasmiñ janmani ye śūdrā ajāyanta ta ātmanāṃ dharmān samyag anutiṣṭhanto dvitīye janmani dvijātayo bhaveyuḥ*

在一生中，生爲首陀羅者，徹底地實行他自己的法；在第二生中，將是再生族。

9 *grāme parivrāṇ na tiṣṭhed vane paribhraman brahma dhyāyet*

苦行者不應該在村落，正在漫遊的梵行者應該在森林中沈思。

10 *etasyāṃ puri śrīmato rājñoḥ samāgamo 'jāyata*

兩位國王的會議在這個有名的城市舉行。

11 *brahmā jagataḥ sraṣṭā vedeṣu śrūyate*

在吠陀中傳說梵天是世界的創造主。

第 二十五 課

1 *prācyāṃ diśi jyotīṃṣy udgacchanti pratīcyām astaṃgacchanti*

星星在東方升起，在西方落下。

2 *vidvadbhir eva viduṣāṃ śramo jñāyate*

唯智者們能了解智者們的的麻煩。

3 *tvaṣṭus triśirṣāṇaṃ putraṃ maghavā mārayat*

因陀羅殺了 Tvaṣṭar 有三個頭的兒子。

4 *ahanī eva kṣatriyāv ayudhyetām*

兩個剎帝利僅打了兩天。

5 *śunā daṣṭo dvijātiḥ snānam ācaret*

被狗咬到的阿利安人應該沐浴。

6 *kāśyā ājagmuṣo bhrātṝn apaśyāma*
我們看到兄弟已從 Kāśī 來了。

7 *yena vedā adhītās taṃ yuvānam api guruṃ gaṇayanti*
已研究過吠陀者，縱使是青年，人也視他爲老師。

8 *pāpāḥ karmaṇāṃ vipākena dvitīye janmani tiryakṣu jāyanta iti smṛtiḥ*
聖典：惡人以業的成熟故，第二生在畜生。

9 *vidvāṃso vidvadbhiḥ saha samāgamāya spṛhayanti*
有知識者想要與有知識者相聚。

10 *kiyadbhir ahobhiḥ kāśyāḥ prayāgam agacchata*
你們以多少天到 Kāśī 之 Prayāga 城？

11 *prācāṃ deśe pāṭaliputraṃ nāma mahan nagaraṃ vidyata udīcāṃ takṣaśilā pratīcāṃ bhṛgukaccham*
在東方有名爲 Pāṭaliputra 大城，在北方有 Akṣaśilā，在西方有 Bhṛgukaccha。

第 二十六 課

1 *balavantāv anaḍvāhau lāṅgalaṃ vahetām* 兩隻有力的牛應該拉犁。

2 *śivās te panthānaḥ* 願你們一路平安。

3 *lakṣmīr viṣṇor bhāryā* 幸運之神是 Viṣṇu 的妻子。

4 *hṛdy eṣa pumān paraṃ brahma dhyāyati* 此人在心中沈思最高的梵。

5 *bāhubhyāṃ bhūbhṛt kṛtsnaṃ jagad ajayat* 國王靠雙手贏得整個世界了。

6 *kena pathā bhavān sakhyā sahāgacchat* 你與朋友走哪一條路？

7 *padā māṃ aspṛśat sakhā* 朋友用腳碰我。

8 *pumbhiḥ saha strīr āgamayad rājā* 國王令女人與衆人來了。

9 *he yuvan panthānaṃ me darśaya* 年輕人啊！請指示我路。

10 *adbhiḥ pādau kṣālayaty eṣa parivrāṭ* 這個修行人以水洗雙腳。

11 *strī patye rūpakāṇy arpayati* 女人交金塊給丈夫。

12 *ekenākṣṇā yo na kiṃ cit paśyati taṃ kāṇaṃ vadanti*
他們稱一隻眼看不到任何物的人爲獨眼者。

13 *dyauḥ pitā pṛthivī ca mātā vo rakṣatām* 願天父及地母保護你們。

14 *ete pumāṃso hṛdayeṣu pāpaṃ gūhayanti* 這些人將罪藏在心中。

15 *brahmaghnā na saṃbhāṣeta na ca tam adhyāpayed yājayed vā*
不可以與殺婆羅們者談話，且不可以指導或供養他。

16 *asurebhyo bhayād mānavā devatāḥ pālanaṃ prārthayanta tābhiś ca śivābhiḥ pāpā asurā aghātyanta*
因爲害怕阿修羅之故，人們向衆神尋求保護，且壞的阿修羅被那些善神殺死。

17 *mahān udīcāṃ rājā daridraiḥ pathi tiṣṭhadbhiḥ śiṣyaiḥ saṃbhāṣamāṇas tebhyo bhikṣāṃ yacchati*
北方大王與站在路邊的窮學生交談，給他們布施物。

第 二十七 課

1 *yāni karmāṇy asmiṃ loke kriyante teṣāṃ phalaṃ kartrāmuṣmiṃ loka upabhujyate*
若於此世造業，則彼之果報在他世爲造作者所承受。

2 *ayaṃ naḥ pitā rathād avatīrṇaḥ sakhyā saha saṃbhāṣamāṇas tiṣṭhati*
這是我們的父親，他已從車上下來，正站著與朋友談天。

3 *ācāreṇa hīnaṃ pumāṃsaṃ vidvāṃsam apy avagaṇayanti santaḥ*
缺乏威儀的人，縱使有知識，聖者也輕視他。

4 *udadhau magnaṃ mriyamāṇaṃ bhujyum aśvinau nāvodaharatām*
雙馬童用船拯救正要溺斃於海中的 Bhujya。

5 *ebhyaḥ kṣudhā sīdadbhyo bhikṣubhyo 'nnaṃ prayaccha*
願你布施食物給那些因爲飢餓而坐著的乞士們。

6 *pathy asmākaṃ ratho bhagnaḥ*
我們的車子在路上壞了。

7 *yudhyamānān amūn anaḍuhaḥ paśya*
願你看見正在作戰的這些牛群。

8 *bhavatā vikīrṇaṃ dhānyam ime vihagā bhakṣayanti*
這些鳥群吃你所散佈的穀物

9 *ābhir adbhiḥ pāṇī prakṣālaya*
請你們以這些水洗手。

10 *idam āsanam imā āpaḥ snānāyāyaṃ madhuparka idaṃ bhojanam imāni vastrāṇi‿ iyaṃ śayyā‿ iti gṛhastho 'tithiṃ gṛham āgacchantaṃ vadet*
主人應該告訴來家裡的客人：此是椅子、這些是供沐浴的水、此爲甜的飲料、此爲食物、這些是衣服、此爲床。

第 二十八 課

1 *śrīmato rājñaḥ saṃmatair ebhiḥ kavibhir iṣṭāni vasūni labdhāni*
那些被尊敬的詩人們，從有錢的國王，得到所希望的財富。

2 *kuto bhavān āgata iti dvāri sthitaḥ parivrāḍ gṛhasya patinā pṛṣṭaḥ*
主人告訴站在門口的遊行僧：你從哪裡來？

3 *śvabhir gṛhīto hariṇo vyādhair vyāpāditaḥ*
被狗所抓的瞪羚，爲獵人們所殺。

4 *mūḍhaḥ kharaḥ śṛgālasya snigdhābhir vāgbhiḥ pratāritaḥ siṃhasya guhāyām āgatas tena hataḥ*
笨驢被胡狼甜密的言語所騙，來到獅子的洞穴，爲牠所殺。

5 *kṣetreṣu siktābhir meghānām adbhir dhānyaṃ prarūḍham*
因爲降落到田中的雨水，穀物生長了。

6 *kāśyām uṣitair bhrātṛbhiḥ śāstrāṇi samyag adhītānīti teṣām ācāryeṇa likhitāt pattrād avagamyate*
從他們老師所寫的信上了解：住在 Kāśī 的兄弟們，用功地學習論典。

7 *udīcyā diśo yavaneṣv āgacchatsu pṛthvīrāja indraprasthāt sainyena saha niṣkrāntaḥ*
當希臘人 (指亞力山大) 從北方來時，Pṛthvīrāja 帶著軍隊從德里出發。

8 *pathi saṃgacchamānair dviḍbhiḥ saha mahad yuddhaṃ saṃjātam*
與聚集在路上的敵人相遇，發生了大戰爭。

9 *tasmin rājā parājitaḥ śarair viddho hastino bhūmau patito yavanair jīvann eva gṛhītaḥ paścāc cāsinā ghātitaḥ*
在此役中，國王被打敗了，被箭射傷了，從象上落地，被希臘人活抓，而後來被劍殺死。

第 二十九 課

1 *gurāv uṣitvā vedam adhītya strīṃ pariṇīya putraṃ janayitvā nityāni karmāṇy anuṣṭhāya yajñān iṣṭvā dānāni ca dattvā pretya brāhmaṇo na cyavate brahmaṇo lokāt*
婆羅門〔幼年〕與老師共住；〔青年〕學習吠陀，取妻，生子；〔壯年〕遵循常務；〔晚年〕供養祭品，布施；死後不會從梵界墮落。

2 *bhuktvā pītvā caite narāḥ suptāḥ*
這些人又吃又喝之後，就睡覺了。

3 *dhīmatāṃ mantriṇām āgamanaṃ svāmine nivedya bhṛtyo niṣkrāntaḥ*
僕人通知主人有見解的衆臣來臨，之後，離去。

4 *sakhyā hanumatā anyaiś ca kapibhiḥ sameto 'pāṃ bhartari setuṃ baddhvā laṅkāṃ praviśya ca rāmo rāvaṇaṃ hatavān*

由哈努曼朋友與那些猴子伴隨的羅摩，在海中搭橋，進入楞伽島，殺了惡魔。

5 *kṛtsnaṃ vanaṃ dagdhvā hutabhug adhunā śāntaḥ*

已燒盡了所有森林的火，現在熄滅了。

6 *balavato maruta ādāya maghavā gavām āharaṇāya nirgataḥ*

因陀羅爲奪回牛群，帶著有力的暴風雨群神出發。

7 *śiṣyān āhūya gurus taiḥ samyag vanditas tān ṛco yajūṃṣi cādhyāpitavān*

老師叫了學生們之後，正當地被禮敬後，教導他們梨具吠陀與夜柔吠陀。

8 *haviṣā iṣṭva ṛtvigbhyo bhūyo dhanaṃ yajamānena dattam*

祭主祭拜之後，將大部分的錢給祭司。

9 *tvāṃ muktvā na kenāpi tādṛg duḥkhaṃ soḍham*

除了你之外，誰也不能忍受這樣的痛苦。

10 *gūḍhaiś cāraiḥ śatrūṇāṃ balaṃ viditvā kāryāṇi mantriṣu nyasya sainya āptāñ śūrān adhikṛtya rājā yuddhāya nirgacchet*

國王藉隱藏的間諜得知敵人的軍力，把政務托付給大臣們，在軍中任用盡責的英雄後，應前往戰場。

第三十課

1 *sarve paurāḥ kālidāsena racitaṃ nāṭakaṃ draṣṭum āgacchan*

所有的市民來看 Kālidāsa 所編的戲劇。

2 *sarvān dviṣo bāhubhyāṃ jetuṃ svāmī samartha iti priyavādino bhṛtyā rājānam uktavantaḥ*

能言善道的僕人們已告訴國王說：主人能夠以雙臂戰勝所有的敵人。

3 *pāpāny apamārṣṭum apo 'vagāhya rcaḥ paṭhanīyāḥ sāmāni vā geyāni*

為了去除眾罪，浸於水中後，應讀頌梨俱或唱頌撒柔。

4 *tīvraṃ tapas taptuṃ yatir vanāya prasthitaḥ*

苦行者為了承受劇烈的苦行，已經到森林。

5 *aśvam āroḍhum adhunā me pathi śrāntasya matir jātā*

疲憊的我現在在路途中，心中生起騎馬的念頭。

6 *pitṛbhyo dātavyam ṛṇam apākartuṃ brāhmaṇaḥ putraṃ janayet*

婆羅門為了償還給父親的債務，應該生兒子。

7 *svargaṃ labdhuṃ bhūyaso yajñān yaṣṭum arhasi*

為了到達天堂，你應該作較多的祭祀。

8 *sarvāsu dikṣu svairaṃ carituṃ yajñiyo 'śvo bhavadbhir moktavya iti rājñādiśyata*

國王指示：你們應放開適合作祭祀的馬，任其到各處走動。

9 *bhavatāṃ bhāṣā nāvagantuṃ śakyate*

你的話不能夠被了解。

10 *puṣṭāv anaḍvāhau śakaṭe yoktuṃ kṛṣivala ādeṣṭavyaḥ*

農夫應該被命令將兩隻壯牛用軛連結到車上。

11 *svayaṃbhuvā jagat sraṣṭuṃ manaḥ kṛtam*

梵天決意創造世界。

單詞索引

說明：所用的略語，請參考略語表。(6) 表此單詞出現在第六課的習題；p. 223 表本書的第 223 頁；275 表本書文法條目的第 275 條；[5] 表序文中的第 5 頁。

aham [代] "我", 223, 224, 234, 289, 300；複合詞, 346
ahita [形] "不適當的、無益" (29)
ahi-hata [形] "爲蛇所害的", 358
aho-rātraḥ [陽] "日與夜", 351

Ā

ā-√ karṇ "聽"；[絕分], 307
ākṛṣṭa [過被分]，[陰] °*ā* "彎曲的" (22)
ā-√ kram (*ākrāmati*) "跨過、攻擊" (6)
ākrānta [過被分]，[陰] °*ā* "被攻擊的、被蹂躪的" (21)
ā-√ gam (*āgacchati*) "來" (5)；[被] (*āgamyate*), 177
ā-√ cam (*ācāmati*) "飲、漱口、啜" (6), 135
ācāraḥ [陽] "威儀、行爲、習慣" (27)
ācāryaḥ [陽] "老師" (15)
ā-√ jñā；[使] (*ājñāpayati*) "命令" (18)
ājñā [陰] "命令" (10)
ātman [陽] "靈魂、神識、我", 265, 307；[反代] "自身" (24)
ātmanepadam [中] "爲自言", 59
ā-√ dā "取" (29)
ādāya [介絕] "用、以、有 / with", 308
ādiḥ, ādyaḥ, ādikaḥ [陽] "始、最初", 374
ādityaḥ [陽] "太陽" (23)
ā-√ diś (*ādiśati*) "命令" (14)
ādeśaḥ [陽] "命令" (14)
ā-√ nī (*ānayati*) "帶來、引導" (7)；[不定], 317
√ *āp* "到達、獲得" (29), 382；[過被分], 297；[不定], 311；重複, 440
āpad [陰] "災難", 243
āpta [形] "可靠的、可信賴的" (29)
āyuṣmant [形] "長壽的"：常常作爲敬稱詞、"長者、尊者" (24)
ā-√ rabh (*ārabhate*) "握住、開始" (8)
ā-√ ruh (*ārohati*) "爬、登" (5)
āryā [陰] "韻律名", p. 245
ā-√ labh "觸、得"；[義務], 319
āvir-√ as "出現", 388
āvir-√ bhū "出現", 388
āviṣ-√ kṛ "顯現", 388
āvis [副] "在眼前", 388
āśā [陰] "希望" (10)
ā-√ śri (*āśrayate*) "向...尋求保護"：與業格併用 (15)
√ *ās* "坐", 415；[使] (*āsayati*) "放" (19), 221；[迂完], 458
āsanam [中] "座位" (14)
āharaṇam [中] "取來" (29)
ā-√ hṛ (*āharati, -te*) "拿來、帶來" (11)

Ū

Ṛ

E

ekonaviṃśati [數] "19", 325
ekonaviṃśati-tama [序] "第十九", 329
eta [代] "此", 96, 229, 231
√ *edh* "增長"；[迂完], 458
ena [代] "他、她、它", 288
eva [副] "正好、確實" (1), 340
evam [副] "如此、像這樣" (1)
evaṃ-gata [形] "如是離去的", 365

O

oṣṭhya [形] "唇音", 34

AU

auṣadham [中] "藥" (21)

K

ka [代] "什麼？誰？哪個？", 96, 225, 232；不定稱, 300
kaṭaḥ [陽] "蓆" (3)
katama [最] "（多數中的）哪個？", 231
katara [比] "（兩者中的）哪個？", 231
katham [副] "如何？" (1), 96
√ *kathaya* (*kathayati*) [名起] "敘述、告訴" (7), 236；[不定], 313, 315；[迂未], 471
kadā [副] "何時？" (1)
kadācana, kadācit, kadāpi [副] "任何時候、曾經" (21)
kan-iṣṭha [最] "最小的", 335
kan-īyas [比] "較小的", 335
kanyā [陰] "女兒、少女" (9), 340
kapiḥ [陽] "獼猴" (29)
kapotaḥ [陽] "鴿子" (13)
√ *kam* "貪愛、欲求"；[使] (*kāmayate*), 217；[過被分], 296；重複, 422
√ *kamp* (*kampate*) "發抖、顫抖" (8)
karaḥ [陽] "手、象鼻、光線、稅" (18)
karin [陽] "象" (29)
karṇaḥ [陽] "耳朵" (13)
kartṛ [陽] "作者", 157, 202；[形] "正在作的" (15)
karma-kṛ-t [形] "作工的", 359
karman [中] "行爲、儀式、命運" (24)
karmadhārayaḥ [陽] "同格限定複合詞", 343, 361-365
kalahaḥ [陽] "爭吵" (12)
kalpaḥ [陽] "方式", 374
kalyāṇam [中] "利益、拯救" (8)
kaviḥ [陽] "詩人" (4)
kāṇa [形]、°*ā* [陰] "獨眼的" (26)
kātyāyanaḥ [陽] "印度文法學家的名字", p. 168
kāmadugha [形]、°*ā* [陰] "如願的"；[陰][名]

"如意牛" (16)
kāmaduh [形] "滿願的"，[陰][實] "如意牛" (21)
kāmaḥ [陽] "愛、慾望" (13)
kāmaduh [陰] "滿足願望的", 249
kāraṇam [中] "理由、原因" (13)
kāryam [中] "事業" (19)
kālaḥ [陽] "時間" (15)
kālidāsaḥ [陽] "詩人的名字 (人名)" (18), p. 243
kāvyam [中] "詩篇" (11), 288
kāśī [陰] "Benares 的城市 (城名)" (18)
kāṣṭham [中] "束薪" (10)
kāṣṭha-dah [形] "燒木材的", 249
kiyant [形] "如何大？如何多？" (24)
√ *kīrtaya* [名起] "慶祝"
kīrtiḥ [陰] "榮耀、名聲" (12)
kutas [副] "爲什麼？" (1)
kutra、*kva* [副] "哪裡？" (1)
kuntaḥ [陽] "矛" (3)
√ *kup* (*kupyati*) "生氣"，與屬格或與格併用(5), 124；[過被分], 297
kumāraḥ [陽] "王子", 315
kuśala [形]、°*ā* [陰] "熟練的、善巧的" (20)
kuśa-hastaḥ [陽] "在某人的手中有苾芻草", 374
√ *kūj* "鳴"；重複, 422
√ *kṛ, kṝ, kir* (*kirati*) "散播", 108, 173；[被](*kīryate*), 173；[過被分], 291；[完成], 444
√ *kṛ* "做、造作" (10), 78, 96, 359, 384, 386；[被] (*kriyate*), 173；[過被分], 297, 342, 345；[過主分], 299；[不定], 311；[義務], 319；在 *sam, pari, upa* 之後, 387；接實詞或形容詞, 389；重複, 440, 441；連接母音, 443；[完成], 444, 448；[完分], 268, 456；[簡未], 463；[未分], 468；[迂未], 471；[不定過], 481；[不定過][被], 487
kṛcchraḥ, kṛcchram [陽中] "危難", 300
√ *kṛt* (*kṛntati*) "切" (3)
kṛtākṛta [形] "已作與未作", 355
kṛtsna [形]、°*ā* [陰] "全部的" (13)
kṛpaṇa [形]、°*ā* [陰] "貧窮的" (24)
kṛpā [陰] "仁慈、憐憫" (15)
√ *kṛś* (*kṛśyati*) "變成薄的", 298
kṛśa [形] "薄的", 298
√ *kṛṣ* (*kṛṣati*) "犁地" (3)；[不定], 311
kṛṣiḥ [陰] "農業" (17)
kṛṣīvalaḥ [陽] "農夫" (30)
kṛṣṇa [形]、°*ā* [陰] "黑色的" (9)
kṛṣṇaḥ [陽] "Kṛṣṇa (神名)" (19)
kṛṣṇa-sarpaḥ [陽] "黑蛇", 363
√ *kḷp* (*kalpate*) "適宜、照料、能夠"；與與

KH

G

gatiḥ [陰] "步法、避難所" (19)
gadyam [中] "散文", p. 241
gandhaḥ [陽] "氣味、香味、乾闥婆" (2), 342, 367
√ *gam* (*gacchati*) "去" (2), 96, 100, 156, 229；[使] (*gamayati*), 217, 268；[過被分], 289, 290, 295, 307；[過主分], 300；[絕分], 302；[不定], 311；重複, 422；[完成], 451；[完分], 456；[不定過][被], 488；[意], 495
gar-iṣṭha [最] "最重的", 335
gar-īyas [比] "較重的、最可敬" (23), 335, 340
√ *gā, gai* (*gāyati*) "唱歌" (10), 126；[被] (*gīyate*), 174；[使] (*gāpayati*), 216；[過被分], 295；[絕分], 302；[義務], 319；重複, 422；[迂未], 471
gāthā [陰] "韻律名", p. 245
√ *gāh* "跳入"；[過被分], 294；重複, 422
gir [陰] "聲音、歌" (22), 250；[主][單] *gīḥ*, 122
giriḥ [陽] "山脈" (4), 161
gītam [中] "歌、吟詠" (10, 30)
guṇaḥ [陽] "品質、優秀" (18)；"元音強化", 49, 51, 52, 78, 92, 94, 97, 98, 107, 143, 173, 255, 310, 319, 321, 333, 334, 396, 401, 424, 425, 440, 441, 445, 450, 463
√ *gup* (*gopāyati*) "隱藏、保護", 148
guruḥ [陽] "老師、值得尊敬者" (5)；[形]、°*ī* [陰] "重的" (5), 187, 335, p. 241
√ *guh* (*gūhati*) "隱藏" (2), 101, 244；[使] (*gūhayati*) "隱藏" (26)；[不定], 311
guhā [陰] "洞、窟" (28)
√ *gṝ* "醒"；[強], 499
gṛham [中] "屋、家" (2), 151
gṛha-jāta [形] "生於家中的", 358
gṛhasthaḥ [陽] "一家之主、在家" (9)
gṛhāgata [形] "已到家的", 358
go [陽陰] "公牛、母牛", 209, 367；[陰] "演說" (16)
gotvam [中] "牛性、魯鈍" (16)
gopaḥ [陽] "牧羊人、保護者" (12)
√ *gopāya* [名起] "似牧牛者、保護", 500
gauravam [中] "重量、尊敬" (25)
granthaḥ [陽] "文學作品、書" (11)
√ *grah* "取、受持" (10), 244, 394；[被] (*gṛhyate*), 171；[過被分], 297；[絕分], 302；[不定], 314；[簡未], 467；[意], 495
grāmaḥ [陽] "村、村莊" (2)
grāma-prāpta [形] "已到聚落的", 358

GH

ghaṭaḥ [陽] "鍋、容器" (10)
ghanāyata [形] "密疏", 355

√ *ghas* "吃"；[完成], 451；[意], 495
ghāsaḥ [陽] "草料" (16)
ghṛtam [中] "酥油" (10)
ghoṣavant [形] "有聲的", 28
√ *ghrā* (*jighrati*) "聞、嗅" (2), 102

C

ca [接] "和、且" (1), 140, 149
√ *cakṣ* "見", 412
√ *cakās* "照耀"；[迂完], 458
cakṣus [中] "眼睛" (22)
catur [數] "4", 323；變格, 327
caturtha [序]，[陰] °*ī* "第四的", 329
caturdaśa [數] "14", 323
catur-dhā [副] "以四種方式", 331
catuṣpad [形] "四足的" (26)
catus [副] "四次", 331
catvāriṃśa [序] "第四十", 329
catvāriṃśat [數] "40", 323；變格, 327
catvāriṃśat-tama [序] "第四十", 329
candra‿ānana [形] "面如月一般的", 373
candramas [陽] "月亮" (22)
√ *cam* "啜", 217；[使] (*cāmayati*), 217
√ *car* (*carati*) [不及] "去、徘徊、放牧" (1), p. 31, 129；[及] "實行、託付" (1)；[強], 499
caraṇaḥ, caraṇam [陽中] "腳、腿" (19)
caritam [中] "行爲、生活" (28)
carman [中] "皮膚、皮革" (24)
cāraḥ [陽] "間諜" (22)
cāru [形]、°*ru* [陰] "美麗的" (13)
√ *ci* "積聚、集起、搜尋"；[義務], 321；[完成], 455；[意], 493, 495
√ *cit* (*cetati*) "了知", 97, 99；[完成], 455
cittam [中] "注意、思想、心" (26)
√ *cint* (*cintayati*) "思量" (29), 222
cintā-para [形] "沈思、專注於思慮", 374
ciram [副] "長"；指時間 (14), 289
√ *cur* (*corayati*) "偷" (7), 78, 143, 222；[被] (*coryate*), 176；[過被分], 297；[絕分], 302；[不定], 313；[義務], 319；[簡未], 465
cet [接] "如果" (16)
√ *cyu* (*cyavate*) "退墮、命終" (29)

CH

chattram [中] "雨傘" (19)
chalaḥ, chalam [陽中] "欺騙", 129
chāgaḥ [陽] "山羊", 307
chāyā [陰] "樹蔭、影子" (9), 165
√ *chid* "切"；[不定過], 481

J

jagat [中] "群生、世界" (25), 243
jagatī [陰] "韻律名", p. 243
jagmivāṃs [完分] "已經去了", 268
√ jan (jāyate) "生"、能生者用處格 (8), 155 ; [使] (janayati) "生" (18), 145, 217 ; [過被分], 296, 374 ; [完成], 451
janaḥ [陽] "人；人們" (4), 138
janakaḥ [陽] "父親" (7)
jananī [陰] "母親" (11)
janman [中] "誕生、父親" (24), 345
√ jabh "咬" ; [強], 499
jayaḥ [陽] "勝利" (29)
jaya-prepsu [形] "希求勝利", 358
jarā [陰] "老年", 280
jalam [中] "水" (2), 149
jalada-śyāma [形] "黑如雲", 362
jala-mātram [中] "只有水", 374
√ jāgṛ "醒" ; [迂完], 458
jātiḥ [陰] "身世、階級、種類" (12)
jāmātṛ [陽] "女婿" (16)
jāyā [陰] "妻", 367
jālam [中] "網、陷阱" (13)
√ ji (jayati) [及][不及] "征服、勝、贏" (2), 97, 98, 118, 121, 122, 359 ; [被] (jīyate), 172 ; [過被分], 293 ; [絕分], 302 ; [不定], 311, 316 ; [義務], 319 ; [完成], 455 ; [迂末], 471 ; [意], 495
jihvāmūlīya [形] "喉音", 30
√ jīv (jīvati) "活" (1), 94 ; [被] (jīvyate), 177 ; 重複, 441
jīvant [現分] "正活著 ", 257
jīvitam [中] "生活" (17)
juhvat [現分] "正供奉的", 259
juhūḥ [陰] "湯匙" (14)
√ jñā "了知", 394 ; [使] (jñāpayati 或 jñapayati), 216 ; [過被分], 293 ; [絕分], 302 ; [不定過][被], 487
jñānavat [形] "有智慧的", 264
jyā [陰] "弓弦" (22)
jyā-yas [比] "較高的", 335
jye-ṣṭha [最] "最高的", 335
jyotiṣ-kṛt [形] "創造火光的", 346
jyotiṣ-matiḥ [陽] "光慧菩薩", 346
jyotis [中] "光線、星星、天體" (22)

ḌH

√ ḍhauk "趨近" ; 重複, 422

T

ta [代] "彼", 96, 138-140, 228, 229, 231, 234
√ takṣ "砍下" ; [過被分], 294
takṣaśilā [陰] "Takṣaśilā (城名)" (25)

√ *taḍ* (*tāḍayati*) "打" (7)；[過被分], 297 ；[不定], 313

taḍāgaḥ [陽] "池塘" (22)

taḍit [陰] "閃電" (20)

tatas [副] "從彼處、因此" (1), 120

tatpuruṣaḥ [陽] "格限定複合詞", 343, 358-360

tatra [副] "彼處" (1)

tathā [副] "如是" (1), 140

tathā-vidha [形] "如此種類的", 366

tadā [副] "那時" (1)

√ *tan* "拉緊、擴張", 78, 385；[被] (*tanyate* 或 *tāyate*), 168, 175；[過被分], 295；[完分], 456

√ *tap* (*tapati, -te*) "燒、苦惱、使熱"；[被] "受苦、行苦行" (30)；[強], 498

tapas [中] "熱、苦行" (30)

tapasvin [形] "受苦的、實行苦行的"；[陽][實] "苦行者" (22)

√ *tam* (*tāmyati*) "悲傷、傷心、不安" (6), 131；[過被分], 296

taruḥ [陽] "樹" (8)

taruṇa [形]、°*ī* [陰] "柔軟、幼" (30)

tasthivāṃs [形]、°*ā* [陰] "已站立的"；[中][實] "不動" (25)

tālavya [形] "顎音", 31

tāvant [形] "如是多的" (24)

tiras [副] "通過", 388

tiras-√ *kṛ* "除去、消失、隱藏", 388

tiras-√ *dhā* "除去、消失、隱藏", 388

tiras-√ *bhū* "除去、消失、隱藏", 388

tiryañc [陽中] "旁生、畜生" (25)；[形] "橫走的", 272

tīram [中] "岸邊" (24)

tīvra [形]、°*ā* [陰] "大的、猛利、極重" (27)

tu [接] "然、而、復" (1)

tuṅga [形] "高的", 234

√ *tud* (*tudati*) "打", 78, 107, 222；[現分], 239；[完成], 450

turīya [序]，[陰] °*ā* "第四的", 329

turya [序]，[陰] °*ā* "第四的", 329

√ *tul* (*tolayati*) "稱重、考慮" (7)

√ *tuṣ* (*tuṣyati*) "喜歡、樂於"；與具格併用 (6)

tṛtīya [序]，[陰] °*ā* "第三的", 329, 330

√ *tṛp* (*tṛpyati*) "滿足、喜樂" (26)

√ *tṛṣ* "渴求"；[過被分], 297

√ *tṛh* [他] "粉碎", 437

√ *tṝ* (*tarati*) "渡過" (5), 173；[被] (*tīryate*), 173；[絕分], 302；重複, 440；[意], 493

tejasvin [形] "勇敢的" (22)

tejo-viśeṣaḥ [陽] "特別光亮", 360

√ *tyaj* (*tyajati*) "離去、捨棄" (1)；[過被分],

D

yati) "使...給" (18), 216；[過被分], 296；[絕分], 302；[不定], 311；[義務], 319；重複, 427；[完分], 456；[簡未], 466；[未分], 468；[不定過], 474, 482；[意], 495

√ 2 *dā* (*dyati*) "切割" (10), 174；[被] (*dīyate*), 174

dātṛ [陽] "布施者"；[形] "慷慨的" (15)

dānam [中] "布施物、禮品、檀那" (2)

dāsaḥ [陽] "男僕" (18)

dāsī [陰] "女僕" (11), 328

dinam [中] "天、日" (24)

√ *div* "遊戲"；[過被分], 295

div [陰] "天空", 277

divā-naktam [副] "日夜", 356

√ *diś* (*diśati*) "指示、指出" (3), 246；[不定過], 486

diś [陰] "方向", 246

√ *dih* "塗敷", 244, 418, 419；[過被分], 294

√ *dīp* "照耀"；[不定過], 480

dīrgha [形] "長的", 335；*dīrgham* [副] "甚遠" (14)

dīrghāyus [形] "長壽的", 254

√ *dīv* (*dīvyati*) "遊戲" (6), 78, 222；[被] (*dīvyate*) (10)

duḥkham [中] "痛苦、不幸、災難" (4).p. 241

dugdham [中] "牛奶" (19), 290

durjanaḥ [陽] "流氓" (15)

durdaśā [陰] "不幸、災難" (29)

dur-manās [形] "惡心的", 366

durlabha [形]、°*ā* [陰] "難發現或難到達的、困難的" (20)

duṣprayukta [形]、°*ā* [陰] "不善用" (16)

√ *duh* "擠奶", 244, 249, 418, 419；[過被分], 294；[意], 494

duhitṛ [陰] "女兒" (16)

dūtaḥ [陽] "信差、使者" (18)

√ *dṛṅh* "強化", 244

√ *dṛś* ([被] *dṛśyate*) "似乎、看、見" (14), 127, 246；[使] (*darśayati*) "顯示" (18)；[過被分], 294, 300；[絕分], 302；[不定], 311；[義務], 319；[完成], 450；[簡未], 467；[不定過], 476, 482；[強], 498

dṛś [陰] "見、眼睛" (21)

dṛṣad [陰] "石頭" (20)

dṛṣṭa-pūrva [形] "以前見過的", 364

√ *dṛh* "增加"；[過被分], 294

devaḥ [陽] "神", 103, 110, 163, 164, 235, 342

devakulam [中] "神殿" (24)

devakī [陰] "Kṛṣṇa 的母親 (神名)" (19)

devatā [陰] "神性、神格者、神的性質" (26), 390

devadattaḥ [陽] "提婆達多、天賜 (人名)",

DH

dhānyam [陽] "穀物" (10)
√ *dhāv* (*dhāvati*) "跑" (1)
dhīra [形]、°*ā* [陰] "堅定、踏實的" (13)
dhīḥ [陰] "理解、見識" (13), 189
√ *dhū* (*dhuvati*) "搖動", 108, 394；重複, 422
√ *dhṛ* (*dhārayati*) "受持、支持、忍受" (21),144；[完成], 448；[不定過], 491；[被], 492
dhṛtiḥ [陰] "勇敢、果斷" (12)
dhenuḥ [陰] "母牛", 123, 186, 187
dhairyam [中] "堅定" (8)
√ *dhyā* (*dhyāyati*) "思慮" (10), 174；[被](*dhyāyate*)

N

na [副] "不" (8), 266, 300
nagaram [中] "城市" (2), 114, 372
nagarī [陰] "城市" (11)
nadī [陰] "河", 157, 163, 183, 185, 187, 189, 197, 204, 212, 255
naptṛ [陽] "孫子", 203, 208
√ *nam* (*namati*) [不及] "鞠躬、彎身"；[及] "尊敬、禮敬" (1)；[過被分], 295
namas [中] "尊敬、禮敬", 388；常常作爲不變化詞，禮敬的對象用與格 (15), 6
namas-√ *kṛ* "禮敬、頂禮", 388
√ *namasya* [名起] "禮敬", 500
naraḥ [陽] "人" (2), 95, 129, 177, 374
narakaḥ [陽] "地獄"，音譯："那落迦" (24)
nalaḥ [陽] "王名", p. 242
nava [數] "9", 323；變格, 327
navati [數] "90", 323；變格, 327
navati-tama [序] "第九十", 329
navadaśa [數] "19", 323
nava-ma [序] "第九", 329
navīna [形]、°*ā* [陰] "新的" (18)
√ *naś* (*naśyati*) "死、毀滅" (5)；[簡未], 467
√ *nah* (*nahyati*) "綁", 124, 168, 190, 249；[現分], 258；[過被分], 294；[不定], 311
nāṭakam [陽] "戲曲、腳本" (30)
nāman [中] "名字", 265, 374
nārī [陰] "女人、妻子" (11)
nālī [陰] "水管" (22)
nāśaḥ [陽] "毀滅" (13)
ni-√ *as* (*nyasyati*) "託付" (29)
√ *nij* "清洗"；[強], 498
nitya [形]、°*ā* [陰] "恆常的" (29)
nityam [副] "總是、恆常" (16)
nideśaḥ [陽] "命令" (17)
√ *nind* (*nindati*) "責備" (23), 94
niyata [形] "決定、必定、永遠" (26)
nirvṛtiḥ [陰] "滿足、幸福" (20)

ni-√ vas (*nivasati*) "居住於、居住" (14)
ni-√ vid；[使] (*nivedayati*) "通知"；和與格併用 (18)
niścayaḥ [陽] "決定、確信" (15)
ni-√ sad (*niṣīdati*) "使自己就座" (14), 191；[過被分], 291
ni-√ sev (*niṣevate*)"居住、專心於、照料" (13)
nis-√ nī (*nirṇayati*) "確定、決定" (29), 166
nis-√ pad (*niṣpadyate*) "種植、生自"，與從格併用 (13), 192
√ *nī* (*nayati*) "帶領、引導" (2), 97, 151；[現分], 258；[絕分], 302；[不定], 311；[完成], 444, 445；[完分], 268, 456；[迂完], 458；[不定過], 481；[強], 498
nīca [形]、°*ā* [陰] "低的" (12)
nīruj (= *nis-ruj*) [形] "無病、健康的" (21)
nīla‿utpalam [中] "青蓮華", 343, 363
nṛtama [形] "最像男人的", 338
√ *nṛt* (*nṛtyati*) "跳舞" (30)；[意], 493；[強], 498
nṛttam [中] "舞蹈、跳舞" (30)
nṛpaḥ [陽] "王" (2), 118, 120, 121, 150
nṛpatiḥ [陽] "國王" (6)
netṛ [陽] "領導者" (15)
netram [中] "眼睛" (6)
ned-iṣṭha [最] "最近的", 335
ned-īyas [比] "較近的", 335
nau [陰] "船", 211
nyañc [形] "低的", 272

P

pakva [形] "熟的", 298
pakṣaḥ [陽] "羽、側面、黨派" (29)
pakṣin [陽] "鳥、禽" (24)
paṅkam [中] "泥、沼澤" (16)
√ *pac* (*pacati*) "煮" (1), 298；[不定], 311；[完成], 451；[完分], 456
pañca [數] "5", 323；變格, 327
pañca-kṛtvas [副] "五次", 331
pañca-tvam [中] "五性、死", 390
pañcadaśa [數] "15", 323
pañca-dhā [副] "以五種方式", 331
pañcama [序]、[陰] °*ī* "第五", 329
pañca-vāram [副] "五次", 331
pañca-viṃśati [數] "25", 324
pañcaśaḥ [副] "以五計算", 331
pañcādhikaṃ śatam [數] "105", 326
pañcāśa [序] "第五十", 329
pañcāśat [數] "50", 323；變格, 327
pañcāśat-tama [序] "第五十", 329
paṭ-iṣṭha [最] "最善巧的", 334
paṭ-īyas [比] "較善巧的", 334

paṭu [形] "善巧的", 334

√ *paṭh* (*paṭhati*) "背誦、讀" (11)

paṇḍitaḥ [陽] "學者" (15)

√ *pat* (*patati*) "落下、飛" (1)；[使] (*pātayati*), 217；[過被分], 297；[不定過], 476

pataṅjaliḥ [陽] "印度文法學家的名字", p. 168

pati [陽] "主人", 274；"丈夫", 274

patita [過被分] "落下了", 289

pattram [中] "葉子、信" (5), 290

patnī [陰] "妻子" (11)

pathya [形]、°*ā* [陰] "適當的、有益的"；與屬格併用 (21)

pathyā [陰] "Pathyā (韻律名)", p. 243

√ *pad* "去"；[不定過][被], 487；[意], 495；[強], 499

pad [陽] "腳" (26), 282

padam [中] "步調" (15)

pada-endings, 91, 246

padmaḥ, padmam [陽中] "蓮花" (13)

padma‿akṣa [形]、°*akṣī* [陰] "眼如蓮華一般的", 373

padyam [中] "韻文", p. 241

panthan [陽] "路", 278, 289

payas [中] "牛奶" (22)

para [形]、°*ā* [陰] "最高的、其他的、主要的" (14), 233, 374

paraśuḥ [陽] "斧" (5)

parasmaipadam [中] "為他言", 59, 346

parā-√ *ji* (*parājayate*) "被征服" (9)

parikhā [陰] "溝、坑", 389

parikhī-√ *kṛ* "轉變成壕溝", 389

pari-√ *tyaj* "離去、放棄"；[過被分], 307

pari-√ *dhā*；[使] (*dhāpayati*) "使..穿衣"；用兩個業格 (18)

pari-√ *nī* (*pariṇayati*) "結婚" (9)

pari-√ *bhū* (*paribhavati*) "輕視、輕蔑" (27)

parivrāj [陽] "遊行者", 266

pariṣad [陰] "集會、徒眾" (25)

pari-√ *svañj* (*pariṣvajate*) "擁抱" (21)

parvataḥ [陽] "山脈", 234

√ *palāya* (*palāyate*) "逃走" (28)

√ *paś* (*paśyati*) "看見、見" (5), 127, 234

paśuḥ [陽] "野獸" (8)

paścāt [不變] "在後"；與屬格併用 (20)

√ 1 *pā* (*pibati*, [被] *pīyate*) "飲、喝" (2, 10), 102；[使] (*pāyayati*) "給與水" (19), 216；[過被分], 295；[不定], 311；[意], 496

√ 2 *pā* "保護", 219；[使] (*pālayati*) "保護" (19), 219

pāṭaliputram [中] "Patnā 的城市 (城名)" (18)

pāṭhaḥ [陽] "演講、課" (14)

pāṇiḥ [陽] "手" (4), 374

pāṇiniḥ [陽] "巴膩尼", [5], p. 168
pātram [中] "容器" (24)
pātra-cīvaram [中] "衣與缽", 350
pādaḥ [陽] "腳、基部；一季、區域" (5), 282 ；"韻腳", p. 241
pāda-padma [中] "足如蓮", 362
pāpa [形]、°*ā* [陰] "惡的、壞的" (9), 334
pāpam [中] "罪" (4), 148, 149
pāp-iṣṭha [最] "最壞的", 334
pāp-īyas [比] "較壞的", 334
pāram-itā [陰] "到彼岸", 346
pārthivaḥ [陽] "王子" (12)
pālanam [中] "保護" (26)
pāśaḥ [陽] "繩套、羅網" (10)
pāśupālyam [中] "牧牛" (17)
piṇḍaḥ, piṇḍam [陽中] "團食、食物", 221
pitarau [陽][雙] "父母", 353
pitā-putrau [陽][雙] "父與子", 349, 353
pitṛ [陽] " [單] 父親；[雙] 雙親；[複] 祖靈" (16), 208
√ *piṣ* [他] "搗碎", 436
√ *pī, pyā* (*pyāyate*) "變成胖的、腫大" (27) ；[過被分], 291；[完成], 449
√ *pīḍ* (*pīḍayati*) "使痛苦、折磨" (7), 143
pīna [形] "胖的" (27)
puṃs [陽] "人", 279
puṇyam [中] "功德、優點" (7)
putraḥ [陽] "兒子" (2), 340
putrī [陰] "女兒" (11)
√ *putrīya* [名起] "想要兒子", 500
putrau [陽][雙] "兒女或兩個兒子", 353
punar [副] "再、又、復" (1), 95, 122, 123
pur [陰] "城市" (22), 250
puraḥ-sara [形] "先行", 374
puras [副] "在前方", 388
puras-√ *kṛ* "放在前方、尊敬", 388
puras-√ *dhā* "放在前方、尊敬", 388
puruṣaḥ [陽] "人" (13)
puruṣa-vyāghraḥ [陽] "人如虎", 362
purūravas [陽] "是 Urvaśī 所愛的人 (人名)" (22)
puro-gama [形] "先行", 374
purohitaḥ [陽] "僧侶" (17)
puṣṭa [形] "肥胖的、胖的" (30)
puṣpam [中] "花", 114
pustakam [中] "書" (11)
√ *pū* "淨化", 394；[不定過], 483
√ *pūj* (*pūjayati*) "尊敬" (7)
pūraḥ [陽] "洪水" (11)
pūrva [形] "較早的、以前的", 233, 345, 364, 374
pūrva-janma-kṛta [形] "前生所作的", 345

pra-√ vraj (*pravrajati*) "出發、離開家成爲四處雲遊的修行者" (29)
praśasya [形] "善的", 335
pra +√ sthā (*pratiṣṭhate*) "出發"；[使] (*prasthāpayati*) "送" (18)
pra-√ hṛ (*praharati*) "打擊、攻打" (21)
prāch [形] "詢問", 239
prāñc [形] "向前的、向東的", 272
prāṇin [陽] "生物" (22)
prātipadikam [中]"實詞與形容詞的詞幹", 86
prāpta [過被分] "被得到的、已經得到的", 289；[過主分], 300
prāyaḥ [陽] "主要的部分", 374
prāyaścittam [中] "苦行、贖罪" (15)
prāyeṇa [副] "大部分、一般" (24)
prāsādaḥ [陽] "樓閣、宮殿" (28)
priya [形] "喜愛的", 335
priyakarman [形] "親切的" (24)
priyavāc [形] "親切地說著" (24), 337
priyavādin [形] "親切地說" (30)
√ *prī* "喜歡、喜愛", 219；[使] (*prīṇayati*) "使喜歡、取悅" (19), 219
pre-ṣṭha [最] "最喜愛的", 335
pre-yas [比] "較喜愛的", 335, 340
√ *plu* "漂浮"；[強], 498

PH

phalam [中] "果實、獎勵、報酬" (7), 103, 110, 161, 163, 243
phalavant [形] "有果實的" (30)
√ *phul* (*phullati*) "開發", 298
phulla [形] "延伸的", 298

B

√ *bandh* "綁、捕抓、結" (10), 244, 395；[被] (*badhyate*), 170；[過被分], 295
balam [中] "力" (8), 251, 340
balavant [形] "有力的、強壯的" (24)
balin [形] "有力量的、強壯的", 251, 334
bal-iṣṭha [最] "最強的" (21), 334
bal-īyas [比] "較強的", 334
bahu [形]、°*ī* [陰] "多的", 187, 335
bahumāna-puraḥsaram [陽] "帶著尊敬、尊敬地", 374
bahuvrīhiḥ [陽] "很多米、所有複合詞", 344, 366-374；[形] "有很多米的", 344
√ *bādh* "折磨", 244
bālaḥ [陽] "小孩、男孩" (3)
bāṣpaḥ [陽] "眼淚" (21)
bāhuḥ [陽] "手臂" (5)
binduḥ [陽] "水滴" (5)
bilhaṇaḥ [陽] "詩人的名字 (人名)", p. 243

BH

√ *bhī* "懼怕、怖畏", 219；[使] (*bhīṣayati,°te*) "恐嚇" (19), 219 或 (*bhāyayati*) "以任何物使任何人怖畏", 144；[義務], 319；[他]重複, 431

bhīma-parākramaḥ [陽] (持業釋) "令人怖畏的勇敢'；[形] (有財釋) "擁有令人怖畏的勇敢或〔某人的〕勇敢令人怖畏",366

√ 1 *bhuj* "彎曲"；[過被分], 291

√ 2 *bhuj* "受用、吃" (28)

bhujyuḥ [陽] "人名" (27)

√ *bhū* (*bhavati*) "成爲、存在、是" (2), 61, 62, 78, 97, 98, 222, 290；[使] (*bhāvayati*) "使...存在", 144；[現分], 264 ；[未分], 258；[絕分], 302；[不定], 311；[義務], 319, 321, 322；接實詞或形容詞, 389；[完成], 447；[簡未], 463；[條], 469；[迂未], 471, 472；[不定過], 474；[強], 497

bhūḥ [陰] "地面" (14), 197

bhūta [形]、*°ā* [陰] "已成的", 289；[中][實] "衆生" (23)

bhūtiḥ [陰] "繁榮、祝福" (12)

bhūbhṛt [陽] "國王、山脈" (20)

bhūmiḥ [陰] "大地" (12), 347

bhūyas [形] "更、增、較多", 335；[中][單]作爲副詞 "大部分" (28)

bhūy-iṣṭha [最] "最多的", 335

bhūṣaṇam [中] "裝飾品" (14)

√ *bhṛ* (*bharati, °te*) "任持、支持" (21)；重複, 423, 424, 426；連接母音, 443；[完成], 448；[迂完], 458；[意], 494

bhṛgukaccham [中] " [地名" (25)

bhṛtakaḥ [陽] "僕人" (17)

bhṛtyaḥ [陽] "僕人" (10)

bhekaḥ [陽] "蛙" (29)

bhojanam [中] "吃飯時間、餐" (27)

√ *bhram* (*bhrāmyati*) "漫遊" (6), 131, 148；[絕分], 303

bhrātarau [陽][雙] "兄妹", 353

bhrātṛ [陽] "兄弟" (16)

bhrūḥ [陰] "眉毛" (14)

M

makṣikā [陰] "蚊" (12)

maghavan [陽] "因陀羅、大方的" (25), 269

√ *majj* (*majjati*) "沈、溺" (27)；[過被分], 291；[簡未], 467

maṇiḥ [陽] "珠寶" (5)

matiḥ [陰] "意見、智慧", 186, 187, 340

matimant [形] "聰明的、有智慧的" (24)

matsyaḥ [陽] "魚" (11)

√ *math* "搖動", 393

√ *mad* (*mādyati*) "喝醉、沈醉" (6), 131；[

過被分], 297；[義務], 319；[不定過], 484
madhu [中] "蜂蜜" (6), 136, 157, 205, 243
madhuparkaḥ [陽] "甜的飲料" (27)
madhulih [陽] "蜜蜂" (21)
madhya‿ahnaḥ [陽] "正午", 363
√ *man* (*manyate*) "想、認爲" (16)；[過被分], 295；[絕分], 302；[不定過], 482；[意], 495
manas [中] "心" (22), 252
manasi-kāraḥ [陽] "作意", 346
manuṣyaḥ [陽] "人" (8), 340
manorathaḥ [陽] "希求" (18)
√ *mantraya* [名起] "考慮", 500
mantrin [陽] "首相" (22)
√ *manth* "搖動", 395
mandākrāntā [陰] "韻律名", p. 244
maraṇam [中] "死亡" (17)
marut [陽] "風，[複] 風神" (20), 243
√ *mah* (*mahati*) "尊敬", 261
mahant [形] "大的", 261, 300, 334；複合詞, 346
mahā-nīla [形] "非常地青", 364
mahārājaḥ [陽] "大王" (13)
mah-iṣṭha [最] "最大的", 334
mah-īyas [比] "較大的", 334
√ *mā* ([被] *mīyate*) "測量" (10)；[過被分], 295；[自] 重複, 429；[意], 495
mā [副] "不"；表禁止的語助詞 (14)
māghaḥ [陽] "詩人的名字 (人名)", p. 243
mātā-pitarau [陽][雙] "父母", 353
mātṛ [陰] "母親" (16), 208
mātṛ-tama [形] "最像母親的", 338
mātrā [陰] "測量", 374；"音量", p. 241
mātrā-chandaḥ [陽] "韻律名", p. 244
mādhuryam [中] "甘甜、美妙" (21)
mānavaḥ [陽] "人" (26)
mānuṣaḥ [陽] "人", 342
māyā-marīcy-udaka-candra-kalpa [形] "猶如幻焰水中月", 374
mārgaḥ [陽] "路" (3), 114
mālā [陽] "花環" (10)
mālinī [陰] "韻律名", p. 244
māsaḥ [陽] "月份" (16)
māsa-pūrva [形] "早一個月的", 358
mitram [中] "朋友" (17)
mitradruh [形] "背叛朋友的", 249
mitrā-varuṇau [陽][雙] "密特拉與伐魯那", 352
√ *mīl* "眨眼"；[不定過], 480
muktā [陰] "眞珠" (27)
muktiḥ [陰] "拯救、解脫" (12)
muktvā [介絕] "無、除…外 / without", 308

Y

√ *yam* (*yacchati*) "給與、供給、阻止" (2), 100, 236；[過被分], 295

yamunā [陰] "河名" (9)

yavakrī [陽][陰] "玉米的買賣", 214

yavanaḥ [陽] "希臘人、外國人" (28)

yav-iṣṭha [最] "最年少的", 335

yav-īyas [比] "較年少的", 335

yaśas [中] "名聲" (22)

yaṣṭiḥ [陰] "手杖、棍" (12)

√ *yā* "行", 398；[不定過], 485

yāvaj-jīvam [副] "盡形壽、乃至命終", 365

yāvant [形] "如是多的、乃至" (24)

√ *yu* "連結"；[完成], 444

yugmam [中] "一雙" (16)

√ *yuj* "連結", 434；[被], 317；[使] (*yojayati*)"繫、束以馬具" (27)；[過被分], 294；[絕分], 302；[義務], 319

yuddham [中] "戰役" (17), 242

√ *yudh* (*yudhyate*) "戰鬥"；戰鬥的對象用具格 (8)

yudhiṣṭhirājunau [陽][雙] "堅戰王與阿周那", 354

yuvan [陽中] "年少", 269；[陰] *yuvati* (25)；[形] "年少的", 255, 335

yūpa-dāru [中] "作爲祭祀柱子用的木材", 358

R

√ *rakṣ* (*rakṣati*) "保護" (1), 148

rakṣaṇam [中] "保護" (16)

rakṣitṛ [陽] "保護者" (15)

√ *rac* (*racayati*) "整理、編輯" (13)；[不定過][被], 488

raṇaḥ, raṇam [陽中] "戰爭" (9)

ratnam [中] "珠寶" (5)

ratna-bhūta [形] "是寶石", 389

ratnī-bhūta [形] "轉化成寶石", 389

rathaḥ [陽] "貨車" (13)

rathoddhatā [陰] "韻律名", p. 243

rathyā [陰] "街道" (9)

√ *rabh* "取"；[不定過][被], 488；[意], 495

√ *ram* (*ramate*) "嬉戲" (17)；[過被分], 295；[不定過], 482

raśmiḥ [陽] "光線、韁繩" (12)

rākṣasaḥ [陽] "羅刹" (27)

√ *rāj* (*rājate*) "照耀、統治" (23), 247

rāj [陽] "國王", 247

rājan [陽] "國王" (24), 238, 265, 347

rāja-puruṣaḥ [陽] "國王的人", 358

rājarṣiḥ [陽] "王仙", 343, 361

√ *rājāya* [名起] "扮演國王", 500

rājyam [陽] "領域、王國" (10)

rātriḥ [陰] "夜晚" (12), 347

√ *rādh* "達成"；[不定過], 480

√ *vac* "說", 406；[被] (*ucyate*) (10), 171；[使] (*vācayati*) "使說、閱讀" (19)；[過被分], 295；[絕分], 302；[義務], 319, 320；重複, 440；[完成], 451；[完分], 456；[不定過], 476

vaṇij [陽] "商人" (22)

vatsaḥ [陽] "小牛" (23)

√ *vad* (*vadati*) "說" (1), 92, 95, 125, 152；[被] (*udyate*), 171；[過被分], 297；[完成], 451；[不定過], 484

√ *vadh* (*vadhati*) "殺"；[義務], 319；[不定過][被], 488

vadhūḥ [陰] "女人、妻子" (14), 198, 212

vanam [中] "森林" (8), 158, 160, 235

vanavāsin [形] "住在森林的" (25)

√ *vand* (*vandate*) "敬禮、尊敬" (8)；[不定], 311；[義務], 319, 320

√ *vap* (*vapati*) "撒播" (10)；[被] (*upyate*), 171；[過被分], 295；[完成], 451

vapus [中] "身體" (30)

vayas [中] "年齡" (22)

vara [形]、°*ā* [陰] "最好的、較好的"；與從格併用" (15), 334

vara-da [形] "與願的", 359

var-iṣṭha [最] "最好的", 334

var-īyas [比] "較好的", 334

vargaḥ [陽] "類、組", 25

√ *varṇaya* [名起] (*varṇayati*) "描述、稱讚" (24), 500

vartamāna-kaviḥ [陽] "現存的詩人", 363

varṣam [中] "年" (24)

varṣa-bhogya [形] "應享用一年", 358

varṣ-iṣṭha [最] "最老的", 335

varṣ-īyas [比] "較老的", 335

√ *vaś* "貪求、欲求", 413；[完成], 451

vaśaḥ [陽] "控制", 389

vaśī-√ *kṛ* "使服從、征服", 389

vaśī-√ *bhū* "變成有控制力", 389

√ *vas* (*vasati*) "居住、棲身" (1)；[被](*uṣyate*), 171；[過被分], 297；[絕分], 302；[不定], 311；[完成], 451；[簡未], 467；[不定過], 482

vasatiḥ [陰] "住處" (13)

vasantatilakā [陰] "韻律名", p. 243

vasu [中] "財富" (6)

vastram [中] "衣服" (18)

√ *vah* (*vahati*) [不及] "流動、吹動、前進"；[及] "攜帶、運載" (1)；[過被分], 295；[不定], 311；[完成], 451

vā [副] "或"；後置詞 (14)

vāṅ-madhu [中] "話如蜜", 362

vāg-agnī [陽][雙] "語言神與火神", 354

Ś

śatruḥ [陽] "敵人" (5), 138, 150, 374
√ *śap* "詛咒"；[不定], 311
√ *śam* (*śāmyati*) "息滅、平靜" (6)；[過被分], 296
śayyā [陰] "床" (27)
śayyā_artham [副] "爲了臥具故", 360
śaraḥ [陽] "箭" (3)
śaraṇam [中] "保護" (9)
śarad [陰] "秋天、年" (20)
śastra-pāṇiḥ [陰]"在某人的手中有武器",374
śāntiḥ [陰] "寂靜" (12)
śārdūlavikrīḍitam [中] "韻律名", p. 244
śālinī [陰] "韻律名", p. 243
√ *śās* "統治、教導、命令" (10), 416；[被](*śiṣyate*), 171；[過被分], 295；[義務], 319
śāstṛ [陽] "處罰者、統治者" (15)
śāstram [中] "學術、論" (8)
√ *śikṣ* (*śikṣate*) "學習" (8)
śikharaḥ [陽] "頂點" (5)
śikhariṇī [陰] "韻律名", p. 244
śiva [形]、°*ā* [陰] "親切的、吉祥的" (26)
śivaḥ [陽] "濕婆 (神名)" (4), 235
śiśuḥ [陽] "小孩" (10)
śiṣyaḥ [陽] "學生" (5)
√ *śī* "躺下", 401；[絕分], 302；[不定], 311；[義務], 320；[意], 493
śītoṣṇa [形] "冷熱", 355
śīlaṃ, śīlam [陽中] "戒", 370
śīlin [形] "有戒的", 370
√ *śuc* (*śocati*) "悲傷" (14)
√ *śubh* (*śobhate*) "卓越、出色、美化" (9)；[意], 493
√ *śuṣ* (*śuṣyati*) "使乾涸" (5), 298
śuṣka [陽] "乾的", 298
śūdraḥ [陽] "首陀羅" (8)
śūraḥ [陽] "英雄、勇健者" (29), 340
śṛgālaḥ [陽] "豺、野干" (28)
√ *śṝ* "壓碎"；[意], 493
√ *ścut* "滴"；重複, 422
śrad "心", 388
śrad-√ dhā "信受、信賴", 388
√ *śram* (*śrāmyati*) "變成很疲倦" (6)；[過被分], 296
śramaḥ [陽] "倦怠、勞苦" (25)
√ *śrā* "煮", 216；[使] (*śrapayati*), 216
śrāddham [中] "祭品" (16)
√ *śri* "依賴、行"；[完成], 444；[不定過],477
śrī "〔作爲專有名詞的前綴時，意思爲〕有名的、可敬的" (19)
śrīḥ [陰] "幸運、財富、財富之神" (13)
śrīmant "富有的", 263
√ *śru* "聽" (10), 383, p. 241；[被] (*śrūyate*),

177；[使] (*śrāvayati*) "宣說"；說話的對象用業格 (18)；[完分], 268；[不定], 311, 315, 317；[義務], 319；連接母音, 443；[不定過][被], 487
śrutiḥ [陰] "聽聞、天啓文學" (12)
śreyas [比] "較好的、較善的、最好的", 255, 335；[中][實] "拯救、解脫" (23)
śreṣṭha [最]、[陰] °*ā* "最好、最善" (16), 335
ślokaḥ [陽] "輸盧迦", p. 241
śvan [陽] "狗", 269
śvaśuraḥ [陽] "岳父" (17)
śvaśrūḥ [陰] "岳母" (14)
√ *śvas* "呼吸", 420；[過被分], 297
śvas [副] "明天" (23)
√ *śvā, śvi* "腫大"；[過被分], 291
śveta [形]、°*ā* [陰] "白的" (13)

Ṣ

ṣaṭ-kṛtvas [副] "六次", 331
ṣaḍdhā [副] "以六種方式", 331
ṣaḍ-vāram [副] "六次", 331
ṣaḍ-viṃśati [數] "26", 324
ṣaṇ-ṇava-ti [數] "96", 324
ṣaṣ [數] "6", 323；變格, 327
ṣaṣṭi [數] "60", 323；變格, 327
ṣaṣṭi-tama [序] "第六十", 329
ṣaṣ-ṭha [序] "第六", 329
ṣoḍaśa [數] "16", 323, 324
ṣoḍhā [副] "以六種方式", 331

S

saṃskṛtam [中] "梵語", p. 167
sakṛt [副] "一次", 331
sakthi [中] "大腿", 275
sakhiḥ [陽] "朋友", 274, 347
√ *sañj* (*sajati*) "執著、固定在"；與處格併用；[被] (*sajjate, sajyate*) (22)
satyam [中] "眞理；正直" (4)
satya-śravās [形] "有實名的"；[陽] "人名", 368
√ *sad* (*sīdati*) "坐下、沈沒" (2, 27), 101；[義務], 319
sadā [副] "總是" (1)
saṃdigdha [形]、°*ā* [陰] "可疑的、不穩的" (17)
saṃdhyā [陰] "黎明" (9)
sattvaḥ, sattvam [陽中] "衆生", p. 241
√ *san* "敬重"；[過被分], 296
sant [形]、[中] *sat* "現在的、存在的"；[陽][實] "好人"；*satī* [陰] "忠實的妻子" (23)
sandhyakṣaraḥ [陽] "雙母音", 24
sa-patnī-ka [形] "爲妻子所陪伴的", 369

sapta [數] "7", 323；變格, 327

saptati [數] "70", 323；變格, 327

saptati-tama [序] "第七十", 329

saptadaśa [數] "17", 323

sapta-ma [序] "第七", 329

saptottaraṃ śatam [數] "107", 326

sabhā [陰] "會議" (11)

sa-bhārya [形] "爲妻子所伴隨的", 366

samartha [形]、°*ā* [陰] "有能力的、堪能" (30)

sam-ā-√ i "結合" (29)

samāgamaḥ [陽] "集會、大會" (24)

sam-ā-√ car (*samācarati*) "做、實踐" (15)

samājaḥ [陽] "同伴、集會" (30)

sam-ā-√ dhā "放置在...之上" (29)

samānākṣaraḥ [陽] "單母音", 22

sam-√ āp "獲得、完成" (30)

samidh [陰] "束薪" (20)

samudraḥ [陽] "海洋" (13)

sameta [過被分]、[陰] °*ā* "一起前來、擁有、伴隨" (21)

sam-√ gam (*saṃgacchate*) "聚集、相遇"；與具格併用 (9)

sam-√ nah (*saṃnahyati*) "束緊、裝備" (13, 28)

sam-√ prach "談話"；[絕分], 305

sam-√ man "尊敬" (28)

samyak [副] "徹底地、正當地" (16), 266-267

samrāj [陽] "大王" (21)

sarit [陰] "河" (20)

sarpaḥ [陽] "蛇" (10)

sarva [形] "全部的、所有的" (19), 231

sarvatra [副] "處處" (1)

sa-vinayam [副] "有禮貌地", 365

√ *sah* (*sahate*) "忍受" (8, 19)；[過被分], 294

saha [副] "與...共"；與具格併用 (9)

sahasā [副] "突然地、迅速地" (9)

sahasra [數] "1000", 323；變格, 327

sahāyaḥ [陽] "同伴、協助者" (19)

sā [代][陰] "她、它" (16)

sādhanam [中] "手段、設備" (29)

sādh-iṣṭha [最] "最善的", 334

sādh-īyas [比] "較善的", 334

sādhuḥ [陽] "聖者" (7), 161

sādhu [副] "善哉、做得很好", 156；[形] "善的", 334

sāman [中] "吠陀詩句"；[複] "沙摩吠陀" (30)

sāmantaḥ [陽] "諸侯、臣下" (21)

sāyaṃ-prātar [副] "在晚上與早晨", 356

siṃhaḥ [陽] "獅子" (25)

√ *sic* (*siñcati*) "澆、滋潤" (3), 110；[過被分] 294；[不定過], 475

sitāsita [形] "白黑", 355

√ *sidh* (*sidhyati*) "成就、成功"；[使] (

sādhayati) "執行、獲得" (19)
sīman [陰] "邊界、外圍" (24)
√ *su* "壓", 78, 381
sukham [中] "幸運、快樂" (3), 322
sukha-duḥkham [中] "苦與樂", 350
su-janaḥ [陽] "好人", 365
su-tamām [最] "最好", 339
su-tarām [比] "較好", 339
sundara [形]、°*ā* [陰] "美麗的" (14)
sumanas [陰] "花" (22)
su-manas [形] "善心的、好心的",254
suvarṇam [中] "黃金" (7)
suhṛd [陽] "朋友" (20), 239；*su-hṛd* [形] "有好心的", 368
sūktam [中] "吠陀的詩頌" (5)
sūtaḥ [陽] "御者" (7)
sūryaḥ [陽] "太陽" (22)
√ *sṛ* "行"；連接母音, 443；[完成], 448
√ *sṛj* (*sṛjati*) "創造、射出" (3), 247；[過被分], 294；[絕分], 302；[不定], 311；[簡末], 467；[不定過], 482；[意], 494
√ *sṛp* "爬行"；[未][簡], 467
sṛṣṭiḥ [陰] "創造、所造物" (13)
setuḥ [陽] "橋" (29)
senā [陰] "軍隊" (11), 162, 164, 212, p. 241
√ *sev* (*sevate*) "服侍、尊敬" (8)；重複, 422
saunikaḥ [陽] "士兵" (28)
saunyam [中] "軍隊" (28)
√ *skand* "跳躍"；重複, 422
√ *stu* "稱讚" (10), 172, 402；[被] (*stūyate*), 172；重複, 422；連接母音, 443；[完成], 446；[完分], 456；[迂未], 471；[意], 493
stutiḥ [陰] "讚頌歌、讚頌" (14)
√ *stṛ, stṝ* "散佈、覆蓋"；[過被分], 291；[完成], 444
stenaḥ [陽] "賊" (7)
stotram [陰] "讚頌歌" (11)
strī [陰] "女人", 276
strī-janaḥ [陽] "婦女", 361
√ *sthā* (*tiṣṭhati*) "立、在、住", 95, (2), 102, 129, 157, 184, 229；[使] (*sthāpayati*)" 放、任命、停止" (18), 302；[現分], 258；[過被分], 295；[絕分], 302；重複, 422；[不定過], 482, 491；[意], 494
sthānam [中] "地點、場所、位置" (22)
sthita [過被分]，[陰] °*ā* "站立的" (22), 289
√ *snā* "沐浴", 216；[使] (*snāpayati* 或 *snapa-yati*), 216；[絕分], 307
snātakaḥ [陽] "〔結束學生期，進入家住期時所舉行的沐浴儀式的〕沐浴者" (21)
snānam [中] "沐浴" (25)
snigdha [形] "親愛的、親厚的" (28)

√ *snih* (*snihyati*) "喜好於、傾向於"；與屬格或處格併用 (5)

snuṣā [陰] "媳婦" (14)

sparśaḥ [陽] "默音", 25

√ *spṛś* (*spṛśati*) "碰觸、洗" (3), 246；[不定], 311；[簡未], 467；[不定過], 482

√ *spṛh* (*spṛhayati*) "渴望"；與與格併用 (25)

smita-pūrvam [副] "帶著微笑、微笑地", 374

√ *smṛ* (*smarati*) "記得、考慮、教導" (2, 16), 97, 98, 173；[被] (*smaryate*), 173；重複, 422；[完成], 448

smṛtiḥ [陰] "傳統、聖傳文學" (12)

sraj [陰] "花圈", 248

sraṣṭṛ [陽] "創造者" (15)

√ *sraṃs*, √ *sras* "落下"；[過被分], 295

√ *sru* "流"；連接母音, 443

sva [形]、°*ā* [陰] "自己的" (18)

svagṛham [中] "自己的家", 307

√ *svap* "睡覺" (10), 420；[被] (*supyate*), 171, 177；[過被分], 295；[完成], 451；[意], 495

svapnaḥ [陽] "睡覺、夢" (12)

svayam [代] "自身", 404

svayambhū [形] "獨自存在"；[陽][實] "梵" (30)

svaraḥ [陽] "母音", 21

svargaḥ [陽] "天上" (9), 177

svarga-patita [形] "從天而降的", 358

svasṛ [陰] "姊妹", 203, 208

svādu [形] "甜的" (19)

svādhyāyaḥ [陽] "一個人背誦聖典" (21)

svāmi-sadṛśa [形] "與主人相似的", 358

svāmin [陽] "主人" (22)

√ *svāmīya* [名起] "視爲主人", 500

svairam [副] "隨意" (30)

H

√ *han* "殺", 283, 410；[使] (*ghātayati*)"使殺"(19), 219；[過被分], 295, 297；重複, 441；[完成], 451；[完分], 456；[意], 495

hanuḥ [陰] "顎" (12)

hanumant [陽] "猴王的名字" (29)

hantṛ [陽] "殺人者" (24)

hariḥ [陽] "哈利 (神名)" (4)

hariṇaḥ [陽] "山羊" (25)

hariṇī [陰] "韻律名", p. 244

halaḥ, halam [陽中] "犁" (27)

havis [中] "祭品" (22), 102, 252

√ *has* "笑"；重複, 422

hastaḥ [陽] "手" (3), 267, 374

hastin [陽] "大象" (28)

hasty-aśvāḥ [陽][複] "許多象與馬", 349

√ *hā* [他] "放棄" (10)；[被] *hīyate*；[過被分], 291；重複, 428。[自] "行走"；重複, 429

書 目

一、文 法

吳汝鈞 編譯

---. 1984.《梵文入門》(台北：彌勒出版社)

梅迺文 譯

---. 1985.《梵文文法》(R. Antoine S. J. 著；台北：華宇出版社)

羅世方 編

---. 1990.《梵語課本》(北京：商務印書館)

中村元

---. 1979.〈サンスクリット發音〉《印度學佛教學研究》，第 28 卷第 1 號)

今澤慈海

---. 1958.《表解詳說梵文典》(2 冊，成田山新勝寺)

平岡昇修

---. 1991.《サンスクリット Training Part 1, 2》(東京：世界聖典刊行協會)

辻直四郎

---. 1969.《サンスクリット 文法》(東京：岩波書局)

岩本裕

---. 1956.《サンスクリット 文法》(京都：同朋舍)

---. 1965.《サンスクリット文法綱要》(東京：山喜房佛書林)

荻原雲來

---. 1916.《實習梵語學》(東京：丙午出版社)

菅沼晃

---. 1986.《サンスクリット基礎と實踐》(東京：平河出版社)

福島直四郎・田中於菟彌

---. 1933.《梵語文典》(上・下，佛教年鑑社，佛教大學講座)

榊亮三郎

---. 1907. 《解說梵語學》(京都：眞言宗高等中學校；再版時更名爲：《新修梵語》，永田文昌堂，1973)

Allen, W. S.

---. 1953. *Phonetics in Ancient India*, Oxford, 1961.

Apte, V. S.

---. 1890. *The Student's Guide to Sanskrit Composition*, A Treatise on Sanskrit Syntax for the Use of School and Colleges, Poona. (Chowkhamba, Reprinted, 1963.)

Bhandarkar, R. G.

---. 1864. *First Book of Sanskrit*, Bombay.

---. 1867. *Second Book of Sanskrit*, Bombay.

Borooah, Anundoram

---. 1882. *A Comprehensive Grammar of the Sanskrit Language-- Analytical, Historical and Lexicographical*, Calcutta, (Reprinted, 1976.)

Bucknell, R. S.

---. 1994. *Sanskrit Menual-- A Quick-reference Guide to the Phonology and Grammar of Classical Sanskrit*, Motilal Banarsidass.

Coulson, Michael

---. 1976. *Teach Youself Sanskrit*, Oxford. (Reprinted, 1988.)

Gune, Jayashree A.

---. 1978. *The Meaning of Tenses and Moods*, Pune.

Hart, G. L.

---. 1984. *A Rapid Sanskrit Method*, Motilal Banarsidass.(Reprinted,1989.)

Kale, M. R.

---. 1894. *A Higher Sanskrit Grammar*, Bombay. (Motilal Banarsidass, 1961.)

Kielhorn, F.

---. 1870. *A Grammar of the Sanskrit Language*, Bombay. (Chowkhamba Sanskrit Studies, Reprinted, 1970.)

Kurze, J. Gonda

---. 1948. *Elementar-Grammatik der Sanskrit-Sprache*, Leiden. (英譯: *A Concise Elementary Grammar of the Sanskrit Language*, Leiden, 1966; 日譯：鎧淳譯,《サンスクリット語初等文法》，春秋社，1974.)

Lalla Rama Tewari, B. A., LL. B

---. 1936. *A manual of Sanskrit Composition for Indian Schools*, Allahabad National Press.

Macdonell, A. A.

---. 1901. *A Sanskrit Grammar for Students*, London. (3rd Edition: 1926.)

---. 1910. *Vedic Grammar*, Oxford University.

---. 1916. *Vedic Grammar for Students*, Oxford University, 1955.

Maurer, Walter Harding

---. 1991. *The Sanskrit Language An Introductory Grammar and Reader*, Philadelphia Pennsylvania.

Max Müller, F.

---. 1870. *A Sanskrit Grammar* (Asian Educational Services, Second Edition, 1983.)

Mayrhofer, M.

---. 1953. *Sanskrit-Grammatik*, Berlin.

Renou, Louis

---. 1930. *Grammaire Sanskrite,* Paris, 1968.

---. 1952. *Grammaire de la langue vedique,* Paris-Lyon.

---. 1964. *Grammaire Sanskrite Élémentaire,* Paris.

Speijer, J. S.

---. 1886. *Sanskrit Syntax,* Leyden. (京都：臨川書店：再版，1968.)

Stenzler, A. F.

---. 1960. *Elementarbuch der Sanskrit-Sprache,* Berlin.

Taraporewala, I. J. S.

---. 1967. *Sanskrit Syntax,* Delhi.

Turner, Sir Ralph Lilley

---. 1960. *Some Problems of Sound Change in Indo-Aryan,* Poona.

Uhlenbeck, C. C.

---. 1898. *A Manual of Sanskrit Phonetics,* Delhi. (Reprinted, 1960.)

Whitney, W. D.

---. 1879. *A Sanskrit Grammar including both the Classical Language and the Older Dialects of Veda and Brāhmaṇa,* London (Motilal Banarsidass, Reprinted, 1989.)

Williams, Monier

---. 1864. *A Practical Grammar of the Sanskrit Language, arranged with reference to the Classical Languages of Europe,* Oxford. (Chowkhamba Sanskrit studies, Reprinted, 1962.)

※ 以下三書是屬於巴膩尼文法的編寫傳統

Varadarāja

---. 1849. *The Laghukaumudī -- A Sanskrit Grammar,* Motilal Banarsidass, (Reprinted, 1981.)

Vasu, Śrīśa Chandra

---. 1891. *The Aṣṭādhyāyī of Pāṇini,* Vol-1, 2, Allahabad. (Motilal Banarsidass, Reprinted, 1988.)

---. 1906. *The Siddhānta Kaumudī,* Vol-1, 2, Allahabad. (Motilal Banarsidass, Reprinted, 1982.)

二、辭典

荻原雲來

---. 1986. 《漢譯對照梵和大辭典》(東京：講談社)

Apte, V. S.

---. 1890. *The Practical Sanskrit-English Dictionary,* Poona. (Motilal Banarsidass, Reprinted, 1965.)

---. 1890. *The Student's Sanskrit English Dictionary,* Poona.

Edgerton, F.

---. 1953. *Buddhist Hybrid Sanskrit Grammar and Dictionary* 2 vols, Yale University. (京都：臨川書局，1985.)

Macdonell, A. A.

---. 1924. *A Practical Sanskrit Dictionary,* Oxford University.

O. Böhtlingk und R. Roth

---. 1855-75. *Sanskrit-Wörterbuch,* 7 Bde. St. Petersburg.

O. Böhtlingk in kürzerer Fassung

---. 1879-89. *Sanskrit-Wörterbuch,* 3 Bde. St. Petersburg.

※ 以上兩本日本名著普及會有複印出版，1976.

Williams, Monier

---. 1899. *A Sanskrit-English Dictionary,* Oxford University. (Motilal

Banarsidass, Reprinted, 1956.)

三、讀 本

辻直四郎
---. 1975. 《サンスクリット讀本》(東京：春秋社)
奈良康明
---. 1970. 《梵語佛典讀本》(中山書房)
Brough, J.
---. 1951. *Selections from Classical Sanskrit Literature,* London.
Lanman, C. R.
---. 1884. *A Sanskrit Reader,* Text and Vocabulary and Notes, Cambridge.

四、其他相關資料

呂 澂
---. 19??. 〈聲明略〉(收於《因明聲明與佛學研究法》台北：彌勒出版社，1984)
林 伊
---. 1982. 《中國聲韻學通論》(台北：黎明文化事業公司)
董同龢
---. 1987. 《語言學大綱》(台北：東華書局，1989，二版)
謝國平
---. 1985. 《語言學概論》(台北：三民書局，1990，五版)
饒宗頤
---. 1993. 《梵學集》(上海：古籍出版社)

國家圖書館出版品預行編目資料

梵語初階 / 釋惠敏．釋齎因編譯.--初版.
--臺北市：法鼓文化,1996.〔民85〕
面；公分.-- (中華佛學研究所論叢；11)
參考書目：面 含索引

ISBN 957-99006-3-9(平裝)

1.梵文

803.3 85008320

中華佛學研究所論叢 11

梵語初階

法鼓文化

編譯者／釋惠敏．釋齎因
出版／法鼓文化
總監／釋果賢
總編輯／陳重光
責任編輯／賴月英
地址／臺北市北投區公館路186號5樓
電話／(02)2893-4646 傳真／(02)2896-0731
網址／http：//www.ddc.com.tw
E-mail／market@ddc.com.tw
讀者服務專線／(02)2896-1600
初版一刷／1996年9月
初版九刷／2023年6月
建議售價／新臺幣360元
郵撥帳號／50013371
戶名／財團法人法鼓山文教基金會—法鼓文化
北美經銷處／紐約東初禪寺
Chan Meditation Center (New York, USA)
Tel／(718)592-6593 E-mail／chancenter@gmail.com